大河歷史小說

通天門

❸
살수대첩과 수의 멸망

大河歷史小說

通天門

❸

살수대첩과 수의 멸망

솔과학
SOLGWAHAK

글을 쓰면서

　고구려인은 우리와 한 핏줄을 이은 겨레로서 자랑스런 우리 역사의 일부분임에 틀림이 없으나, 중국은 오히려 자신의 변방사로 치부하려는 시도를 끊이지 않는 것이 현실이다. 오늘날에 와서는 고구려에 대한 사료의 부족과 북한에 위치하는 지리적인 상황으로 말미암아 관심이 소홀하고 얼마간 신기루와 같은 환상적 신비주의에 빠지는 과오를 범하기도 한다.

　나는 이 소설에서 어떤 역사적인 한 인물을 영웅시하여 일대기적인 영웅담을 이야기하려는 것보다는, 오히려 중국의 통일 제국인 수, 당과 극단적 대립관계에 있었던 고구려인들의 사상과 행적을 다루면서, 수, 당의 입장이 아니라 철저한 고구려의 입장에서 사건과 내용을 파악하고 고구려인의 위대한 기상과 투혼을 노래하고자 했다.
　또한 재미에만 충실한 황당무계한 이야기를 꾸며냄으로써 본말(本

末)을 오도(誤導)하는 내용은 삼가고 가급적 사서의 기록내용에 충실하고자 하였지만, 한편 전설이나 야담류의 이야기에도 관심을 가지고 귀를 기울여 새롭게 재구성하고자 했다.

역사란 인류의 지나간 발자취로써 인간의 지적·예술적·사회적 활동의 총체적 산물을 의미한다. 그리고 역사인식의 대상과 내용은 시대와 역사의식의 발전에 따라 다양하게 변모를 겪어왔다. 중국을 비롯한 동양에서는 역사를 사(史), 감(鑑), 통감(通鑑), 서(書), 기(記) 등으로 썼는데, 왕조를 중심으로 한 통치제도를 중시하여 사관의 자의적 해석은 배제되고 군주와 신하 등 이른바 지배계층의 업적이나 언행 등의 정확한 기록을 중시하였다. 그리고 사관이나 집필자의 견해는 사론·찬(贊)·안(案)·평(評)이라는 제목으로 역사의 기록과 구분해 붙였다.

동양의 성인으로 추앙받고 있는 공자는 객관적인 사실에 입각한 기사(記事)와 대의명분에 입각한 자신의 판단에 따라 직분을 바로잡는 정명(正名), 칭찬과 비난을 엄격히 하는 포폄(褒貶)의 3대 원칙 아래 춘추(春秋)를 집필하였는데, 이후로 중국에서는 역사기록의 근본정신이 되었다.

올곧은 몇몇 사관은 목숨을 걸고서라도 역사적 사실을 지키려하였지만 심지어 당태종과 같은 군주들도 사관의 기록을 간섭하고 보고자 했기 때문에, 오히려 군주에 대한 충성을 요구하는 유교적 정통성의 명분론에 가려져 적당한 곡필과 왜곡도 서슴없이 자행되기도 했다.

특히 중국 측 사서기록은 중국의 왕실을 중심으로 한 것이어서 고구려, 백제, 신라, 왜, 유구, 거란, 말갈, 토번, 토욕혼, 언기, 돌궐, 설연타 등 역사상 헤아릴 수 없이 많이 존재했던 중국 주변의 다른 나라들에 대해서는, 이른바 중국의 입장에 따라 직분을 바로 잡는 정명과 포폄이 빈번하게 행해졌기 때문에 역사 왜곡의 문제가 심각하게 제기되고 있는 실정이다.

우리나라에서는 일제시대라는 질곡의 역사를 거치면서 부왜민족반역자들의 식민사관으로 심각한 훼손을 입었고 또한 시라도리(白鳥庫吉)나 이케우치(池內宏) 등의 일본학자들이 주도한 이른바 사료의 검증과 비판을 중시한  실증사학이 횡행하였는데, 이는 이미 한 차례 곡필로써 왜곡된 사서의 내용들이 오히려 정통성을 확립하는 결과를 낳고 말았다.

독일의 고고학자 하인리히 슐리만은 당시의 사학자들과는 달리 일리아드 오디세이의 내용을 한갓 신화나 전설의 일부로 노래 가사로만 치부하지 않고 마침내 트로이를 발굴해 냄으로써 사실적 역사임을 증명하였음은 결코 간과할 일이 아니다.

눈을 감고 생생이 들어보라, 광활한 요동 벌판을 거침없이 내달으며 외치던 고구려인의 함성을! 이제 이 글에서 그들의 전설이 눈앞에 펼쳐질 것이다.

　마지막으로 이 글을 쓰는데 여러 가지 조언을 아끼지 않은 여러분들과 기꺼이 출판을 허락해 주신 솔과학(당고) 출판사 사장님께 감사를 드린다.

2011년 10월 정상규

次 례

0. 글을 쓰면서 / 4

1. 요동성 전투 / 11

2. 살수대첩 / 47

3. 요동성 전투 / 89

4. 제2차 여수전쟁(麗隨戰爭) / 121

5. 양현감의 난 / 151

6. 제국의 멸망 / 199

7. 이연의 봉기 / 237

8. 양제의 죽음 / 279

9. 당의 건국 / 323

제 1 장

요동성 전투

고구려 성은 보통 평지성과 산성을 동시에 갖추고 있는데 대개의 산성(山城)은 삼면이 높은 산이나 험한 절벽 등에 의지하고 나머지 한쪽은 완경사를 이루어 공격하는 측에서는 불리하지만 방어하는 측에서는 유리한 지형을 갖추고 있었다.

그래서 고구려인들은 평시에는 평지성에서 살다가 전쟁이 나면 산성으로 옮겨가서 싸우는 것이 상례였다.

그렇지만 요동성은 내륙으로 통하는 중요한 길목인데다 요녕(遼寧) 지방의 중심지였기 때문에 고구려로서는 드물게 평야 위에 성을 쌓아서 공수기지(攻守基地)로 사용하고 이곳 방비에 심혈을 기울였다.

이때 성안은 내성과 외성의 이중 구조로 만들었고 적게도 일이만 명이요 많게는 수만 명의 상비군을 두어 지켰다. 또한 주위에 흐르는 태자하를 천연 해자로 삼아 철벽과 같은 성벽을 30미터 가까이 쌓아 올렸으며, 성벽 위에는 여장(女墻)을 만들고, 문마다 문루(門樓)를 세우고 모서리에는 각루(角樓)를 만들어 전투력을 높였다.

처려근지 중실궁(中室芎)은 고구려 개국공신인 무골(武骨)의 후손으로 긍지가 매우 높은 인물이었다. 그에게는 장남인 중실병과 중실무, 중실여기 이렇게 세 아들이 있었는데 특히 중실병은 어릴 때부터 재기가 넘쳐 학문을 좋아하고 각종 무술과 병법에도 능통하였다.

양제가 '토고구려조(討高句麗詔)'를 선포하고 군사를 모은다는 소문을 듣자 그 아버지인 중실궁에게 말했다.

"적들은 반드시 이곳을 그냥 지나치지 않을 것입니다."

그리고 스스로 방어책임자가 되어 인근 성의 백성들까지 모아서 십만 대군을 모았으며 또 50만 석이나 되는 양곡을 쌓아 장기전에도 대비했다.

그는 주력군인 궁병은 물론이고 당차(撞車)와 충차(衝車)를 운영하는 충당(衝幢)과 연발 쇠뇌를 사용하는 노당(弩幢), 포차를 운용하는 석투당(石投幢) 부대를 창설하여 방어력을 높였다.

석투당이란 종래의 포차를 개량하여 사거리와 정확도를 훨씬 높인 석포로써 엄청난 위력을 과시했다. 이때 중실병은 많은 백성들을 동원하여 성 안의 큰 돌산을 캐어 석포에 쓰일 포석들을 산더미처럼 쌓아 놓았으며, 석투당부대는 온종일 석포를 쏘아 바람 부는 영향에 따라서 바뀌는 방향과 사거리까지도 재어가며 고된 훈련을 거듭했다.

장사(長史) 석준(石遵)이 물었다.

"석포는 공성무기인데 왜 필요합니까?"

"들으니 적들은 발석차라고 하는 공성무기가 있다고 합니다. 발석차는 사거리가 길기 때문에 화살이나 쇠뇌살이 미치지 못합니다. 이를 깨뜨리려면 석포밖에 없습니다."

오래지 않아 양제의 백만 대군이 요수를 건너 요동성으로 모여들자 성 주위에는 수군들의 깃발로 뒤덮었다. 성민들은 모두 다 두려워하자 중실병이 격려했다.

"저들은 이리와 같은 마음으로 너희들의 생명을 노리고 처자들을 유린할 것이다. 우리가 모두 이곳에서 죽는다고 하더라도 우리의 아내와 자식들은 지켜야 한다."

요동성의 군민들은 눈물을 흘리면서 싸울 것을 다짐했다.

또 중실병은 군사들의 사기를 올리기 위해 중실궁에게 계책을 올렸다.

"국조성제의 사당에 제사를 올려야 합니다."

당시 요동성 안에는 국조성제를 모시는 사당이 있었는데 그 안에는 전연(前燕) 때에 하늘에서 내려 보냈다고 전해지는 쇄갑(鎖甲)[1]과 섬모(銛矛)[2]가 있었다. 요동성 사람들은 이를 신물(神物)로 여겨 해마다 시월상달이 되면 제사를 올렸다.

"이 바쁜 와중에 제사는 무슨 제사냐?"

"성안의 군민들은 국조성제 사당의 효험을 믿고 있습니다. 마땅히 승리의 계시를 받는다면 군사들의 사기를 크게 올릴 수 있습니다."

"무슨 수로 승리의 계시를 받겠다는 것이냐?"

"그 점은 염려 마십시오. 소자가 알아서 하겠습니다."

기어이 고집을 부려서 사당 앞에 커다란 제단을 차리고 스스로 제관이 되었다. 이때 집사와 십여 명의 사람들과 함께 엄숙하게 제사를 지내고 있었는데 갑자기 사당 안에서 쇄갑과 섬모가 크게 떨리면서 요란한 소리를 내었다.

---

1) 쇠로 만든 갑주
2) 예리한 창

사당 밖에 있던 사람들이 그 소리를 듣고 두려운 마음을 금하지 못했는데 사당 안에서 문득 하얀 빛줄기가 문틈으로 새어 나 나오면서 은은한 목소리가 들렸다.

"너희들은 승리하리라."

중실병이 기뻐하며 사당 밖으로 뛰어 나오며 기다리던 사람들에게 큰 소리로 말했다.

"우리의 승리를 알리는 신탁을 받았다."

군사들은 창칼을 두드리며 환호했고 백성들은 얼싸안고 춤을 추면서 소리쳤다.

"승리는 우리 것이다."

"우리가 이겼다."

성안에 있던 군민들은 이미 승리한 것처럼 기뻐하였다.

때마침 양제가 염비(閻毗)를 보내어 성 아래로 나아가 선유(宣諭)하게 하자 중실병이 활을 겨누어 그의 말을 쏘아 맞혔다. 염비가 크게 놀라 쫓겨 오자 양제는 화를 내며 말했다.

"짐의 명령을 거역한 것을 후회하게 해 주겠다."

전군에 명을 내려 총공격을 개시했다.

수군들은 고구려를 공격하기 위해서 여러 가지 특별한 무기들을 개발했다. 특히 삼국시대에 원소군의 장수 심배가 축산에 누각을 세우고 활로써 괴롭히자 조조의 부장 유엽이 벽력거(霹靂車)라는 투석기를 만들어 물리쳤는데 양제가 이를 개량하게 하여 거대한 발석차(發石車)를 만들었다.

이것은 수십 명에서 수백 명의 군사들이 수십 가닥의 밧줄로 이어진 지렛대를 이용하여 수백 근이 넘는 큰 바위를 삼백 보나 날릴 수 있는 최신 무기였다.

수군의 선봉대장인 왕웅은 경사가 완만한 서쪽 성벽을 깨뜨리기 위하여 발석차를 동원했지만 요동성의 석투당 부대의 역공을 받을 줄 몰랐다.

십여 대의 발석차를 성 앞으로 진격시켜 공격을 준비도 하기도 전에 포석이 먼저 날아왔다. 고구려 석투당은 발석차보다 크기는 작았지만 성 위에서 쏘았기 때문에 사거리가 길었고 위력도 2배가 되었다.

덩치가 큰 수군의 발석차는 훈련이 잘 된 고구려 군사들의 좋은 표적이 되어서 미처 위치도 정하기 전에 여지없이 부서졌다. 발석차를 움직이던 군사들은 포석에 맞아 머리가 깨어지고 몸이 짓이겨져 죽었다.

발석차 공격이 무위로 돌아가자 왕웅은 당차와 화차 등을 보내어 성문을 부수려 하였다. 성벽은 두텁고 높아서 공격하기 어렵지만 나무로 만들어진 성문은 가장 취약했기 때문이었다.

그렇지만 요동성 앞에는 수백 개의 큰 참호와 해자가 있어 당차나 화차의 돌진을 방해했고 또한 성문에는 물기 있는 진흙으로 두텁게 발라 두었기 때문에 수군들의 희생만 늘어났다.

왕웅은 다시 남쪽으로 진을 옮겨 수백 대의 목만(木慢)을 앞세우고 그 뒤로 충차 부대를 따르게 하여 공격을 계속했다. 호분랑장 풍보락(馮普樂)이 성문 앞까지 진격했으나 비 오듯 쏟아지는 화살과 쇠뇌살에 부상을 당해 달아났다.

이때 한 무리 군사들이 성벽에 다다라 도끼와 철퇴 등으로 성을 무너뜨리기 시작했지만 성루에 있던 고구려 군사들이 대대적으로 화공을 펼치자 모두 불타 죽었다. 또 수십 명의 군사들은 굴을 뚫고 성으로 잠입하려 하였으나 성안에 있던 군사들이 기름을 부은 나무에 불을 붙여 쇠로 된 줄에 매달아 방패 째 불질러버렸다.

전쟁이 치열해질수록 군사들의 피해도 눈덩이처럼 불어났으나 왕웅으로서는 멈출 수가 없는 노릇이었다. 더욱 더 군사를 재촉하자 피비린내 나는 전투가 밤낮없이 계속되었다.

응양부 아장 구정은 삼백 명의 결사대를 이끌고 몸에 간을 매고 성벽을 넘으려고 했지만 떨어지는 바위를 피하지 못하고 머리가 깨어져 죽었다.

고구려에서는 전통적으로 궁술을 중히 여겨 권문세족의 자녀들은 말할 것도 없거니와 평민들도 어릴 적부터 경당에서 활쏘기를 배웠는데 특히 군대에 징집되어 궁수로 편입되면 다시 혹독한 훈련과정을 거쳐 백발백중의 명사수로 태어났다.

노련한 궁수들은 적대(敵臺)와 여장(女檣)에 숨어서 쉴 새 없이 화살과 쇠뇌를 쏘아대면서 가까이 다가오는 수군들을 남김없이 사살했다.

이에 대비하여 왕웅은 큰 방패부대를 앞세워 비루(飛樓)[3]와 운제(雲梯)[4] 등으로 험한 성벽을 넘으려고 하였지만 중실궁은 힘센 군사들로 하여금 갈고리를 던져 넘어뜨리고 그 위에 기름을 쏟아 붓고 불 질러 모조리 파괴했다.

날마다 헤아릴 수조차 없는 사상자가 속출했으나 양제는 공격명령

---

[3] 높은 곳에서 성을 내려다보며 공격하는 장비
[4] 성을 공격하기 위한 사닥다리

을 멈추지 않았다. 열흘 동안 계속된 전투로 수군들은 전사자만 3만 명이 넘었고 부상자까지 합치면 그 수를 헤아릴 수가 없었다. 군중에는 부상병이 많아 신음과 울음소리가 그치지 않았고 중상을 입은 군사들은 하루에도 수십 명씩 죽어나갔다.

군사들은 물론이요 장수들마저 불평이 늘었다.

"무모하게 공격만 펼치다가는 아군 피해만 늘어날 뿐이다. 대장군은 자기 공명만 위하여 부하들을 다 죽인다."

왕웅도 작전을 바꿀 수밖에 없었다. 무기 기술자들을 독려하여 수만 대의 전투용 수레를 만들고 이들을 주대(駐隊)[5]로 편성하여 총공격하기로 결심했다.

한편 요동성 안에서도 커다란 문제가 생겼다. 그것은 다름 아닌 석투당부대가 운용하는 포차의 포석이 바닥난 것이었다. 포차는 수군들의 발석차와 각종 공성 무기들을 격파시키는데 결정적인 역할을 담당한 고구려 군의 주력무기였다.

중실궁은 안절부절 했다. 부녀자와 아이들까지도 모두 동원하여 돌 캐기에 혈안이 되어 있었지만 캐기 쉬운 것들은 이미 모두 캐 버려서 쓸 만한 것들을 구하기란 쉽지 않은 일이었다.

중실병이 계략을 내었다.

"투항하는 척하면서 적의 공격을 지연시켜야 합니다."

"저들이 과연 속아 넘어갈까?"

"전쟁이 시작된 지 보름이 넘었습니다. 적도 이쯤 되면 매우 난감한

---

[5] 전투용 수레를 사용하는 부대

처지에 놓여있을 것입니다. 반드시 우리의 투항을 받아들일 것입니다."

"투항을 하려면 성문을 열어야 하지 않는가?"

"물론 그렇게는 할 수 없지요. 다만 누군가가 반란을 일으켜 투항하는 것처럼 하면 적들을 속일 수기 있습니다."

중실궁이 기뻐하며 장사(長史) 석준(石遵)의 동생인 석후를 보내어 몰래 투항하는 글을 보내게 하였다.

"요동의 천신(賤臣) 석준이 삼가 글을 올립니다.

성안에 있는 대부분의 장수들과 백성들은 대국의 군대와 싸울 뜻이 전혀 없습니다. 하오나 처려근지가 홀로 싸우기를 강요하여 어쩔 수 없이 싸우는 체 할 뿐입니다.

지금 성안에는 포석과 화살이 바닥나고 창과 칼도 모두 부러져 싸울 형편이 못 됩니다. 게다가 식량과 마실 물마저 부족하여 모두가 갈증과 굶주림에 지쳐 있습니다.

많은 군사와 백성들은 처려근지의 횡포를 미워하고 있습니다. 성이 함락되더라도 포로로 삼지 않는다면 반드시 성문을 열고 투항하겠습니다."

뜻밖의 소식에 왕웅은 뛸 듯이 기뻤다. 석후에게 고기와 술을 내리고 말했다.

"석준에게 전하라. 황제께 아뢰어 요동태수로 삼을 것이며 자자손손 영화를 누리게 할 것이다."

석후가 절을 올리고 대답했다.

"이틀 후 정오를 알리는 북소리가 나면 서문을 열어두고 붉은 깃발을 올리겠습니다."

이렇게 서로 약속을 굳게 하였다.

석후가 떠나려하자 곁에 있던 왕웅의 아들 왕식이 말했다.

"폐하의 허락도 없이 어찌 함부로 약속을 하십니까?"

왕웅은 까맣게 잊고 있었던 양제의 명령이 생각났다.

평소 의심이 많은 양제는 모든 지휘관들에게 그 역할과 임무를 한정시켰다.

"이번 출정은 구학(溝壑)에서 고통당하고 있는 고구려 백성들을 구하고 고구려 왕의 죄를 묻는 것은 공명을 세우려는 것이 아니다. 여러 장수들이 혹시 짐의 뜻을 잘못 알고 경병(輕兵)으로 엄습하여 외로운 군사로 혼자 싸워서 일신의 공명을 드날려 상을 받고자 한다면 이는 대군이 진격하는 바가 아니다.

그대들은 진군하되 세 길로 나누어 가고 공격하게 되면 반드시 세 길을 알아야 한다. 절대로 경병으로 혼자서 진격하여 군사를 잃는 일이 없도록 하라. 또한 군사가 진군하거나 정지하거나 군중에 일어나는 모든 일은 크고 작은 것에 관계없이 상부에 보고하여 회보를 기다려서 행하고 독단적으로 행동해서는 안 된다."

몇 번이나 다짐하는 엄명을 내려놓았기 때문이었다.

왕웅은 잠시 석후를 머무르게 한 다음 급히 전령을 보내어 양제에게 이 사실을 보고했다.

양제가 흔쾌히 허락하고 약속의 문서도 보내 주었다. 석후가 기뻐하며 다시 이틀 후를 기약하고 돌아왔다.

왕웅은 양제의 허락을 받아 내느라고 사흘이나 더 지체하였으므로 고구려군으로서는 천만다행한 일이었다. 중실궁은 그 사이에 포석을 넉넉하게 장만할 수 있었고 충분한 휴식을 취한 군사들도 사기가 충천했다.

중실궁은 석후가 약속한 날 정오가 되자 성의 서문에 붉은 깃발을 올려 수군을 유인했다. 왕웅은 석준이 약속을 지키는 줄로만 알았다. 중랑장 구정에게 군사 일천을 주어 먼저 성으로 진입하게 하고 또 비밀리 당부했다.

"모든 약속은 무효다. 처려근지를 비롯하여 모든 장수들을 모조리 붙잡아 놓도록 하라."

서문은 석준이 약속한대로 활짝 열려 있었다.

구정도 한 치의 망설임도 없이 의기양양하게 들어갔지만 성 안에 들어서자마자 이상한 느낌이 들었다. 텅 빈 성 안은 무덤 같은 적막함이 흘렀고 알 수 없는 살기가 사방에 떠돌았다. 순간 구정은 머리털이 곤두 솟고 등 뒤에 식은땀이 흘렀다.

"속았다. 퇴각하라."

바로 그때였다.

"쿵."

육중한 소리가 나면서 성문이 닫혀 버렸다.

소스라치게 놀란 구정은 잔뜩 몸을 낮추고 겁에 질린 눈초리로 주위를 살펴보았다.

"하하하, 여기까지 오느라 수고했다."

남쪽 성루에서 검은 갑옷으로 무장한 장수 하나가 모습을 드러내면서 껄껄 웃었다.

"네놈들은 독안에 든 쥐다. 항복하면 살려 줄 것이로되 저항하는 자는 모조리 죽게 될 것이다."

구정이 고개를 들어 성 위를 살펴보았지만 눈부시게 번쩍이는 햇살 때문에 사람의 얼굴조차 알아볼 수 없었다. 잔뜩 눈을 찌푸린 채 성루를 올려다보며 큰소리쳤다.

"밖에는 백만 대군이 기다리고 있다. 너희들이야말로 쓸데없는 죽음을 자초하지 말고 빨리 무기를 버리고 투항하라."

그 말이 채 끝나기도 전이었다.

화살 하나가 날아와 구정의 이마를 뚫었다.

"억!"

단말마의 비명을 지르면서 구정은 눈을 부릅뜬 채 이마에 꽂힌 화살을 쥐고 그 자리에 고꾸라져 죽었다. 혼비백산한 구정의 군사들은 우왕좌왕 흩어졌지만 큰 방패를 든 고구려 군사들에게 가로 막혀 옴치고 뛸 수도 없었다. 쏟아지는 화살을 맞고 모조리 죽고 말았다.

중실병은 군사들을 이끌고 내려와 시체 사이를 뒤지면서 꿈틀거리거나 아직 숨이 붙은 수군들을 하나하나 찾아내어 찔러 죽였는데 시체 아래에 깔려 간신히 목숨을 부지한 수군 장수 하나가 발아래에 머리를 조아리며 애걸했다.

"투항하겠습니다. 제발 목숨만 살려주십시오."

중실병은 싸늘하게 말했다.

"너희들은 이미 투항할 기회를 놓쳤다."

피 묻은 장검을 들어 적장의 목을 내리쳤다.

곁에 있던 군사 하나가 말했다.

"투항하는 적을 구태여 죽일 필요는 없지 않습니까?"

중실병이 대답했다.

"전쟁은 죽이려고 하는 것이다. 만약 내가 적에게 사로잡힌다고 해도 마찬가지다."

중실병은 구정의 시체를 찾아 그 목을 베어가지고 서문 위에 있는 장대(將臺)로 올라가서 외쳤다.

"네놈들은 이것을 기다리느냐?"

피투성이가 된 구정의 목을 던졌다.

그제야 속은 것을 알게 된 왕웅이 분개하였다.

"군주 때문에 군이 위태롭게 되는 경우가 있으니 첫째는 진군할 때를 모르고 진군을 명하며 퇴각의 때를 모르고 퇴각 명령을 내려 군사행동을 속박하는 일이요, 둘째로는 3군의 일을 모르면서 3군의 행정에 간섭하며 마지막으로는 군의 권모술수를 모르면서 군의 지휘에 간섭하는 일이라고 하였다. 폐하께서는 후방에 계시면서 모든 지휘권을 행사하고 있으니 전방에 있는 우리 장수들은 할 일이 없구나."

왕웅은 구정의 패배를 보고하지 않을 수 없었다. 그렇지만 이 보고를 받은 양제는 장계를 전령의 얼굴에 집어 던지면서 꾸짖었다.

"이 따위 얄팍한 변명 따위는 통하지 않는다. 이번에도 함락하지 못하면 내 손에 죽게 될 것이다."

황명에 쫓긴 왕웅은 앞서 편성해 둔, 수만 명의 주대를 앞세워 공격했지만 고구려 석투당부대의 위력 앞에서 또다시 무릎을 꿇고 말았다.

비장의 전투용 수레는 쏟아지는 포석을 맞자마자 박살이 나버렸고, 주대를 지휘하던 장수들도 머리가 터지고 손발이 짓이겨져 비참하게 죽었다. 넓은 황에는 산더미 같은 시체와 수레바퀴의 잔해들로 시산

혈해를 이루었다.

  오합지졸들이란 전세가 위태롭게 되면 급속히 와해되기 마련이었다. 왕웅의 군사들 중에는 억지로 끌려나온 군사들이 많았기 때문에 모두가 공포에 떨면서 수군거렸다.

"우리는 이제 죽은 목숨이다."

"이래 죽으나 저래 죽으나 마찬가지다."

  계속되는 패전으로 이런 생각이 팽배해지자 진영을 벗어나 탈출하는 자가 생기더니 날이 갈수록 그 수가 늘어나서 적게는 서너 명이요 많게는 수십 명씩 무리를 지어 달아났다.

  교위 유평길은 엄청난 대주가(大酒家)였다.

  왕웅은 전쟁 중에 술을 엄히 금했지만 저녁이 되면 몰래 자신의 처소에서 술을 퍼 마시기 일쑤였다.

  밤이 이슥하여 술기운을 이기지 못하고 밖으로 나왔는데 때마침 대여섯 명의 군사들이 숲 속에 모여 있는 것을 보고 탈영하려는 자들로 알았다.

  즉시 잡아들인 후 엄하게 다그쳤으나 잡혀온 군사들은 한사코 부인했다.

"아닙니다. 저희들은 같은 고향 친구로서 잠시 이야기를 하느라고 밖에 나와 있던 것뿐입니다."

  탈영병을 잡았다는 공을 내세우고 싶었던 유평길은 그들을 말을 무시하고 모두 효수하여 그 목을 군문에 걸어 놓았다.

  하지만 진실은 숨기기 어려운 법이었다. 군사들의 입을 통해 소문은 꼬리에 꼬리를 물고 퍼졌다.

"장군이란 자가 술에 취해 돌아다니면서 부하들을 마음대로 죽여 버린다."

이 사실을 보고받은 왕웅은 유평길을 가두었는데 이번에는 유평길의 사촌형인 유민이 반발했다.

"평길이 술을 마신 것은 분명 잘못입니다마는 탈영병들을 붙잡은 것은 상 받을 만합니다. 공과 죄가 반반이니 가두는 것은 옳지 못합니다."

유평길의 사건을 대충 알고 있던 왕웅은 유민의 간교함에 분노를 참지 못했다.

"네놈이 감히 누구를 속이려 드는 게냐. 두 번 다시 헛된 주둥아리를 놀리면 내손으로 찢어 죽이겠다."

우격다짐으로 엄포를 놓아 쫓아 보냈다.

불만을 품은 유민은 그날 밤 평소 친하게 지내던 장수들을 자기 막사로 모아놓고 선동했다.

"유평길은 억울하오. 왕장군의 횡포를 더 이상 두고 본다면 이번에는 유평길이지만 다음에는 우리 차례가 될 것이오."

다른 장수들도 일제히 동조하고 나섰다.

"이번 일은 그냥 넘어가서는 안 됩니다. 폐하께 상주하여 반드시 바로잡아야 합니다."

힘을 얻은 유민은 여러 장수들과 이마를 맞대고 황제께 올리는 글을 작성하는데 여념이 없었다.

그때 갑자기 바깥에서 함성소리가 크게 일어났다.

고구려 청년 장수 고정의가 수백 명의 결사대를 이끌고 야습을 감행한 것이었다. 사방은 불길에 휩싸였고 아수라장이 되었다. 시끄러운 발자국 소리와 고함 소리가 천지를 뒤흔들자 본진에 있던 왕웅이 잠결에 놀라 일어났다.

마침 달려온 돌궐 추장 처라카한과 사대내가 달려와서 고정의의 군사들은 물러갔다. 그렇지만 이 통에 왕웅은 유평길의 항명사건을 알게 되었다.

"이런 육시(戮屍)럴 놈."

당장 친위군을 보내어 유평길과 유민을 비롯하여 가담했던 다섯 명의 장수들을 모두 끌어내어 펄펄 끓는 기름 솥에 넣어 삶아 죽였다.

왕웅은 평소 침착한 인물이었으나 유평길의 사건 이후로는 정신이 나간 듯했다.

"어떤 희생을 치르더라도 성을 함락해야 한다!"

미친 듯이 군사를 내몰았지만 사기가 떨어진 군사들은 싸울 마음이 없었다. 왕웅의 독촉에 이기지 못하고 싸우는 체만 할 뿐 숨고 피하기만 급급했다. 그러므로 전쟁은 계속될수록 사상자만 산처럼 쌓여만 갈 뿐이었다.

양제가 수시로 사람을 보내어 전황을 파악했으나 왕웅은 그때마다 거짓말로 둘러대면서 곧 이길 것이라고 보고했다.

유평길의 사건을 못마땅하게 여기고 있던 일부 장수들이 양제가 보낸 사신에게 그간의 모든 일들을 일러바쳤다.

양제는 길길이 날뛰면서 소리쳤다.

"왕웅! 이 늙은 여우와 같은 놈이 감히 짐을 속였다."

근위병을 보내어 왕웅을 철구에 묶어 잡아들이고 대리에 붙여 처형하여 본보기로 삼으려 하였다.

왕웅의 아들 왕식은 평소 부친과 교제가 깊었던 비서감 원충을 찾아가 애걸했다.

"부친을 살려주실 분은 대인 밖에 없습니다. 부디 폐하께 말씀드려 목숨을 구해 주신다면 은혜를 잊지 않겠습니다."

워충이 마지못해 양제에게 간했다.

"왕웅이 폐하를 기만하였으니 그 죄가 결코 작지 않습니다. 하지만 그의 충성심만은 만군의 모범이 됩니다. 아량을 베풀어 한 번만 더 기회를 주시면 모든 사졸들이 폐하의 너그러운 덕을 칭송하게 될 것입니다."

양제가 비로소 왕웅을 풀어 주었다.

왕웅이 장수인을 돌려받고 돌아가려할 때였다. 원충은 요동성 장사 석준이 투항하려고 했을 때 왕웅이 즉시 처리하지 못했기 때문에 요동성 함락이 실패했다고 생각했다.

그래서 양제에게 간했다.

"전쟁에 나가서는 장수는 위로 하늘이 없으며 아래로는 땅이 없고 앞에는 적이 없으며 뒤에는 임금이 없다고 하였습니다. 왕장군은 스스로 진퇴를 결정할 수 없어 요동성을 함락할 절호의 기회를 놓치고 말았습니다. 부디 통촉하십시오."

양제는 자신이 직접 군사들의 진퇴를 지휘하였건만 아무런 소득이 없었기 때문에 부하 장수들을 나무랄 처지도 아니었다. 그래서 무슨 핑계거리가 있으면 작전권을 넘기려고 했는데 마침 원충이 건의하자 주저 없이 받아들여 이후부터 전쟁에서 진퇴는 일선 장수들이 스스로 결정하도록 하였다.

이러한 조처로서 양제는 전쟁에서 새로운 돌파구를 찾고자 했던 것이었으나 그것은 한낱 헛된 망상에 불과했다.

백암성을 공격하러 나갔던 표기장군 정천숙(鄭天璹)은 고구려군의 역습을 받아 태자하(太子河) 아래로 쫓겨났고 건안성으로 갔던 배건통(裴虔通)도 수차례 공격에 실패하고 성 밖 30 리나 물러나서 시간만 보내고 있을 뿐이었다.

따라서 요동 각처로 떠난 장수들 중에서 승전보를 올리는 장수가 하나도 없자 양제가 시신들에게 큰소리쳤다.

"예전에는 지휘권을 핑계로 승리하기 어렵다고 하더니 이제 모든 지휘권을 주었는데도 또 무슨 변명을 늘어놓으려는가."

전령에게 글을 보내어 으름장을 놓았다.

"적의 성은 모두 금성탕지(金城湯池)라도 된단 말인가. 우리 군사들은 모두 허수아비란 말인가. 열흘 이내로 자기가 맡은 성을 함락하지 못하면 모두 처벌하겠다."

겁에 질린 장수들은 다시 공격에 나섰지만 애당초 투지를 잃어버렸기 때문에 승리를 기대할 수 없었다.

게다가 오뉴월의 폭염은 사람들 못 견디게 만들었고 오랜 가뭄 때문에 군마는 물론이요 군사들이 마실 물조차 부족했다. 광야의 모래바람은 숨조차 쉬기 어려웠고 지칠 대로 지친 군사들에게 더위는 전쟁보다 더 괴로운 것이었다.

이름 모를 전염병이 나돌아 죽어나가는 군사들이 하루에도 수백 명에 달했다. 왕웅도 병이 들어 고열에 시달렸기 때문에 군무를 제대로 수행할 수 없었다.

6월 11일 기미일이었다.

승리의 소식만 손꼽아 기다리던 양제도 마침내 인내의 극에 달하고 말았다. 요동성 남쪽 언덕 아래 이르러 왕웅을 비롯하여 모든 장수들을 집합시켜 놓고 꾸짖었다.

"그대들은 관작의 높음을 가지고 또 구가세족(舊家世族)임을 믿고 나를 암나(暗懦)[6]로 대우하려 하느냐. 경도(京都)에 있을 때 그대들이 친정(親征)하는 것을 좋아하지 아니한 것은 이 곤패(困敗)를 볼까 염려한 까닭이었을 것이다.

내가 지금 여기 온 것은 그대들의 소행을 보아 목 베려 함이다. 그대들이 지금 죽음을 두려워하여 힘을 다하지 않는다면 내가 능히 그대들을 죽이지 못할 줄로 여기더냐."

즉시 왕웅을 해임하고 좌둔위대장군인 토우서(左屯衛大將軍 吐禹緒)를 대장에 임명했다. 이때 봉덕이(封德彝)가 왕웅을 위해 변명하려고 나섰다.

"신의 생각으로는...."

양제가 이맛살을 찌푸리며 꾸짖었다.

"네까짓 놈에게 도대체 무슨 생각이 있단 말이냐."

봉덕이가 감히 말을 맺지 못하고 물러났다.

양제는 스스로 요동성 서쪽 10여 리 밖에 떨어진 곳으로 물러났다. 이때 소부감 하조(何稠)가 책임자가 되어 화려하고 웅대한 여러 행전(行殿)과 육합성(六合城)[7]을 지었는데 성의 둘레는 주위가 8 리요, 성

---

[6] 어리석은 임금
[7] 판자를 여섯으로 이어서 만든 왕의 임시 처소

과 여원(女垣)의 합한 높이가 10길이나 되었다.

　그 위에다 갑사(甲士)를 늘어세우고 의장(儀仗)과 깃발을 세웠으며 서쪽 모퉁이에는 궐이 있고 각 면별로 하나의 관을 세우며 관 아래에는 세 개의 문을 달았고 그 안에다 행전을 지었는데 전 위에는 시신(侍臣)과 삼위장(三衛杖)을 합해 6백 명이 들어갈 수가 있었다.

　육합성을 지을 때 군사들이 불평하자 하조는 군관 한 명을 본보기로 처형하여 하룻밤 사이에 완성했다고 한다.

　양제는 요동의 전 지역을 한꺼번에 휩쓸어 자신의 무용을 뽐내고 싶은 마음이 있었다. 관덕왕(觀德王) 웅(雄)을 검교좌익위대장군(檢校左翊衛大將軍)으로 삼아 요동도로 나아가게 하였으나 노하진(瀘河鎭)에 이르러 질병에 걸려 죽었다.

　이에 토만서(土萬緖)가 선봉이 되기를 청하자 양제가 가상히 여겨 좌둔위대장군(左屯衛大將軍)으로 임명하고 마병(馬兵)과 보병(步兵) 수만 명을 이끌고 개마도(蓋馬道)로 진격하게 하였다. 번자개는 섭좌무위대장군(攝左武衛大將軍)이 되어 장잠도(長岑道)로 진격했고 주법상은 주사(舟師)로서 조선도(朝鮮道)로 나아가 래호아를 돕게 하며 육지명(陸知命)은 동이도수항사자(東暆道受降使者)로 삼아 고구려 여러 성을 순무하게 하였다.

　그렇지만 요동으로 진군한 모든 군사들은 고구려 군의 강력한 반격에 막혀 한 치도 진군하지 못했는데 오로지 혼미도(渾瀰道)로 나아간 이경(李景)만이 요수 서쪽에 있는 고구려 전진기지인 무려라성(武厲邏城)을 공파했다.

　"모든 장수들은 이경을 본받아야 할 것이다."

양제가 크게 기뻐하며 이경을 원구후(苑邱侯)에 봉했다.

요동성을 공격한 지 3개월이 지났으나 수십만 명이나 되는 희생자를 내고도 아무런 소득이 없었다.

우세기가 간했다.

"신이 감히 한 말씀 올리겠습니다. 원정 나간 군대는 속전속결을 가장 중요시 합니다. 100 만이 넘는 대군이 요동에 있는 여러 성을 함락하면서 평양성까지 나아가려면 아무리 재촉해도 반년이 넘게 걸립니다. 지금은 유월이 지나서 얼마 지나지 아니하면 서리가 내리고 눈이 올 것입니다.

래호아의 수군이 평양으로 나아갔으니 우리도 별군을 뽑아 평양으로 곧바로 들이치는 것이 어떻겠습니까?"

시간이 지체될수록 양제도 마음이 조급했다. 돌이켜 생각해 보면 보급품 수송에도 문제가 있었고, 부상자와 사상자가 너무 많아서 더 이상 전쟁을 오래 끌기 힘들었던 것이다. 우세기의 말을 받아 들여 작전을 바꾸었다.

각 군에서 젊고 날랜 군사 30만 5천 명을 뽑아 별동대를 창설하고 좌익위대장군(左翊衛大將軍) 우문술의 대장으로 하고 우익위대장군(右翊衛大將軍) 우중문을 부장으로 삼아 평양으로 직공하게 하였다.

이때에도 양제는 간섭을 빼놓지 않았다. 양제는 우중문의 지혜를 높이 평가하여 '중문에게는 꾀가 있다. 능히 대군을 거느릴 만하다.' 라고 말하고 대장인 우문술은 지휘권을 가지고, 부장인 우중문에는 작전권을 부여하는 이상한 명령을 내렸다.

그리고 우중문을 가만히 불러,

"만약 고구려왕이나 을지문덕이 항복해 오거든 반드시 잡아두어 돌려보내지 말라."

특명을 내려놓기도 했다.

우문술은 별동대를 이끌고 노하(瀘河), 회원(懷遠) 2진(鎭)에 이르렀다. 그런데 30만 대군이 한꺼번에 움직이자 진군 속도가 느리고 고구려 군의 표적이 되기 쉬워서 험한 산지나 계곡 등에서는 어김없이 기습을 받았다.

우문술은 요동의 넓고 험난한 지형을 무사히 뚫고 나가기 위해서 군사를 아래와 같이 9군으로 나누어 압록강 앞에서 집결하기로 하였다.

우문술 스스로는 부여도(扶餘道)로 향하고, 우중문을 낙랑도(樂浪道)로, 좌효위대장군(左驍衛大將軍) 형원항(荊元恒)은 요동도(遼東道)로, 우익위대장군(右翊衛大將軍) 설세웅(薛世雄)은, 옥저도(沃沮道)로 진격하게 하였다.

또 우둔위대장군(右屯衛大將軍) 신세웅(辛世雄)은 현토도(玄菟道)로, 우어위대장군(右禦衛大將軍) 장근(張瑾)은 양평도(襄平道)로, 우무후장군(右武候將軍) 조효재(趙孝才)는 갈석도(碣石道)로, 탁군태수(涿郡太守) 검교좌무위장군(檢校左武衛將軍) 최홍승(崔弘昇)은 수성도(遂城道)로, 검교우어위호분랑장(檢校右禦衛虎賁郎將) 위문승(衛文昇)은 증지도(增地道)로 나아가게 하였다.

우중문의 군사가 오골성에 이르렀을 때였다. 성 안에 있던 고구려 군사들이 기습을 가하여 많은 군사들이 죽었다. 우중문은 파리한 말과 노새 수천 마리를 뽑아 뒤따라오는 치중부대에다가 두고는 동쪽으로 진군했다. 과연 오골성 군사들이 치중부대를 습격하자 우중문은 기다렸다는 듯이 군사를 되돌려 공격하여 물리쳤다.

위문승의 이름은 위현이요 자는 문승인데 용기가 있고 지혜로운 장수였다. 여러 장수들보다 가장 앞서 증지도로 나아가 압록강의 서쪽에 집결했다.

한편 평양도행군총관 겸 검교동래군태수 수군총관 래호아는 강(剛), 회(淮)의 수군(水軍) 10만을 거느리고 양선(糧船)을 보호하여 동래를 출발했다. 천여 척이 넘는 대 함대가 일시에 돛을 올려 푸른 물결을 가르고 발해만으로 나아가자 호호탕탕한 기세가 바다를 뒤엎었다.

고구려 수군대장인 왕제 건무(建武)는 엄청난 수군 함대를 상대로 넓은 바다에서 싸워서는 승산이 없다고 판단했다. 여러 장수들과 작전을 협의한 끝에 평양 가까이 끌어들여 육지로 유인하여 섬멸하기로 작전을 세웠다.

이때 극엄에게는 해안가에 군선들은 숨겨 놓고 기다리게 하고는 특별히 명령을 내렸다.

"무슨 일이 있더라도 나타나지 말라. 다만 적들이 퇴각하거든 그때 나와서 모조리 격침시켜라."

단단히 다짐을 주어 보내고 스스로 군사를 물려 대동강 상류에 진을 쳤다.

이런 형편을 알 리가 없는 래호아는 고구려 수군의 본영이 있는 대장산도를 먼저 공격하였지만 한 척의 배도 발견할 수 없었다. 고구려군의 계략을 의심하여 진군을 멈추자 선봉장 좌무위장군(左武衛將軍)

모제(毛艴)가 말했다.

"고구려 놈들이 우리 대군에 놀라 모두 겁을 먹고 달아난 것이 분명합니다."

래호아도 그렇다고 생각했다. 기세등등하게 다시 동쪽으로 나아가서 요하 입구의 우안 포구에 있는 해포(海浦)까지 나아갔으나 역시 고구려 수군은 그림자도 찾을 수 없었다.

으쓱해진 모제가 래호아를 부추겼다.

"이곳에서 평양은 멀지 않은데 우리는 군량이 충분하고 10만이나 되는 군사들이 있습니다. 아예 평양성으로 진격하여 그 왕을 사로잡는다면 장군님은 만세의 영웅이 되실 것입니다."

만세지영웅(萬歲之英雄)이란 소리를 듣자 래호아는 자신도 모르게 우쭐해졌다. 평양 입구인 패강 하류까지 함대를 남진하려 하자 부총관 주법상(周法尙)이 반대했다.

"폐하께서 명하시기를 이곳에서 육군을 기다려 함께 평양성을 공격하라고 하였습니다."

래호아는 평소 주법상을 거만하게 여겼는데 이제 황제의 명까지 들먹이며 반대하고 나서자 크게 불쾌했다.

"육군은 언제 올지 모르는데 하릴없이 기다리자는 것이냐? 우리가 먼저 당도해 놓고도 이렇게 허송세월만 하고 있다면 오히려 문책당할 것이다."

기어이 반대하는 주법상에게는 서른 척의 함대만 맡겨 해포에 남겨두고, 자신은 주력군을 이끌고 패강 하류로 내려갔다.

천여 척에 가까운 함선이 한꺼번에 정박하자 패강의 좁은 포구는 저

살수대첩과 수의 멸망 35

자거리와 같이 복잡했다. 게다가 풍랑이 거세어 배끼리 서로 부딪쳐 깨어지고 군사들 중에는 어지럼증을 호소하는 자가 많았다.

　래호아가 꾀를 내었다.

　"배와 배 사이를 서로 묶어 놓고 커다란 널빤지로 잇게 한다면 해결할 수 있을 것이다."

　검교위(檢校衛) 마술(馬戌)은 원래 뱃사람 출신으로 수전(水戰)에 능했다. 래호아의 명령을 듣고 걱정이 들었다.

　"이것은 참으로 위험한 계책입니다. 옛날 조조도 적벽에서 배를 묶어 놓았다가 제갈량의 화공에 걸려 백만 대군이 몰살당하고 말았습니다."

　조조의 고사까지 들어가며 마술이 아는 체하고 나서자 래호아는 비위가 뒤틀어졌다. 핀잔을 주어 물리쳤다.

　"어리석은 조조는 황개의 거짓 투항을 믿고 스스로 화를 자초한 것이다. 하지만 나는 오히려 적들이 습격해 오기를 기다리고 있다."

　배를 밧줄에 꽁꽁 묶어 움직이지 못하게 한 후 일부러 기치를 흩어 놓고 경계병들도 드문드문 배치하여 허술하게 하였다. 이러한 래호아의 계략은 바로 들어맞았다.

　사흘이 되던 날 고구려 군사들은 화공을 하기 위해 야습을 해 왔다. 그렇지만 래호아는 사방에 군사들을 매복해 두었기 때문에 즉시 역습을 가하여 오백여 명이나 죽였다.

　래호아의 아들 래홍이 비위를 맞추었다.

　"아버지의 신묘한 전략은 귀신도 알지 못할 것입니다. 적들은 이제 간담이 서늘해져 두 번 다시 기습하지 못할 것입니다."

　래호아가 의기양양하여 큰소리쳤다.

"나는 어릴 적부터 손자의 병법을 연구하여 여러 병법서를 두루 통달하였다. 이까짓 일들이 무슨 대수리요."

이어서 말했다.

"병법(兵法)의 묘는 신속함에 있다. 적들이 패퇴한 이때에 공격을 해야 한다."

래호아는 성격이 매우 교격하여 자신의 말에 반대하는 자는 절대 용납하지 않았다. 간언하여 비위에 거슬리는 마술은 대동강 어귀에 있는 작은 포구에 남아 함대를 지키게 하고 친히 3군을 지휘하여 패수로 나아갔다.

이때 고구려 영양왕은 왕제 고건무를 보내어 래호아의 군사들을 막았는데 그 형세가 수십 리에 뻗쳐 있어 군사들이 두려워하였다. 그러나 래호아는 부장인 주법상과 여러 군리(軍吏)들에게 자신 있게 말했다.

"나는 본디 고구려에서 성을 튼튼히 지키고 들판을 깨끗이 비운 채 우리 군사들을 기다릴 줄 알았다. 지금 그들 스스로 죽을 곳으로 들어왔으니 그들을 멸망시키고 아침을 먹겠다."

무분낭장(武賁郎將) 비청노(費靑奴)와 그의 여섯 째 아들 좌천우(左天牛) 정(整)으로 하여금 5천 명의 군사를 주어 나아가 싸우게 하였다. 고구려에서도 고건무가 수천 명의 군사를 이끌고 나와 좌천우 정과 수천 명을 죽였다. 래호아가 노하여 총관 모제와 유충에게 각각 정병 1만을 주어 깨뜨리게 하였다.

고구려 군사들이 후퇴하자 평양성에서 60 여리 밖에 있는 나성(羅城)까지 진격하였는데, 가는 도중에 있는 집들은 모두 텅텅 비어 있었다.

그런데 수군의 신속한 진격에 놀란 백성들은 달아나기가 얼마나 급했던지 패물과 보화들도 미처 가져가지 못하여 대부분의 민가(民家)에는 재화가 가득하였다.

　수나라 군사들이 눈이 황홀해졌다.

　"와! 횡재로다."

　신이 난 사졸들은 전쟁은 뒷전이 되어버렸다.

　장교와 졸병을 불문하고 뿔뿔이 흩어져 약탈하기에 여념이 없었고 나중에는 보화를 차지하기에 눈이 어두워 서로 다투기까지 하였다.

　그렇지만 그것은 모두 고건무의 작전이었다. 나성 근처에서 군사를 숨겨두고 수군들의 동태를 지켜보고 있던 고건무는 회심의 미소를 지었다.

　"탐욕은 몸을 망치게 되는 근본임을 똑똑히 알게 될 것이다."

　장수들에게 각각 위치를 정하여 공격명령을 기다리게 하였다. 6월의 새벽은 일찍부터 밝았다.

　수군장수 유충(劉忠)이 수백 명의 군사를 이끌고 보문사 입구에 이르렀다.

　약탈에 재미를 들인 수군들은 절을 보자마자 너나 할 것 없이 달려들어 대웅전을 비롯하여 경내를 들쑤시고 다녔다.

　그때 명부전 뒤쪽에서 탄성이 일어났다.

　"엄청난 보물이다."

　수백 명이 넘는 병사들이 보화를 서로 차지하려고 아귀다툼을 벌였다. 뒤늦게 달려온 유충이 큰소리를 질렀다.

　"이놈들! 함부로 손대는 자는 내 손에 죽을 것이다."

　호통치고 나서서 직접 두 팔을 걷어 부치고 약탈한 물건들을 모아 챙기기에 바빴다.

보문사(普門寺) 뒷산의 숲속에 매복하고 있던 고준이 그 기회를 놓칠 리 없었다. 오른 손을 흔들어 신호를 보내자 기다리고 있던 궁수들이 일제히 활시위를 당겼다.

수백 발의 화살이 바람을 가르고 쏟아지자 수군들은 하릴없이 쓰러졌다.

"적이다!"

유충이 혼비백산하여 노략질한 보화를 내팽개치고 대웅전으로 숨자 나머지 졸개들도 모두 뒤따라 들어가 버렸다. 소수림왕 이후로 고구려인들은 불교를 국교로 숭배하였기 때문에 고준은 대웅전을 공격하기가 꺼림칙했다.

공격을 중지하게 하자 부장인 주실이 소리쳤다.

"절이야 세우면 됩니다. 하나 지금 적들을 죽이지 않으면 반드시 후회할 것입니다."

그제야 고준이 공격을 명했다.

수많은 화전(火箭)이 불을 뿜자 법당은 화염에 휩싸였다. 불길과 연기에 갇힌 수군들이 견디지 못하고 튀어 나왔으나 포위하고 있던 고구려 궁수들의 표적이 되었다.

유충은 군사들이 나가지 못하게 법당 문고리를 잡고 버텼으나 연기에 질식되어 숨졌고 미처 빠져 나오지 못한 군사들은 하나도 남김없이 불에 타서 죽었다.

당시 보문사 왼쪽 기슭에 있던 모제가 치솟는 화염을 보고 달려가 유충을 구하려 하였으나 때마침 나타난 건무의 협공을 받아 대패하고 말았다. 모제는 난군 중에서도 용케 달아났지만 그의 군사들은 대부분 죽었다.

벌포에 진을 치고 승전소식만 학수고대하고 있던 래호아는 유충이 전사했다는 청천벽력 같은 소식을 듣자 눈앞이 아득해졌다.

"바보 같은 유충이야 그렇다 치더라도 모제는 도대체 무얼 하고 있단 말인가?"

공연히 주위에 있던 장수들만 닥달하고 있었는데 때마침 모제가 돌아왔다. 모제는 투구도 잃어버린 채 몰골이 흉악하여 알아볼 수가 없을 정도였다.

"적의 대군이 추격해 옵니다. 빨리 이곳을 벗어나야 합니다."

허둥대면서 고하자 래호아는 벌컥 화가 치밀어 올랐다.

"이런 쓰레기 같은 놈! 어찌 달아날 생각부터 하는가?"

크게 꾸짖어 도로 나아가 건무의 추격군과 싸우게 하였다. 래호아의 협박에 견디지 못한 모제는 그 길로 나아가 투항해 버렸다. 건무가 기뻐하며 모제를 소사자에 임명하고 그를 앞세워 수군들의 항복을 재촉했다.

"모든 길은 막히었다. 쓸데없이 저항하여 귀한 목숨을 잃지 말고 지금 즉시 항복하라."

이러한 전략은 딱 들어맞았다.

퇴로가 끊긴 수군들은 싸울 의지가 없었는데 모제가 투항을 권유하자 마음이 크게 흔들렸다. 서로 눈치를 보며 아무도 싸우려하지 않자 래호아가 군사를 윽박질렀다.

"나가 싸우라. 달아나는 자는 내 손에 죽을 것이다."

칼을 번쩍 빼어들고 뒤에서 어정거리는 군사 두 명을 본보기로 베어

버렸다.

　이러한 행동은 오히려 역효과를 나타내었다. 래호아에게 죽임을 당할 것을 두려워한 수군들은 한꺼번에 무기를 버리고 줄줄이 투항해 버렸던 것이었다.

　고구려 군사들은 싸우기보다도 투항해오는 수군들을 정리하고 재배치하기에 바쁠 지경이었다.

　이 광경을 지켜본 래홍이 말했다.

"아무래도 글렀습니다. 빨리 몸을 피하는 것이 상책입니다."

　래호아도 만사가 모두 틀어진 것을 깨달았다. 죽음의 공포를 느낀 래호아는 래홍과 오십여 기의 친위병만 대동한 채 고구려 군사의 눈을 피해 달아났다.

　천신만고 끝에 대동강 하류에 도착한 래호아는 마술(馬述)을 재촉했다.

"빨리 배를 띄우라."

　이때 각처에서 패한 수군들이 연이어 도망쳐 오고 있었기 때문에 마술이 되물었다.

"아직 도착하지 못한 군사들이 많습니다."

　래호아가 역정을 내었다.

"명령은 내가 한다. 잔소리 말고 빨리 닻을 올리지 못할까."

　미친 듯이 날뛰는 래호아를 말릴 사람은 아무도 없었다.

　하는 수 없이 마술은 곧바로 배를 띄우려 하였으나 그것마저도 쉬운 일이 아니었다.

　전에 래호아가 모든 배들을 밧줄과 널빤지로 꽁꽁 묶어 두게 하였기

살수대첩과 수의 멸망

때문에 마음대로 배를 움직일 수 없었기 때문이었다. 모든 군사들이 들러붙어 밧줄을 끊고 닻을 올려 분주하게 작업을 하고 있을 때 갑자기 불화살이 쏟아졌다.

먼저 들이닥친 고준이 공격을 시작한 것이었다. 사방에는 불꽃과 검은 연기가 자욱하고 우지끈하는 소리와 함께 돛대가 먼저 부러졌다.

"빨리 출항하라."

래호아가 입에 거품을 물고 소리를 지르며 닦달하자 군사들은 죽을 힘을 다하여 노를 저었다.

대부분의 함선들은 침몰하고 말았는데 래호아는 가까스로 이십여 척만 구출하여 포구를 빠져 달아났다.

이때 미처 배에 오르지 못한 군사들은 떠나가는 배의 난간에 매달렸으나 래호아는 그들의 손목을 잘라 따라오지 못하게 하였다.

수많은 군사들도 큰 소리로 울부짖으며 떠나가는 배를 따라 차가운 바닷물 속으로 첨벙첨벙 뛰어들었으나 래호아는 뒤도 돌아보지 않고 빠르게 노를 저어 달아났다.

유시가 지나 아름다운 황혼이 서쪽 하늘을 붉게 물들이고 있었다. 가까이 추격해 온 고구려 군사들은 저승사자와 같은 무시무시한 모습으로 포위망을 좁혀 오고 있었다. 허리춤까지 차오른 바닷물에 꼼짝없이 갇혀버린 수군들은 망부석처럼 굳어 부들부들 떨었다. 한 늙은 병사가 바닷가로 뛰어 나가 고건무 앞에 털썩 무릎을 꿇고 애걸했다.

"자비심을 베풀어 제발 살려 주십시오. 저희들은 억지로 끌려온 농사꾼일 따름입니다."

뒤쪽에 서 있던 수많은 수군들은 두려움에 질린 눈초리로 돌연한 사태를 지켜보고 있었다. 건무가 대답을 하지 않고 묵묵히 지켜보자 숨 막히는 침묵이 잠시 흘렀다. 석양이 내리비치는 붉은 물결 위에는 검은 그림자가 일렁이고 있었다.

고요함을 깨뜨린 것은 고준이었다. 앞으로 불쑥 나서며 고건무에게 말했다.

"간사한 말에 속아서는 안 됩니다. 저놈들은 수많은 재물을 약탈하고 무고한 양민들을 학살하였습니다. 모조리 죽여 백성들의 원한을 씻어주어야 합니다."

고건무는 평소 독실한 불교 신자로서 심성이 어질었다. 애걸복걸하는 수군들을 보자 불쌍한 마음이 들었다.

고준을 타일러 말했다.

"사냥꾼도 품안에 든 새는 죽이지 않는다고 하였다. 따지고 보면 저들도 피해자일 뿐이니 어찌 잔혹하게 목숨을 빼앗겠는가."

고건무의 말이 떨어지자 수군들은 일제히 환호를 질렀다. 앞에 있던 몇 몇 수군들은 건무의 발아래까지 기어와 몇 번이고 머리를 조아리며 은혜에 감사를 올렸다.

"저희 장수는 저희를 버리고 달아났으나, 장군님께서는 오히려 우리를 구해주셨으니 하해 같은 은혜 죽어도 잊지 못할 것입니다. 장군님이야말로 진실로 살아있는 부처님입니다."

고건무가 그들을 살려주고 모두 포로로 하였는데 그 수가 무려 삼천 명이 넘었다.

한편 포구를 벗어난 래호아도 무사하지 못했다. 미리 대기하고 있던 발위사자 극엄이 래호아의 함선들을 보고 추격에 나선 것이었다.

"래호아야. 어딜 달아나느냐. 이곳이 네 무덤이다."

전투태세가 진혀 갖추어져 있지 않았던 래호아는 노수를 재촉하여 대양으로 달아났다. 이때 고구려 함선들이 퇴로를 막아버리자 앞장섰던 마술이 북채를 휘두르며 군선들을 지휘하였다.

"이귀는 좌군을 막으라!"

"임개는 우군을 막으라!"

분주히 소리치며 명령을 내렸으나 이귀는 슬금슬금 옆으로 빠져나가기만 하였다.

마술이 분격하여 소리쳤다.

"이귀야! 정녕 내 손에 죽으려느냐? 앞으로 썩 나서지 못할까."

호통소리에 놀란 이귀가 억지로 뱃머리를 돌리려는 순간 고구려 몽충에 받혀 뱃머리가 부서지고 말았다.

갑판에 서 있던 이귀는 중심을 잡지 못하고 바닷물에 빠져 허우적거리다가 고구려 궁수들의 표적이 되어 수많은 화살에 맞고 고슴도치가 되어 죽었다.

임개도 배를 빼앗기고 포로가 되었고 곳곳에는 화염에 휩싸인 함선들이 침몰하고 있었다. 다행히 날이 어두워졌기 때문에 래호아는 간신히 포위망을 벗어날 수 있었지만 뒤따르는 군선들은 십여 척이 못되었다.

대양에 이르러 래호아는 간신히 한숨을 돌렸지만 하늘은 그마저도 용서하지 않았다. 갑자기 비구름이 시커멓게 몰려오면서 뇌성벽력이 울렸다.

장대 같은 빗방울이 사납게 쏟아지고 집채 만한 파도가 끝없이 몰아쳤다. 돛대와 삿대는 부러지고 함선들은 나뭇잎 같이 흔들렸고 군사들은 난간과 밧줄을 잡고 울부짖을 뿐이었다.

새벽이 되자 부서진 배의 잔해들과 수많은 시체들이 검푸른 물결을 따라 한가롭게 출렁이고 있었다. 래호아가 탄 배는 구사일생으로 살아남아 해포로 달아날 수 있었다.

래호아의 주력함대가 모두 괴멸되었기 때문에 주법상도 자력으로 전쟁을 수행할 여력이 없었다. 남은 군선이라고 해 보았자 100여척 남짓이었고 또 군사들도 늙고 나약한 호송병들뿐이어서 육지로 올라와 우문술의 육군을 응접할 수 없었던 것이었다.

이렇게 해서 양제가 원래 계획하였던 수륙 합동작전은 무산되고 말았는데 훗날 우중문이 평양에서 쫓기어 살수에 이르러 괴멸하자 사마온공(司馬溫公)이 이때의 일을 회고하여 그의 저서 통감고이(通鑑考異)에 다음과 같이 기술하였다.

"래호아의 군사가 패하여 먼저 물러나지 않고 평양성 밖에서 진을 치고, 우물술의 군사들과 더불어 서로 소리를 지르고 합세하였더라면 살수의 낭패(狼狽)는 당하지 않았으리라.[8]"

---

8) 자치통감 使來護兒之師不敗而先退 則營於平壤城外 與宇文述諸軍 猶聲援相接 不治有薩水之狼狽也

제 2 장

살수대첩

우문술과 우중문의 별동대가 진군할 때는 한 여름철이어서 날은 덥고 장마 비가 계속되어 날씨가 궂었다. 끊임없는 행군과 여러 가지 무기로 무장한 몸은 비에 젖어 천근만근 무거웠고, 질퍽질퍽한 진흙길이 끝없이 펼쳐져 있어 수레바퀴가 뻘구덩이에 빠져 움직이지 않았다.

병사들은 면만(綿蠻)이라는 노래를 부르며 한탄했다.

綿蠻黃鳥 止於丘阿	면만황조 지어구아
道之云遠 我勞如何	도지운원 아로여하
飮之食之	음지식지
敎之誨之	교지회지
命彼後軍 謂之載之	명피후군 위지재지
綿蠻黃鳥 止於丘隅	면만황조 지어구우
豈敢憚行 畏不能趨	기감탄행 외불능추
飮之食之	음지식지
敎之誨之	교지회지
命彼後軍 謂之載之	명피후군 위지재지

綿蠻黃鳥 止於丘側　　면만황조 지어구측
豈敢憚行 畏不能極　　기감탄행 외불능극
道之云遠 我勞如何　　도지운원 아로여하
飮之食之　　　　　　　음지식지
敎之誨之　　　　　　　교지회지
命彼後軍 謂之載之　　명피후군 위지재지

길게 울어대는 저 꾀꼬리는 저 산 언덕 아래 머무는데
먼 길 가야하는 나의 고생의 끝은 어디인가.
마실 것 먹을 것 챙기고 준비하여
갈 길을 가르쳐주고 깨우쳐 주오.
뒤 수레에 명하여 짐을 싣게 해 주오.
길게 울어대는 저 꾀꼬리는 저 산 모롱이에 머무는데
가기가 꺼려지는구나. 낙오할까 두렵구나.
마실 것 먹을 것 챙기고 준비하여
갈 길을 가르쳐주고 깨우쳐 주오.
뒤 수레에 명하여 짐을 싣게 해 주오.

길게 울어대는 저 꾀꼬리는 저 산 비탈에 머무는데
가기가 꺼려지는구나. 다다르지 못할까 두렵구나.
마실 것 먹을 것 챙기고 준비하여
갈 길을 가르쳐주고 깨우쳐 주오.
뒤 수레에 명하여 짐을 싣게 해 주오.

진군이 더디게 되자 우둔위대장군(右屯衛大將軍) 신세웅(申世雄)이 제 딴에는 신묘한 꾀를 내었다.

"전투 부대가 제아무리 빨리 진군하더라도 식량과 물자를 나르는 보급 부대가 뒤따르지 않으면 이길 수가 없습니다. 요동은 길이 험한 데다, 지금은 장마철이어서 길이 무너져서 수레가 지나가지 못합니다. 차라리 모든 사졸에게 짐을 나누어 스스로 가져가게 하는 것이 좋지 않겠습니까?"

"거 참 좋은 방법입니다."

 우어위대장군(右禦衛大將軍) 장근(張瑾)이 이렇게 맞장구를 치고 나서자 다른 여러 장수들도 이구동성으로 찬성했다. 우문술도 그럴듯하게 여겨 흔쾌히 허락하고 각각 인마(人馬)에 백일 치 양식을 나누어 주면서 또 갑옷과 창 등의 병장기는 물론 천막까지도 스스로 가져가게 하였다.

 그렇지만 한꺼번에 엄청난 짐을 배당받은 병사들은 짐이 무거워 가져갈 수 없었다.

 여기저기서 불평이 터져 나오기 시작했다. 우무후장군(右武侯將軍) 조효재(趙孝才)가 부하들의 이런 고충을 말했다.

"한 사람 앞에 삼석(三石) 이상은 부담이므로 가지고 갈 수 없습니다. 마땅히 보급부대를 따로 두는 것이 좋습니다."

 우문술도 문제가 있음을 시인했지만 이미 장군들 회의에서 결정된 사안을 바꿀 수 없었다.

"한번 내려진 명령을 중도에서 바꾸게 되면 군사들의 마음만 흐트러질 뿐이다."

"짐이 무거우면 중도에서 버리는 자가 생길 것입니다. 만에 하나라도 그런 사태가 일어난다면 수습하기 힘들 것입니다."

조효재가 다시 간하자 우문술이 화를 벌컥 내었다.

"무슨 개소리를 하는 게냐. 만일 미속을 버리는 자가 있으면 지위고하를 가리지 않고 누구든지 목을 베겠다."

기어이 고집을 부려 모든 병장기와 군량들을 군사들에게 배급하였다. 이렇게 되자 장졸을 가릴 것 없이 한 사람이 짊어지고 갈 짐이 한 수레나 되었다.

엄청나게 많은 짐을 본 군사들은 기가 막혔다.

"우리가 군인인가, 짐꾼인가?"

불평불만이 하늘을 찔렀으나 도리 없는 일이었다.

기나긴 행군이 시작되자 무거운 짐을 멘 병사들은 묵묵히 걸어갈 수밖에 없었다. 더위에 지친 병사들은 피로가 겹쳐서 곳곳에서 쓰러졌으나 우문술은 조금도 개의치 않았다.

도리어 군사들을 나무라기만 했다.

"이렇게 약해빠진 놈들이 무슨 정예 병사란 말이냐."

설상가상으로 요소요소마다 매복해 있던 고구려 군사들은 하루에도 몇 차례씩 무시로 공격했기 때문에 수나라 군사들의 피해는 눈덩이처럼 커져 갔다.

무거운 짐을 가지고 싸우는데 지친 병사 중의 하나가 밤에 몰래 군막 아래 구덩이를 파고 미속을 묻었다. 다른 병사가 그 광경을 보고 겁에 질려 물었다.

"미쳤나? 들키면 처형을 면치 못할 것이다."

하지만 그 병사는 태연했다.

"하루에도 죽는 자가 수십 명에서 많게는 수백 명이 넘는다. 평양성까지 도착하기 전에 죽는 자가 헤아릴 수 없을 것이니 나는 죽은 자의 곡식을 가지면 아무런 문제가 될 것이 없다."

이 소문은 소리 없이 퍼졌고 다른 여러 군사들도 너나 할 것 없이 몰래 미속을 파묻어 버렸다.

그 결과 수군(隋軍)이 압록강 가에 이르렀을 때는 양식이 거의 다 떨어졌다.

우문술이 그 사실을 알아 차렸을 때는 군중에는 양식이 거의 바닥이 난 상태였다. 아무리 펄펄 뛰고 화를 내보았자 모든 군사들을 처벌할 도리가 없었다. 하는 수 없이 남은 식량을 모조리 거두어들이고 배급을 줄여 나가기로 했다.

조효재가 간했다.

"굶주림에 허덕이는 군사들을 끌고 압록강을 건너 멀리 평양성까지 진격하는 것은 자살행위나 마찬가지입니다."

조효재의 말은 옳았지만 이대로 회군한다면 변덕스럽고 괴팍한 양제가 결코 용서할 리가 없었다. 깊은 고민에 빠진 우문술은 이러지도 저러지도 못하고 압록강 변에 둔진을 치고 시간만 보내고 있었.

한편 요수에서 물러난 을지문덕은 제 2방어선인 압록강에 둔진을 치고 반격할 차비를 갖추는 한편 소규모 부대를 여러 갈래로 나누어 유격전을 벌이고 끊임없이 수군들을 괴롭혔다. 이때 한 장교가 수십 명의 포로를 잡아 바쳤는데 그로부터 놀라운 정보를 들었다.

"대부분의 군사들은 모두 굶주리고 있습니다."

너무도 황당하고 어처구니 없는 일이라 을지문덕은 도무지 믿을 수가 없었다. 여러 장수들과 논의를 거듭한 끝에 적의 상황을 정확하게 파악하기 위해 거짓 투항 문서를 써서 적진에 보내기로 하였다.

진퇴양난에 빠져있던 우문술은 뜻밖의 보고를 받았다.

"을지문덕이 전령을 보내 와서 투항 의사를 밝히고자 합니다."

우문술은 제 귀를 의심했다. 아무리 생각해도 을지문덕이 이렇게 순순히 항복해 온다는 것은 이해가 되지 않았던 것이었다.

"아무래도 무슨 수작을 부리려는 것이 틀림없다."

이렇게 말했지만 그렇다고 넝쿨째 굴러 들어온 호박을 걷어 찰 수도 없는 노릇이었다. 선뜻 결정을 내리지 못하자 우어위대장군(右禦衛大將軍) 장근(張瑾)이 말했다.

"망설일 필요가 없습니다. 일단 적장을 만나 본 후 결정해도 늦지 않습니다."

이렇게 해서 을지문덕을 불러들이게 했다.

전령이 무사히 돌아오자 을지문덕은 친히 수군 진영으로 갈 채비를 차렸다.

윤제가 극력 말렸다.

"대장군의 직분은 하늘보다 무겁습니다. 어찌하여 적의 소굴로 뛰어 드시려는 것입니까. 마땅히 소장이 나아가 저들의 동태를 염탐하고 오겠습니다."

다른 장수들도 일제히 간했다.

"차라리 소장들을 보내 주십시오."

그러나 을지문덕의 결심은 단호했다.

"그대들의 충정을 어찌 모르랴. 하나 내가 가지 않으면 저들이 믿지 않을 것이다. 본시 인명은 재천이라. 죽고 사는 것은 하늘에 매인 것이다. 내가 죽을 운명이라면 여기 있어도 죽을 것이고, 그렇지 않다면 반드시 살아 돌아올 것이다."

윤제에게 뒷일을 당부한 뒤 수하 두 명만 대동하여 작은 조각배에 흰 깃발을 꽂고 수군 진영에 들어갔다.

우문술은 이 기회에 을지문덕의 기를 꺾어 놓으려 했다. 수백 개가 넘는 형형색색의 기치를 꽂아놓고 여러 장사들을 줄지어 세우고 잔뜩 위용을 부렸다. 그리고 을지문덕이 배에서 내리자마자 곧장 잡아들이게 하였다.

"네가 감히 범의 아가리에 왔구나. 정녕 살아 돌아갈 수 있으리라 생각하는가?"

을지문덕이 가벼운 냉소를 띠우고 응대했다.

"일찍이 대국에는 올바른 예법이 있다 들었다 그런데 화친하고자 찾아온 장수를 위협하고 또 이토록 무례하게 구는 것이 그대 나라의 도리인 줄 몰랐소."

칠척장신의 건장한 풍모에 수리매 같은 날카로운 눈매를 번쩍이며 한 치의 흔들림도 없는 늠름한 모습을 보자 우문술은 내심 감탄을 금치 못했다.

우문술도 인물을 보는 눈은 있었다.

"과연 군계일학(群鷄一鶴)이로다. 이런 자는 협박이나 공갈 따위로는 제압할 수가 없겠다."

속으로 이렇게 생각하고 곧장 얼굴빛을 고쳐 부드러운 기색으로 웃으며 말했다.

"으하하하하. 서운하게 생각하지 마시오. 내 잠시 장군의 기백을 시험해 본 것일 뿐이오."

단상에서 내려와 을지문덕을 맞이하여 옆 자리를 권했다.

그리고 좌우 군사들을 물리치고 손뼉을 크게 쳐서 미리 차려둔 술상을 들여오게 하였다.

우문술은 만면에 미소를 띠우고 잔이 철철 넘치도록 가득 따라 권한 후에 말을 이었다.

"우리 황제 폐하께서는 사위(四圍)[9]를 평정하시어 마침내 천하를 편안하게 하셨다. 그러자 주변의 왕들이 모두 달려와 조공하고 충성을 맹세하였으나 고구려왕만은 홀로 버티어 입조하지 아니하였으니 이는 무슨 까닭인가?

게다가 그대의 나라는 동쪽에서 매양 우리의 변방을 노략질하기를 그치지 않았으며, 또 백제와 신라를 자주 괴롭혀 그 백성들의 고통이 하늘 끝까지 자자하다. 그래서 백제와 신라왕이 사신을 보내어 여러 차례 구원을 청하였으나 우리 폐하께서는 항상 좋은 말로 달래었다.

생각해보라.

황제의 백만 대군이 한 번 들이치면 산천을 뒤엎고 바다도 메울 수 있을 것이다. 진숙보는 30만 군사로서 대항했으나 한 달을 버티지 못했고, 돌궐왕 돌리도 먼저 와서 머리를 조아렸다.

만약 대군을 휘몰아 굳이 그대의 적은 군사를 징벌하려 한다면 손

---

9) 천지사방

바닥 뒤집기보다도 쉬울 것이나 그대의 임금이 입조하여 황제 폐하를 알현한다면 우리도 군사를 돌릴 것이다."

묵묵히 듣고 있던 을지문덕은 앞에 놓인 술잔을 단숨에 마신 후에 무겁게 대답했다.

"수많은 군사들을 창칼 아래 죽게 하고 만백성을 고통에 빠뜨리는 것은 진실로 우리 대왕께서도 원하는 바가 아닙니다. 그러나 우리 군사와 백성들은 죽어도 포로가 되기를 원치 않고 살아서 노예가 되기를 바라지 않습니다.

창칼을 들이대고 투항을 강요하신다면 모든 장졸들은 죽기로 싸울 것입니다. 부디 이러한 점을 이해해주시고 장군께서 먼저 군사를 물리신다면 나도 우리 대왕께 아뢰어 입조하도록 건의를 올리겠습니다."

서로 의견이 팽팽하게 맞섰다.

먼저 군사를 물려야 입조하겠다는 을지문덕의 조건은 양제의 허락이 있어야 하는 내용이므로 우문술로서는 쉽사리 받아들일 수 없는 것이었다.

"내가 잠시 장수들과 의논하리다."

좋은 말로 을지문덕을 물러나 쉬게 하고 여러 장수들을 불러 의견을 묻자 냉철하고 판단이 빠르기로 소문난 우익위대장군(右翊衛大將軍) 설세웅(薛世雄)이 말했다.

"전쟁을 하려면 상대편의 군세와 나의 군세를 살피지 않을 수 없습니다. 우리에게는 지금 세 가지 불리한 점이 있는데, 첫째는 미속과 마초가 부족하여 오래 싸우기 힘들고, 둘째는 황제께서 거느리는 군사는 요동성에 막혀 언제 올지 모르며, 셋째는 보급을 담당하여 식량과 병장기를 싣고 원군이 오기로 되어 있는 우리 수군들이 어디서 헤매고 있는지 종적을 알 수 없습니다.

　우리의 백만 대군이 요수를 건널 때 저들의 막강한 저항에 부딪쳐 많은 장수와 군사들이 죽었습니다. 이제 또 다시 저들이 넓은 강에 의지하여 죽기를 다하여 싸운다면 자칫 낭패에 빠지게 됩니다. 모름지기 저들을 구슬려 투항하게 해야 합니다."

　요수 도강작전에서 고구려 군의 막강한 군사력을 체험한 장수들은 계속되는 전투에 엄청난 심리적 부담을 안고 있었다. 그런데다 군량마저 떨어져 굶주린 군사들로서는 결사적으로 압록강을 지키는 고구려 군을 상대로 싸워서 승리를 장담할 수 없었던 것이었다.

　이에 우문술도 마음을 돌렸다.

　좋은 말로 구슬려 항복을 받으리라 생각하고 을지문덕을 다시 불러 말했다.

　"고구려는 동방의 대국이요 우리는 중원의 황제라 이번 기회에 양국이 서로 화해한다면 천하가 태평하게 될 것이다.

　그러나 신라와 백제가 이간질을 계속하고 양국 사이에는 오해가 깊어 오늘의 사태를 초래하였으니 이는 양국의 군왕이 서로 만나 해결해야 할 일이다.

　우리가 대군을 끌고 온 것은 결코 그대 나라의 땅을 탐내어 정토하려 함이 아니라 이러한 뜻을 전하고자 할 뿐이었다. 마침 황제께서 요동에 와 계시니 조만간 이곳에 도착하실 것이다. 그대는 당분간 여기에 머무르면서 직접 황제를 알현하여 그 뜻을 받들라. 그렇게 한다면 황제께서 큰 관작을 내려 자자손손 영원토록 영화를 누리게 될 것이다."

자신을 볼모로 잡아 두려는 우문술의 뻔한 속셈을 을지문덕이 모를 리 없었다. 능청스럽게 곤란한 표정을 지었다.

"만약 소장이 돌아가지 아니하면 우리 군사들이 항복이 용납되지 못한 줄 알 것이오. 한시바삐 평양으로 가서 왕을 대동하여 황제를 배알토록 하겠습니다."

듣고 보니 옳은 소리였다. 우문술이 마음이 흔들려서 허락하려고 하자 옆에 있던 우중문이 우겼다.

"아니다. 그대는 여기 남아 황제 폐하를 알현토록 하라. 만약 그대의 왕이 오지 않는다면 우리가 직접 평양을 함락하여 항복을 받을 것이다."

강경하게 나서서 을지문덕을 잡아 두려 하였다.

이렇게 되자 수군 장수들은 붙잡아두자는 쪽과 돌려보내야 한다는 쪽으로 둘로 나뉘어져 의견이 분분해졌다.

그때 위무사(尉撫使)로 있던 상서우승(尙書右丞) 유사룡(劉士龍)이 참견했다.

"싸우지 않고 이기는 것을 최고의 상책이라 합니다. 장차 저들이 항복하려 하는데 그 장수를 가둔다면 오히려 적개심을 일으켜 죽기로 항전하게 만들 뿐입니다."

모여 있던 장수들이 모두 유사룡의 말에 따르자 우중문도 더 이상 고집을 피우지 못했다.

우문술이 을지문덕을 다시 불러 좋은 술을 내어 달래었다.

"몇 몇 장수들이 불민하여 큰 결례를 범했도다. 내가 그대를 의심하지 않음은 천지신명께서 아실 것이다. 그대도 나의 이러한 뜻을 알고 부디 우리의 금석 같은 언약을 저버리지 말라.

 황제께서 이곳으로 오시는 것은 깨우침을 내리려는 것이지 결코 벌하려 함이 아니다. 전날 돌궐의 돌리도 먼저 변방을 공격하였으나 스스로 죄를 뉘우쳐 투항하자 그 지위를 잇게 함은 물론이요 부마로 삼아 자자손손 영화를 잇게 하였으니 왕은 스스로 잘 돌보라고 전하라."

 투항한 돌리의 말을 다시 꺼내어 상기시키면서 간곡하고 은근한 정을 내비치면서 통과패를 내 주고 유사룡으로 하여금 직접 안내하게 하였다.

 을지문덕이 정중히 대답했다.

 "대장군의 뜻을 잊지 않고 반드시 전하겠습니다."

 데리고 온 종자를 거느리고 수군들 사이를 헤쳐 유유히 압록강 쪽으로 달아났다.

 그런데 전일에 수양제는 출전에 앞서 우중문에게 밀지를 내려 당부한 바가 있었다.

 "고구려에는 두 인물이 있으니 왕과 을지문덕이다. 그들 중 한 명만 잡는다면 반드시 승리할 수 있다. 만약 고구려왕이나 을지문덕이 오거든 절대로 놓치지 말고 사로잡아라."

 그 후 우중문은 술좌석에서 중랑장 한괴에게 자랑삼아 이 소리를 한 적이 있었는데 한괴가 을지문덕이 자기편 진영으로 돌아간다는 소식을 듣고 깜짝 놀랐다.

 부하 수십 명을 거느리고 길목을 막았다.

 "걸음을 멈추어라."

 창칼을 위협하여 붙잡으려 하자 유사룡이 통과패를 보이며 꾸짖었다.

"당장 물러서지 못할까. 대장군께서 허락하신 일이다."

틀림없는 우문술의 통과패였다. 한괴가 감히 막지 못하고 우중문에게 달려가 물었다.

"어찌하여 을지문덕을 그대로 돌려보내셨습니까. 전일에 폐하께서 밀지까지 내려가며 신신당부하셨다던 일을 벌써 잊으셨다는 말입니까?"

그제야 우중문은 양제의 당부가 생각났다.

얼굴에 핏기를 잃고 소리쳤다.

"아차! 내가 속았구나. 너는 지금 즉시 강가로 나아가 을지문덕을 꾀어 다시 오도록 하라."

한괴가 명을 받고 부리나케 달려갔을 때에는 을지문덕이 종자들과 함께 막 배에 오르려 하고 있었다. 한괴가 힘껏 말을 몰고 강둑을 따라 내려가며 크게 소리쳤다.

"장군께서는 잠시 걸음을 멈추시오. 대장군께옵서 급히 상의할 일이 있으니 다시 만나고자 합니다."

마침 강바람이 서늘하게 불었다.

을지문덕이 휘날리는 은빛 수염을 쓰다듬으면서 웃음을 터뜨렸다.

"여우같은 우중문이 어찌 교활한 꾀를 내어 사람을 속이려 드는가. 너희 군사들은 굶주리고 지쳐 더 싸울 수 없으니 늦기 전에 빨리 달아나서 목숨이라도 구하는 것이 이로울 것이다. 너는 가서 나의 뜻을 전하라."

종자에게 필묵을 준비시켜 즉석에서 시 한수를 짓더니 화살에 매어 힘껏 날렸다.

화살은 바람을 가르고 정확하게 한괴의 앞에 꽂혔다.

神策究天文　　신책구천문
妙算窮地理　　묘산궁지리
戰勝功旣高　　전승공기고
知足願云止　　지족원운지

신묘한 책략은 하늘에 닿았고
기묘한 전략은 땅의 이치를 통했도다.
전쟁에 이겨 이미 공이 높으니
만족함을 알면 이만 그침이 어떠한가.

한괴가 이 글을 가지고 가서 바치자 우중문은 분기를 참지 못하고 펄펄 뛰었다. 우문술이 뒤늦게 이 사실을 알고 비로소 놀림 당한 것을 알았다. 분기탱천하여 곧바로 진격하려 했다.

조효재(趙孝才)가 간했다.

"분노에 차서 군사를 움직여서는 안 됩니다. 이럴 때일수록 화를 가라앉히고 신중하게 움직여야 할 것입니다."

처음부터 을지문덕을 잡아 두어야 한다고 주장했던 우중문이 발끈했다.

"개소리 지껄이지 말라. 당장 을지문덕을 잡지 못하면 다 된밥에 코를 빠뜨리는 것과 같다."

"우리에겐 식량이 얼마 남지 않았습니다."

"그따위 걱정은 필요가 없다. 래호아의 수군들이 양곡을 싣고 먼저 갔으니 평양으로 가기만 한다면 모든 것이 저절로 해결될 것이다."

우어위대장군(右禦衛大將軍) 장근(張瑾)이 나섰다.

"현명한 장수는 진군할 때와 물러설 때를 잘 판단한다고 하였습니다. 을지문덕은 예사로운 인물이 아니어서 우리가 굶주렸음을 벌써 눈치 채었을 것이니 이제부터는 총력을 기울여 보급로를 차단할 것입니다.

안 그래도 미속과 마초가 부족한 판에 보급로마저 차단당하면 평양에 도착하기도 전에 자멸하게 될 것입니다. 무모하게 진군만 고집하여 낭패를 당하는 것보다는 이쯤에서 멈추는 것이 좋겠습니다."

우문술도 자신이 없었다. 여러 장수들의 말을 따라 회군하려고 하자 우중문이 화를 벌컥 내었다. 탁자를 세게 내려치면서 우문술을 향해 노려보며 말했다.

"장군은 수십 만 대군을 가지고도 능히 소적(小賊)을 깨뜨리지 못하고 돌아간다면 무슨 면목으로 황제를 뵈올 것인가?"

그런데 출군에 앞서 수양제가 군사를 맡길 적에 사령(司令)을 우문술로 삼고 참모(參謀)를 우중문으로 삼았으나 우중문은 계략이 있다 하여 특별히 명을 내렸다.

"우중문은 계략이 있으니 비록 참모로 우문술을 보좌하지만 전략의 지휘권은 우중문에게 있다.

전략의 지휘권은 분명히 우중문에게 주었기 때문에 우문술이 그의 말을 듣지 않을 수 없었다."

혼자 탄식하며 말했다.

"옛날의 훌륭한 장수로서 성공하는 자는 대개 군중의 일을 혼자 독단하였는데 지금은 사람마다 각기 주장하는 바가 있으니 어찌 싸울 수 있겠는가."

결국 우문술은 물러설 수밖에 없었고 우중문의 주장대로 수군들은 압록강을 도강하기로 하였다.

한편 본진으로 돌아온 을지문덕이 장수들을 불러 모아,

"적들은 화려한 기치를 높이 세우고 여러 가지 병장기들을 갖추고 뽐내고 있지마는 실상은 굶주림과 피곤함에 시달리는 모습이 역력했다. 결코 오래 버티지 못할 것이다."

그렇게 말하면서 압록강에서 결전을 포기하고 후퇴할 것을 지시하였다. 엉뚱한 명령을 받은 장수들은 모두 놀랐다.

미축이 물었다.

"적들이 곤패함에 처해 있다고 하시면서 오히려 후퇴를 명하시는 것은 무슨 연유입니까?"

"큰 고기를 잡으려는 어부는 서두르지 않는다. 옛날 단도제(檀道濟)[10]란 장수는 싸울 때마다 후퇴하였으나 모든 전쟁을 승리로 이끌었다. 그러므로 적은 군사로 많은 군사를 대적할 때에는 단도제의 병법을 으뜸으로 친다. 나는 그를 본받아 이미 새로운 계책을 준비해 두었다."

을지문덕은 적군을 더욱 지치고 굶주리게 할 요량으로 내지(內地) 깊숙이 끌어 들이기로 생각하여 살수에서 결전을 벌이고자 작정한 것이었다.

수군들이 보란 듯이 깃발과 영채를 거두면서 유유하게 물러났지만 을지문덕에게 한 번 크게 속은 우문술은 그 저의를 의심하여 멀거니 바라 볼 뿐이었다.

---

10) 오호십육국 시대 송의 명장

그렇지만 다음날 아침 고구려 군사들이 완전히 시야에서 사라지자 그제야 속았다고 판단했다. 을지문덕이 쳐 놓은 덫에 말려들고 있다는 것을 깨닫지 못하고 군사들을 재촉하여 압록수를 건너 고구려 군의 뒤를 추격하게 하였다.

이런 광경을 지켜보던 을지문덕은 군사들에게 호언장담했다.

"적들은 사지로 들어오고 있다. 나의 예상이 맞는다면 적이 살수에 도착할 때쯤이면 양곡은 바닥나게 된다. 그때가 바로 우리가 공격할 때다."

일부러 느릿느릿 달아나서 적들이 진격해 오면 다시 싸우는 체 하다가 후퇴하곤 했다. 그러므로 수군은 하루에 일곱 번 싸워 일곱 번을 모두 이겼기 때문에 우중문은 기고만장(氣高萬丈)하였다.

"평양성은 이제 내 손바닥 안에 있다."

을지문덕이 살수에 이르렀을 때였다. 평양에서 전령이 와서 건무가 래호아의 수군들을 격파한 사실을 알렸다. 모든 장수들이 기뻐서 날뛰었지만 을지문덕은 그 보고를 받은 후 한참동안 말이 없었다. 미축이 간했다.

"하늘이 우리를 도우는 것입니다. 이제는 더 이상 물러날 필요가 없어졌습니다. 여기서 결판을 내야 합니다."

을지문덕이 고개를 흔들었다.

"아니다. 이제 막 작전이 바뀌었다."

사실 처음에는 을지문덕도 우문술의 별동대를 살수까지 끌어들여 최후의 결전을 치르기로 작정했다. 그것은 양곡을 실은 래호아의 수군이 평양에서 우문술의 군사들과 합세하는 것을 우려했기 때문이었다.

그렇지만 건무가 래호아의 수군을 괴멸시켜 이러한 을지문덕의 근심을 단숨에 날려버린 마당에 구태여 살수를 지킬 필요가 없었던 것이었다.

을지문덕이 퇴각 명령을 내려 평양성으로 후퇴하려 하자 윤제가 고집을 부렸다.

"적은 오랫동안 굶주리고 지칠 대로 지쳐 있습니다. 더 이상 지체하지 말고 여기서 전쟁을 끝장을 내어야 합니다."

을지문덕이 빙그레 웃었다.

"네 말이 옳다. 옛말에 이르기를 높이가 7, 8장 되는 성벽과 백보 너비의 뜨거운 물이 고여 있는 해자와 백만이 넘는 병사들이 있어도 양식이 없으면 성을 지켜낼 수가 없다고 하였다. 그만큼 양식은 전쟁에서 가장 중요한 무기이다. 지금 적의 숫자가 30만이나 되는데 섣불리 결전을 벌이면 비록 이긴다고 하더라도 우리 군사들의 피해도 막심할 것이다. 나는 승리를 걱정하는 것이 아니라 우리 군사들이 상하지 않게 하려는 것이다."

그리고 태대사자 미축을 불러 밀명을 내렸다.

"너는 일군을 이끌고 상류로 가서 물을 막고 댐을 쌓아라."

뜬금없는 명령에 미축이 물었다.

"댐은 하루아침에 되지 않습니다. 지금 댐을 쌓아서 무얼 하겠다는 것입니까?"

"처음에 나는 여기서 적군의 반을 섬멸하려 하였다. 그러나 이제는 적군 모두를 쓸어버릴 작정이다. 나는 적들을 평양까지 끌고 가서 한참동안 머무를 것이니 그 동안 너는 댐을 쌓으면 된다. 한 달 쯤 뒤에 적들은 이곳으로 다시 돌아올 것이니 그때 둑을 터뜨려 모조리 물고기 밥이 되게 할 작정이다."

미축은 경탄을 금하지 못했다.

"장군님의 이런 신묘한 작전은 하늘도 놀라고 땅도 탄복할 것입니다."

"이 작전은 절대로 비밀에 부쳐야 한다. 귀신도 알아서는 안 될 것이다."

단단히 당부하고 미축을 떠나보낸 후 스스로 군사들을 거두어 평양으로 물러났다.

수장들 중에서도 제법 똑똑한 자도 있었다. 우무후장군(右武侯將軍) 조효재(趙孝才)는 을지문덕의 군사들이 살수도 버리고 달아나자 우문술에게 말했다.

"생각해보면 아무래도 이상한 일이 많습니다. 험준한 강이나 계곡을 지키는 것은 병법의 요체여서 삼척동자도 모두 아는 사실입니다. 고구려 군사들은 요수에서 필사적으로 싸웠습니다. 그런데 우리의 군량이 떨어진 것을 알고 있으면서도 압록수나 살수를 버리고 계속 도망만 치는 것은 아무래도 꿍꿍이속을 가지고 있는 것이 분명합니다."

이렇게 걱정했지만 연전연승으로 들떠있던 우문술은 코웃음만 칠뿐이었다.

"그대는 걱정도 팔자다. 적은 우리 군사들의 기세에 눌려서 싸울 의욕이 없는 것이다. 이런 속도로만 진군한다면 열흘 안에 평양성에 당도할 것이니 그때까지는 식량도 여유가 있다.

만에 하나 적들이 평양성을 굳게 지켜 저항한다고 하더라도 양곡을 실은 래호아의 수군이 평양 하류에서 기다리고 있을 터이니 이러나저러나 만사형통이 아닌가?"

군사들을 재촉하여 파죽지세로 나아가 마침내 평양성 삼십 리 밖에 이르렀다.

그런데 지나는 곳마다 모든 인가가 텅텅 비어 사람의 그림자도 보이지 않았고 성 앞에 있는 나무와 풀들은 깨끗하게 정리되어 쥐새끼 하나 숨을 틈이 없었다.

"아마도 적들은 투항하지 않으려는 것입니다."

조효재가 다시 걱정하자 우문술이 버럭 화를 내었다.

"더 이상 방정을 떤다면 내손으로 참하겠다."

이렇게 꾸짖어 물리쳤지만 우문술도 슬슬 걱정이 되기는 마찬가지였다. 허공(許公)을 보내어 평양성을 염탐하게 하였다.

허공이 돌아와 말했다.

"적들은 두려워하며 떨고 있는 것이 분명합니다. 성안은 고요하기만 하여 사람들은 물론이요 닭이나 개 우는 소리조차 들리지 않습니다."

이 보고를 받은 여러 장수들은 공격하기를 주장했으나 우둔위대장군(右屯衛大將軍) 신세웅은 말렸다.

"역지사지(易地思之)라고 잠시 생각을 바꾸어 보십시오. 적들이 정말 투항할 의사가 있다면 우리가 여기까지 오기 전에 성문을 열어젖히고 맞으러 나왔을 것입니다. 하지만 우리 대군이 성문 아래에 이르러도 도무지 움직이지 않습니다. 진실로 무서운 적이란 보이지도 않고 느낄 수가 없다고 합니다. 삼가 신중하지 않을 수 없습니다."

그 말을 듣자 갑자기 분위기가 무거워졌다. 좀체 말이 없던 우익위대장군(右翊衛大將軍) 설세웅(薛世雄)이 나섰다.

"우리가 이곳까지 진격해 온 것은 을지문덕이 항복을 약속했기 때문입니다. 성으로 사자를 보내어 투항을 재촉해 보는 것이 가장 상책인 듯합니다."

허공을 다시 보내어 평양성으로 들어가게 하였지만 굳게 닫힌 성문은 도무지 열릴 기미가 보이지 않았다. 초조해진 허공이 큰 소리로 외쳤다.

"우리 대군이 이미 성 앞에 와 있다. 을지문덕은 전에 약속한대로 어서 항복하기를 바란다."

사자가 몇 번이고 소리를 지르자 그때야 한 사람이 나타나서 대답했다.

"잠시만 기다리시오. 대장군님께서 만나시겠답니다."

얼마나 시간이 지났을까. 성루에서 북소리가 들리면서 을지문덕이 모습을 드러내며 정중하게 대답했다.

"여기까지 오느라 매우 수고했습니다. 우리가 곧 항복하려 하여 토지와 인구의 문적을 조사하고 있는 중입니다. 여기 간단한 술과 고기를 보내오니 닷새만 기다려 주십시오."

어처구니없는 일이었다. 하루하루가 다급한 판에 닷새나 성 밖에서 멍청하게 기다리라고 한다니 도대체 화가 나서 견딜 수가 없었다. 우중문이 참지 못하고 소리쳤다.

"이놈들이 감히 우리를 깔보는 게다. 틀림없이 일부러 시간을 끌면서 우리를 지치게 하려는 수작이다. 당장 정병을 내어 뜨거운 맛을 보여 주어야 한다."

공격할 것을 강력하게 주장하였으나 검교좌무위장군(檢校左武衛將軍) 최홍승(崔弘昇)이 말했다.

"들으니 을지문덕의 말이 그윽하게 공손하니 그 뜻을 짐작할 수 있습니다. 여태까지 참아 왔는데 고작 열흘을 못 참아 전쟁을 벌인다면 굶주림에 지친 병사들은 피해가 엄청나게 많을 것입니다."

대부분의 장수들도 생각이 같았다.

얼핏 보기만 해도 평양성은 철옹성으로 이름이 높던 요동성보다도 성벽이 높고 견고했다. 그리고 천연 해자로 두른 대동강은 깊이를 알 수 없었고 얼마나 많은 정병들이 지키고 있는지 도무지 알 길이 없었다.

게다가 대부분의 군사들은 굶주리고 지쳐서 기강이 무너진 군사들로서는 싸울 수도 없다는 것을 잘 알고 있었다. 이런 형편에 을지문덕의 심기를 건드려 고구려 군사들로 하여금 결사항전을 하게 한다면 승리는 고사하고 오히려 떼죽음을 당할 지도 모르는 노릇이었다.

그러므로 싸워야 한다는 우중문의 의견에 동조하는 장수는 아무도 없었다. 우문술도 그런 사정을 모를 리 없었다.

"지금 성을 공격하는 것은 자살행위와 마찬가지다. 우리의 희망이라면 래호아 뿐이다. 한편으로는 을지문덕의 말을 들어주는 체하면서 패수 하류에 사람 보내어 래호아를 수소문하라. 만약 양곡과 배급을 지원받을 수 있다면 그때에 평양성을 공격해도 늦지 않으리라."

이렇게 말하고 다시 닷새 말미를 주어 기다리기로 하는 한편 군사를 여럿으로 나누어 래호아의 군사를 찾게 하였다. 그렇지만 굶주린 군사들의 생각은 딴판이었다.

"난 이곳에서 죽고 싶지 않다."

"누구를 위하여 무엇 때문에 싸워야 하나?"

군사들이 두 명 이상만 모이는 자리에서는 으레 이러한 불평이 터져 나왔고 아예 달아날 궁리부터 하는 자가 많았다.

심상치 않은 기미를 눈치 챈 우문술은 군사들이 폭동을 일으킬까봐 걱정이 되었다. 궁여지책으로 여러 장수들에게 수십 명씩 군사를 거느리고 흩어져서 근처 민가를 털어 양식을 모으게 하였지만 모두가 씻은 듯이 깨끗하게 비워져서 쌀 한 톨, 보리 한 자루 건질 수가 없었다.

처음에는 하루에 한 끼씩 죽을 쑤어 배급하였으나 그마저 부족하게 되자 장수들이 가로채어 뺏어 먹고, 일반 병사들은 풀이나 나무껍질을 뜯어 허기를 채우기 일쑤였다.

사건은 우둔위대장군(右屯衛大將軍) 신세웅의 진영에서 먼저 터져 나왔다. 자신의 죽을 빼앗긴 군사 하나가 분노를 참지 못하고 상관을 찔러 죽였다. 주위에 있던 군사들이 그를 체포하자 그 군사는 울분을 터뜨리며 소리쳤다.

"이렇게 굶어 죽는 것보다는 차라리 깨끗하게 죽겠다."

이 소리를 들은 수백 명의 군사들이 한꺼번에 일어나서 폭동을 일으켰다. 한바탕 소란이 일어나고 창고가 습격당하자 신세웅이 근위병을 이끌고 가서 무참하게 몰살시켰지만 이 사건으로 수군들의 사기는 땅에 떨어졌다.

날은 찌는 듯이 무더운데 굶어 죽는 군사들이 하루에도 수백 명씩 속출했다. 살아남은 군사들도 대부분 피골이 상접하여 사람의 몰골이 아니었다.

굶주린 군사들은 군마까지 잡아먹기 시작하더니 심지어 죽은 사람의 시체를 뜯어먹는 자도 있었다. 사흘도 지나지 않아서 이번에는 괴질이 나돌아 진영은 거대한 무덤처럼 음산한 기운이 나돌았다.

전염병은 전쟁보다도 더 두려운 대상이었다. 공포에 질린 군사들은 하루 밤에도 수십 명씩 줄지어 탈주했고 병들고 부상당한 군사들만 남아있는 실정이었다.

"병영을 이탈하는 자는 모조리 참수하라."

우문술은 군사들의 이탈을 막기 위해 달아나는 자들을 보이는 족족 잡아들여 각 진영의 입구에 그 목을 내걸었다.

그렇지만 아무리 엄하게 군율을 다스려도 걷잡을 수 없이 퍼지는 전염병은 어쩔 도리가 없었다. 병들어 죽는 자가 하루에도 적게는 수십 명이요 많게는 수백 명씩 생기자 처벌과 위협만으로는 군사들을 다스릴 수 없었다. 우문술이 직접 나서서 군사들을 달래었다.

"평양성 안에는 수만 섬의 곡식과 아리따운 궁녀들이 있다. 며칠만 더 참는다면 모두 너희들 것이 될 것이다. 지금 저들이 투항 준비를 하고 있으니 조금만 기다려라. 푸짐하게 상을 내려 너희들의 노고에 보답하겠다."

그럭저럭 닷새가 지나 약속한 날이 되자 우문술은 다시 허공을 보냈다. 그렇지만 을지문덕의 답변은 의외였다.

"성 안에는 사람도 많고 찾아야할 문서도 많다. 아직은 준비가 되지 않았으니 열흘만 더 기다려 달라."

우문술은 말문이 막혀 대답조차 하지 못했는데, 부하들의 반란 사건 때문에 가득이나 예민해져 있던 신세웅이 마침내 분노를 터뜨렸다.

"하루만 더 기다린다고 해도 군사들은 다시 폭동을 일으킬 것입니다. 무슨 재주로 그들을 달래겠습니까. 또 열흘을 기다리라는 것은 우리를 몽땅 굶어죽게 만들려는 흉계입니다. 지금이라도 공격하여 성을 짓밟아버려야 합니다."

장근이 반대했다.

"전쟁을 하려면 도착하자마자 시작했어야 합니다. 생각해 보십시오. 우리 군사들은 굶주리고 지쳐 창 한 자루도 들기 힘든 형편인데, 어느 누가 저 험한 성벽을 오를 수가 있겠소? 이왕 이렇게 된 바에야 저들을 잘 구슬려 하루라도 빨리 저들의 항복을 받아내는 것이 상책일 뿐이오."

신세웅도 홧김에 큰소리는 쳤으나 스스로 생각해도 승산이 없는 전쟁임을 잘 알고 있었다. 못 이기는 체 물러서자 우문술이 무겁게 입을 열었다.

"이제는 도리가 없다. 저들이 약속을 지키기만 기다리는 수밖에 무슨 방책이 있겠는가?"

그렇지만 신세웅의 걱정은 바로 들어맞았다.

다시 약속한 닷새가 지나도 성안에서는 아무런 기척조차 없었다. 이렇게 되자 굶주린 군사들은 극도로 광분하여 금방이라도 다시 폭동을 일으킬 분위기였다.

우문술도 더 이상 참을 수는 없었다. 대군을 끌고 나아가 평양성 앞에 늘어놓고,

"이놈! 을지문덕아. 일국의 대장군이란 자가 이토록 신의가 없단 말인가. 당장 성문을 열고 나오지 않는다면 우리의 30만 대군이 성을 쑥대밭으로 만들어 놓겠다."

발을 동동 구르며 호통을 쳤다.

이때였다. 조용하던 성 안에서 장엄한 주악소리가 울리면서 황금색

바탕에 푸른 수실로 장식한 교룡기(交龍旗)를 중심으로 수백 개의 깃발이 솟아올랐다.

갑작스런 광경에 수군들은 숨을 죽이고 멀거니 바라만 보고 있었는데 찬란한 금빛 갑옷과 투구로 갖추어 입은 한 장수가 모습을 드러내어 말했다.

"여태까지 기다리느라 정말 수고했소이다."

멀리서 바라보아도 틀림없는 을지문덕이었다. 우중문은 속으로는 괘씸하기 짝이 없었으나 한편으로는 반가웠다. 짐짓 위엄을 갖추어 말했다.

"대장부의 한마디는 천금보다 귀하다고 하였다. 설마 전에 장군이 한 약속을 잊지는 않았을 것이다. 어서 성문을 열고 우리를 안내하라."

을지문덕이 하늘을 우러러 크게 웃더니 큰소리로 대답했다.

"으하하하. 약속이라고 하였느냐? 남의 나라에 침략해 놓고 약속이라고 하였단 말이냐?"

"보라. 우리의 30만 정병이 두렵지도 않은가? 내가 마음만 먹는다면 이까짓 돌무더기 성벽 따위야 한 나절 안에 뭉개버릴 수도 있다."

을지문덕이 대답을 하지 않고 주위의 장수에게 명하였다.

"여봐라! 수나라 대장군께 드릴 선물을 내려 보내라."

우문술을 비롯한 수나라 장졸들은 도깨비에게라도 홀린 듯 우두커니 서서 바라보고 있었는데 북소리가 하늘 높이 울려 퍼지면서 높은 성벽 위에서 붉은 보자기에 싸인 커다란 물건이 밧줄에 묶인 채 내려 왔다.

이윽고 물건이 땅에 내려지자 우문술이 호기심이 생겼다.

부하를 시켜 가져오게 하여 붉은 천을 풀어보았는데 그 속에는 오동나무로 만든 관(棺)이 들어 있었다. 더욱 황당한 것은 관 위에는 붉은 색 비단 위에 황금색 글씨로 '수나라 대장군 우문술의 관'이라 적혀 있었다.

우문술이 경악을 금치 못했다.

"네 놈이 정녕 죽기를 원하는가!"

을지문덕이 문득 푸른 하늘의 한 쪽 구석을 가리켰다. 그곳에는 무수한 까마귀 떼가 새까맣게 몰려 날고 있었다.

"어리석은 우문술아. 내 말을 잘 들어라. 저 하늘 위에 날고 있는 까마귀 떼들이 너희들의 고기를 애타게 기다리고 있다. 전일에 양량이란 자가 30만 대군을 데리고 와서 우리 까마귀들의 배를 채우더니 이제 너희가 다시 와서 먹이 되기를 자초하니 참으로 가련하지 아니한가.

너희들은 이미 식량이 떨어져 굶주린 지 오래라, 배고픔에 지친 병사들은 화살 하나 들기도 힘들 것인데 평양성은 높고 튼튼하여 뛰어넘을 수 없으니 이제 어찌하려 하느냐.

내가 그것을 불쌍히 여겨 압록강에서부터 달아날 것을 권하였거늘, 스스로 수만리 길을 걸어와 독안에 든 쥐가 되었으니 이제 퇴각할 길조차 막혔구나.

지금 군사를 내어 수고로이 치지 않아도 네놈들이 저절로 굶어죽어 황량한 들판에 시체로 버려질 것이다. 그러면 저 하늘에 날아다니는 까마귀밥이 될 것이나 내 특별히 인정을 베풀어 잘 태워 화장하고 명복이나 빌어주겠다.

하나 너는 일국의 대장군이라 우리 대왕께서 특별히 너를 대접하여 이 관을 보내고 고이 모셔 후하게 장사지내 주라는 은덕을 베푸셨으니 무릎을 꿇고 숙배하라."

 수군들의 약점을 정확하게 꼬집는 말이었지만 우문술도 가만히 당하고 있을 수 없는 일이었다.

 거짓으로 태연한 척 꾸며대어 응수했다.

 "하하하, 너는 하나만 알고 둘은 모르는 구나. 지금 우리 수군도독 래호아가 수만의 군사와 곡식을 가지고 이미 패강으로 들어오고 있으니 어찌 군량을 걱정하랴.

 우리 군사들은 술과 고기를 넉넉하게 먹고 사기가 하늘을 찌를 듯하니 이까짓 성을 함락하는 것은 손바닥 뒤집는 것보다도 쉬운 일이다. 지금이라도 성문을 열고 나온다면 살 길을 찾을 수 있겠지만 그렇지 않다면 모조리 처참하게 죽을 것이다."

 을지문덕이 천연덕스럽게 놀라는 척하면서 능청을 떨었다.

 "뭐라고, 래호아가 온다고?"

 우문술이 으쓱하여 크게 외쳤다.

 "너는 그것을 몰랐을 것이다. 우리의 수군이 도착하면 너희들은 방법이 없다. 빨리 투항하는 것만이 살 길이다."

 을지문덕이 웃음을 터뜨리며 조롱했다.

 "으하하하 그렇구나. 네가 믿는 바가 있어 그렇게 큰 소리를 친 게로구나. 허나 래호아의 수군들은 이미 우리 건무장군에게 대패하여 달아났고 너희들 양식을 실은 배들도 모두 바다에 침몰해 버렸으니 이를 어찌한다?"

 청천벽력 같은 소식에 우문술은 머릿속이 하얗게 변하는 것을 느꼈다. 어쩔 줄 모르고 멍청하게 성만 바라보고 있는데 을지문덕이 큰 소리로 호령했다.

"래호아의 장군기와 패인(牌印)들을 돌려주어라."

명령이 떨어지자마자 성위에서 수많은 기치와 인장들이 빗발치듯 떨어졌는데 주워보니 모두 래호아의 것이 분명했다.

"아!"

우문술은 정신이 아뜩해져서 현기증을 느끼고 비틀거렸다. 좌우에 있던 아장들이 황급히 부축했지만 이를 뿌리치면서 넋두리처럼 말했다.

"낭패로다. 낭패로다. 이 일을 어이할꼬."

마지막 희망이던 래호아의 수군마저 괴멸되었다는 것은 충격이 아니라 절망이었다. 이렇게 된 이상 우문술은 잠시라도 지체할 수 없었다.

정말로 을지문덕의 말대로 모조리 굶어죽거나 그 전에 군중에서 소요가 일어나 스스로 패멸할 지경이었다. 위기에 몰리면 대개의 사람은 남의 탓으로 돌리려고 하는 법이다.

우문술은 이렇게 곤경에 빠지게 된 것은 압록강에서 회군하려 할 때 우중문이 기어이 고집을 부려 평양으로 진격하자고 주장했기 때문이라고 생각했다.

얼굴이 붉으락푸르락하여 불평을 터뜨렸다.

"압록강에서 회군만 하였더라도 이 낭패는 없었을 것이다."

은근히 패전의 책임을 자신에게 돌리려하자 우중문도 참지 않았다. 버럭 화를 내며 허리에 차고 있던 칼을 거머쥐었다.

"내가 을지문덕을 잡아두려 하였건만 누가 놓아주었는가. 제 발로 호구에 들어온 적장을 놓쳐 보내 놓고서 이제와 어찌 딴 소리를 한단 말인가."

두 장수가 금방이라도 싸울 듯한 기세였다.

일촉즉발의 위험한 순간 유사룡이 나서며 두 사람을 달랬다.

"두 분 대장군께서는 고정하십시오. 눈앞에 난적을 두고서 지난날의 잘잘못을 따져 어떡하겠단 말입니까. 모름지기 지금은 힘을 모아야 할 때입니다."

우중문이 비로소 칼에서 손을 떼면서 내뱉듯이 말했다.

"한 군대에 두 장수가 있으니 어떻게 승리를 바라겠는가?"

휑하니 몸을 돌려 자신의 막사로 돌아가 버렸다.

설세웅과 여러 장수들이 우문술의 막사로 와서 말했다.

"지체할 수 없습니다. 빨리 후퇴해야 합니다."

우문술도 어쩔 수 없었다. 그렇지만 이번에는 고구려 군의 추격이 두려웠다. 방진(方陣)을 치고 후방을 경계하면서 부대 간에 대오를 갖추게 하였지만 굶주림에 지친 수군들은 삼삼오오로 흩어져 달아나는 자가 많았다.

"적들이 모두 달아나기 전에 섬멸해야 합니다."

성 위에서 이런 모습을 지켜보던 윤제가 추격할 것을 건의했으나 을지문덕은 담담하게 그의 청을 물리쳤다.

"적군을 죽이는 것만이 능사가 아니라 우리 군사의 희생이 없어야 참다운 승리라고 할 수 있다. 그래서 유능한 장수가 적을 쫓을 때는 함부로 퇴로를 막지 않는 것이다."

수군들이 퇴각한다는 소문이 나돌자 성 안 백성들은 환호성을 질렀다. 영양왕도 비빈과 시신을 모두 거느리고 장대로 친히 달려와 을지문덕을 찾았다.

"이제 전쟁은 끝났소. 모든 것은 대장군의 공이요."

치하의 말을 아끼지 않았는데 을지문덕이 대답했다.

"전쟁은 아직 끝나지 않았습니다. 진짜 전쟁은 이제부터 시작일 뿐입니다."

왕이 그 뜻을 알지 못하고 어리둥절하고 있으려니 을지문덕이 말을 이었다.

"적들이 그냥 돌아가면 다음에는 필연코 군량을 갖추고 다시 쳐들어 올 것입니다. 이번에 완전히 섬멸하여 두 번 다시 침략하지 못하도록 그 의지마저 꺾어 놓아야 합니다."

성 안의 모든 군사들을 칠성문과 보통문 앞에 집결시키고 장검을 높이 들고 크게 외쳤다.

"살고자 하면 죽을 것이요, 죽고자 하면 살 것이다. 오늘 이 전쟁에서 나라를 구하고 부모형제들을 모두 살릴 것이니 그대들의 거룩한 이름은 청사에 빛나리라."

사기충천한 고구려 군사들이 무서운 기세로 달려 나가 수군들의 후미부터 공격했다.

굶주림에 지친 수군들은 쓸모가 없어진 여러 가지 공성도구는 물론이고 각종 기치나 무거운 무기들까지도 죄다 버리고 달아났으므로 변변하게 싸울 수가 없었다.

군대와 군대간의 연락은 이미 끊어졌고 장수는 장수대로 졸병들은 졸병대로 달아났다. 후군을 지휘하던 우어위대장군(右禦衛大將軍) 장근(張瑾)은 군사들을 모두 버리고 제 혼자 몸만 빠져나갔으며, 좌효위대장군(左驍衛大將軍) 형원항(荊元恒)도 고작 수백 명의 호위 병사만 이끌고 달아나버려서 장수를 잃고 우왕좌왕하던 군사들은 고스란히 참살당하고 말았다.

윤제가 우중문의 군대를 발견하고 급히 추격하였는데 을지문덕이 징을 쳐서 회군을 명했다. 본진으로 돌아온 윤제가 불평을 터뜨리자 을지문덕이 타일렀다.

"쥐새끼도 궁지에 몰리면 고양이에게 덤벼드는 법이다. 전쟁에 나선 장수는 자신의 용맹을 자랑하거나 명예를 위하여 군사들의 피를 흘리게 해서는 안 된다. 이기고 있을 때일수록 더욱 냉정하고 조심해야 한다."

이렇듯이 을지문덕은 전혀 서두르지 않았다. 뒤쳐진 수나라 군사들을 처치하면서 천천히 추격해 나갔기 때문에 우문술과 우중문은 얼마나마 여유를 가지고 도망갈 수 있었다.

우문술의 군사들이 살수에 다시 도착한 날은 7월 임오일이었다. 호호탕탕하게 흐르는 살수의 넓고 드센 물살을 보자 신세웅은 두려운 생각이 들었다.

"강물이 얼마나 깊은 지도 모르는데 무작정 물에 뛰어 들어서는 안 됩니다. 듣자니 수성(水星)이 푸른빛을 띠면 전쟁에서 근심이 있고, 검은빛을 띠면 수재(水災)가 있다고 합니다. 요사이 수성이 자주 푸른빛과 검은빛을 띠고 나타나고 있으니 차라리 시간이 걸리더라도 우회하는 것이 어떻겠습니까?"

제법 천기를 아는 듯 이렇게 건의했지만 곁에 있던 조효재가 금방 반박했다.

"굶주린 병사들은 한시도 버틸 기력이 없는 판에 어떻게 강줄기를 우회하여 시간을 끌자는 것입니까? 그렇게 되면 우리는 강도 건너기도 전에 저들의 추격에 걸려 모두 죽게 되고 맙니다. 지금으로서는 선택의 여지가 없습니다. 공연한 별자리를 운운하면서 눈앞에 닥칠 화를 자초해서는 안 됩니다."

장수들 중에서는 우회하자는 쪽과 바로 건너야 한다는 의견이 나뉘어 분분하게 다투었지만 우문술과 다툰 이후로 비위가 상해 있던 우중문은 처음부터 강 건너 불구경하듯 모른 척 할 뿐이었다.

우문술은 답답했다. 함부로 결정을 내리지 못하고 강변만 이리저리 살피고 있었는데 어디선가 승려 7인이 나타났다.

그들은 하늘을 보면서 탄식하듯 큰 소리로 서로 떠들었다.

"올해는 가뭄이 심해 정말 큰일일세. 이렇게 큰 강물도 오금에도 미치지 못하니 농사일을 어찌 하려나?"

이렇게 걱정하면서 다리를 걷고 유유히 물에 들어서더니 순식간에 강을 건너 발을 툭툭 털어버리고는 풀숲 사이로 사라져 버렸다.[11]

살수의 강물이 무릎까지 밖에 차오르지 않는 것을 확인한 우문술은 한 시름을 놓았다.

"다행이다. 하늘이 우리를 도우시는 것이다."

검교우어위호분랑장(檢校右禦衛虎賁郎將) 위문승(衛文昇)을 앞장세워 강을 건너게 하고 자신도 뒤따라 대군을 거느리고 강물에 뛰어들었다.

또한 뒤따라오는 고구려 추격병을 저지하기 위해서 우둔위대장군

---

11) 그때 스님으로 변장한 일곱 명은 고구려 병사가 아니라 일곱 부처님이어서 그 공덕을 기려 칠불사(七佛寺)를 창건했다는 설화가 있다.

(右屯衛大將軍) 신세웅(辛世雄)과 우익위대장군(右翊衛大將軍) 설세웅(薛世雄), 검교좌무위장군(檢校左武衛將軍) 최홍승(崔弘昇)의 5만 대군을 뒤에 남겨 만약의 기습에 대비하도록 하였다.

30만 별동대가 다투어 뛰어들자 살수의 넓은 강물에는 수군들의 머리로 가득 찼다. 백상루에 우뚝 서서 그 광경을 지켜보고 있던 을지문덕이 칼을 번쩍 들었다.

"자랑스런 고구려의 용사들이여. 똑똑히 들어라. 오늘 이 전쟁은 우리 후손들이 영원히 기억할 것이다. 모든 힘을 다하여 침략자들을 섬멸하라."

명령이 떨어지자 화살과 쇠뇌살이 먼저 빗발치듯 쏟아졌다. 수많은 수군들이 그 자리에서 죽어 넘어지자 놀란 군사들은 아우성을 치면서 달아났다.

북과 꽹가리 소리가 천지를 진동하고 누각 아래 있던 장수들도 따라 외쳤다.

"돌격하라!"

살수는 거대한 도살장으로 변했다.

대지는 피로 물들었고 시체에 시체가 쌓여 강물의 물줄기마저 막힐 지경이었다. 공포에 질린 수군들이 갑옷과 창칼을 내던지고 첨벙첨벙 강물에 몸을 던졌다. 이때 서로 먼저 강을 건너려고 다투어 자기네끼리 서로 밀치고 당기며 싸웠기 때문에 자기편 군사들에게 짓밟혀 죽는 군사가 더 많았다.

"달아나는 자는 모조리 참수하라."

설세웅이 격앙된 목소리로 명령을 내리자 후미에 남아있던 여러 편장들이 강물 앞에 버티고 서서 대오(隊伍)를 이탈한 도망병들을 가차없이 베었다.

그러나 분노한 군사 하나가 편장을 찔러 죽이자 미쳐서 날뛰는 군사들은 앞길을 가로막는 자기네 장수들을 죽여 버렸다. 군사들이 이미 통제 불능의 상태에 빠지자 설세웅도 더럭 겁이 났다. 슬그머니 달아나 강물 속으로 뛰어들었다.

수많은 군사들이 허겁지겁 허우적거리면서 강물을 건너고 있을 때였다. 지축을 뒤흔드는 굉음이 들리면서 거대한 지진이라도 일어난 듯 땅이 마구 흔들렸다. 살수의 상류에서 미리 기다리고 있던 미축이 때맞춰 댐을 무너뜨린 것이었다.

"우르르르, 쾅! 쾅!"

거대한 물기둥이 하늘까지 뻗치고 하얀 물보라는 천지를 뒤덮었다. 나무와 바위 덩어리가 허공에 우뚝 서서 걸어오면서 일시에 덮쳐오자 강을 건너고 있던 수군들은 넋을 잃고 돌처럼 굳어 버렸다.

상전벽해(桑田碧海)!

세찬 물소리는 천지를 뒤흔들었고 일순간에 모든 것은 물바다로 변했다. 성난 물줄기는 허연 이빨을 드러내며 단숨에 모든 것을 집어삼켰고 아비규환의 생지옥에 빠진 군사들은 짐승처럼 울부짖었다.

간발의 차이로 강을 건넌 우문술과 우중문은 30만이나 되는 대군이 순식간에 눈앞에서 사라져 버리는 것을 두 눈으로 똑똑히 보았다.

숨이 턱 막히고 눈앞이 노래지면서 머리가 하얗게 비었다. 제자리에 못이라도 박힌 듯이 꼼짝하지도 못하고 다리만 후들후들 떨고 있었다.

그때 좌효위대장군(左驍衛大將軍) 형원항(荊元恒)이 큰소리로 재촉했다.

"빨리 달아나지 못하면 적에게 붙잡히게 됩니다."

우문술은 정신이 번쩍 들었다.

순간 오로지 어서 이곳을 벗어나야겠다는 일념뿐이었다. 말고삐를 조여잡고 정신없이 채찍질하여 강줄기를 벗어나 달아났다.

후군에 남아 있던 수군들은 미처 강에 뛰어들지 못해 물고기 밥 신세는 면했지만 을지문덕이 이들을 가만히 두지 않았다. 좌우로 포위하고 몰아대었다.

"한 놈도 남기지 말라."

"깡그리 죽여 버려라!"

함성소리가 천지를 진동하고 매서운 공격은 한나절 동안 계속되었다. 신세웅은 좌충우돌하면서 사력을 다해 싸웠으나, 고구려 창병들이 둘러싸고 극의 갈고리로 걸어 넘어뜨린 다음 목을 베어 죽였다.

사잇길로 달아났던 최홍승도 결국에는 포위에 갇히고 말았는데 부하 장수 하나가 말했다.

"도망치기는 글렀습니다. 차라리 투항하여… ."

말이 끝나기도 전이었다.

"황제의 군대에는 투항이란 있을 수 없다."

단칼에 베어버리고 죽기 살기로 싸워 포위를 벗어났다. 그렇지만 최홍승은 스스로 무덤을 판 꼴이 되고 말았다. 하필이면 달아난 곳은 풀 한 포기 나무 한 그루 없는 바위산이어서 한 모금의 물도 구할 수가 없었던 것이었다.

윤제는 서두르지 않았다.

수천 명의 군사로 완전히 포위하고 육각방패를 든 창병을 배치하고 그 뒤에 궁수를 두어 철통같이 포위해 버린 것이었다.

죽음의 공포 속에 떨면서 하루 밤을 꼬빡 뜬눈으로 지새운 최홍승의 군사들은 대부분 자포자기의 상태에 빠져있었다. 흙투성이에다 퉁퉁 부르튼 얼굴로 서로를 바라보며 하염없이 눈물만 흘릴 뿐이었다.

날이 밝아 아침이 되자 사태는 더욱 심각해졌다. 구름 한 점 없는 맑은 하늘에 태양이 작열하자 황량한 바위산이 뜨겁게 달아올랐다.

목마름은 굶주림보다도 더 무서운 것이었다. 타는 듯한 뙤약볕은 애당초 견딜 수가 없는 일이어서 여기저기서 열사병에 걸린 군사들은 아무렇게나 픽픽 쓰러져 죽어 넘어졌다.

거의 미쳐버린 군사들은 너나 할 것 없이 바위 그늘에 붙어있는 이끼나 풀을 뜯어먹다가 목을 쥐어뜯고 쓰러졌다. 이때 군사 하나가 큰 소리로 엉엉 울었다.

"나는 죽기 싫다."

이렇게 소리치며 칼을 집어 던지고 산 아래로 달려가자 나머지 군사들도 투항해 버렸다.

이렇게 되자 최홍승도 홀로 남아있을 수가 없었다. 갑자기 두려운 생각이 들면서 무시무시한 저승사자가 싸늘한 미소를 띠우면서 어디선가 가까이 다가오는 것만 같았다. 팔다리가 사시나무처럼 떨리고 온몸에는 소름이 돋았다.

미친 듯이 갑옷을 벗어 버리고 주위에 죽어 넘어진 부하 시체의 옷을 벗겨 갈아입고는 곧장 언덕 아래로 내려가 투항했다.

그렇지만 그는 평소에 부하들을 모질고 잔인하게 다루었으므로 인심을 잃었다. 고구려 장교들이 투항한 수군들을 심문하여 장수와 졸개들을 가려낼 때 함께 포로로 잡힌 군사들은 주저하지 않고 최홍승을 고발해버렸다.

윤제는 장난기가 발동했다.

"참으로 배은망덕한 놈들이로다. 전쟁에서 장수는 부모와 같은데 어떻게 너희들의 입으로 너희 장수를 고발하느냐. 성녕 그러고도 무사할 줄 알았더냐?"

오히려 고발한 수군 병사들을 꾸짖자 모두가 하나 같이 입을 모아 평소에 최홍승의 악행을 일러바치기 바빴다. 윤제는 최홍승을 은밀하게 불러 그 사실을 일러주며 단검 하나를 주고 이렇게 약속했다.

"너의 부하들이 너를 원망하여 죽이기를 간청한다. 평소 네 부하 중에 가장 눈에 가시 같은 세 명만 죽이고 그 코를 베어바친다면 너는 살려 주겠다."

최홍승은 이미 이성을 잃어버린 상태였다. 밤중에 부하들이 갇혀있는 감옥으로 들어가서 한 명을 찔러 죽였지만 비명 소리를 듣고 잠에서 깨어난 다른 군사들에게 맞아 죽고 말았다.

이 보고를 받은 윤제가 말했다.

"그 장수에 그 졸개 놈들이 아닌가? 제 상관을 고발하는 놈이나 제 부하를 죽이는 놈이나 똑 같다. 어차피 사필귀정(事必歸正)인 것이다."

구사일생으로 강을 건넌 설세웅은 빗발치는 화살을 뚫고 백석산 아래까지 달아났지만 고구려 군사들이 1백 리나 포위하여 맹공을 퍼붓자 뒤따르던 군사들을 버려두고 홀로 도망쳤다.

한편 천신만고 끝에 목숨을 구한 우문술과 우중문은 하루 밤낮에

450리를 달아나는 강행군을 감행했다. 이때 우중문은 부상을 당하거나 발이 부르터서 걷지 못하는 군사들은 가차 없이 베어 죽였다.

그렇지만 험준한 산이나 깊은 계곡에는 반드시 고구려 군사들이 매복해 있어 우문술은 스치는 바람 소리만 듣고도 깜짝 깜짝 놀랐으며 바위나 나무의 그림자만 보아도 혼비백산하였다.

이튿날 저녁 무렵에야 압록강 어귀에 다다른 우문술과 우중문이 따라온 군사를 헤아려 보니 30만 정예 별동대 중에 겨우 2천 7백여 명 뿐이었다.

때마침 노을이 서쪽 하늘을 물들여 핏빛과 같았다. 문득 우문술은 땅바닥에 털썩 꿇어앉으며 말했다.

"이제 무슨 낯으로 황제를 뵈올 것인가. 차라리 여기서 죽어 죄를 씻으리라."

허리에 찬 단검을 빼어 목을 찌르려 하자 곁에 있던 우무후장군(右武侯將軍) 조효재(趙孝才) 그의 손을 잡았다.

"진실로 용기가 있는 자는 가볍게 죽지 않는다 하였습니다. 요동에는 아직도 80만 대군이 건재하고 있습니다. 돌아가서 황제께 용서를 구하고 다시 공을 세워 치욕을 씻어야 할 것입니다."

우문술이 눈물을 흘리며 칼을 떨어뜨리고 말았다.

훗날 문충공(文忠公) 조준(趙浚)[12]이 명나라 사신 축맹(祝孟)과 더불어 안주의 백상루(百祥樓)에 올랐을 때 다음과 같은 시를 읊었다.

薩水湯湯漾碧虛　　살수탕탕양벽허

---

12) 자는 明仲, 호는 吁齋 또는 松堂, 조선의 개국공신이며 평양감사와 영의정을 역임함.

隋兵百萬化爲魚　　수병백만화위어
至今留得漁樵話　　지금유득어초화
不滿征夫一笑餘　　불만저부일소여

살수는 탕탕하게 흘러 푸르고 깊어서
수나라 병사 백만은 모두 물고기 밥이 되었네
지금은 어부와 초동의 이야기가 되어
오가는 행인들의 웃음거리가 되었네.

발해고(渤海考)의 작가로 유명한 북학파 학자인 영재(泠齋) 유득공(柳得恭)도 그의 이십일도회고시(二十一都懷古詩)에서 다음과 같이 노래했다.

遼海歸旌數片紅　　료해귀정수편홍
湯湯薩水捲沙蟲　　탕탕살수권사충
乙支文德眞才士　　을지문덕진재사
倡五言語冠大東　　창오언어관대동

요해로 돌아가는 수많은 깃발은 붉은데
세차게 흐르는 살수의 물살은 수나라 군사들 쓸어버렸네.
을지문덕은 진실로 재사라.
오언시[13]를 지어 대동의 으뜸이 되었네.

---

13) 여수장우중문시를 말함.

제 3 장

요동성 전투

우문술과 우중문의 별동대가 평양으로 직공한 후 요동에 남아 있던 80만 수군들은 각각 군사를 나누어 고구려 성들을 공격하고 있었다.
　그렇지만 완강한 고구려 군의 저항에 막혀서 성 하나도 함락하지 못하고 뜨거운 요동 벌판을 헤매고 있을 뿐이었다. 요동성 공격에 실패한 왕웅이 물러나고 새로 사령관으로 임명된 토우서는 의욕이 넘쳤다.
　군사들을 재편성하여 거세게 공격을 퍼부었지만 날이 갈수록 전사자 수만 늘어날 뿐 아무런 진전도 없었다. 토우서는 슬슬 걱정이 되었다.
　"끌어다놓은 보릿자루처럼 멍청하게 있지 말고 무슨 대책을 세우란 말이다."
　부하 장수들을 닦달하며 공격의 기세를 더욱 높였다.
　그렇지만 여름도 막바지에 이르러 날씨는 찌는 듯 무더웠고 더구나 스무날이 넘도록 비 한 방울 내리지 않아 웅덩이의 물은 물론이요 근처에 있는 몇 개의 작은 하천들마저 바닥을 드러내게 되자 전쟁보다는 오히려 물을 구하기에 더욱 바빴다.
　"이대로 버티다가는 싸우기 전에 목말라 죽게 됩니다."

더위와 갈증에 지친 장수들은 큰 하천이 있는 곳으로 군사들을 물려야 한다고 주장하였지만, 성을 함락하기 전에는 한 치도 물러서지 못한다는 추상같은 양제의 명령을 받은 토우서는 장수들의 간청을 받아들일 수가 용기가 없었다.

철벽과 같이 우뚝 서서 버티고 있는 요동성의 높고 단단한 성벽을 바라보며 깊은 한숨만 내쉴 뿐이었다. 그날 저녁에도 총공격을 명하는 양제의 사신이 오자 토우서로서는 비상한 결단을 내리지 않으면 안 되었다.

"어떤 희생이 있더라도 꼭 함락하고야 말 것이다."

이렇게 마음먹고 병약하고 늙은 군사들을 모두 앞장세워 화살받이로 이용하고 젊고 용맹스런 군사들을 뒤에 배치시켜 고구려 군사들이 지친 틈을 타서 일제히 공격하리라 작전을 세웠다.

그렇지만 토우서의 이러한 비상한 작전도 참담한 실패로 돌아갔다. 늙고 병약한 군사들은 눈치만 남아서 약삭빠르기 그지없는 자들이었다.

"애꿎은 우리만 죽이려는 것이다."

서로 이렇게 말하고 북소리가 울리면 달려 나가다가도 고구려 군사들의 사거리에 들어서기도 전에 부상을 당한 척하면서 일부러 넘어지는 자가 많았다. 이렇게 되자 멋모르고 돌진하던 일부 군관들만 영락없이 화살받이가 되어 죽었다.

이런 상황이 계속되어 초급 장교들이 대부분 죽자 상부의 명령이 전달되지 않아서 각 부대의 병사들은 제멋대로 움직일 수밖에 없었다. 그래서 전방에 있던 병사들은 무더기로 죽어나갔으나 양익을 담당하는 병사들은 멀거니 구경만 하고 있었다.

　난공불락을 자랑하며 우뚝 솟은 요동성 아래에는 수군들의 시체가 산더미처럼 쌓여있어 시체 썩는 냄새가 십리 밖에서도 진동했고 저녁만 되면 수천수만 마리의 까마귀 떼가 모여들어 뜯어먹기 바빴다.

　해골들은 제멋대로 나뒹굴고 피투성이가 된 팔다리는 아무렇게나 버려져 있어 이러한 참혹한 광경을 지켜보는 수나라 군사들은 진저리를 치면서 절망에 빠졌다.

　"나도 언제 저렇게 될 지 모른다."

　이런 와중에 이상한 말이 떠돌았다.

　"오열흘[14] 성에는 고구려 시조 동명성제의 사당이 있어 성을 지키기 때문에 절대로 함락할 수 없다."

　유언비어란 소리도 없이 널리 퍼져 사람들의 마음을 흔들어 놓기가 일쑤였다. 군사들은 몇 명이 모이기만 하면 이런 소문을 듣고 쑥덕거리자 토우서도 알게 되었다.

　부장 장개를 불러 말했다.

　"그따위 허황된 소리로 군사들의 사기를 떨어뜨리는 자는 반드시 처형해야 한다."

　장개가 군중을 수색하여 유언비어를 퍼뜨린 자를 잡아내려 하였지만 모두들 서로 미루기만 할 뿐이어서 도무지 범인을 잡을 수가 없었다. 장개는 꾀를 내었다.

　평소 미운털이 박혀있던 군관 하나와 그의 졸개 하나를 지목하여 범인으로 몰아세우고 만군이 보는 앞에서 참수했다. 그리고 다른 말이

---

14) 요동성을 말함.

새어나오지 못하게 공언하였다.

"앞으로 헛소리를 지껄이는 자도 모두 이렇게 될 것이다."

두려워한 군관들은 누구도 장평의 처사에 딴소리를 하지 못했지만 군사들의 사기는 더욱 떨어지게 되었다.

중랑장 후막원은 동위의 팔주국이었던 후막진승의 손자로서 제 딴에는 재주를 자랑했다. 토우서에게 나아가 새로운 공성계책을 올렸다.

"소장이 살펴보니 성의 서북쪽에 나지막한 언덕이 있습니다. 그쪽에서 지도(地道)[15]를 판다면 성안으로 들어갈 수 있습니다."

전략이 궁해진 토우서로서는 즉시 허락하였다. 전호차(塡壕車)와 두차(頭車)를 총동원하여 땅굴을 파는데 전력을 쏟았다. 그리고 고구려 군사들에게 땅굴 파는 현장을 들키지 않으려고 사방에 높은 장벽을 치고 엄중하게 경비병을 세웠으며 곡괭이 소리가 들리지 않게 하기 위하여 주위에는 악대를 배치시켜 매일 주악을 연주하기도 했다.

그렇지만 수많은 수레가 동원되어 밤낮없이 들락거리고 밤중에도 계속되는 곡괭이 소리는 모두 막을 수는 없는 노릇이었다.

무분낭장 이홍이 걱정이 되어 평소 절친한 장개에게 말했다.

"적장이 바보가 아니라면 이미 눈치를 채고 있을 것입니다. 공연히 땅굴로 기어들어갔다가는 몰살당하기 십상입니다. 지금이라도 기습작전은 취소해야 합니다."

장개도 이홍의 말에 동의하였지만 공연한 시비를 가려 괴팍하고 고집이 강한 토우서의 비위를 거스르고 싶지 않았다.

"장군님도 그만한 생각이 없겠는가. 또 만에 하나 적들이 눈치를 채

---

[15] 지하터널을 말함

었다고 해도 땅굴이 어디에 있는지 어떻게 알겠느냐? 지금으로서는 다른 수도 없으니 지도만이 유일한 희망이다."

이렇게 변명하고 자리를 피해버렸다.

한편 토우서는 미친 듯이 군사를 재촉하여 열 사흘째 되던 날에 완전히 땅굴을 뚫었다. 토우서는 기고만장하여 최정예 병사들을 소집하여 말했다.

"적들은 이제 독안에 든 쥐다. 오늘밤 성으로 들어가 적장만 잡으면 끝이 난다. 너희들 중에 적장을 잡는 자는 천호장으로 진급시키고 장대에 먼저 깃발을 꽂는 자는 백호장으로 진급시키겠다."

엄청난 상금이 걸리자 군사들은 모두가 승리를 다짐했다.

토우서는 군사들에게 일찍 저녁을 지어먹이고 날이 어두워지기를 학수고대하고 기다렸는데 저녁이 되자 갑자기 번개가 치고 큰 비가 내렸다. 이홍은 또 걱정이 되어 장개를 찾았다.

"아무래도 징조가 좋지 못합니다. 게다가 땅이 질척거려서 도저히 돌격을 감행할 수가 없습니다. 이번 작전은 미루는 것이 어떻겠습니까?"

이렇게 간했지만 장개가 역시 반대했다.

"명령은 이미 떨어졌다. 공연히 쓸데없는 소리를 지껄인다면 자칫 큰 벌만 자초할 뿐이다. 승패야 어떻게 되던 간에 우리는 이제 지켜보기만 하면 된다."

이윽고 밤이 되자 토우서는 기어이 돌격명령을 내렸다.

그렇지만 이홍의 걱정은 사실이었다.

요동성에는 간영이란 장수가 있었는데 원래는 땅굴을 파고 철광석을 캐어 쇠부리터에서 일하던 장인 출신이었다. 수군의 움직임을 수

상하게 여기던 끝에 밤중에 수군들의 진영에서 수레가 움직이는 것을 보고 땅굴을 파는 것이라 생각했다.

밤에 날랜 부하 한 명과 함께 몰래 성벽을 타고 내려가 수군 진지에 가까이 다가가서 전호차(塡壕車)와 두차(頭車) 등이 분주하게 들락날락하면서 흙을 나르는 것을 확인하고 중실궁에게 보고했다.

"두더지 같은 놈들이 땅굴을 파고 있습니다."

중실궁이 크게 놀라 당황함을 감추지 못했다.

"땅굴이라니! 땅굴로 들어오면 어떻게 막는단 말인가?"

간영이 대답했다.

"적들이 땅굴을 파는 곳을 알고 있기 때문에 크게 걱정 할 필요는 없습니다. 땅굴이란 본디 땅속이 비어있기 마련이어서 위에서 긴 막대로 내리치면서 파 보면 울리는 소리가 납니다. 적들이 땅굴 파는 방향으로 군사들을 보내어 수색한다면 어렵지않게 찾게 될 것입니다."

중실궁이 간영을 책임자로 임명하여 땅굴 수색을 하게 하였다. 이에 간영이 군사를 동원하여 세 개의 땅굴을 모두 찾아내자 중실궁이 안도의 숨을 내쉬며 기뻐했다.

"이곳은 도리어 고스란히 적군의 무덤이 될 것이다."

군사와 백성들을 동원하여 땅굴의 출구마다 사방 둘레가 1700자에 깊이가 30자나 되는 커다란 함정을 파고 그 속에 창을 꽂아 두어 나무와 풀로 위장해 놓았다. 그리고 주위의 높은 언덕 위에 수백 명의 노련한 궁수들을 매복시켜 두었다.

이윽고 삼경이 조금 지났을 때였다. 장대같이 내리던 비가 그치자 무수한 별들이 눈부시게 빛났다. 적막 속에 잠긴 밤은 조용하기만 했는데 갑자기 땅굴 입구에서 부스럭거리는 소리가 들렸다.

　모두들 숨을 잔뜩 죽인 채 적들이 오기만을 기다리고 있었는데 정찰병으로 보이는 군사 세 명이 어둠 속에서 땅굴에서 먼저 빠져 나왔다. 그리고는 잠시 사방을 두리번거리더니 재빠르게 몸을 날려 가까운 큰 나무 뒤에 몸을 숨기고는 날카롭고 긴 휘파람을 불었다.

"휘리릭."

　이것을 신호로 장개가 땅굴 속에 대기하고 있던 군사들을 이끌고 나와 크게 소리쳤다.

"돌격하라!"

"모두 쓸어 버려라!"

　그렇지만 장개와 그의 군사들이 열 걸음도 채 나가지 못하여 갑자기 땅이 꺼지면서 함정으로 곤두박질치고 말았다.

"악!"

"으악!"

　외마디 비명소리와 함께 사지가 찢겨 죽자 뒤따르던 후막홍이 혼비백산하였다.

"함정이다!"

"후퇴하라. 매복이다!"

　말이 끝나기도 전이었다. 사방에서 횃불이 대낮같이 밝아지면서 화살과 쇠뇌살이 빗발치듯 쏟아졌다. 풀 더미로 위장하고 수군들이 다가오기만을 기다리고 있던 고구려 궁수들이 일제히 활시위를 당긴 것이었다.

"와!"

"와!"

함성과 비명이 뒤섞여 산천을 뒤흔들었고 우왕좌왕하던 수군들은 속절없이 고꾸라져 죽었다. 후막원은 천만다행으로 함정에는 빠지지 않았지만 다리에 화살을 맞고 말았다.

부상당한 다리를 질질 끌면서 땅굴로 도로 달아났지만 도망치는 군사들이 서로 밀치고 당기며 아귀다툼을 벌이는 바람에 도리어 밀리어 땅바닥에 나뒹굴었다.

이때 땅굴 위에 매복해 있던 고구려 군사들이 기름을 쏟아 붓고 일제히 불을 지르자 화염에 휩싸여 죽었다. 사방은 아비지옥(阿鼻地獄)이 되었고 진퇴가 끊기 수군들은 길길이 날뛰며 울부짖었다.

불길은 다음날 아침까지 계속 탔는데 시체 타는 냄새가 삼십 리나 떨어진 양제의 육합성에서도 진동했다.

양제는 군사들이 군영을 이탈하여 사냥을 다니며 산짐승 잡아 구워 먹는 줄로만 알았다.

"이런 썩어 죽을 놈들, 지금이 어느 때라고 사냥질이나 하고 돌아다닌단 말이냐 당장 조사하여 잡아들여라."

주위에 있던 시신들은 차마 바른대로 아뢰지 못하고 전전긍긍할 뿐이었다.

믿었던 땅굴 공격마저 수포로 돌아가자 토우서는 극심한 허탈감에 빠졌다. 20만 명이 넘던 군사들은 절반으로 줄어들었고 살아남은 자들도 태반이 부상병이어서 싸우려고 해도 싸울 여력이 없었던 것이었다.

이후로 토우서는 전쟁을 계속할 자신감을 잃었다. 멀리서 북과 꽹가리를 치면서 싸우는 체 하기만 할 뿐 사실상 시간만 보낼 뿐이었다.

전선을 상황을 알지 못하던 양제는 오봉선을 비롯하여 여러 미녀들과 함께 육합성에서 머무르면서 본국에서 특별히 수송해 온 온갖 진귀한 음식들을 차려놓고 날마다 잔치를 벌였다.
 "폐하, 요동성에는 진귀한 보배가 많다고 합니다. 저희들에게도 조금씩 나누어 주십시오."
 미녀들의 아첨 소리에 양제가 흥에 겨워 호탕하게 웃었다.
 "흐흐흐, 귀여운 것들. 너희들은 모두가 원하는 것을 하나씩 얻을 수 있게 될 것이다."
 이렇게 약속하고 온갖 농탕질을 벌였는데 이때 악사의 주악소리가 멀리서 싸우는 군사들의 귀에도 들렸다. 간의대부 소위가 보다 못해 간했다.
 "수많은 사졸들은 뜨거운 태양 아래서 흙먼지를 둘러쓰고 목숨을 걸고 싸우고 있습니다. 그들의 노고를 생각하시어 음주와 연회를 자제해 주십시오."
 양제가 술잔을 집어 던지고 화를 내었다.
 "이런 무엄한 놈, 짐은 승리를 기원하는 잔을 들고 있는 것이다. 어찌 요망스런 주둥아리를 놀려 흥을 깨뜨리려는 것이냐."
 좌우에 명하여 가두어 버리게 하자 이후로는 아무도 간하는 자가 없었다.
 그렇지만 양제는 술이 깨면 항상 사람을 보내어 각 군의 전쟁 상황을 보고하게 하였는데 대부분의 감독관은 일선 장군들이 바친 뇌물을 받고 좋은 말만 고했다.
 천우(千牛) 독고개원은 독고문헌왕후의 조카로 양제의 이종사촌 동생이있는데 비교적 청렴하고 강직한 인물이었다. 감독관이 되어서 횡산성과 백암성을 둘러보고 깜짝 놀랐다.

성에서 멀리 떨어진 곳에 주둔해 있던 대부분의 군사들은 빈둥빈둥 놀면서 시간만 보내고 있었던 것이었다. 독고개원은 자신이 본 것을 그대로 아뢰었고 양제는 불같이 노했다.

"이놈들이 모두 나를 속였다"

요동 각 처에 흩어졌던 10군의 상장들을 모두 불러들이고 아장(亞將) 이상의 장수들은 모조리 군법으로 처리할 것을 명했다. 우익위장군 우문협은 우문술과 함께 돌궐에서 귀화하여 우문씨를 하사받은 장수로 우문황후의 친척이었으므로 양제의 신임이 돈독했다.

우문협이 간했다.

"저들의 죄가 큰 것은 사실입니다. 하지만 모두 처벌한다면 누가 군사를 지휘하겠습니까?"

양제가 마지못해 그만 두었다.

태풍의 피해가 채 복구도 되기 전이었다. 해포에서 전령이 달려와 급한 소식을 아뢰었다.

"래호아가 군사와 양곡을 모조리 잃고 죄를 청합니다."

이때 양제는 애첩들과 더불어 매일 술독에 빠져 있었으며 제정신이 아니었다.

그것은 패전을 거듭한 장수들이 애첩들에게 선물을 보내어 황제의 비위를 맞추고 계속 술을 먹이도록 부탁해 두었기 때문이었다. 술에 취한 양제는 미인들과 더불어 농탕만 치면서 이 보고를 받고 대수롭지 않게 대꾸했다.

"좋아, 좋아, 한 번쯤은 그럴 수도 있는 일이지. 다시 나가서 싸워 적장의 목을 베면 된다."

덕분에 죽을 줄로만 알았던 래호아는 죄를 면하게 되어 다시 수군 지휘권을 차지할 수 있었다.

양제의 주사(酒邪)는 더욱 심해져서 대낮에도 여러 애첩들과 더불어 발가벗은 채로 춤을 추면서 농탕치기에 바빴다.

이러한 소문은 입에서 입을 통해 모르는 병사들이 없었다. 굶주림과 피곤함에 지친 병사들은 자기도 모르게 욕지거리를 퍼붓고 불평을 털어놓았다.

"개 같은 세상이로다. 누구를 위해 이 고생인가?"
"미친 개 한 마리 때문에 모두가 죽게 되었다."

황제를 욕하는 것은 역적에 해당하는 죄였다. 하물며 미친 개에다 비유하는 것이 들키는 날에는 목이 열 개라도 살아남지 못하는 일이었다.

하지만 군사들은 개의치 않았다. 누구랄 것도 없이 모이기만 하면 황제를 욕하기에 열을 올렸다. 군의 기강은 완전히 무너졌고 곳곳에는 도둑이 끓었다.

급기야 군량 창고를 지키는 장교가 굶주린 군사들에게 양곡과 고기를 팔아먹고 달아나는 일까지 벌어졌다.

이렇게 되자 전방에 있던 장수들은 요동성을 공략하는 일보다도 부하를 단속하는 일이 더 큰 문제가 되었다. 곳곳에 경비병을 세워 두었지만 경비병들이 먼저 작당을 하고 탈영하였다.

태풍은 지났으나 장마가 시작되어 비가 계속 내렸다. 갑자기 추워진 날씨 때문에 군사들의 고통이 심했는데 백암성으로 진군했던 정천숙이 토우서에게 사람을 보내어 말했다.

"날씨가 갑자기 쌀쌀해져서 군사들이 추위에 떨고 있습니다. 게다가 탁군으로 부터 오는 수레가 끊긴 지가 오래되어 양곡이 부족하여 초근목피로 연명하는 군사들이 많습니다. 모쪼록 폐하께 말씀을 올려 부디 회군하도록 주선해 주십시오."

말이야 옳았지만 토우서로서는 언감생심(焉敢生心)이었다. 생각 끝에 10군의 상장들과 함께 양제의 오른팔을 자처하는 내사시랑 우세기를 찾아가 간청했다.

"군사들이 고향을 떠난 지 오래되어 두고 온 가족 걱정 때문에 잠을 이루지 못하는 자가 많습니다. 또 장마가 계속되어 군량 수송이 어려워지고 마실 물이 부족하여 더 이상 전쟁을 계속하기 어렵습니다. 하오나 황제 폐하께서는 주지육림에 묻혀 군중지사를 돌보지 않으니 군사들의 불만이 이만저만 아닙니다. 우리들이 비록 군사들을 다독거려 진정시키고 있습니다마는 이대로 가만히 있다가는 무슨 일이 일어날지 모릅니다. 부디 대인께오서 이 일을 잘 처리해 주기를 바랍니다."

장수들의 딱한 사정을 듣자 우세기가 약속했다.

"내가 그대들을 위하여 주청을 올리겠소."

이렇게 승낙하고 육합성으로 나아가 양제의 알현을 청했다. 마침 여러 애첩들과 술판을 벌이고 있던 양제가 못마땅한 표정으로 물었다.

"야밤중에 무슨 일이 급하여 짐을 찾아 왔는가."

양제의 노한 얼굴을 바라보자 우세기가 감히 바른대로 말할 자신이 없었다. 슬쩍 말을 돌려 말했다.

"지금은 날씨가 좋지 않아 비가 잦고 땅이 질퍽거려 일선에 잇는 장수들이 전쟁을 할 수 없다고 합니다. 차라리 군사들을 물려서 당분간 쉬게 한 후에 날이 좋아지면 다시 공격하게 하는 것이 어떻겠습니까?"

양제는 버럭 역정을 내었다.

"어떤 놈들이 그 따위 소리를 지껄인단 말인가? 도대체 장수란 놈들이 싸울 생각은 않고 자빠져 놀 생각만 하고 있으니 무슨 전쟁을 할 수가 있단 말인가. 그럴 틈이 있으면 군사들 훈련이나 시키도록 하란 말이다."

우세기가 대꾸하지 못하고 물러나자 오봉선이 양제의 품에 안기어 애교를 부리며 말했다.

"우대인은 명색이 대신입니다. 어째서 이토록 심하게 면박을 주시는 겝니까?"

양제가 혀를 끌끌 차면서 말했다.

"대신이란 놈들은 대개가 머리통이 텅텅 비었거든. 벼슬만 믿고 거들먹거리기만 할 뿐이지 제대로 하는 것은 하나도 없어."

양제에게 꾸지람만 들은 토우서는 맥이 풀렸다.

"에라이 빌어먹을, 나도 모르겠다. 될 대로 되어 버려라."

이런 생각이 들자 모든 것이 귀찮아졌다. 홧김에 여러 상장들을 불러 놓고 술판을 벌이고 놀았는데 하필이면 그날 밤 요동성 군사들이 기습을 해왔다.

10군의 상장들은 모두 다 토우서와 함께 술에 취해 있었으므로 누구도 군사를 지휘하는 자가 없었다. 아무런 명령을 받지 못한 전방에 있던 수군들은 너나 할 것 없이 모두 도망쳤고 후방에 있던 군사들은 영문도 모르고 따라서 달아났다.

이때 미처 피하지 못한 수많은 부상병들은 말이나 수레에 매달려 울부짖었으나 달아나기에 급급했던 장수들은 그런 부상병들을 가차 없이 베어버렸기 때문에 중실궁이 도착했을 때에는 죽어 자빠진 수군들의 시체가 산처럼 쌓여 있었다.

"와, 와"

양제가 머무는 육합성 근처에서도 함성소리가 들렸다.

중실궁이 이끄는 고구려 군사들은 파죽지세로 진격하여 양제가 머무는 육합성까지 다다른 것이었다. 성문을 지키던 경비병들은 자기편 군사들이 훈련하는 줄만 알고 멍청하게 구경만 하고 있었다.

그러나 갑자기 창칼이 쏟아지고 고구려 군사들이 맹렬하게 달려오자 정신없이 달아나버렸고 애첩 오봉선과 단잠에 빠졌던 양제도 혼비백산하였다.

옷도 제대로 걸치지 못하고 벌거벗은 채 우문협만 찾았다.

"우문협은 어디 있는가. 빨리 나와서 짐을 호위하라."

우문협과 독고개원이 그 소리를 듣고 달려와 양제를 호위하여 무사히 빠져나갈 수 있었다.

양제는 하룻밤 사이에 삼십 여리나 달아나서 중실궁의 추격을 벗어날 수 있었지만 애써지었던 육합성이 불에 타버렸고, 수행했던 많은 궁녀들도 중실궁의 포로로 잡혀가고 말았다.

양제는 펄펄 뛰면서 소리쳤다.

"이런 육시럴 놈들. 장수란 놈들은 도대체 어디서 뭘 하고 자빠져 놀고만 있었더란 말이냐!"

화가 머리끝까지 솟구친 양제는 토우서를 비롯하여 서른 명이나 되는 경비 장수들을 모두 죽여 버렸다. 그래도 분은 풀리지 않아서 그 목을 군문에 걸어 놓고 군사들의 본보기로 삼고 군사들에게 엄포를 놓았다.

"반드시 성을 함락해야 한다. 그리고 성 안에서 살아 움직이는 것은 내 손으로 모조리 죽여 버릴 테다."

서슬이 시퍼렇게 날뛰는 양제를 아무도 말리는 사람이 없었는데 보다 못한 독고개원이 나섰다.

"전쟁이란 모름지기 군사들의 사기가 가장 중요합니다. 우리 군사들은 원정을 나온 지 너무 오래되어서 모두 녹초가 되어 있습니다. 게다가 날씨가 고르지 못하고 보급마저 제때에 오지 않아서 하루에 세 끼를 먹기도 힘듭니다.

이런 식으로는 계속 전쟁을 수행하기 어렵습니다. 다른 장수들도 모두 이 사실을 알고 있지만 다만 폐하께 진실을 아뢰지 못하는 것입니다. 전쟁이란 서둘러서 되는 것이 아닙니다. 폐하께서 용단을 내리시어 잠시 탁군으로 군사를 물리고 배부르게 먹이고 또 휴식을 취하는 것이 가장 시급합니다.

그리고 우문술 장군이 평양을 함락하여 고구려왕의 항복을 받기를 기다려 다시 공격을 한다면 요동성 따위는 가을날 낙엽처럼 쉬 떨어지게 될 것이 아니겠습니까?"

간곡하게 간했지만 사랑하는 비첩들까지 빼앗겨 악이 오를 대로 오른 양제는 이렇게 으름장만 놓았다.

"쓸데없는 소리 하지 말라. 만약 요동성을 함락하지 못하면 모두 다

이곳에서 뼈를 묻어야 할 것이다."

요동의 각처로 나갔던 정천숙과 배건통, 원민, 맹병, 설세량, 장개 등을 모두 불러들여 요동성을 공격하게 하였다. 이때 여러 장수들에게 부여했던 작전권을 도로 거두고 친히 전쟁터에 나서서 전투를 총지휘 감독하였다.

배건통과 원민 등은 궁노수를 지휘하여 끊임없이 화살을 퍼부었고 정천숙과 맹병, 장개, 설세량은 무장한 살수(殺手)를 이끌고 하루에도 일곱 차례나 맹공을 가했다.

그렇지만 수군들의 공격이 사나워지면 사나워질수록 고구려 군사들의 반격도 거세어졌다. 중실궁을 비롯한 여러 고구려 군사들은 밤에도 갑옷과 신발을 벗지 않았고 장대[16]나 각루에서 앉은 채로 잠을 자면서 조금도 지칠 줄 모르고 싸웠다.

계속되는 혈전으로 하루에도 수천에서 수만 명이 넘는 군사들이 죽어나가자 수군들은 사기가 크게 떨어졌다. 죽음을 겁낸 수군 장수들은 양제가 보는 앞에서는 싸우는 체하다가 보이지 않는 곳에서는 달아나거나 웅덩이나 은폐물 뒤에 아예 숨어서 나오지 않는 자가 더 많았다.

나중에야 이 사실을 알게 된 양제는 패전해서 쫓겨 오는 장수들은 이유를 불문하고 모두 참하여 하루에도 처형당하는 자가 수백 명에 달했다.

이래도 저래도 죽게 된 수군들은 이판사판이 되었다. 정천숙(鄭天璹)의 아장(亞將) 팽추(彭錘)가 먼저 서쪽 성벽을 넘어 고구려 장수 석

---

16) 전투지휘소

준을 죽이고 각루에 불을 질렀다.

  마침 중실궁이 달려와 팽추를 죽였으나 난전 중에 칼에 맞아 크게 부상을 당했다. 더구나 칼 끝에는 맹독이 묻어 있어 상처부위가 시퍼렇게 부어오르며 나중에는 누렇게 고름이 들면서 썩어가기 시작하자 중실궁은 회복할 수 없다고 생각했다.

  그 아들 병을 불러 당부했다.

  "나는 이미 틀린 것 같다. 이제부터 성 안에 있는 군사와 백성들의 목숨은 네 손에 달려있다. 모름지기 장수란 군사들의 어버이와 같아서 모두들 네 얼굴만 바라보고 있다는 것을 명심해야 한다. 아무리 위급한 일이 생기더라도 당황한 빛을 보이거나 이 북채를 놓아서는 안 된다. 너는 죽더라도 군사와 백성들은 살려야 한다."

  북채를 건네주고는 마침내 숨을 거두었다.

  중실궁이 죽었다는 소문이 퍼지자 군사들은 술렁대기 시작했고 약삭빠른 몇 몇 관리들은 패전을 점쳤다.

  "지금이라도 투항하여 목숨을 보전하는 것이 상책이다."

  몰래 성을 빠져나가 투항하는 자가 생기자 양제는 힘을 얻었다. 부하들에게 큰 소리쳤다.

  "적들은 이미 자중지란에 빠졌다. 조금만 더 몰아치면 함락하는 것은 시간문제다."

  군사들을 재촉하여 하루에도 몇 차례씩 공격을 퍼부었고 그 중에 용감한 자는 성벽을 뛰어 넘어 몇 차례나 성루에 불을 지르기도 하였다.

  성이 위태롭게 되자 중실병은 눈앞이 캄캄했다.

  "천지신명이시어 소장에게 힘을 주소서."

서쪽 누각에 올라 간절하게 기도를 올렸는데 바로 그때 기적같은 일이 벌어졌다. 동쪽 언덕 멀리서 누런 먼지가 크게 일어나면서 검은 옷을 입은 수천 명의 기병들이 눈앞에 나타났다.

"원군이다. 국조성제께서 우리를 도와주셨다."

밍루에 있던 군사들은 미친 듯이 북을 두드리며 소리쳤다. 인시성 처려근지 양영(楊英)의 아들인 양만춘(楊萬春)이 조의(皁衣) 군사들을 이끌고 구원하러 온 것이었다.

고구려 조의제도란 신라의 화랑과 같은 청소년 무사단체로 그들의 장수는 조의선인(皁衣仙人)으로 불리기도 하였는데 선인(仙人)은 우리말 선배[17]의 이두식 표기였다.

그들은 주로 10월 상달의 제사 때에 군중 앞에서 무예를 선보이기도 했으며 전쟁이 일어나면 자체 부대를 조직하고 전쟁터로 달려 나가 정예군으로 활동하여 많은 전투에서 위명을 날렸다. 그리고 항상 검은 옷을 입고 머리를 빡빡 깎고 있어 후세에는 승군(僧軍)으로 오해되기도 하였다.[18]

양만춘은 비호 같이 돌격하여 장개를 죽이고 정천숙의 군사들까지 짓밟아 죽였다. 보병 대장 설세량이 보병을 구원하러 나왔지만 그마저도 크게 패하여 쫓겨나자 성안에 있던 중실병도 성문을 활짝 열고 군사를 이끌고 달려 나와 달아나는 수군을 추격하여 3천 명 이상 죽였다.

---

17) 선비는 선배에서 유래된 것이라고 함(조선상고사 참조)
18) 고려의 최영장군은 이들을 승군으로 착각하여 '당이 30만 대군으로 고구려를 침략할 때 고구려는 승군 3만을 내어 이를 대파하였다.'라고 선배제도를 찬양하였다. 또 선화봉사고려도경(宣和奉使高麗圖經)에는 이들을 재가화상(在家和尙)이라 하였다.

맹병의 부장 전관은 처음에는 용감하게 싸웠으나 고구려 기창병(騎槍兵)의 공격을 받아 부상당하자 달아났는데 양제가 이 사실을 알고 크게 화를 내었다.

"도망치는 장수는 필요 없다."

전관을 끌어내어 목 베어 죽였다.

여러 장수들은 전관의 죽음을 억울하다고 여겼으므로 이후로 아무도 용감하게 나서서 싸우려는 자가 없었다. 수군들의 움직임은 눈에 띄게 느려졌다.

화살에 맞아 부상을 당하여 누워있던 정천숙이 전관의 이야기를 듣고 말 했다.

"아무래도 이번 전쟁은 오래가지 못할 것 같소."

우문협이 물었다.

"우리 군사들은 아직도 수 십 만이나 되는데 장군께서는 어찌하여 그런 생각을 하시오?"

"군주 때문에 군이 위태롭게 되는 원인은 세 가지가 있는데 첫째는 군이 진격하여서는 안 될 때를 모르고 진격 명령을 내리는 것이요, 후퇴하여서는 안 될 때를 모르고 퇴각 명령을 내리는 것입니다.

둘째는 3군의 일을 잘 알지 못하면서 3군의 행정에 간섭하면 병사들이 갈피를 잡지 못하고 당황하게 됩니다.

마지막 셋째로는 군의 권모술수를 모르면서 군의 지휘에 간섭하여 실제에 맞지 않는 명령을 내림으로써 병사들의 불신을 자아내는 것입니다.

지금 폐하께서는 이 세 가지를 한꺼번에 저지르고 있으니 어찌 승리를 바랄 수 있겠습니까."

과연 그의 예언은 그대로 들어맞았다.

양만춘의 조의군사들이 합세한 이후로 요동성의 군사들은 사기는 하늘을 찌를 듯 높았지만, 수군들은 장수들조차도 싸우는 척만 할 뿐이었다.

양제는 항상 비첩들과 함께 술에 취하여 장수들에게는 꾸지람만 내릴 뿐이었다. 그러던 어느 날 당직 장수가 달려와서 뜻밖의 소식을 전했다.

"우문술 장군께서 돌아왔습니다."

양제는 우문술이 벌써 평양을 함락한 줄로만 알았다.

"그래? 전령이 왔으면 썩 들여보내지 않고 뭘 꾸물거리느냐."

"그게 아니라 우문술 장군이 돌아왔습니다."

양제는 깜짝 놀랐다. 천리 밖에 있어야 할 우문술이 돌아왔다는 말을 듣자 양제는 불길한 생각이 먼저 들었던 것이었다. 재차 다짐하듯 물었다.

"틀림없이 우문술이 돌아왔다고 했느냐?"

"그렇습니다. 우문술 장군께서 돌아오셨습니다."

양제는 자리에서 벌떡 일어나 의관도 정제하지 않고 뛰어나갔는데 우문술과 우중문 등이 어두컴컴한 마당에 꿇어 엎드려 죄를 청하고 있는 모습을 보았다.

양제는 별안간 머리가 아뜩해지면서 아무런 생각도 나지 않았다. 노기등등한 목소리로 물었다.

"네가 어찌 왔는가? 네가 어찌 이곳에 있느냐?"

우문술이 감히 대답을 못하고 울음을 터뜨리자 양제는 망연자실하여 혼잣말로 더듬었다.

"이럴 수가 있단 말인가. 이럴 수가 있단 말인가. 네놈이 감히 나에게 이럴 수가…… ."

마당에 뛰어나와 미친 사람처럼 이리저리 서성이다가 벼락같은 소리로 고함을 내질렀다.

"꼴도 보기 싫다. 이놈들을 몽땅 끌어내어라."

모든 장수들을 형리에 맡기고 특히 우문술과 우중문은 철쇄(鐵鎖)에 붙들어 매게 했다.

한편 을지문덕은 우문술과 우중문의 패잔병을 쫓아 요동에 이르러 윤제에게 명했다.

"듣건대 수왕의 대군이 온통 요동성에 몰려 있다. 너는 나의 깃발을 먼저 가지고 가서 요동성을 구하라."

이러한 작전은 완전히 들어맞았다.

"을지문덕이 공격해 왔다."

처음에 수군들은 반신반의하였지만 눈앞에 나타난 을지문덕의 깃발만 보고도 혼비백산하였다. 어영군 대장인 맹방의 낭장 배윤은 윤제의 선봉군을 만나자 싸우지도 않고 투항하자 다른 사졸들도 줄줄이 항복해버렸다. 맹방이 격노하여 정병 삼백 기를 이끌고 돌진하였으나 날아오는 화살을 피하지 못하고 그 자리에서 죽었다.

양제의 호위를 책임 맡고 있던 효과위 대장 우문협이 황급히 양제에게 고했다.

"맹방이 죽고 군사들은 모두 흩어졌다고 합니다. 이곳은 위험하니 빨리 피해야 합니다."

양제가 떨리는 목소리로 물었다.

"도대체 그 많던 우리 군사들은 어디에 있는가?"

우문협이 미처 대답하지 못하고 우물쭈물하였지만 양제는 평소와는 달리 더 이상 따지지 않고 고분고분하게 우문협의 뒤를 따라 수레에 올랐다.

양제의 일행이 달아나자 양제와 가장 가까운 곳에 둔진을 치고 있던 배건통이 제일 먼저 이 사실을 알았다. 평소 절친한 설세량을 찾아가 말했다.

"큰일 났다. 황제가 이미 퇴각해 버렸다네."

설세량이 깜짝 놀랐다.

"이런 제기럴. 미친 개 한 마리 때문에 애꿎은 여러 사람 죽게 되었네."

욕설을 퍼붓고는 배건통을 따라 황급히 달아났다.

성 밖에 있는 수군 진영이 소란해지면서 수많은 군기도 버려둔 채 군사들은 제멋대로 흩어져 달아나고 있었다. 중실병이 의아하게 여겨 가만히 지켜보고 있었는데 성밖에 나갔던 세작이 돌아와 말했다.

"을지문덕 장군이 곧 들이닥친다고 합니다. 적들의 어영군이 패하여 수왕도 도주했다고 합니다."

중실병이 기뻐하며 두 아우에게 말했다.

"이제 아버지의 원수를 갚을 때가 되었다."

군사를 나누어 주면서 지름길로 나아가 수군들의 퇴로를 끊게 하였다.

때마침 안시성에서 양만춘이 삼천 명의 조의군사를 이끌고 당도하자 고구려 군사들의 사기가 하늘을 찔렀다. 중실병이 양만춘과 더불어 가벼운 차림으로 경무장하고 매섭게 뒤쫓자 수군들은 앞뒤가 막히고 말았다.

　수군들은 최후의 발악을 해보았지만 그것은 전쟁이 아니라 차라리 학살이었다. 대부분의 수군들은 빗발치듯 날아드는 고구려 군사들의 창과 도끼날 아래 목과 팔다리를 잃어버리고 황량한 구릉과 골짜기에 싸늘한 주검이 되었다.

　울부짖는 비명소리는 십 리 밖에서도 들렸고 아비규환의 생지옥은 밤늦도록 계속되었다. 황량한 들판에는 육신을 잃은 외로운 망령들만 떠돌아다녔고 간신히 목숨을 구한 수군들은 땅바닥에 엎드려 목숨을 구걸할 뿐이었다.[19]

　한편 샛길을 따라 달아나던 양제의 일행이 수곡이라는 골짜기에 이르렀을 때 미축의 군사들과 조우하게 되었다. 다급해진 양제는 수레를 버리고 말로 갈아타고 달아났지만 미축이 순순히 보내주려 하지 않았다.

　"놓치지 말라. 수주의 목에는 만금이 걸려있다."

　"비겁한 양광아. 네 목을 내놓아라."

　고구려 군사들은 무서운 기세로 달려들어 양제의 호위 군사들을 인정사정없이 베어 죽였다. 사방으로 길이 막힌 양제는 부들부들 떨면서 어찌할 바를 몰랐는데 일개 편장에 불과했던 천수인(天水人) 왕인공(王仁恭)이 죽음을 무릅쓰고 용감하게 싸워 양제를 호위하여 달아났다. 왕인공은 이때의 공으로 명성을 얻어 이듬해 2차 원정 때 대장군이 되었다.

　양제의 퇴각 소식은 입에서 입으로 전해져서 사방에 널리 퍼졌다.

---

19) 단재는 건무의 패수대첩(浿水大捷)과 을지문덕의 살수대첩(薩水大捷) 그리고 이 오열흘(烏列忽) 대첩을 요동의 3대첩이라 하였다.

요동의 여러 곳에 흩어져있던 수군들은 이 소문을 듣자마자 서둘러 퇴각했다.

그러나 요동의 각 성에 있던 고구려 군사들이 일시에 쏟아져 나와서 반격을 퍼붓자 수 십 만이 넘는 수의 어영군 중에서 살아남은 자는 수백 명도 못되었다.

양제가 구사일생으로 이백여 리를 달아나 간신히 요수에 이르렀으나 강은 넓고 물은 깊어 건널 수가 없었다. 양제는 어쩔 줄 모르고 허둥대면서 고래고래 소리만 질렀다.

"이런 멍청한 놈들. 배도 구해 놓지 않고 대체 무엇을 하고 있었다는 말이냐. 당장 배를 구해 오지 못할까!"

장수 하나가 기가 차서 대꾸했다.

"폐하께서 이리로 오실 줄은 누가 알았겠습니까?"

양제는 독이 오를 대로 올라 있었다. 그런데 말단 장수 하나가 말대꾸를 하며 대들자 분노를 금하지 못했다.

"네놈이 감히 짐에게 대든단 말이냐. 정녕 네놈의 눈에는 보이는 게 없나 보구나."

허리에 차고 있던 칼을 빼어 그 자리에서 배를 찔러 죽였다. 양제는 거의 실성한 사람처럼 부하들을 다그쳤는데 이때 군사 하나가 소리쳤다.

"배가 나타났습니다."

군사들이 모두 강가에 달려가 보니 뿌옇게 안개가 낀 요수 위에 수많은 배들이 모습을 드러내어 다가오고 있었다.

누군가가 겁에 질려 외쳤다.

"적군이다. 고구려 배다."

양제는 돌장승처럼 뻣뻣하게 굳어서 눈만 데굴데굴 굴리고 있었는데 우문협이 먼저 알아보고 말했다.

"저것은 적선이 아닙니다. 저것은 호분낭장(虎賁郎將) 위문승(衛文昇)의 깃발이 분명합니다."

위문승의 이름은 위현이요 문승은 자이다. 그제야 양제가 정신을 차리고 자세히 바라보니 흰 바탕에 쓰인 위장군의 이름이 뚜렷했다. 기쁜 마음으로 한달음에 달려 나가자 위문승도 양제를 발견하고 배에서 뛰어내렸다.

"이젠 안심하십시오. 소장이 안전하게 모실 것입니다."

본시 위문승은 별동대 9군의 장수로 살수에서 대패한 뒤 간신히 살아왔으나 양제가 죄를 사하고 후군을 맡게 하였는데 이때에 이르러 양제를 구하였던 것이다.

양제는 지옥에서 부처님을 만난 듯하였다. 위문승의 두 손을 덥석 쥐며 말했다.

"부처님이 나를 도와 너를 보내 주었구나."

위문승이 양제를 호위하여 간신히 요수를 건너 달아난 것은 7월 계묘(25)일이었다.

수 백 만을 동원한 이 원정에서 양제는 백만이 넘는 군사들을 잃고 간신히 목숨을 구해 도망쳤는데 요수의 동쪽으로는 성 하나도 얻지 못했다.

이경이 공파한 무려라(武厲邏)는 요수 서쪽에 있는 고구려 군의 조그만 전진기지일 뿐이었으나 양제는 이것을 요동군과 통정진이라고 이름 지어 둘로 나누었다.

　장안에 돌아온 양제는 패전의 수치를 숨기고 오히려 승리한 것처럼 선전하여 방방곡곡에 그 성과를 붙이게 했다. 그리고 자신의 목숨을 구해 준 위문승은 그 공이 크다 하여 금자광록대부(金紫光祿大夫)에 임명하고, 형부상서(刑部尙書) 겸 정의대부(正義大夫)를 내렸다.

　한편 수군총관 래호아와 육군대장 우문술과 우중문을 모두 철쇄에 묶어 압송하고 그 죄를 물었다.

　"네 놈들은 세 가지 큰 죄를 지었으니 첫째로는 짐의 명을 어기고 제 발로 걸어 들어온 을지문덕을 살려 보낸 것이고, 또 군사들의 기강을 잡지 못하고 스스로 군량을 버리게 하여 스스로 곤궁에 빠졌으니 이것이 두 번째 죄이다.

　세 번째로는 적의 계략에 빠져 삼십만이나 되는 대군을 모조리 잃고도 혼자만 목숨을 구하여 도망쳤으니 그러고도 무슨 낯짝으로 살기를 바라겠느냐."

　양제의 불호령은 그칠 줄 몰랐다.

　영좌효위장사(領左驍衛長史) 유원(游元)은 개모도감군(蓋牟道監軍)이었는데 양제는 그에게 옥사를 심리하게 하였다. 그런데 우문술은 우문숙비의 오빠요 양제가 제위를 찬탈하는데 가장 큰 공을 세운 둘도 없는 지기(知己)였다.

　게다가 큰 아들 우문화급과 둘째아들인 우문지급은 모두 대장군으로서 장안의 군권을 쥐고 있었고 막내인 우문사급은 남양공주의 남편이자 황제의 부마로서 당시 수의 조정에서 막강한 권력을 휘두르고 있었기 때문에 사실상 죽일 수는 없었다.

게다가 여러 신하들이 다투어 나서서 우문술의 사면을 요청하며 용서를 구했다. 난처해진 유원은 감히 죄를 주지 못하고 어물거렸는데 양제가 불러 꾸짖었다.

"네놈이 나의 명을 우습게 여기는 것이냐?"

이에 유원은 우문술과 우중문도 다른 장수들과 마찬가지로 관직을 삭탈하고 평민으로 내치면서 옥에 가두었다. 그리고 을지문덕을 돌려보내자고 주장한 유사룡은 참수하여 천하에 사죄하였다.[20]

설세웅은 백석산 아래서 용감하게 싸웠다고 주장했지만 모든 부하들을 잃고 도망쳐 온 죄를 벗어나지 못하고 면직되었고 숙신의 길로 나아간 양의신도 압록강에서 싸울 때는 선봉에 나서 공을 세우기도 했지만 그 뒤의 대부분 전투에서 군사들을 모조리 잃었기 때문에 역시 면직되었다.

우중문은 옥중에서 병을 얻어 일어나지 못했는데 양제가 그 소리를 듣고 말했다.

"우중문의 죄는 죽어 마땅하지만 지난날의 공을 생각해서 집안에서 죽게 하리라."

사람을 보내어 풀어주고 이때 우문술을 비롯하여 평양으로 직공했던 여러 장수와 신하들도 모두 석방하였다. 우중문은 집으로 돌아온 뒤 얼마 되지 아니하여 죽고 말았는데 양제는 그 소식을 듣고 하루 종일 아무 음식도 입에 대지 않았다.

---

20) 대업 8년 양제가 내린 조서내용에 보면 을지문덕을 돌려보내는 데 결정적 역할을 한 유사룡을 이듬해 수 상서좌승(守 尙書左丞)으로 삼아 요좌에 파견하고 백성들을 순무하면서 존무하게 하였다.'라는 기록도 있다.

한편 요수를 건너 요동 고성(古城)[21]까지 추격한 을지문덕은 사방에 흩어져 있는 수군들의 군수물자를 모조리 획득한 후에 영양왕에게 표문을 올렸다.

"수왕 광은 광포하고 자만하여 진을 멸한 후로 그 방자함이 날로 더하였습니다. 이제는 무례하고 불손하옵게도 우리나라까지 침략하여 폐하의 위엄을 범하였사오니 황공함이 이를 때 없습니다. 이제 다행히 천도가 무심치 않아 은혜를 내리고 충성스러운 병사들이 적을 멸하였으니 이는 참으로 폐하의 홍복이 아닐 수 없습니다.

우리 군사가 비록 대승을 거두었으나 수왕은 아직 항복하지 아니하고 멀리 달아났습니다. 그러하옴에 그들은 필연코 패군을 수습하여 그 수치를 씻고자 다시 침략할 것입니다.

우리 군사들은 사기가 충천하여 가히 중원 천지를 삼킬 의기가 있습니다. 신의 어리석은 생각으로는 수나라 도적은 여러 차례 요동 싸움에서 패하여 국력이 피폐해지고 백성들은 그 왕을 원망하여 나라가 크게 어지러울 것입니다.

신의 휘하 장병들은 이미 적의 군량과 병장기를 산더미처럼 획득하고 폐하의 진격 명령만 기다리고 있습니다. 천하의 운기가 전진할 때는 함께 나아가야 합니다. 우리가 한 번 대군을 일으켜 중원을 도모한다면 수왕의 초췌한 군사로써 어찌 막을 수 있겠습니까.

이들을 정토하여 그 죄를 알리고 폐하의 덕을 천하에 펼치시어 괴로움에 시달리는 중원 백성들을 구할 것입니다. 이제 폐하께서는 후방에서 보급을 확보하시어 병참과 식량만 보급하시면 신이 반드시 명을

---

21) 영평부(永平府)로써 고구려 태조가 요동을 차지한 뒤 훗날 한(漢)이 이 땅에 이설(移設)한 것

받들겠습니다. 신 서부총관 정서대장군 을지문덕은 돈수백배하옵고 폐하의 영단을 엎드려 바랍니다."[22]

영양왕이 백관들과 함께 의논하였는데 병중에 있던 강이식이 사람을 보내 자신의 뜻을 밝혔다.

"전쟁이란 부득이 할 때에 하는 것입니다. 봄부터 시작된 전쟁준비로 많은 백성들이 농기를 놓쳐 논밭에는 거두어들일 농작물이 없습니다. 그런데 계속해서 전쟁을 벌인다면 군량마저 조달하기 힘들 것입니다. 진퇴를 안다면 어려움이 없다고 하였습니다. 이만 군사를 거두어 돌아오게 함이 좋겠습니다."

말을 마치고 얼마 뒤 죽었다.

영양왕은 그 말을 따라 을지문덕에게 고유문(告諭文)을 보내어 입조하게 하였다.

"대고구려 황제는 서부총관 정서대장군 을지문덕에게 고유하노라. 장하도다. 짐의 충성스러운 병사들이여! 장군의 신기용무(神技勇武)로 수군 장수들을 전율하게 하였고, 강력한 우리 군사의 말발굽 아래 수의 백만 대군이 궤멸되었으니 수왕 광이 망풍도주(望風逃走)하였노라.

실로 만세에 빛나는 대공이라. 짐 또한 신료들과 더불어 기뻐하며 장군을 보고자 하니 즉시 입조하기를 바라오.[23]"

마침내 전쟁을 종결짓고 여러 장수를 공적에 따라 논공행상을 한 뒤 전사자와 부상자를 살펴 그 가족을 돌보게 하여 백성들을 위무하였다.

---

22) 누록보기(漏錄補記)
23) 누록보기(漏錄補記)

제 4 장

제2차 여수전쟁(麗隨戰爭)

고구려 원정에 대패한 수양제는 원한이 골수에 사무쳐 잠을 이룰 수 없었다. 산더미처럼 밀린 여러 가지 국사는 눈에 보이지도 않았고 부모와 형제를 잃은 백성들의 고통과 탄식은 안중에도 없었다.

특히 요동성에서 많은 미인들을 빼앗기고 맨발로 쫓기던 일만 생각하면 자기도 모르게 심장이 펄떡 펄떡 뛰면서 화가 치밀었다. 매일 잔치를 열고 산해진미를 즐기며 미인들을 희롱하며 술에 취했지만 역시 성에 차지 아니하였다.

"반드시 복수해야 한다. 모조리 죽여 버릴 것이다."

이를 갈면서 복수를 다짐하고 밤잠을 이루지 못했지만 당시의 민심은 이미 수를 떠나버려서 황실에 대한 반감은 말로 표현할 수 없을 정도로 흉흉하였다.

요동 전역에서 '죽은 자만 50만이다. 70만이다.'라는 소리가 들렸고, 크고 작게 다친 자가 100만 이상이란 말이 공공연히 나돌았다. 중국 전역에는 밤낮으로 곡(哭)소리가 나지 않는 곳이 없었으니 나라 전체가 곧 거대한 상가(喪家)와 같았다.

또 백성들의 생활도 비참하기 짝이 없었다. 식량이나 모든 재물들을 군대에 빼앗긴 백성들은 초근목피로도 연명하지 못하고 길가에는 굶어 죽은 시체가 즐비하게 널려 있었다.

이렇게 되자 각처에 도적이 들끓게 되었는데 그 중에서 양제가 출정하기 전부터 난을 일으킨 왕박과 유패도, 두건덕 등의 세력이 가장 컸다.

그렇지만 양제는 백성들의 고통은 아랑곳하지 않았다. 싫은 소리를 하거나 마음에 들지 않는 자는 가차 없이 처벌했으므로 신하들 중에 누구 하나도 백성들의 이런 어려운 처지를 고해바치는 자가 없었다.

위문승은 형부상서(刑部尙書)가 되어 형벌을 다스리고 있었는데 지방 관아에는 날마다 잡혀오는 자가 엄청나게 늘어나자 민란이 더 커질 것을 두려워하여 이렇게 간했다.

"황제는 만백성의 어버이로서 항상 백성들을 먼저 보살핀다고 합니다. 돌이켜 보건대 지난해부터 고구려 원정에 대비하여 많은 백성들을 징발하였기 때문에 농기를 놓치거나 농사지을 사람이 없어서 논과 밭이 황폐해 있습니다.

굶주린 어린아이들은 구정물통을 뒤지며 어른들은 도적이 되어 나라가 시끄럽습니다. 지금은 전쟁 준비를 할 때가 아니라 민심을 다스려야 할 때입니다. 대사령을 내려 살인죄를 지은 자를 제외하고는 모두 풀어주고 흥락창(興洛倉)을 비롯하여 낙양창(洛口倉), 여양창(黎陽倉) 등 여러 함가창들을 열어서 쌀을 나누어 준다면 사해 백성들은 폐하의 성덕에 감복하여 산속으로 들어갔던 도적들도 창칼을 버리고 다시 삽과 곡괭이를 들고 논밭을 일굴 것이고 여인네들은 길쌈으로 베를 지어 마침내 나라가 부강해 질 것입니다.

신(臣) 금자광록대부(金紫光祿大夫), 형부상서(刑部尙書), 정의대부(正義大夫) 위문승은 삼가 폐하의 꾸짖음을 무릅쓰고 충심으로 받들어 고합니다."

위문승의 상소를 받자 양제는 적이 놀랐다. 이튿날 아침 대신들을 불러 모아 대사령을 반포하는 조서를 내렸다.[24]

"천지가 비로소 화육하매 낳아서 길러주는 덕이 이미 넓으며, 황제가 법도를 세우매 어지러움을 평정하는 공이 이에 크다. 그러므로 능히 사해를 경륜하고 만방을 무육하는 것이다.

짐이 하늘의 명을 이어받아 크나큰 짐을 떠맡게 되었기에 아름다운 공업을 일으키고 크나큰 계략을 폈다. 이에 해가 비치지 않는 지방까지도 모두 성교가 미치고, 배를 타고서 갈 수 없는 지역까지도 모두 조회하러 왔다.

그런데 요좌에 있는 섬 오랑캐만은 홀로 하늘의 명을 거역하였으니, 악함이 숙사[25]보다 더하고 죄가 훈험[26]보다도 더 깊기에 짐이 선대의 뜻을 받들어서 몸소 정벌을 행하였다. 이에 육사(六師)를 정돈하고 친히 삼령을 지휘하였는데 위로 종묘의 신령함과 유명의 은덕에 의지하여 대대로 주벌을 모면해 온 역적들을 북을 쳐서 크게 평정하였으며, 만 리 밖에서 떨어져 있는 오랑캐를 깨끗이 쓸어버리고 지금 개선하였다.

여름날에 미쳐서 따스한 기운이 퍼지니 순종하여 함양함이 마땅하고, 만물과 더불어 새롭게 되니 천하에 대사령을 내리는 것이 옳도다.

---

24) 대업 8년 4월 병오일
25) 산동성 부근에 있던 고대 부락이름
26) 흉노의 별칭

군사들을 제공한 각 군(郡)들은 일 년간 세금을 면제하고, 군역에 종사한 장정과 공장으로서 탁군까지 갔던 자들은 2년간 세금을 면제하라. 임투관 서쪽까지 갔던 자들은 3년간 세금을 면제하고, 유성 서쪽까지 갔던 자들은 5년간 세금을 면제하라. 통정진 서쪽까지 갔던 자들은 7년간 세금을 면제하고 도료진까지 갔던 자들은 10년간 세금을 면제하라.[27] (후략)"

갖은 좋은 말을 꾸며대어 거짓으로 승리를 선전하고, 참전한 병사들의 세금을 면제하여 민심을 수습하였다.

그렇지만 썩을 대로 썩은 지방 탐관오리들은 황제의 마지막 선심정책마저도 오히려 악용하여 백성들을 수탈하는데 열을 올렸다. 세금 면제를 미끼로 돈을 뜯어내었으며 마음에 들지 않는 자는 오히려 더 높게 세금을 매겼다.

백성들의 원성은 더욱 높아졌지만 지방 관리들에게 뇌물을 받은 중앙의 관리들은 철저하게 이런 사실들을 숨겼으므로 구중궁궐에서 사치와 향락에 빠져있는 양제로서는 도무지 알 길이 없었던 것이었다.

고구려에 대한 양제의 증오는 너무도 깊어서 한시라도 그 원한을 잊은 적이 없었다. 고구려 정벌을 하늘에 맹세하고 자나 깨나 군사 훈련을 강조했다. 이때 촉에서 한 사람이 보검을 만들어 바쳤는데 양제가 유질에게 자랑하며 말했다.

"이 칼날을 보라! 얼마나 예리하고 날카로운가? 나는 이 보검으로

---

[27] 이 조서 내용으로 보아 유성, 임투관, 통정진은 그 서쪽까지만 진격했고 그 성을 수복하지 못한 것을 알 수 있다.

고구려왕의 목을 벨 것이다."

유질이 두려워하며 말했다.

"신이 어리석고 부족하여 잘 알지 못하지만 생각은 전과 마찬가지입니다."

양제가 노한 빛을 띠고 꾸짖었다.

"작년에는 짐이 직접 출정했는데도 이기지 못했다. 그런데도 그대는 어찌 한 장수를 보내어 승리할 수 있다고 하는가?"

그리고 좌우의 시신들에게 말했다.

"고구려는 소국이면서 상국(上國)을 업신여기니 용서할 수 없다. 돌이켜 생각해 보니 지난해의 패전은 군량이 다하여 싸우지 못한 탓이지 전쟁을 잘못한 까닭이 아니었다. 지금 우리의 군사들은 바다를 두려빼고 산을 옮기는 일도 능히 할 수 있으니 이따위 적에 대해서 무엇을 망설일 것인가?"

이렇게 호언장담하였다.

양제는 반대하는 신하들의 입을 막기 위해서 유명한 술사 열 명을 불러 들여 점을 치게 하였는데 모두들 입을 모아 승전을 예고했다. 모여 있던 모든 신하들이 하례를 하였으나 고사렴이 홀로 탄식을 금하지 않았다.

"월왕 구천은 대명이라는 신령스러운 거북을 믿고 점괘가 길조였다고 해서 오나라와 전쟁을 벌여 크게 패하였다. 어찌 전쟁의 승패가 점괘에 달려 있겠는가?"

고구려 정벌에 대한 양제의 의지를 아무도 꺾을 수 없었다. 이듬해 1월 2일에 조서를 내려 천하의 병마를 탁군에 모았다. 동시에 날래고 힘센 백성을 모집하여 자신의 직속 부대원인 효과(驍果)로 삼았으며, 요동 고성(古城)을 수리하여 군량과 병장기 등을 모아 전쟁을 준비시켰다.

요동 고성이란 한나라와 진나라 이래로 양평(襄平)을 말하는데 모용씨가 비로소 평곽(平郭)에다가 진을 설치한 것을 말한다.

지난해 고구려 일차 원정 때 산동, 산서, 섬서 등의 지방이 가장 피해가 많았는데 그런 판국에 또 징병령이 내려지자 백성들은 망연자실할 뿐이었다.

곽연(郭衍)은 모략과 권모술수에 능하여 양제의 등극에 큰 공을 세우고 좌광록대부(左光祿大夫)가 되었다. 그는 나라가 어지러운 때 황제가 전쟁터에 나가는 것을 걱정하여 간했다.

"융적(戎狄)이 예를 잃는 것은 신하에 관한 일이며, 천균(千鈞)의 노(弩)28)는 소서(小鼠)를 잡기 위하여 쓰지 않으니 어찌 친히 만승(萬乘)의 위(位)를 욕되이 하여 소구(小寇)29)를 대적하시렵니까."

원정은 막지 못하더라도 친정만은 막자는 생각이었으나 전쟁에 광분하여 이성을 잃었던 양제는 도리어 화를 내었다.

"그대의 지난날의 공을 생각하지 않았다면 이 자리에서 죽였을 것이다."

이후로 누구도 감히 전쟁에 대하여 간하는 자가 없었다.

지방으로 내려간 징집관들은 배정받은 군사 수를 채우기 위해서 남자라면 어린 아이나 늙은이를 가리지 않았다. 아버지와 남편, 아들들을 빼앗긴 여인들의 울음소리가 그치지 않았고 수많은 백성들은 정든

---

28) 크고 훌륭한 활
29) 융적, 소서, 소구는 고구려를 비하하여 지칭한 말임

고향과 농토를 버리고 다른 지방이나 산으로 달아났다.

백성들 사이에서는 이상한 노래가 떠돌았다.

我兄征遼東　　아형정요동
餓死靑山下　　아사청산하
今我挽龍舟　　금아만용주
又困隨提道　　우곤수제도
方今天下飢　　방금천하기
路松無者所　　로송무자소
前去三千程　　전거삼천정
此身安可保　　차신안가보
寒骨枕荒沙　　한골침황사
幽魂泣煙草　　유혼읍연초
悲換門內妻　　비환문내처
望所吾家老　　망소오가노
安符義男兒　　안부의남아
焚此無主屍　　분차무주시
引其孤魂回　　인기고혼회
負其白骨歸　　부기백골귀

내 형은 요동으로 출정하여
청산 아래에서 굶주려 죽었고
나는 지금 용주(수양제가 타고 놀던 배)를 당기면서

지친 몸을 이끌고 제방 길을 가네

이제 천하의 사람들이 모두 굶주리는데

연도에는 남은 것이 없구나.

앞으로 남은 길은 삼천리인데

버려진 백골은 황사에 누웠고

외로운 넋은 숲속에서 우는구나

사랑하는 아내는 대문 앞에서 슬퍼하고

우리 부모님은 하염없이 기다리네

남아의 의리를 믿어

임자 없는 시체라도 거두어 태워

외로운 혼이라도 인도하여

백골이라도 고향에 돌아가면 좋으련만

환관이 이 노래를 듣고 양제에게 일러 주었다. 양제가 대노하여 지방관에게 명령을 내렸다.

"이따위 요망한 노래를 부르는 자는 모조리 처형하라."

그리고 노래를 지은 자를 잡아들이기 위해 대대적으로 수사를 벌였지만 노래의 주인은 알 수 없었고 노랫말은 점점 더 널리 퍼져 나갔다.

이러한 와중에 다음과 같이 수주(隋主)를 비방하는 글이 여항(閭巷)[30]에 붙었다.

"임금이 사람 죽이는 것을 낙으로 삼으니 천하 만민이 또한 죽음으로 반대한다. 저 요동의 구슬픈 노래는 애처로워 발해의 맑은 밤에 꿈

---
30) 백성들의 사이

을 깨어 잠 못 이룬다. 서합(西閤)[31]의 인정이 이와 같은데 어찌 임금만 제 혼자서 천도(天道)라고 하는가![32]"

민심이 극도로 흉흉해지고 별의별 이상한 소문과 함께 이번에 고구려로 들어가면 반드시 살아 돌아오지 못한다는 풍문이 널리 퍼졌다.

많은 백성들은 징집을 피하기 위해 스스로 도적의 소굴로 찾아들어갔고 전국에는 도적이 들끓었다. 강성해진 도적은 그 수가 적게는 1만에서 많게는 10여 만에 이르렀고 아구적이나 두건덕 등이 특히 세력을 크게 떨쳤다.

징집관이었던 방현손(方玄巽)은 강직한 사람이었다. 참담한 백성들의 모습을 보고는 도저히 군사를 모으기 어렵다고 판단하고 상소를 올리기로 했다.

주위의 친척들은 모두 말렸지만 그는 주저하지 않았다.

"신하된 자는 모름지기 간언을 하는데 몸을 돌보지 않는다고 들었습니다. 신은 다만 보고 들은 대로 고할 뿐입니다. 지난해 큰 전쟁에 많은 군사들이 죽고 상하였고 또 백성들은 농사를 지을 수 없어 곳간이 모두 비었습니다.

그런데 다시 전역을 일으키고 곡식과 병장기를 징발하자 수많은 백성들이 과중한 세금을 이기지 못하고 고향을 버리고 유랑하는 자가 많습니다.

그러지 않아도 지방의 곳곳에서 도적들이 들끓어 세상이 어지러운

---

31) 양제가 머무는 궁전을 말함
32) 隋書. 天子以人之死爲樂天下亦必以死反之彼遼東之歌哀淸夜江都之夢微於西閤人情實然豈獨天道

터에 다시 전역을 크게 일으킨다면 자칫 백성들의 마음을 잃어버리게 될까 두렵습니다.

지금 백성들은 풀뿌리로 연명하는 자가 많습니다. 민심은 천심이라 하였으니 어려운 백성들에게 군량을 풀어 먹여 살리고 전역을 파하여 고향으로 돌려보내이 생업에 힘쓰게 한다면 그 덕이 천하에 퍼져 나라가 안정되고 국가의 창고가 넉넉해질 것입니다. 그런 연후에 고구려를 정벌한다하여도 늦지 않을 것입니다."

안 그래도 여항에 떠도는 노랫말이나 여러 가지 풍문 때문에 양제는 심기가 몹시 불편했다.

그런 차에 곽연에 이어 이름도 모르는 낮은 벼슬아치에 불과한 방현손이란 자까지 원정을 반대하는 상소를 올리자 양제는 엉뚱한 생각을 했다.

"틀림없이 원정을 반대하는 요망스런 몇 놈들이 모여서 작당(作黨)을 하고 이래저래 상소질을 하는 것이다."

즉시 금부의 군사를 보내어 잡아들이고 취조하게 하였다. 양제는 어사대부 배온으로 하여금 방현손을 심문하게 하였는데 배온은 엉뚱한 생각을 품었다.

"쓰레기 같은 놈들은 이 기회에 쓸어버려야 한다."

몰래 사람을 시켜서 고발하게 하여 평소 눈에 거슬리던 우방유와 장개, 설세량 등을 방현손의 무리로 엮어 한꺼번에 처단하려고 하였다.

우문화급이 이 사실을 알고 깜짝 놀랐다.

우방유는 우문화급의 심복으로서 만약 그가 이 사건에 연루되어 죄를 입으면 자신도 무사하지 못할 것이라는 생각이 들었던 것이었다.

더구나 그 아비 우문술도 요동 원정에서 패전의 죄를 얻어 근신 중이었기 때문에 화가 온 가문에 미칠지 모르는 일이었다.

고모인 우문숙비에게 가서 울면서 고했다.

"배온이란 자가 무고한 옥사를 일으켜 우리 우문가문을 쑥대밭으로 만들려고 하고 있습니다."

우문황후는 우익위대장군 우문협와 천우 우문효를 불러 방현손을 위해 변명해 줄 것을 명했다.

우문효가 양제에게 간했다.

"큰일을 하려면 여러 가지 다른 의견이 있는 것은 당연한 일입니다. 방현손이 무례하여 대죄를 범했으나 조그만 인정에 이끌려 제가 무슨 짓을 하고 있는지도 모르고 큰 잘못을 범한 것뿐입니다. 폐하께서 이 따위 하급 장수들을 처벌하시면 오히려 민심을 자극하게 됩니다. 너그러이 용서하여 폐하의 큰 덕을 나타내 보이시기 바랍니다."

우문협은 한 걸음 더 나아가 배온을 고발했다.

"듣자니 배온은 이 사건을 핑계대어 평소에 자신의 비위에 거슬리는 여러 사람을 끌어들여 옥사를 일으키려고 하고 있습니다. 다른 사람으로 하여금 이것부터 먼저 철저히 조사해야 합니다."

우문효와 우문협은 양제의 처족인데다가 특히 우문협은 요동에서 퇴각할 때 몸을 아끼지 않고 호위한 공이 있어 양제는 그를 매우 신임했다. 전쟁에서 돌아와 위국공으로 삼고 항상 그를 우대했다.

이렇게 되자 방현손의 상소 사건은 배온과 우문화급 사이의 정쟁으로 변하여 조정의 분위기는 살얼음판을 딛는 듯했다.

양제는 요동정벌에 반대하는 다른 신하들에게 본보기를 보여주기 위해서 시범적으로 방현손을 크게 혼내줄 의도밖에 없었기 때문에 사건이 커지는 것을 원하지 않았다.

마음을 고쳐 방현손을 용서하였다.

하지만 배온은 이 사건으로 우문화급의 철천지원수가 되었고 훗날 우문화급이 모반을 일으켜 양제를 시해할 때 내사시랑 우세기와 함께 제일 먼저 잡아 죽였다.

양제는 일차 원정 때 참전했던 장수들은 대부분 믿지 않았다. 그래서 이차 원정 때에는 그들을 대부분 제외하고 양량의 난을 진압할 때 공이 컸던 좌보(左補) 양의신(楊義臣)과 요동성 전투에서 미축의 군대를 막아 내었던 우광록대부(右光祿大夫) 왕인공(王仁恭)을 각각 행군원수로 삼았다.

그렇지만 수군은 마땅히 맡길 장수가 없어서 래호아를 다시 행군원수로 삼았는데 그 대신 절대로 독단적 행동을 하지 못하게 하고 동래에서 기다렸다가 육군에서 연락이 오면 그때 합세하도록 지시했다.

그렇지만 양의신과 왕인공이 이끄는 수의 육군은 신성과 요동성에 막히어 한 치도 나가지 못했으므로 래호아는 결국 동래에서 대기만 하고 있다가 출정도 하지 못하게 된다.

명을 받은 양의신과 왕인공은 제일 먼저 군사들을 모으고 군대의 편제를 정비해야 했다. 그런데 일차 원정 때 수의 정예군들은 대부분 전사했고 살아남은 자들도 중상을 당하여 후유증으로 죽거나 불구자들뿐이었다.

그래서 거의 모든 군사들은 억지로 끌려나온 농사꾼들이었는데 건장한 백성들은 도적이 되어 도망가 버려서 어린 아이이거나 노약자가 태반이었다.

  80만이다. 100만이다. 보고는 이렇게 올라왔지만 모두가 허황되고 거짓투성이어서 총병력수도 오락가락 파악되지 않았다. 양의선이 왕인공에게 푸념했다.

  "이런 오합지졸들을 이끌고 고구려 원정에 나선다는 것은 스스로 저승문을 찾아 들어가는 것과 마찬가지가 아니겠소?"

  왕인공이 대답했다.

  "난들 어찌 그것을 모르겠소. 하지만 만약에 황제께 다른 말을 고한다면 출정하기도 전에 목이 달아날 것이요."

  두 사람은 초조하고 불안하여 잠을 이루지 못했는데 참모 중에 누군가가 말했다.

  "어찌하여 우문술 대장군을 추천하지 않으시는 것입니까?"

  양의신이 무릎을 치고 좋아했다.

  "묘책이로다. 정말 묘책이로다."

  우문술은 고구려 원정에서 패전한 뒤 벼슬을 삭탈당하고 사가에 머물러 있었지마는 자타가 공인하는 당대의 권신이었다. 그러므로 그의 복권(復權)을 주청하고 원정군의 행군원수로 추대하면 우문황후와 우문가문의 호의도 얻을 수 있을 뿐만 아니라 이번 전쟁의 책임도 떠넘길 수 있어 일거양득인 셈이었다.

  양의신과 왕인공은 탄원서를 올려 우문술의 복권을 청했다.

  "우문술은 죄가 크지만 국가의 원로이고 훌륭한 장수입니다. 지난해 원정에서는 미곡을 잃어서 비록 성공하지 못했지만 전쟁에서 승패는 예사로운 일입니다."

옛날 패전을 거듭한 한신도 해하의 전투에서 마침내 대공을 이루어 천하를 통일하게 하였으니 이를 본받지 않을 수 없습니다. 이번 원정은 매우 중요한 전쟁이어서 우문술 같은 지덕을 겸비한 장수가 절실하게 필요합니다. 모름지기 죄를 사하여 다시 한 번 공을 기회를 베풀어 주시기를 바랍니다."

대업 9년 2월, 양제는 우문술을 용서하는 조서를 내렸다.

"우문술이 패전한 것은 군량이 계속 공급되지 못했기 때문이었다. 그러므로 패전의 책임은 군수품을 제때에 공급하지 못한 군관들의 잘못이지 우문술의 죄가 아니다. 그의 관직과 벼슬을 회복시켜 주도록 하라."

개부의동삼사(開府儀同三司)로 임명하고 고구려 원정군의 행군원수로 삼았다.

우문술이 기뻐하자 그의 아들 우문사급이 말했다.

"이것은 좋아할 일이 못 됩니다. 저번 고구려 원정 때 대부분의 정예 군사들이 죽었기 때문에 남은 것은 억지로 끌어 모은 무지렁이 농사꾼일 뿐입니다. 그들을 데리고 어떻게 전쟁을 하시겠습니까."

그 말을 듣자 우문술은 낯빛이 변하여 큰소리쳤다.

"엄부(嚴父) 아래 효자가 있고 용장(勇將) 아래 경졸(勁卒)이 있는 법이다. 내가 다시 군권을 쥐었으니 아무리 무지렁이 농사꾼이라도 훌륭한 병사로 다시 태어날 것이다."

그렇지만 우문사급의 지적은 정확했다.

여러 군대를 시찰하였는데 각종 기치는 너덜너덜하게 떨어져 있었고, 낡고 해진 군복을 입은 초라한 군사들의 얼굴에는 피곤한 기색이 역력했다.

창칼은 녹슬어 무디었고 활과 쇠뇌는 비틀어지고 휘어져서 쓸 만한 것이 별로 없었다. 더욱 기가 막히는 것은 강남에서 실어오는 양곡들은 중도에서 도적들에게 대부분 빼앗겨 창고는 절반도 차지 않았다.

우문술은 화가 나기보다는 한숨이 먼저 나왔다. 아무리 궁리를 해 보아도 이번 원정에서 승리하는 것은 고사하고 무사히 살아 돌아오는 것조차도 장담하기 어려운 형편이었다.

이러한 사정을 아는지 모르는지 양제는 장수들을 채근하며 전투준비에 열을 올렸다.

일차 원정 때의 실패를 거울삼아 충차와 비루, 운제, 검차, 편상거 등과 같은 각종 공성기구들을 크게 늘렸고 특히 특수부대의 수를 두 배로 늘려 기습 공격의 전력을 증강하는데 힘을 기울였다.

613년 4월 경신일

양제는 이차 고구려 원정을 위한 조명을 내리고 거가는 경오일에 요수를 건넜다. 임신일에 장수들을 모아 다음과 같이 명령을 내렸다.

"우문술과 양의신은 평양으로 나아가라."

그리고 우후위장군 설세웅에게 명했다.

"너는 답돈도로 나아가 오골성 가까이 주둔하라."

이때 대장군 이경출은 요동도로 나갔고 어구라를 갈석도 군장으로 삼아 군사를 주둔시켰다. 양언광은 여무분낭장으로 노룡도군부가 되었다.

군사들을 이렇게 나눈 뒤 우효위대장군 래호아에게 사람을 보내어 수군을 거느리고 창해도로 나아가 동래에 주둔하고는 우문술과 양의신과 연락을 취하여 평양으로 직공하게 하였다.

또 좌광록대부 왕인공은 전군(前軍)이 되어 20만 대군을 거느리고 부여도(夫餘道)로 향했다.

출발하기 전에 양제는 왕인공에게 어주 석 잔을 내리고 보검을 끌러 주면서 각별하게 당부했다.

"지난번에는 모든 군사들이 패하였지만 공만이 홀로 일군을 이끌고 적을 물리쳤다. 이제 공에게 전군을 맡기니 짐의 기대에 부응하기를 바란다."

왕인공이 감격하여 땅에 머리를 맞대고 절을 하며 사례했다.

"소장은 기필코 폐하의 명을 잊지 않겠습니다."

왕인공의 군사들이 신성(新城)으로 나아가자 양제도 친히 주력군을 이끌고 요동성으로 진군했는데 방언겸이 어가를 따라서 요동에 이르러 부여도 군사를 감독하였다.

신성은 요하 동쪽의 평야지대와 산간지대의 경계선인 무순의 고이산(高爾山)[33]에 세운 토성으로 성벽은 험하지 않았지만 경사가 가파른 언덕위에 세우고 남위성과 북위성을 두어 호위하게 하였기 때문에 난공불락으로 이름이 높았다.

또한 성 안에는 엄청난 노천광이 있어 질 좋은 철광석이 풍부하였기 때문에 이를 바탕으로 철기 제조 기술이 발달하여 천 명이 넘는 무적의 개마기병들을 보유하고 있었다.

뿐만 아니라 물과 곡식이 풍부하여 오랜 농성에도 버틸 수 있었으므로 고구려 조정에서는 중국이나 돌궐, 거란 등 서북쪽의 외세를 방어하기 위한 중요한 전략적 거점으로 삼아 고구려가 멸망할 때까지 단

---

33) 북관산을 말함.

한 차례도 함락당하지 않은 요새 중의 요새였다.[34]

수군의 요동도행군(遼東道行軍)으로서도 신성은 유성에서 통정진을 거쳐 요동성으로 진군하는 자기네 군사들의 주요 보급로에 위치하고 있었기 때문에 지리적으로 결코 포기할 수 없는 중요한 전략적 요충지이기도 했다.

신성 처려근지 고직(高稷)은 상부(上部) 고씨(高氏)의 후손으로 지용을 겸비한 명장이었다. 수천 군사를 이끌고 나와 성 밖에서 매복하고 있다가 왕인공의 선봉부대를 급습하여 수천 명을 죽였다.

대노한 왕인공이 3만 대군을 보내어 반격을 가하자 고직은 후퇴하여 성안으로 쫓겨 들어갔다.

이 보고를 받은 양제가 기뻐했다.

"과연 왕인공은 믿을 만하다."

사람을 보내어 술과 고기를 내리고 위로하였다.

우쭐해진 왕인공이 장수들과 군사들에게 큰 소리쳤다.

"내가 출정하기 전에 점을 보았더니 청룡이 명주를 얻은 형상이라고 하였다. 우리 군사들은 승승장구하여 연전연승을 거듭할 것이니 나만 믿고 따른다면 누구나 봉작(封爵)의 공을 이룰 수 있을 것이다."

비루와 당거, 운제, 지도 등 각종 공성무기를 앞세우고 밤낮을 가리지 않고 수십 차례나 맹공을 퍼부었다. 그렇지만 신성의 군사들이 통나무와 바윗돌을 내리 구르면서 맹렬하게 반격했기 때문에 수많은 군사들만 잃었다.

---

34) 667년 사부구가 반란을 일으켜 성주를 포박하여 당에 투항함으로써 신성은 첫 번이자 마지막 함락을 당한다.

성 아래에는 시체가 산처럼 쌓였고 군사들은 두려워하여 앞장서기를 꺼려했다. 전황이 지지부진해지자 왕인공은 잠시 공격을 멈추고 군사들을 후퇴시켰는데 마침 양제가 보낸 전령이 와서 말했다.

"황제께서는 속전속결을 원하시고 계십니다. 지난해처럼 어정쩡하게 시간만 보내는 장수는 즉각 교체하라는 엄명입니다."

지엄한 황명을 받은 왕인공은 다시 군사들을 전선으로 내몰았다. 이때 왕인공도 직속 부대를 지휘하여 친히 공격에 나섰지만 사정없이 내리 구르는 바윗돌에 맞아 허리를 크게 다치고 쫓겨 왔다.

여러 군사들이 비웃었다.

"그놈의 명주는 어디가고 허리 다친 청룡만 남았느뇨."

"명주가 아니라 썩은 조약돌을 얻었던 게지."

허리를 다쳐 꼼짝달싹도 하지 못하던 왕인공은 여러 장수들만 독촉하고 있었는데 날이 갈수록 희생자만 늘어날 뿐 아무런 소득이 없었다.

"선봉에 섰던 돌궐 군사들이 모두 죽었대."

"손광이 이끄는 오군(五軍)도 모두 전사했다던데?"

군사들 사이에선 근거 없는 말들이 떠돌았고 사기가 땅에 떨어진 군사들은 진격의 북소리가 울려도 앞장서 내닫는 자가 없었다. 그렇지만 양제는 매일 같이 사신을 보내어 전쟁을 재촉하기만 했다.

왕인공은 초조하다 못해 절박한 심정이었다. 부하 장수들을 소집하여 엄포를 놓았다.

"너희들이 앞장서야 군사들이 따르게 된다. 내일 다시 진격할 때에는 제일 앞에서 돌격하라. 만약 내 말을 거역 자는 군법에 의해 처단하겠다."

억지로 전쟁터에 내몰리게 된 장수들은 내키지 않는 발걸음으로 내닫다가 성 가까이 다가가기도 전에 죽는 자가 태반이었다. 이렇게 되자 장수들이 거의 다 죽어서 지휘관이 없었다. 급한 대로 병사들 중에 선임자를 뽑아 장교로 내세워 싸우게 하였으나 군사들은 더욱 못미더워하며 따르지 않았기 때문에 사기는 완전히 땅바닥에 떨어졌다.

돌과 화살이 빗발치듯 쏟아지는 전선으로 나서게 되면 대부분 방패 뒤에 숨어서 싸우는 체만 할 뿐이었다. 그래도 억지로 돌격 명령이 떨어지면 몇 발자국 가다가 일부러 넘어져서 그 자리에서 뒹굴었고 심지어 어떤 자들은 스스로 자해를 하여 부상당한 것처럼 속이는 자들도 많았다.

고직의 아들 고헌준은 용맹하고 꾀가 있었다. 흐트러진 수군들의 전열을 한 눈에 알아보고 군사들에게 말했다.

"적군은 스스로 무너지고 있다."

중무장한 개마 기병을 앞세우고 성 밖으로 갑자기 달려 나갔다. 고구려 정예 군사들은 훈련이 잘 되어 있었고 사기가 충천한데 비하여 왕인공 휘하의 군사들은 지방군 출신인 응양부(鷹楊府) 소속의 절충과의군(折衝果毅軍)으로서 아장(亞將) 이상의 고급 장교들을 제외하고는 강제로 끌려나온 농사꾼들이었다.

그들은 애초부터 전쟁의 승패에는 관심이 없는데다가 거듭되는 패전으로 오로지 살아 돌아가는 것만이 유일한 꿈이었다. 고헌준이 이끄는 중무장한 고구려 개마 기병들이 노도처럼 밀려오자 혼비백산하였다.

왕인공이 소리쳤다.

"죽기를 각오하고 싸우면 살 길이 있을 것이요, 목숨을 아껴 용감하게 싸우지 않으면 전군은 모두 죽을 것이다."

북을 두드리며 아무리 격려해 보았지만 겁에 질린 군사들은 달아나기 바빴다.

 돌궐장수 부돈이 활을 계속 쏘면서 용감하게 싸웠지만 고구려 창기병이 던진 창에 맞아 죽자 마지막까지 남아 싸우던 군사들도 모조리 달아나버렸다.

 왕인공도 견디지 못하고 20 리나 달아나 패잔병을 수습하였는데 고구려 군사들이 악착같이 쫓아왔다. 하는 수 없이 10여 리를 더 달아나서 간신히 위기를 모면했는데 이때 선두부대가 포위망을 벗어나면 화톳불을 피워 뒤따라오는 부대에게 위치를 알려주고 또 나무가 우거진 숲이나 험한 계곡이나 언덕에 군사를 매복시켜 고구려 군의 추격을 막았기 때문에 전멸은 면할 수 있었다.

 이때 고헌준은 왕인공의 군사를 30여 리나 추격하여 만여 명의 수급을 베었으나 돌아가던 길에 안개 속에서 길을 잃고 말았다.

 "천지신명이시여, 길을 안내해 주소서."

 간절한 마음으로 하늘에 기도를 했는데 홀연 한 노인이 수많은 시체들 사이에 서 있는 것이 보였다. 그 행색이 예사롭지 않아서 고헌준이 다가가서 예를 갖추고 공손하게 물었다.

 "부디 길을 가르쳐 주십시오. 그 은혜를 잊지 않겠습니다."

 노인이 대답했다.

 "수많은 원혼들이 천지에 가득 차 있습니다. 정성을 다하여 그들을 위로해 주어야 합니다."

 말을 마치고 안개 속으로 흔적도 없이 사라졌다.

 고헌준이 기이하게 여겨 사방에 흩어진 수군들의 시체를 수습하고 만인총(萬人塚)이라는 무덤을 만들고 제사를 올리자 비로소 안개가 걷혔다.

한편 요동성으로 진격한 양제는 복수심에 불타올랐다. 군사들에게 큰 상을 내걸고 공격을 명했다.

"성을 함락한다면 그 안에 있는 여자와 재물들을 마음대로 약탈해도 좋다."

양제는 이를 으드득 갈았다. 지난 해 수많은 후궁을 빼앗기고 크게 쫓기던 일들을 생각하면 치가 떨리고 분노를 참을 수 없어 잠도 이루지 못할 판이었다.

그렇지만 한 번 호되게 당했기 때문에 철저하게 준비를 하였다. 지난해의 전철을 밟지 않기 위해, 무조건 돌격명령을 내리지도 않았고, 먼저 수십 만 군사를 동원하여 각종 함정과 해자를 메워버리고 땅을 평평하게 골라 운제와 당차 등 각종 공성무기들이 진격하기 좋게 만들었다.

그리고 자신의 친위 부대로 무술과 용맹이 뛰어난 효과위 군사들을 제일 먼저 돌격시키고 나머지 군사들은 뒤따르게 하였다. 오흥인(吳興人) 효과(驍果) 심광(沈光)은 15 장이나 되는 간에 몸을 매달아 제일 먼저 성가퀴 위로 뛰어 올라 용감하게 싸웠으나 고구려 군의 반격을 받아 땅위로 떨어졌다.

심광은 급히 손을 내밀어 장대에 매어져 늘어진 동아줄 끝을 당겨 다시 위에 기어올랐다. 그러나 성벽을 반쯤 오르기도 전에 유시에 맞아 떨어지자 양제가 사람들을 보내어 구해오게 하고 손수 그의 상처를 치료해주며 그 용기와 공을 치하하였다.

"모두 심광을 본받으라."

그 자리에서 조산대부(朝散大夫)에 봉했다. 파격적인 인사조처에 주위 장수들이 물었다.

"공에 비하여 상이 과하지 않습니까?"

양제가 고개를 저으며 대답했다.

"지금은 영웅이 필요한 때다. 두고 보라. 앞으로 심광 같은 자들이 더 많이 나타날 것이다."

양제의 예언은 적중했다.

심광을 부러워한 많은 젊은이들은 죽음을 돌보지 않는 불나방처럼 새까맣게 들러붙어 성벽을 타고 넘었다.

그렇지만 노련한 고구려 궁수들은 한 명의 수군도 놓치지 않았다. 치성(雉城)[35]과 적대(敵臺)[36]사이에 몸을 숨긴 채 가까이 다가오는 수군들을 백발백중으로 쓰러뜨렸기 때문에 성벽 위에 올라가는 자가 아무도 없었다.

치열한 격전은 사흘 동안 계속되었으나 그때마다 맹렬한 반격에 막혀 무수한 사상자만 남기고 쫓겨났다. 성 아래에는 시체들이 산더미처럼 쌓였지만 양제는 개의치 않았다.

"성을 함락할 때까지 공격을 멈추지 말라."

이렇게 계속 군사들을 다그치기만 하자 군사들은 황제를 원망하기만 할 뿐 싸울 의지가 없었다.

---

35) 성벽에서 적이 접근하는 것을 쉽게 관측하는 등 전투력을 배양시킬 수 있도록 성벽의 일부를 튀어나오게 만드는 것을 치성(雉)라고도 함)이라고 한다
36) 망루

당시 수군들은 일차 원정 때보다 훨씬 많은 각종 장비와 무기들을 갖추고 있었지만 진격을 알리는 북소리와 나팔 소리가 들려도 용감하게 달려 나가는 자가 없었다.

한 달이 넘는 가뭄으로 마실 물조차 부족한 판에 유월의 폭염은 가만히 있어도 등줄기에 땀이 후줄근하게 배어났다. 계속되는 사투 속에 군사들은 지칠 대로 지쳤는데 성 아래 수북하게 쌓인 시체들은 썩기 시작하여 고약한 냄새가 진동했고 밤만 되면 피 냄새를 맡은 까마귀와 이리떼들이 몰려와서 무시무시한 소리로 울어대었다.

여기저기 흩어져 있는 군사들의 막사에는 죽음 같은 적막이 감돌았고 이따금 부상당한 군사들의 신음과 울음소리만 처량하게 들릴 뿐이었다.

방언겸이 간했다.

"이렇게 무작정 성벽을 기어오르게 한다면 군사들의 피해만 눈덩이처럼 불어날 뿐입니다. 흙으로 포낭(包囊)[37]을 만들어 성벽 높이까지 쌓아 올리고 싸운다면 피해를 줄일 수 있습니다."

엄청난 군사를 잃은 양제도 전략을 바꾸지 않을 수가 없었다. 경비병을 제외한 모든 군사를 모두 동원시켜 열흘 동안에 100만 개의 흙포대를 만들고 이를 쌓아서 어량(魚梁) 모양의 큰 길을 만들었다.

"제 놈들이 아무리 날뛰어 보아도 이제는 독안에 든 쥐다."

이번에도 양제가 호언장담하였지만 전쟁은 뜻대로 되지 않았다. 수천 명의 수군 선봉 부대가 앞장 서서 어량식 대도를 통하여 성벽을 넘으려 하였지만, 고구려 군사들의 강력한 방어선을 뚫지 못하고 무수

---

37) 공격형 방어벽으로 모래포대로 쌓았으므로 물고기 비늘이나 그물처럼 보였기 때문에 어량(魚梁)이라고도 했다.

한 사상자만 남기고 쫓겨났다.

때마침 함께 종군했던 서역 출신의 장인들이 성보다 높은 팔륜누차(八輪樓車)를 만들었다.

팔륜누차는 바퀴가 여덟 개이고 40m나 되는 차대 위에 만든 다락에 수십 명의 군사들이 올라가 어량도(魚梁道)를 중간에 끼고 성안을 향하여 공격할 수 있게 만든 새로운 형태의 공성무기였다.

"오아전선이 진나라를 평정했다면 이 팔륜누차는 고구려를 멸할 것이다."

양제는 집채만한 팔륜누차를 앞세우고 의기양양하게 성의 남문 앞으로 진격했다. 그렇지만 거대한 팔륜누차는 고구려 석투당 부대의 좋은 표적이 될 뿐이었다.

고도로 훈련 된 석투당의 군사들은 정확하게 조준하여 포석을 날렸고 나무기둥으로 만들어진 팔륜누차의 지지대는 오륙십 킬로그램이 넘는 큰 포석 하나만 맞고도 전체가 뒤흔들렸다.

40m나 되는 팔륜누차의 다락 위에 있던 많은 군사들은 울부짖으면서 아래로 내려가려 하였지만 연달아 포석이 날아와 여러 개의 지지대를 부수어 버리자 순식간에 와르르 무너졌다.

수많은 군사들은 그대로 땅바닥에 곤두박질하여 머리가 깨지고 팔다리가 부러졌고, 그 아래에 있던 군사들은 속절없이 깔려 죽었다.

이때 성안에 있던 고구려 군사들이 큰 도끼와 창을 들고 쏟아져 나와서 성벽으로 이어지는 어량도를 때려 부수고 기름을 쏟아 붓고 불을 질렀기 때문에 주위에 있던 군사들까지도 숯덩이가 되어 죽었다.

어량식대도와 팔륜누차의 공격마저 실패로 돌아가자

수군들 사이에서는 이상한 소문이 떠돌았다.

"요동성에는 추모성왕의 혼령이 지키기 때문에 성벽을 오르는 자는 모조리 화살에 맞아 죽는다."

군사들의 거의 공황상태에 빠져 사기는 급격히 떨어졌고 야음을 틈타 몰래 달아나는 자가 많았다.

전쟁은 지지부진하여 헛되이 시간만 흘러갔는데 설상가상으로 장마철이 시작되어 비가 자주 내렸다. 땅은 뻘구덩이가 되어 질퍽질퍽해졌고 전차와 수레조차 움직이기 어려워져 식량과 군수품의 보급도 원활하지 못했다. 진퇴양난에 빠진 양제는 하늘을 두고 원망하며 멀리서 성만 바라보고 저주를 퍼부었다.

"저놈의 성은 불바다로 만들어 버리겠다. 개미새끼 한 마리 살려 두지 않을 테다."

그러나 전황은 점점 어려워져 절망적인 보고만 속속 올라왔다.

"제왕 양간(楊暕)이 패퇴하고 좌군이 무너졌습니다."

양간은 양제의 둘째 아들로 우둔위대장군이 되어 우군을 지휘하고 있었다. 양제는 호분랑장(虎賁郎將) 사마덕감(司馬德戡)을 보내어 양간을 돕게 하였는데 또 다른 보고가 올라왔다.

"호아랑장 조행추가 패하여 달아났습니다."

평양에서 구원군을 이끌고 온 을지문덕이 요동에 이르러 수군들의 후미를 공격한 것이었다.

1차 여수전쟁 이후로 을지문덕의 이름은 수군들에게는 공포의 대상이었다. 그래서 멀리서 을지문덕 장군의 깃발만 비치어도 달아나는 자가 줄을 이었다.

수군 진영은 큰 혼란에 빠졌고 각 군은 연락이 끊겨 장수들조차 자신의 휘하 군대가 어디에 있는지도 알 지 못했다.

양제가 불같이 노했다.

"후군에 있던 놈들은 모두 허수아비들이란 말인가. 을지문덕이란 놈은 귀신이라도 된다는 말인가."

주위에 있는 애꿎은 장수들만 나무랐다.

급한 대로 어영군의 양익(兩翼)을 호위하던 표기장군(驃騎將軍) 독고개원과 차기장군(車騎將軍) 우문효에게 응양부(鷹楊府) 소속의 군사 오만을 주어 을지문덕을 저지하게 하였다.

한 무리 수군들이 전선을 빠져나가 동쪽 언덕 너머로 사라지자 성안에 있던 중실무가 중실병에게 말했다.

"아무래도 적들이 퇴각하는 것 같지 않습니까?"

중실병도 그런 생각이 없는 것은 아니었으나 행여 적들의 계략을 의심하여 군사를 내지 못했다.

이때 문득 비둘기 한 마리가 날아와 중실병의 발아래에 내려앉았다. 을지문덕이 서신을 보내어 협공을 명한 것이었다. 중실병은 그 편지를 받고 나서야 구원군이 온 것을 알았다.

"우리는 이제 살았다. 을지문덕 장군께서 오셨다."

이 소리를 들은 군사들은 크게 기뻐하면서 창과 방패를 두드리며 환호성을 질렀다.

"이제 적들을 쓸어버릴 일만 남았다."

중실병은 기세가 등등해져서 군사들에게 호언장담하였다. 그리고 최정예 군사들에게 야차의 모습이 새겨진 무시무시한 가면을 쓰게 하고 날이 어두워지자마자 성문을 열고 달려 나갔다.

하늘을 찌를 듯한 함성과 함께 천군만마가 내달아 미리 준비해둔 횃불을 수군들의 진영에 마구 집어 던지고 불을 질렀는데 이글거리는 불빛 아래 가면을 쓴 고구려 군사들의 모습은 지옥야차와 흡사했다.

겁에 질린 수군들은 싸울 엄두도 못 내고 달아나는 자가 많았는데 특히 양익을 지키던 독고개원과 우문효의 군사들이 빠져버린 탓에 수군들의 방어력이 크게 약화되어 눈사태처럼 허물어져 버렸다.

양제가 있는 어영군도 안전하지 못했다.

고구려 군사들이 사방에서 들이치자 독고성이 양제를 호위하여 달아났다. 중실무가 드세게 추격하여 막 잡으려 하였는데 정천숙이 용전분투하여 간신히 포위망을 벗어날 수 있었다.

정천숙은 이 싸움에서 그의 투구가 칼에 맞아 찢어졌는데, 양제는 시종을 시켜 보관하게 한 뒤 다른 장수들을 격려할 때면 으레 찢어진 투구를 보여주며 이렇게 훈시했다.

"이 칼자국은 정천숙의 충성심이다."

그 후 정천숙은 부상이 심하여 3차 원정에는 참가하지 못했지만 이 때의 공을 인정받아 의주자사(宜州刺史)에 임명되었다.

한편 독고개원과 우문효는 요동성과 백암성 사이의 넓은 들판에서 윤제의 군사들과 마주쳤다.

"적들이 먼 길을 달려와 기세가 드높으니 기병을 내어 유인하면서 슬슬 전쟁을 끌어 지치게 해야 합니다."

우문효가 이렇게 말했으나 독고개원이 말을 잘랐다.

"적들은 얼마 되지 않는다. 만약 시간을 끌게 되면 후군들이 당도할 것이니 그때가 되면 우리가 불리해진다."

군사들을 정렬하여 돌격을 시도하였다.

그런데 독고개원의 군사들 역시 대부분 응양부(鷹楊府) 소속으로 전국에서 막 끌어 모은 농민 출신의 군사들이어서 윤제가 이끄는 고구려 정예군과 맞서 싸우기는 역부족이었다. 기세 좋게 달려 나가던 군사들은 창칼 한 번 제대로 휘둘러보지도 못하고 속절없이 죽어 넘어졌다.

우문효가 욕설을 내뱉었다.

"내 이럴 줄 알았다. 장수란 자가 아군의 전력도 모르면서 고집만 부리더니 어찌 전쟁에서 승리를 바라겠는가?"

자신의 친위 군사들만 거느리고 동쪽 언덕으로 달아나버리자 장수를 잃어버린 다른 수군들은 꼼짝 못하고 갇히게 되어 대부분 몰살당했다.

독고개원은 고구려 군에 둘러싸여 고전을 면치 못했는데 그의 부장 왕방이 피투성이가 되어 돌아와서 고했다.

"우문효의 군사들이 모두 전멸했습니다."

그 소리를 듣자 독고개원도 힘이 빠졌다. 사방을 둘러보니 고구려 군사들뿐이요 자신의 부하들은 눈을 씻고도 찾아 볼 수가 없었다.

하는 수 없이 퇴각 나팔을 울리고 달아나자 근처에 흩어져 있던 군사들은 창칼을 버리고 서로 밀치고 당기면서 먼저 달아나려고 다투었다.

이때 윤제가 높은 언덕 위에 올라가서 소리쳤다.

"투항하는 자는 살려줄 것이요 반항하는 자는 모두 죽이겠다."

이 소리를 들은 수군들은 윤제가 있는 언덕 아래로 나아가 투항하는 자가 줄을 이었고, 독고개원은 고작 2백 남은 기병과 함께 간신히 요하의 하류로 달아났다.

제 5 장

양현감의 난

양제가 출전한 후 수의 전역에서는 그 보급품을 대느라 부역이 과중하여 백성들의 불만이 하늘을 찔렀다. 길거리에는 굶주린 어린아이와 여자들이 울면서 떠돌아 다녔고, 노역에 지친 장정들은 쓰러져 죽는 자가 많았다.

 잠시 잠잠하던 도적들이 다시 들끓었고 그 중에서도 몇 몇 강성한 자들은 반란을 꾀하여 천하가 시끄러웠다.

 제군(齊郡)에서 왕박(王薄)과 맹양(孟讓)이 위세를 떨쳤고, 평원(平原)에서는 학효덕(郝孝德)이 일어섰다. 북해(北海)의 곽방예(郭方預)와 발해(渤海)의 손선아(孫宣雅)도 이때 봉기하였고 하간(河間)에서는 격겸(格謙)이 일어나 효산(崤山) 동쪽 지방은 편안한 곳이 없었다.

 예부상서(禮部尙書) 양현감(楊玄感)은 양소(楊素)의 아들로 젊은 시절부터 아버지의 후광을 입고 그 형제들과 함께 높은 자리를 차지하여 명망이 있었다.

 처음에 양제가 고구려 원정을 계획할 때 주청을 올렸다.

 "저희 집안은 대대로 국은을 입었습니다. 이번 고구려 정벌에도 참가하고 싶습니다."

양제가 기뻐했다.

"장수 집안에는 장수가 나고 재상 집안에는 재상이 난다더니 옛말이 빈말이 아니로다."

하남의 여양(黎陽) 지방에서 군량 수송을 감독하게 하였다. 그러나 양현감은 호분랑장 왕중백(王仲伯)과 급군(汲郡)의 찬치(贊治) 조회의(趙懷義) 등과 함께 많은 군량을 빼돌려 착복하였는데 감찰 관리가 그 사실을 알고 내사를 시작하였다.

난처해진 양현감은 어쩔 줄 모르고 당황하여 쩔쩔매기만 하였는데 마침 그의 친한 친구인 이밀(李密)이 은밀히 찾아왔다.

"난적(亂賊)들이 천하를 어지럽혀 백성들이 도탄에 빠져 있습니다. 민심은 이미 수를 떠났으니 지금이야말로 영웅이 일어설 때입니다. 생각해 보십시오. 황실은 선비족의 한 무리에 불과합니다. 하오나 공은 선친 시절부터 수많은 공덕을 쌓아 명망이 높습니다. 의로운 칼을 빼들고 나선다면 천하의 영웅호걸과 의로운 지사들이 구름처럼 몰려들 것입니다."

이밀의 자(字)는 현수(玄邃)로서 요녕성(遼寧省) 조양(朝陽) 출신이다. 그 증조부인 이필(李弼)은 본래 요동의 양평사람이었으나 무천진 군벌로서 출세했다.

훗날 북주를 도와 건국하고 8주국(柱國)이 되어 위국공의 지위를 누렸고, 조부인 이요(李曜)와 부친인 이관(李寬)도 모두 대장군이 되어 부귀영화를 누렸고 이밀도 그 덕택에 포산공이 되었다. 하지만 아버지 이관은 곧 양견의 미움을 받았기 때문에 벼슬길이 막혀서 지방으로 내려가 구명도생하였다.

이밀은 젊었을 때부터 재주가 있고 뜻이 커서 돈을 가벼이 여기고, 천하의 인물들과 즐겨 교제했다. 일찍이 황소를 타고 다니면서 한서(漢書)를 소의 뿔에 걸고 다녔다.

양소가 하루는 교외로 나갔다가 이러한 이밀을 보고 기이한 인물이라 여겼다. 자주 불러 이야기를 나누고 이관의 아들인 줄 알고 크게 기뻐하였다.

"앞으로 나라의 동량이 될 인재로다."

그 후 양소의 추천으로 관직에 나아가서 좌친시(左親侍)가 되어 양제의 경호를 맡았다.

그의 모습은 의연하고 행동은 절도가 있어 군계일학처럼 여러 사람들 속에 섞여 있어도 항상 사람들의 눈에 돋보였다. 하루는 양제가 젊은 경호병들을 멀리서 바라보더니 측근인 우문술에게 말했다.

"저기 멀리 왼편 의장대 아래에 있는 얼굴색이 검은 저 아이는 눈길이 예리하다. 숙직은 시키지 말도록 하라."

좌친시의 대장이었던 우문술은 즉시 이밀을 해직시켰다. 이밀은 좌친시에서 쫓겨난 후 백수가 되어 놀고 있었는데 이때 양소의 아들 양현감과 만나 그의 친구가 되었다.

양현감은 체격이 크고 완력이 세며 말 타기와 활쏘기에 뛰어났으나 이밀의 지혜에는 따라가지 못했다. 하루는 양현감이 그런 이밀에게 말했다.

"네가 아무리 날뛰어 보아도 체격도 우람하지 못하고 남과 대적할 만한 무술 실력도 없지 않은가?"

이렇게 모욕을 당했지만 이밀은 조금도 흔들림 없이 정색을 하고 반박했다.

"대장부는 마땅히 진실을 이야기해야 한다. 어찌 면전이라고 아첨의 말만 할 것인가. 양군이 결전할 때 진의 맨 앞에 서서 대갈일성을 지르고 적을 부들부들 떨게 함은 자네가 나보다 뛰어나다. 하지만 천하의 뛰어난 인재와 준걸들을 수족처럼 부려 각각 제 능력을 발휘하도록 하는 데는 내가 나을 것이다." 양현감이 웃으면서 그의 말을 인정하였다.

위기에 몰린 양현감은 이밀이 부추기는 소리를 듣자 엉뚱한 야심을 품었다. 왕중백과 조회의와 함께 모반을 계획하고 고의로 군량 운반을 늦추었다.

후방에서 군량 수송이 더디어지자 양제가 사람을 보내어 꾸짖었다. 이때 양현감은 수로(水路)에 도적이 많아 시기를 맞출 수 없다고 변명하고 군량을 운반하는 군사 중에서 건장한 젊은 사람들만 뽑아 5천 명을 선발하고, 단양(丹陽)과 선성(宣城)에서 배 몰잇군 3천명을 모아 마침내 반란을 일으켰다.

그리고 소와 돼지를 잡아 제물을 차려놓고 군사들을 선동했다.

"황제가 황음무도하여 전란이 끊이지 아니하고 요동에서 죽은 자만 해도 수 십 만이 넘는다. 나는 그대들과 더불어 정의로운 칼을 들어 사해의 만백성들을 물과 불의 고통에서 구해내고자 한다. 그대들의 뜻은 어떠한가."

모여 있던 군사들이 일제히 만세를 부르며 지지하였다. 양현감은 그들을 거느리고 군량 운송을 총감독하던 치서시어사(治書侍御使) 유원

(柳元)에게 달려갔다.

"황제가 방자하고 포악하여 스스로 먼 곳에 몸을 던지고, 백성들은 고통에 허덕인다. 만인을 거스르면 하늘이 주벌하나니, 나는 의병을 거느리고 이를 베려 한다. 그대의 뜻은 어떠한가."

유원이 정색을 하고 꾸짖었다.

"공은 대대로 황은을 입어 그 권세와 부귀가 남달랐다. 절개를 바쳐 홍은(鴻恩)에 보답하여도 오히려 부족한데 어찌 공의 부친 산소에 흙이 마르기도 전에 반역을 꾀한단 말인가. 나는 죽더라도 공을 따르지는 않겠다."

양현감이 싸늘하게 말했다.

"대세는 이미 정해졌다. 따르지 않는 자는 죽음뿐이다."

부하들에게 명하여 뜰아래로 끌어내게 한 다음 직접 칼을 쳐서 목을 베어 죽였다.

왕중백이 말했다.

"이왕 난을 일으켰으니 머뭇거리시면 안 됩니다. 먼저 여양을 접수한 뒤 관작을 베풀고 사람을 모아야 합니다."

대업 9년 6월 3일.

양현감은 무리를 이끌고 여양으로 들어가서 관직(官職)을 설치하여 관리들을 임명하고 배속하여 모두 개황 때의 옛 제도대로 하였다.

한편으로 자기 집안의 종을 래호아의 부하로 변장시켜 요동으로 보내어 '수군 총관 래호아가 반란을 일으켰다.'고 거짓 보고를 올린 뒤, 여러 이웃 군에 전갈을 보내어 래호아의 반란군을 토벌하러 가니 군사를 거느리고 모두 여양창(黎陽倉)으로 모이라고 지시하였다.

양현감의 동생 양현종(楊玄縱)과 양만석(楊萬石)은 호분랑장(虎賁郎將)과 응양랑장(鷹揚郎將)이 되어 양제를 따라 종군하여 요동에 있었는데, 몰래 그들에게도 사람을 보내어 진영을 빠져나오게 하였다.

양현감이 바쁘게 움직여 군사를 모았으나 이웃 군에서 모인 군사는 고작 천여 명도 못되었다.

이밀이 꾀를 내었다.

"어차피 벌어진 일입니다. 이럴 때는 널리 격문을 띄우고 불만이 있는 사람들을 모두 끌어 모아야 합니다."

양현감이 사방의 귀족과 백성들에게 격문을 띄웠다.

"임금이 무도하여 해마다 전역을 일삼아 농사는 피폐하여 굶주려 죽는 자가 길거리에 널렸고, 요동에 끌려가서 칼날아래 죽은 자가 백만을 넘으니 자식과 남편을 잃은 백성들의 울부짖음이 사해에 가득하다.

백성을 잔학무도하게 다루고서 천수를 다한 임금은 없었다. 이제 천명을 받들어 의로운 군사를 일으켜 폭군을 폐위하고 만 백성들을 고통의 구렁텅이에서 구하려 하노라.

나를 따르는 자는 나라와 백성을 구한 후에 건국공신이 되어 자손만대로 부귀영화를 누릴 것이요, 대항하는 자는 폭군과 함께 죽음을 면치 못할 것이다."

기아에 굶주리고 가파(加派)[38]에 시달리던 백성들은 양현감이 반란을 일으키자 구름처럼 몰려와 합세했다. 여양 땅에서 호응한 군사들만 해도 2천이 넘을 정도였다.

---

38) 국가에 변이 있을 때 임시로 걷는 세금

사정이 이렇게 돌아가자 어리석은 백성들 중에는 승리를 점치는 자가 많아졌다. 눈치 빠른 지방의 부호들이 다투어 재물을 바치고 날마다 군사들이 모여들기 시작하여 한 달 사이에 10만의 대군이 모였다.

자신을 얻은 양현감은 한시바삐 결전을 서두르고자 하였다. 이밀을 책사로 삼아 대세를 의논했다.

"하늘의 운수는 사람이 마음대로 할 수 없는 것이다. 이제 나에게 보명(寶命)이 내렸다면 기꺼이 받을 것이다. 그대는 나를 위하여 재주를 아끼지 말라."

"지금 세 가지 계책이 있으니 스스로 택하십시오. 첫 번째는 곧바로 북진하여 황제군의 귀로를 끊는 것입니다. 그렇다면 황제의 군대는 앞으로는 고구려군의 추격을 받고, 뒤에는 우리의 공격을 받을 것이니 진퇴양난에 처하게 될 것이라 일시에 궤멸할 수 있으므로 이것이 최상책입니다.

두 번째는 서쪽으로 급히 가서 장안(長安)을 함락시키고 그곳에 안정된 근거지를 만들어 천천히 천하를 제패하는 것으로 이것이 중책입니다."

잠시 말을 끊은 후에 양현감의 기색을 살폈다.

그러나 양현감이 생각은 이와 달랐다. 비록 자신의 군사가 10만에 이른다고 하나 각지에서 급하게 모은 오합지졸뿐이라 양제의 훈련된 정규 군사들과 맞서기는 두려웠던 것이었다.

또 장안성에는 양제의 손자인 대왕(代王) 유(侑)가 다스리고 있었으나, 1차 고구려 원정에서 명설을 날린 형부상서(刑部尙書) 위문승(衛文昇)이 정병을 거느리고 있어 역시 무리라고 생각했던 것이었다. 그래서 이밀의 말이 신통치 않게 들렸다. 묵묵부답으로 침묵을 지키다가 다시 물었다.

"마지막 세 번째 계책은 무엇인가."

"낙양을 취하여 천하를 호령하는 것으로 1백 일 이내에 취하지 않으면 위태로울 것입니다. 그러나 이것은 앞의 두 계책이 막혔을 때 쓰는 것으로 최하책이라 할 만 합니다."

당시 수나라 수도는 문제 때 세운 장안이었으나 장안은 천하의 중심에서 서쪽으로 치우쳐 있다고 생각한 양제가, 낙양을 격상시켜 강도라고 하고 매우 중요시하였다.

마침 강도의 주인은 어린 월왕(越王)[39]이어서 강신(强臣)들이 권세를 마음대로 부려 크게 어지러운데다 무엇보다도 이름난 장수가 없어 성이 허술하였다. 이 사실을 잘 알고 있는 양현감이 세 번째 계책이 가장 마음에 들었다.

"그대가 말한 최하책이 바로 최상책이다."

곧장 대군을 몰아 강도로 진격했다.

요동에 있던 양제에게 급한 전령이 왔다.

"양현감이 여양(黎陽)에서 반란을 일으켜 강도가 위태롭습니다."

양제가 아연실색하여 아무 말도 하지 못했다.

이때 납언(納言) 소위(蘇威)가 마침 장막으로 찾아 들어왔으므로 그에게 물었다.

"양현감, 이놈은 매우 총명한 놈인데 장차 큰 우환거리가 되지 않겠는가."

---

39) 양제의 손자 동(侗)

소위가 말했다.

"시비를 가릴 줄 알고 성패 여부를 판단할 줄 아는 사람을 총명하다고 합니다. 양현감은 사람됨이 거칠고 소략하여 총명하다고 할 수 없습니다. 다만 이 일로 해서 다른 도적들이 더욱 날뛰게 되지 않을까 그것이 걱정입니다."

양제가 그제야 유질의 말을 생각하고 탄식했다.

"전날 합수령이 염려한 것은 바로 이것이었구나."

그때 군관 하나가 달려와서 말했다..

"양현종(楊玄縱)과 양만석(楊萬石)도 달아났습니다."

양제가 이 보고를 받고 이를 갈면서 대답했다.

"쥐새끼 같은 놈들이 여기도 있었구나. 산 채로 잡아서 능지처사에 처할 것이다."

급히 군사들을 풀어 모든 도로를 막고 그들을 체포하게 하였다. 빠져나갈 길이 막힌 양현종과 양만석은 깊은 숲속에 웅크리고 숨어 있다가 밤이 되기를 기다려 병부시랑 곡사정(斛斯政)의 군막으로 기어들었다.

곡사정은 양현감의 죽마고우로 그들에게도 형처럼 대하던 사이였던 것이었다.

"저희들을 살려 주십시오. 그 은혜는 결코 잊지 않겠습니다."

이렇게 통사정하자 곡사정이 인정에 끌려 차마 거절하지 못했다. 심복인 그의 부장 심완(沈阮)에게 영문 앞까지 전송하게 하여 무사히 달아나게 해 주었다.

양현종 형제를 놓친 양제는 노발대발하였다.

"필시 안에서 내조자가 있을 것이다."

대리에 명하여 양현종, 양만석의 도주 사건을 철저하게 조사하게 하였다. 곡사정은 자신이 저지른 죄가 발각될까봐 겁을 먹었는데 마침 양제에게서 사람이 왔다.

"폐하께서 급히 내조하라고 하십니다."

그 말을 듣는 순간 곡사정은 온몸에 소름이 돋고 손끝이 저절로 부들부들 떨렸다.

"의심 많은 황제가 필시 나를 가만 두지 않을 것이다."

생각이 이에 미치자 눈앞이 아득해졌다. 아무리 생각해 보아도 이대로 끌려간다면 개죽음을 면할 수 없는 노릇이어서 사자에게 변명을 늘어놓았다.

"지금 긴급히 처리할 일이 있으니 조금 있다가 알현하러 갈 것이라고 전해 주시오."

하지만 사자는 강경했다.

"폐하께서 기다리고 계십니다. 지금 당장 데리고 오라는 분부이십니다."

문 앞에서 움직이지 않고 버티고 서 있자 곡사정은 자기도 모르게 악이 솟았다. 책상으로 다가가 무엇을 꺼내는 체하다가 갑자기 칼을 빼어 사자를 찔렀다.

"헉!"

큰 칼은 가슴을 관통하여 등 뒤에까지 튀어나왔고 뜨거운 피는 사방으로 튀었다.

"역적 놈."

사자의 눈은 화등잔만해지면서 욕설을 퍼부으며 그 자리에서 고꾸라져 죽었다. 곁에 있던 심완이 새파랗게 질려 물었다.

"대체 어쩌실 작정입니까."

이미 벌어진 일은 돌이킬 수 없는 것이었다. 곡사정은 죽어 자빠진 사자를 물끄러미 바라보다가 고개를 들어 대답했다.

"나는 이 길로 고구려에 투항할 것이다. 그대는 여기 남아 개죽음을 당하겠는가 아니면 나를 따르겠는가."

곡사정의 두 눈은 시뻘겋게 살기를 띠고 있었고 얼굴에는 비장함이 서려 있었다.

심완도 양현종 형제를 놓아 준 일에 공모하였으므로 남아 있을 처지가 못 되었다. 곡사정을 따라 버젓하게 군문을 통과한 뒤 밤낮으로 말을 달려 고구려 박애성(拍崖城)으로 나아가 투항해 버렸다.

곡사정은 병부시랑으로 수군의 최고위급 인물이었으므로 그의 투항은 중대한 사건이 아닐 수 없었다. 박애성 처려근지 명림소는 의심이 들었다.

"그대는 수의 중신인데 어찌하여 투항하려 하시오."

곡사정이 땅바닥에 엎드려 눈물을 흘렸다.

"저와 양현감은 죽마고우로서 지냈는데, 양현감이 반란을 일으키자 황제가 저까지 의심하여 죽이려 합니다. 저는 수에서는 이미 버림받았으니 돌아갈 곳이 없습니다. 상국(上國)에 이 비천한 목숨을 의지할 뿐입니다."

이렇게 대답하고 수나라의 군중의 내부사정을 낱낱이 고해바쳤다. 이에 명림소가 기뻐하며 술을 내리고 그를 받아 주었다.

한편 곡사정마저 고구려 진영으로 달아난 것을 알게 된 양제는 분노를 감추지 않았다. 먹잇감을 놓친 성난 이리가 이빨을 드러내고 으르렁거리듯 육합성의 내전을 왔다 갔다 하면서 소리를 지르더니 문득 염비를 불렀다.

"당장 달려가 곡사정을 잡아오라. 이 더러운 역적 놈은 내손으로 살 기죽을 벗겨 찢어 죽일 것이다."

호분낭장 염비가 정예기병 2천 명을 이끌고 박애성을 들이쳤으나 고구려군의 반격을 받아 크게 패하여 쫓겨 왔다.

6월 경오일 밤이 되자 양제는 풀이 죽어 조서를 내려 장수들에게 철군을 명했다.

"적군이 마침내 퇴각합니다."

"적들이 멀리 달아나기 전에 공격 명령을 내리십시오."

여러 장수들이 이렇게 건의했으나 을지문덕은 침착했다.

"승리를 탐내어 서두르다가 아군의 피해가 늘어난다면 그것은 진정한 승리가 아니다. 적들이 비록 퇴각하지마는 그 수가 수 십 만이 넘는다. 그러므로 성급하게 공격하여 우리 군사들을 상하게 해서는 안 된다. 나는 저들의 마음을 압박하여 더욱 초조하게 한 연후에 한꺼번에 쓸어버리려는 것이다."

성벽 위에 올라가 북과 꽹가리를 두드리며 당장이라도 추격할 것 같은 기세로 함성을 지르게 했다.

철군 명령을 받은 수군들은 전쟁 따위는 이미 안중에도 없었고 오로지 목숨을 구하여 고향으로 돌아갈 생각뿐이었다. 엄청난 군사 자재와 기물들은 산더미처럼 쌓아 두고 영루와 장막 등도 내버려 둔 채 고구려 군사들이 추격해 오기 전에 앞 다투어 달아났다.

달아나던 양제도 고구려 군의 추격을 저지하기 위해 정천숙과 심광에게 후미를 지키게 하였는데 정천숙은 두려운 생각이 들었다.

"황제가 대군을 이끌고 모두 달아나버렸는데 우리만 이대로 멍청하게 자리만 지키고 있다가는 개죽음을 면하지 못할 것이다."

이렇게 심광을 꾀었지만 심광이 정색을 하고 반대했다.

"지엄한 황명을 거역한다면 여기서 비록 살아난다고 해도 장안으로 돌아가면 죄를 면치 못할 것이오."

정천숙은 속으로 생각했다.

"그래, 네놈이 그만큼 충성스러우면 혼자서 죽어봐라."

저녁 무렵 고구려 추격군이 들이닥치자 몰래 군사를 빼내어 달아나 버렸다. 얼마 후 이 사실을 알게 된 심광은 하늘을 우러러 부르짖었다.

"진짜 적은 가까운 곳에 있었구나."

그렇지만 사방에 고구려 군사들이 들이닥쳤기 때문에 달아날 기회조차 없었다. 성난 맹수처럼 용감하게 싸웠으나 온몸에 부상을 입고 피투성이가 되어 힘이 빠지자 스스로 목을 찔러 자결하고 말았다.

한편 상곡(上谷) 쪽으로 달아난 양제는 요동의 여러 성에서 나온 고구려 군사들에게 퇴로가 끊겨 버렸으므로 길을 바꾸어 탁군으로 달아났다.

을지문덕은 군사들에게 명하기를 항상 십 리 정도 거리를 두고 추격하게 하였는데 양제의 본군이 요수에 이르러 급히 강을 건너자 벼락처럼 내달려 한꺼번에 수만 명을 죽였다.

양제는 맞서 싸울 엄두도 내지 못하고 죽기 살기로 달아나기만 했는데 을지문덕은 태원(太原)까지 추격하여 수군의 잔병 수만 명을 더 처치하였다.

이때 고구려 군사들이 지나간 경로의 수백 리에 이르는 산야(山野)에는 널려있는 수군들의 시체 때문에 대지가 검붉게 물들고 이듬해까지 피비린내가 그치지 않았다.

고구려 선봉장 미축은 어양과 상곡을 차례로 함락하고 태원으로 진격했으나 우무위대장군 이경의 결사적인 저항에 막혀 양제를 놓치고 말았다.

미축이 통분하여 말했다.

"수나라에서는 양현감의 반란에 틈타서 전국에서 도적이 물 끓듯 일어나고 있다고 합니다. 수주가 비록 달아나기는 했지만 우리가 추격하면 진퇴양난에 빠지게 되어 발붙일 곳이 없게 됩니다. 모름지기 이 기회를 놓쳐서는 안 됩니다.

을지문덕도 마찬가지 생각이었지만 병력이 절대적으로 열세인데다가 군량과 무기마저 부족하고 또 군사나 보급품의 지원 없이 적국 깊숙이 쳐들어가기란 어려운 일이었다. 조정에 사람을 보내어 군사와 보급품을 요청했지만 전쟁을 반대하던 대신들에 의해 무산되고 말았다.

영양왕은 회군 명령을 내렸고 을지문덕은 전쟁을 파하고 평양으로 돌아갔다.

그때 수군들의 시체를 모두 모아 태우고 또 저들이 버리고 간 전리품을 거두었는데 군자(軍資)와 공성제구(攻城諸具)들의 수가 산같이 쌓여 헤아릴 수 없었다.

수군 수만을 거느리고 동래에 머물고 있던 래호아는 양현감이 반란을 일으켜 강도를 포위하였다는 말을 들었다.

여러 장수들을 불러 놓고 말했다.

"강도가 위험하니 군사를 그쪽으로 돌려야 한다."

그렇지만 몇 몇 장수들이 반대했다.

"황제의 칙명도 없이 군사를 돌려서는 안 됩니다. 모름지기 황제께 사람을 보내어 명을 받아야 합니다."

"강도가 포위된 것은 가슴과 배 속에 병이 생긴 것이요, 고구려가 황명을 거역하는 것은 피부의 옴과 같은 것이다. 황제께서 내게 지휘권을 주신 것은 나라의 어려움에 대비하기 위한 것이었다. 나의 명을 거역하는 자는 군법에 의해 처벌할 것이다."

단호하게 명을 내려 낙양으로 향하였다. 그리고 아들 래홍(來弘)과 래정(來整)에게 말했다.

"너희들은 즉시 요동으로 달려가 이 사실을 알려라."

그때 양제는 군사를 후퇴하여 탁군에 이르렀다. 그리고 호분랑장 진릉(陳稜)을 여양으로 보내어 원무본(元務本)을 치게 하고, 좌익위대장군 우문술과 우후위장군 굴돌통은 양현감을 직접 치도록 명령했다.

급한 대로 일을 처리한 양제는 장안에 있는 위문승과 동래에 있는 래호아에게도 막 사람을 보내어 강도를 구원하라고 하려는 차에 마침 래홍과 래정이 달려왔다. 기쁜 빛을 감추지 못하고 손수 뜰에 내려와 그들의 손을 잡아 일으키며 말했다.

"군신 간에 의견이 일치하기가 이와 같구나."

즉석에서 옥쇄를 찍어 출병을 허락하는 문서를 만들어 주었다.

한편 양현감은 반란군을 이끌고 강도를 향해 달려가자 몇몇 작은 현에서 군사를 내어 막았다. 그렇지만 양현감은 격문을 띄워 투항을 권유하고 또 항복해 오는 장수들을 우대해 주었으므로 그 수가 자꾸 불어났다.

 양현감의 반군들이 파죽지세로 진격하여 강도에 가까이 이르렀을 때였다. 마침 민부상서(民部尚書) 번자개(樊子蓋)가 지방에서 강도 유수(留守)로 막 부임하였다. 그는 침착하고 병법에 밝은 장수여서 성문을 굳게 닫고 엄중히 지키기만 하였다.

 부장관격인 강도 찬치(贊治) 배홍책(裵弘策)은 용기는 없지마는 거만하고 자존심이 강한 인물이었다. 번자개가 모든 일을 제멋대로 처리하는데 대하여 불만이 많았다. 그래서 양현감이 공격해 올 때에도 강 건너 불구경하듯 수수방관할 뿐이었다.

 번자개도 배홍책을 괘씸하게 여겼다.

 "저 놈을 이대로 두어서는 안 되겠다."

 이렇게 생각하고 배홍책을 불러 명령을 내렸다.

 "적들이 먼 길을 와서 지쳐 있다. 휘하 군사를 이끌고 나아가 적의 진지를 공격하라."

 억지로 전쟁터로 나가게 된 배홍책이 열심히 싸울 리가 없었다. 성 밖으로 나가기는 했으나 양현감의 군사들이 달려오자 겁부터 집어 먹었다. 몇 번 싸우지도 않고 도망치자 나머지 군사들도 모두 달아나버려서 대패하여 쫓겨 왔다.

 화가 난 번자개가 다시 명을 내렸다.

 "이번에도 도망쳐 온다면 군법으로 처리하겠다. 다시 나아가 싸우라."

 배홍책은 양현감의 군사들이 두려워서 더 이상 싸우기 싫었다. 볼멘 소리로 퉁명스럽게 거절했다.

 "적의 군사가 10만이 넘는데 어찌 나가 싸우라 하십니까."

"이번에는 곧바로 싸우지 말고 평원에서 말을 몰아 적들을 이리저리 끌고 다니면서 피로하게 만들어라. 그러면 나도 군사를 이끌고 나가 적을 깨뜨리겠다."

"어차피 상대가 되지 않는 전투입니다. 그러한 명령은 받을 수 없습니다."

돌연 번자개의 안색이 굳어졌다.

"상관의 명령을 불복하고서 어찌 살기를 바라겠느냐. 당장 끌어내어 처형하라."

전시에 상관의 명령에 불복하면 지휘자는 사형에 처할 수 있는 권한이 있었다. 그렇지만 말 한마디에 부장관을 참형에 처하는 것은 너무나 뜻밖의 처사였다. 좌우에 있던 신하와 장수들이 말렸지만 번자개는 고집을 꺾지 않았다.

"나의 명에 거역한다면 지위고하를 막론하고 누구라도 이렇게 될 것이다."

친위 군사들로 하여금 곧바로 끌어내어 목을 베어 성문 앞에 높이 걸었다.

이 같은 일이 벌어지자 벌벌 떨지 않는 사람이 없었다. 누군가가 월왕에게 고하였다.

"번자개가 방약무인하여 그 횡포가 심합니다."

월왕은 유약하여 결단력이 없었다.

"군의 통수권이 유수에게 있으니 어찌 내가 이래저래 간섭할 수 있겠는가?"

이렇듯이 회피해 버렸다.

강도의 관군은 원래 훈련된 정병들이었다. 번자개가 강도의 분위기를 일신하고 군의 기강이 바로 세웠기 때문에 놀랄 만큼 강해졌다. 그러므로 양현감이 비록 대군으로 공격했으나 결코 깨뜨릴 수가 없게 되었다.

 양현감은 양제의 그릇된 정치를 꾸짖는 한편 위민정책을 앞세우고 백성들을 선동했으므로 주변의 군현에서 사람들이 구름처럼 모여들어 그 세력이 눈덩이같이 불어났다. 이자웅(李子雄)이란 자가 아첨하여 말했다.
 "이제는 황제로 칭하여 백관을 갖추어 위엄을 더하면 많은 백성들이 따르게 될 것입니다."
 그렇지만 이밀이 말렸다.
 "옛날 진승(陳勝)이 스스로 교만하여 왕이라고 불리고 싶었는데 장이(張耳)가 말리다가 죽었고, 조조가 황제를 탐하자 순욱이 말리다가 역시 죽었습니다. 내가 직언을 고하여 말린다면 어찌 장이와 순욱이 되지 않겠습니까?
 아직 강도의 성벽이 굳건한데 황제의 군사들이 전국각지에서 몰려오니 온몸을 던져 싸움에 진력하더라도 부족할 판인데 황제 놀음에 먼저 빠진다면 뜻 있는 사람들은 공의 좁은 도량을 비웃을 것입니다."
 이 말을 듣자 양현감이 웃으며 칭제(稱帝)를 그만 두었다.
 사태는 점점 악화되고 있었다.
 강도는 번자개가 굳게 지켜 한 치도 나아갈 수 없었는데, 동쪽으로는 래호아가 달려오고, 서쪽에서는 위문승이 장안의 7만 군사를 이끌고 진격해오고 있었다. 더구나 양제가 탁군에서 대병을 거느리고 오고 있었기 때문에 양현감은 꼼짝없이 사면초가에 몰리게 되었다.

이밀이 간했다.

"강도는 성이 험하여 공격하기 어렵고, 사방에서 군사들이 몰려오고 있습니다. 황제의 군사들이나 래호아의 군사들은 고구려 원정군으로 특별히 가려 뽑은 자들로 최강의 정예 군사들이어서 상대하기 어렵습니다. 하나 위문승의 군사들이란 고구려 원정군을 가려 뽑은 뒤 남아있는 오합지졸에 불과합니다. 먼저 이들을 깨뜨려야 합니다."

이밀의 작전은 성공적이어서 양현감의 대군은 위문승의 군사들을 대파했다.

"강도를 버리고 장안으로 진격해야 합니다."

위문승과의 전쟁에서 크게 이긴 양현감은 이밀을 굳게 신뢰했다. 그의 작전을 받아들여 군사를 돌려 장안성으로 진격하였으나 이것은 큰 실책이었다.

여양에서 원무본을 깨뜨린 진릉이 양현감의 군사를 역습한 것이었다. 이밀도 주저하지 않고 돌격전을 펼쳤으나 진릉도 만만하지 않았다. 양군이 치열한 접전을 벌여 사흘 동안 싸웠지만 쌍방에 엄청난 사상자만 남기고 도무지 승부가 나지 않았다.

진릉은 노련한 장수였다.

"반역자는 양현감과 이밀 두 놈 뿐이다. 너희들은 간사스러운 꾀임에 속았을 뿐이니 아무런 죄도 묻지 않겠다."

이렇게 소문을 퍼뜨렸다.

양현감의 군사들이란 본래 여기저기서 모여 든 농민군이 대부분이어서 전세가 불리해지자 변심하여 몰래 달아나거나 투항하는 자가 꼬리에 꼬리를 이었다.

 이때 양제는 우문술과 굴돌통 등에게 정예 부대를 주어 진압하게 하자 양현감의 군사들은 순식간에 무너졌다. 양현감은 동생인 양적선과 함께 간신히 탈출하여 낮은 언덕 위로 도망쳤지만 우문술이 그냥 놓아두지 않았다.

 물샐 틈 없이 에워싸고 맹공을 퍼붓자 양현감은 모든 것이 틀렸음을 알았다. 양적선에게 칼을 주며 말했다.

 "대장부로 태어나 어찌 치욕을 당하겠는가. 차라리 형제의 손에 죽을 것이다. 한 칼에 베어 달라."

 양적선이 눈물을 흘리며 칼을 들어 형을 참하고 자신도 배를 갈라 죽으려는 순간이었다.

 굴돌통이 재빨리 달려와 양적선의 칼을 낚아채었다. 깜짝 놀란 양적선이 맨발로 달아났으나 몇 걸음도 떼지 못하고 군사들에게 붙잡혔다.

 굴돌통은 양현감의 머리와 양적선을 꽁꽁 묶어 양제가 머물고 있는 고양으로 보냈다.

 그 머리를 본 양제가 격노하여 소리쳤다.

 "양소가 조그만 공을 내세워 거만함이 지나치더니 기어이 자식 대에 이르러서 반역을 꾀하였구나. 이 놈 머리를 가루로 내어 불태워 영원히 환생하지 못하게 하라."

 그때 요동에서 도망쳤던 양현종과 양만석도 고양 감사 허화에게 붙잡혀 있었는데 양적선의 무리와 함께 모두 능지처참에 처하고 시체를 토막토막 잘게 잘라 불태우게 하였다.

 당시 중국인들은 사람이 죽으면 혼만 저 세상으로 가는 것이 아니라 육신도 함께 가는 것이라 생각했다. 그래서 시체를 불태운다면 저 세상에서도 살아갈 수 없는 중벌인 것이었다.

그러나 그것만으로는 양제의 증오와 분노를 벗어날 수가 없었다. 고구려 원정에 실패한 분풀이까지 합쳐져서 대 학살이 시작되었다. 투항하거나 붙잡힌 자들은 물론이요 달아난 자들까지도 철저히 수소문하여 잡아들여 모조리 살해하였다.

강도 주변에서만 3만 명이 붙잡혔는데 이들을 들판에 몰아넣고 기병들로 하여금 완전히 포위하여 철퇴와 도끼로 찍어 죽였는데 아침부터 밤까지 살육이 계속되었다.

이밀은 간교한 인물이어서 양적선과 함께 붙잡혀 고양으로 호송되었으나 홀로 가만히 꾀를 내었다.

호송하는 군관들에게 말했다.

"나는 이제 죽을 몸이라 재물이 필요 없다."

몸에 지니고 있던 재화를 내어 술을 사 주었다. 군사들이 취하여 곯아떨어지자 단검을 훔쳐 밧줄을 끊고 탈주했다.

2개월에 걸친 양현감의 난이 진압되자 나라가 조용해졌다. 그렇지만 양제는 요동성의 패전을 잊을 수 없었다.

"양현감 그놈만 아니었다면 요동성을 함락하였을 텐데……"

원통한 마음을 풀지 못하고 밤낮으로 이를 갈았다.

해가 바뀌자마자 양제는 또다시 원정을 결심했다. 이때에 이르러 좌우 신하들은 다만 양제의 눈치만 볼 뿐이지 누구하나 감히 나서서 반대하는 자가 없었다.

대업 10년 2월 3일 신미일에 조서를 내려 백관들로 하여금 고구려

3차 원정에 대하여 논의하게 하였다. 그렇지만 며칠이 지나도록 계책을 올리는 자가 없자 양제는 분통을 터뜨렸다.

"이런 밥버러지 같은 놈들. 도대체 하는 일이라고는 백성들 등쳐먹는 일밖에 무에가 있단 말인가?"

무자일에 조칙을 다시 내려 천하의 군사를 징발하여 모든 길을 따라 나오게 하였다.

그리고 신묘일에 출병 조서를 내렸다.

"황제(黃帝)는 52차례나 전쟁을 하였고, 성탕(成湯)은 27차례나 정벌을 한 뒤에야 덕이 제후들에게 베풀어졌고, 명령이 천하에 행해졌다. 노방(盧芳)[40]과 같은 하찮은 도적에 대해서도 한조는 오히려 친정(親征)을 하였고, 외효(隗囂)[41]의 잔당들에 대해서도 광무제는 오히려 농서(隴西)의 길에 올랐다. 이것이 어찌 포악한 자를 제거하고 전쟁을 종식시키며, 먼저 수고를 하여 뒤에 편안하고자 해서가 아니겠는가.

짐이 황제의 자리를 이어받아 천하에 군림하고 있으나 해와 달이 비치는 곳과 바람과 비가 젖는 곳에 그 누가 황제의 신하가 아니라서 홀로 성교(聖敎)에서 동떨어져 있겠는가. 그런데 저 하찮은 고구려만은 멀리 치우쳐 있는 변방에 살고 있으면서 흉악한 기세를 돋우어 다른 나라를 침략하고, 오만하게 깔보면서 공손하게 굴지 않은 채 우리의

---

[40] 후한 때 삼수(三水) 사람으로 무제(武帝)의 증손이라 사칭하고 서평왕(西平王)이 되었다. 훗날 광무제에게 투항하여 대왕(代王)에 봉해졌으나 반란을 일으켜 실패하고 흉노로 숨어가 죽었다.

[41] 후한의 장수. 왕망의 신(新)나라 말기에 농서에서 기병하여 광무제에게 호응함. 훗날 그의 부장 우감(牛邯) 등이 10만 여 군사를 거느리고 광무제에게 투항하자 자신은 분에 못 이겨 죽고 말았다.

변경지방을 노략질하고, 우리의 성진(城鎭)을 침략하였다.

이 때문에 지난해에 군사를 출정시켜 요갈(遼碣)[42]에서 죄를 캐물어 현도(玄菟)에서 흉악한 자의 목을 베고, 양평(襄平)[43]에서 날뛰는 자를 쳐 죽였다. 부여(扶餘)의 뭇 군사들이 바람처럼 번개처럼 내달려 패배해 달아나는 적들을 추격하여 곧바로 패수(浿水)[44]를 건넜고, 창해(滄海)의 군함들이 적도들의 한가운데로 쳐들어가 그들의 성곽을 불사르고 그들의 궁실을 더럽혔다.

그러자 고원(高元)[45]이 도끼를 짊어지고 머리에 진흙을 바른 채 군문에 나아와서 화친을 청하였으며, 얼마 있다가 들어와 조회하면서 형관(刑官)에게 죄를 내려주기를 청하였다. 짐은 그가 허물을 뉘우치는 것을 받아들이고는 조서를 내려 군사를 철수시켰다.

그런데도 악한 마음을 고치지 않고는 놀이에 빠져서 자신의 몸을 망치고 있다. 이런데도 용서한다면 그 어느 것을 용납하지 않겠는가. 이에 육사(六師)에게 명을 내려 모든 길로 일제히 진격하게 하는 바이다.

짐이 친히 무절(武節)을 잡고서 여러 군사들의 앞에서 임어(臨御)할 것이다. 환도(丸都)에서 군마들에게 꼴을 먹이고, 요수에서 군사들을 사열한 다음, 바다 밖에서 하늘의 주륙을 행하여서 거꾸로 매달려 있는 듯한 고통을 받고 있는 백성들을 구해 줄 것이다.

정벌(征伐)로써 바르게 하고 명덕(明德)으로써 주벌(誅伐)을 행하

---

42) 요동과 갈석

43) 지금의 요령성 요양현의 북쪽에 있는 옛 지명

44) 원문에는 저수(沮水)로 되어 있는데 수서 제3권 양제기에 의거 패수로 하였다. 패수는 지금의 대동강을 말한다.

45) 영양왕의 성명

되 원악(怨惡)을 제거하는 데에서 그치고 그 나머지 사람들에 대해서는 죄를 묻지 않을 것이다. 만약 존망(存亡)의 분수를 아는 자가 있고 안위(安危)의 기틀을 아는 자가 있어서 번연히 와서 항복한다면, 이는 스스로 많은 복을 구하는 것이 될 것이다.

그러나 서로 도와 악을 행하면서 천자(天子)의 군대에 대항하여 요원(燎原)의 불길이 일어나듯 악한 짓을 한다면, 용서치 않고 형벌을 내릴 것이다. 유사(有司)는 위의 내용을 편의(便宜)에 따라서 선포하여 모든 사람들로 하여금 들어서 알게 하라.[46]"

근사한 출병조서와 함께 백성들을 전쟁으로 내몰았으나 두 차례나 고구려의 전쟁으로 수많은 사상자와 피해를 입은 백성들은 분노가 극에 달했다.

"천하에 쳐 죽일 놈은 단 한 명뿐이다."

"황제란 놈은 백성들을 죽이지 못해 안달을 하고 있다."

갖은 욕설부터 퍼부으며 황실을 저주했다.

당시 백성들의 생활은 말할 수 없이 비참했다. 아이나 늙은이는 길에 버려지기 예사였고 굶어 죽은 시체가 길거리에 아무렇게나 굴러다녔다.

그래서 군량을 징발하는 관리가 마을로 들어서면 백성들은 양곡을 뒤뜰이나 심지어 야산에 묻어 숨겨 이를 찾는 소동이 매일 벌어지곤 하였다. 특히 가장 피해가 컸던 산동과 화북지방 백성들의 분노는 극에 달했다.

"머나먼 요동 땅에 끌려가 진흙탕 속에서 백골조차 구하지 못하고

---

[46] 2차 침입 때는 요동성을 공격하여 이기지 못하고 양현감의 반란을 핑계로 회군하였다. 그러나 조서에서는 마치 평양을 함락하고 영양왕의 항복을 받은 것처럼 거짓으로 꾸며대어 군사들의 사기를 돋우려 하였음.

죽을 바에는 차라리 여기서 편안히 죽겠다."

 많은 사람들이 징집에 응하지 않고 달아나서 마을마다 텅텅 비어 있었다. 그들은 자신들을 그렇게 만든 수 왕조에 대한 반감이 커서 대부분 산적이나 화적이 되어 훗날 반군이 되었는데 이연이 이들의 대부분을 거두어 들여 마침내 수 왕조를 몰락시키는 결정적인 원동력이 되었다.

 원정에 강제로 징발된 군사들도 예외는 아니었다. 사기는 땅에 떨어지고 고구려를 두려워하여 별의별 말이 다 나돌았다.

 "을지문덕은 하늘이 내린 신장(神將)이다. 그는 하늘의 이치를 꿰뚫고 비와 바람을 마음대로 부리며, 병법을 통달하여 오자서의 용맹과 손무의 병법으로도 이길 수 없을 것이다. 그와 싸우는 자는 모두 귀신됨을 면치 못하리라."

 소문은 입에서 입으로 점점 널리 퍼졌고 강제로 모았던 군사들마저 탈영하는 자가 속출했다.

 사정이 이렇게 되자 3월에 양제가 탁군으로 갔을 때 따라오는 군사들이 태반으로 줄었다. 양제는 임유궁(臨楡宮)에 이르러 황제(黃帝) 헌원씨에게 말을 잡아 제사를 올리고 군사들의 마음을 돌리려 하였지만 군사들은 도리어 그 기회를 틈타 수천 명이 함께 달아났다.

 화가 난 양제는 삼천 명이 넘는 도망병들을 모조리 죽여 그 피를 북에 칠하였다.

 7월 계축일에 양제는 회원진에 도착했다. 이때에도 변방의 관리들은 계속해서 군사들을 모으고 있었는데 명을 받은 관리들은 숫자를 채우기 위해 인근의 마을을 뒤져 남자라면 늙은이와 어린이 가릴 것

없이 모조리 징발하여 군대를 편성하였지만 오히려 부족하였다.

수탈에 견디다 못한 백성들은 자주 반란을 일으켜 지방 관리를 죽이고 도적이 되어 숨는 자가 많았고 또는 여러 반군들이 군사를 징발하여 가는 관리들을 중도에서 습격하였으므로 기일 안에 군사를 보내는 자가 거의 없었다.

회원진에 있던 양제는 군사 수가 예정대로 모이지 않자 안절부절 하면서 화만 내고 있었다.

"네놈들은 도대체 뭘 하는 놈들이냐. 네놈들의 자식이나 친지 부스러기라도 동원해야 백성들이 따를 게 아니냐."

이렇게 측신들을 닦달했지만 모두 다 말로만 굽실거릴 뿐 아무도 명령을 따르는 자가 없었다.

사실 1차 원정 때에는 수군들은 대부분 승리를 장담하고 있었다. 그래서 대부분의 장수들은 공을 얻기 위하여 자식과 조카들까지 데리고 종군하는 일이 많았다. 그렇지만 2차 원정 때에는 그 수가 현격하게 줄어들었고 3차 원정에는 장수들조차 원정을 꺼려하여 자식은 물론이요 조카나 먼 친척들을 데리고 종군하는 자가 하나도 없었다.

최고 사령관 우문술만 하더라도 그의 세 아들 우문화급과 우문사급, 우문지급을 모두 장안과 낙양에 버려두고 홀로 양제를 따라 나선 것이었다.

우문술이 기어들어가는 목소리로 양제에게 간했다.

"기다리는 군사들은 오지 않는데 안으로는 도적이 일어나 나라가 매우 어지럽습니다. 고구려가 만약 이 사실을 알고 공격해 온다면 위험에 빠질 수 있습니다. 옛날 주 무제가 배산에서 자칫 죽을 뻔하였으니, 교훈으로 삼지 않을 수 없습니다. 모름지기 전역을 폐하고 돌아감이 마땅합니다."

양제도 당시의 형편을 모르는 바가 아니지만 황제의 체면으로서 도저히 그냥 돌아가지 못했다.

한편 5만 수군(水軍)을 이끌고 비사성으로 진격한 래호아도 고구려군의 요격을 받아 크게 패하고 쫓겨났다. 이에 이르자 양제도 고집을 부리지 못하고 부절을 내려 래호아의 군사를 소환했다.

이때 래호아는 다음과 같이 큰소리만 쳤다.

"대군이 두 번이나 출동하여 적을 평정하지 못했다. 이번에 돌아가면 다시는 나올 수 없을 것인데 수고만 하고 공이 없음을 수치스럽게 여긴다. 고구려 역시 피폐해 있으니 이틈을 타 군사를 이끌고 진격한다면 며칠 안으로 이길 수 있을 것이다. 나는 곧바로 평양성을 들이쳐 고구려 왕 고원을 사로잡고자 한다. 그렇게 하는 것이 좋지 않겠는가?"

장사 최군숙이 말했다.

"백만 대군으로도 이루지 못한 것을 고작 5만의 군사로 어쩌자는 것입니까. 만약 굳이 진군하다가 공을 이루지 못한다면 나중에 그 죄를 감당하기 어려울 것입니다."

이에 래호아가 조서를 받들고 회군했다.

래호아의 퇴각을 명령한 다음날 아침 양제는 풀 죽은 목소리로 말했다.

"하늘이 이롭지 못해 전역을 다할 수가 없다. 하나 군사의 진퇴에는 명분이 있어야 할 것이다."

우문술이 말을 받았다.

"신이 들으니 고구려에서는 장수왕 이후로 북수남진정책을 채택하여 우리와는 화친하려는 자들이 많습니다. 전날 온달이 배산에서 승리하고 주를 치려하자 주 무제가 고구려 관리들을 매수하여 이를 막았다고 합니다. 지금도 그 방법을 쓰는 것이 좋겠습니다."

"적의 관리를 매수한다?"

"그렇습니다. 신이 듣기로는 고구려 오부 중 절노부의 대인 국연태는 처음부터 전쟁을 반대한 자라고 합니다. 그 자에게 얼마간의 재물을 보내어 우리 편으로 끌어들이십시오. 그리고 반역자 곡사정만 돌려준다면 군사를 물리겠다고 협상을 하십시오. 만약 곡사정만 돌려받게 되면 폐하께서는 퇴각할 명분을 얻게 될 것입니다."

양제가 고개를 갸웃거렸다.

"저들이 과연 우리 협상을 받아들여 곡사정을 돌려주겠는가?"

"그러기에 국연태가 필요한 것입니다. 고구려는 귀족들의 세력이 커서 왕이라고 해도 함부로 할 수 없다고 합니다. 국연태가 적극 나서준다면 뜻을 이룰 수 있을 것입니다."

그런대로 묘책이었지만 돌이켜 생각하면 할수록 자신의 모습은 초라하기 그지없었다.

양제가 길게 탄식했다.

"모든 것은 그대의 생각대로 하라."

이후 양제는 우문술에게 모든 일을 맡기고 여러 귀빈들과 주색을 즐기며 일체 모습을 드러내지 않았다.

전권을 쥐게 된 우문술은 많은 황금을 보내어 국연태를 회유하고 사신을 영양왕에게 보내는 표를 올렸다.

"덕은 제왕의 근본이요 무력은 통치의 말단입니다. 본국은 주를 이어 받은 후로 사해 만백성이 평화롭게 살기를 바랄 뿐이었습니다. 그러나 귀국에서 자주 군사를 내어 신라와 백제를 치자 신라와 백제왕이 해마다 사신을 보내어 읍소를 올리니 우리 폐하께서 이를 긍휼히 여기지 않을 수 없었던 것입니다.

그래서 우리나라에서 사신을 보내어 여러 차례나 화친을 권유하였으나 기어이 전역을 그치지 아니하므로 마침내 대군을 소집하게 되었던 것입니다.

때 마침 양현감이 반란을 꾀하여 돌아갔으나 이제 역적의 무리가 평정되고 나라가 태평해졌으니 다시 군사를 일으키고자 하나 오랜 전역에 양국의 백성들이 모두 피폐해졌으니 참으로 안타까운 일입니다.

제왕은 백성들의 어버이라 어찌 그들의 고통을 헤아리지 않을 수 있겠습니까. 이제 귀국에서 정도(正道)를 받들어 변방을 조용하게 한다면 우리도 모든 전역을 폐하고자 하오니 그렇게 되면 양국 간에 화친을 도모하고 서로 국경을 열어 교역을 활발히 한다면 만백성의 복락이 될 것입니다.

하나 곡사정(斛斯政)은 양현감과 모의하고 역적을 일삼더니 이제는 귀국으로 달아나 숨었으니 이를 보호함은 나라 간의 의를 끊는 것입니다. 대왕께서는 다시 한 번 생각해 주시기 바랍니다.

다른 나라의 역적을 받아 주는 것은 한 나라의 제왕 된 도리가 아닙니다. 곡사정만 돌려준다면 그 길로 곧바로 돌아갈 것입니다."

그러나 전쟁에서 연전연승하여 사기가 충천한 고구려 장수들이 그러한 협상안을 받아들일 리가 없었다. 을지문덕이 먼저 반발하고 나섰다.

"수주가 달아나려는 명분을 구하기 위하여 구차한 수작을 부리는 것입니다. 그들의 청을 들어주어서는 안 됩니다."

서부살이 연태조도 사신을 노려보며 목소리를 높였다.

"당장 저놈을 끌어내어 목을 베어 버리십시오. 그리고 대군을 내어 공격하여 수주를 잡아 들여야 합니다."

많은 조정 대신들도 입을 모아 사신을 처형하고 싸워야 한다고 주장했으나 주부 규명이 간했다.

"수주의 행위는 괘씸하기 짝이 없지만 우리도 몇 년 동안 전쟁이 계속되어 국토가 황폐하고 백성들의 살림살이는 매우 어렵습니다. 한데 수주가 곡사정만 돌려보낸다면 화해를 하겠다고 하니 오히려 다행스런 일이라고 생각됩니다.

더구나 곡사정은 수주를 도와 우리 국토를 침범하여 그 죄가 매우 큰데 대왕께서 용서하시고 가옥과 토지를 내려 은혜를 베풀어 주셨습니다. 그러나 요사이는 대왕의 총애를 믿고 방자하고 거만해져서 걸핏하면 술을 마시고 하인이나 인근 백성들에게도 행패를 일삼는다고 합니다. 그러한 자는 보호해줄 가치가 없으니 돌려보내는 것이 마땅합니다."

사실 곡사정은 대신들이나 관리들에게는 굽실거리면서 자주 선물도 바치며 친하게 지냈으나 백성들이나 하인들에게는 난폭하게 굴었다. 또한 술을 좋아하여 줄곧 취해있기 일쑤였고 자주 하인을 때리거나 백성들을 괴롭혀 많은 원성을 사고 있었다. 이러한 사실은 공공연한 비밀이었기 때문에 규명의 말이 끝나기가 무섭게 몇 몇 대신들이 곡사정을 성토하고 나섰다.

왕이 눈살을 찌푸리며 말했다.

"화친을 하느냐 전쟁을 하느냐는 국가의 중대사다. 일시적인 기분이나 감정으로 섣불리 결정할 일이 아니다. 짐이 결정을 내릴 것이니 그 동안 누구도 왈가왈부하지 말라."

소매를 떨치고 일어서서 내전으로 들어가 버렸다.

사태가 이렇게 돌아가자 국연태가 당황했다. 자신의 가신인 한기주에게 물었다.

"을지문덕과 연태조 등이 공명심에 불타서 대국의 사신을 해하려 한다. 이들을 말리지 못한다면 틀림없이 큰 전쟁이 다시 일어날 것이니 이를 어떡하면 좋을꼬?"

한기주가 대답했다.

"을지문덕은 대왕께서 가장 신임하시는 장수이기 때문에 누구도 그 뜻을 거스르기 어려울 것입니다. 하나 전혀 계책이 없는 것은 아닙니다."

"대체 계책이란 것이 무엇인가?"

"대인에게는 든든한 사위가 있지 않습니까. 을지문덕이 제아무리 권세가 있다고 해도 태제를 당할 수는 없습니다."

당시 고구려 영양왕에게는 후사가 없었기 때문에 일차 여수전쟁 때 큰 공을 세운 이복동생인 건무를 태제로 삼았다. 그렇지만 건무 역시 무장 출신으로 주전파(主戰派)[47]로 소문나 있는 인물이었다.

따라서 건무가 비록 사위라 하더라도 국연태는 주저하지 않을 수 없었다.

그렇지만 한기주는 자신만만했다.

"사람이란 누구나 부귀나 영화를 얻기 전에는 힘든 일과 어려운 고

---

47) 전쟁을 주장하는 무리.

통을 마다하지 않고 감내하지만 원하는 것을 획득하게 되면 안락함을 구하는 법입니다. 건무 장군께서는 이미 태제(太弟)로 책봉되셨으니 찬바람이 몰아치는 황량한 들판에서 더 이상 목숨을 걸고 전장터를 누비기를 원하지 않을 것입니다."

국연태가 반신반의하였으나 결국 한기주의 말을 따를 수밖에 없었다. 그날 저녁 한기주와 더불어 건무를 찾았다.

"전쟁이 오래되어 국고가 피폐하고 백성들의 삶은 비참하기 짝이 없다. 다행히 수에서 사신을 보내어 화친을 청하는데, 일부 장수들은 반대하고 있으니 정말 걱정이 아닐 수 없네."

건무가 정색을 하고 대답했다.

"무슨 소리를 하는 것입니까. 지금 수가 곤경에 빠져있을 때 치지 않으면 다 잡은 호랑이를 놓아주는 것과 같습니다."

곁에 있던 한기주가 거들었다.

"세상일이란 돌아볼 곳이 많습니다. 대왕에게는 다른 이복동생들도 많으니 다시 한 번 생각해 보십시오. 만약에 다시 전쟁이 일어난다면 태제께서 다시 전쟁터로 나가셔야 할 것입니다. 그런데 만에 하나라도 전쟁에서 패하게 된다면 그때에는 다른 왕자들 중에서 왕위를 탐낼 자가 나타날 수도 있습니다.

또한 승리한다고 하더라도 별로 이로울 것이 없습니다. 을지문덕을 비롯한 여러 무장 세력들이 더욱 강성해질 것이니 대왕의 권위가 별로 나아지지 않을 것입니다. 이렇든 저렇든 별로 좋을 것이 없습니다. 국대인께서는 이를 염려하는 것입니다."

건무가 깨닫는 바가 있었다.

"그대의 말에는 깊은 뜻이 있구려. 내 명심하리다."

이렇게 약속하고 다음날 영양왕에게 간언을 올렸다.

"전쟁은 최후의 방책입니다. 싸우지 않고 이기는 것이 진정한 승리라고 하였습니다. 지금은 수가 비록 곤패(困敗)한 처지에 있으나 그 땅과 인민이 막대하여 결코 만만한 상대는 아닙니다. 게다가 신라와 백제가 후방에서 우리를 노리고 있으니 아무래도 저들의 청을 받아들이는 것이 좋겠습니다."

건무의 말은 영양왕의 마음을 움직였다.

갑자일에 수나라 사신을 불러 말하기를,

"너희 나라가 먼저 군사를 물린다면 그때에 곡사정을 돌려보내겠노라."

이렇게 단서를 붙였다. 사신이 돌아가 왕의 뜻을 전하자 양제가 변덕을 부렸다.

"우리 군대가 물러난 다음 곡사정을 돌려주지 않는다면 우리는 천하의 조롱거리가 될 것이다."

우문술이 태연하게 대답했다.

"폐하께서는 그 일을 염려하실 필요가 없습니다. 만에 하나 고구려가 곡사정을 돌려주지 않는다면 제왕으로서 신의를 어긴 것이 되어 천하의 비웃음거리가 될 뿐입니다."

사실 양제로서도 더 이상 전쟁을 계속할 자신도 없었다. 못이기는 체 철군 명령을 내렸다.

그런데 읍루(挹婁)의 귀족 출신인 일인(鎰璘)이란 장수가 있었다.

당시 읍루인들은 궁술(弓術)이 유명하여 쏘기만 하면 사람의 눈을 뚫었다.[48]

일인은 용력과 의기가 뛰어나고 아름다운 수염을 기르고 있어 사람들이 그를 일컬어 미염공(美髥公)이라 불렀는데 특히 단궁(檀弓)을 잘 쏘았다.

단궁이란 불과 4자에 불과하고 화살 길이도 1자 8치 정도인데 통전(筒箭)과 같았다. 그렇지만 청석으로 화살촉을 만들고 그 위에다 독약을 발라 궁력은 노와 필적할 만 하였다.

그는 왕이 곡사정을 돌려보내고 수와 화친하려 한다는 소식을 듣고 분노를 금치 못했다.

"벌레가 많으면 나무의 속이 비게 된다. 간신들이 들끓으니 어찌 나라가 위태롭지 않겠는가. 지금 수를 멸하지 못한다면 영원히 후회할 것이니 내 손으로 수주의 목을 따오겠다."

몰래 사자 일행에 숨어들어 수행원의 의복을 뺏어 입고 단궁을 품에 감추어 따라갔다.

그때 양제는 요해에 배를 띄워 놓고 선상(船上)에서 고구려 사신을 맞아들이게 하였다.

이윽고 국연태의 일행이 양제가 머무는 선실로 가게 되자 일인도 가만히 뒤따랐다.

입구를 지키던 무사가 사신의 일행을 막았다.

"사신 한 사람 외에는 아무도 들어갈 수 없다."

순간 뒤에 서 있던 일인이 번개처럼 몸을 날려 앞에 있는 호위무사를

---

48) 후한서

걷어 차버리고 얼른 칼을 뺏었다. 그리고 가로막는 호위 군사 두 명을 단칼에 찔러 죽이고는 문을 박차고 양제가 있는 선실로 뛰어 들어갔다.

"이놈. 죽어랏."

호통을 치면서 소매에 숨겼던 단궁을 꺼내어 양제의 심장을 향하여 쏘았다.

양제가 대경하여 옆으로 쓰러지면서 화살은 간신히 심장을 살짝 비켜 어깨에 꽂히었다.

양제가 비명을 지르며 그 자리에서 꼬꾸라졌다. 곁에 있던 이경이 급히 일으키자 양제의 갑옷에는 어느새 피가 배어 나와 붉게 물들어 있었다.

"저 놈을 잡아라!"

이경이 소리치자 양제를 호위하던 무사들이 일제히 쏟아져 나왔다. 일인은 좌충우돌하며 몇 명을 더 베어죽인 후 양제를 향해 소리쳤다.

"이놈 양광아. 오늘은 운 좋게 살았지마는 다음에 나를 만나면 반드시 죽을 줄 알아라."

몸을 돌려 선실 밖으로 뛰쳐나가 푸른 바다에 몸을 날렸다.

정신을 차린 양제가 우문술과 굴돌통을 불렀다.

"자객 놈은 어찌 되었는가?"

우문술이 우물쭈물하고 대답하지 못하자 양제가 꾸짖었다.

"이런. 멍청한 놈들. 이토록 많은 놈들이 그깟 자객 한 놈을 못잡아 이 난리란 말이냐? 멍청하게 눈깔만 띠룩띠룩 굴리지 말고 빨리 나가서 잡아오란 말이야."

길길이 날뛰며 부하들만 책할 뿐이었다.

일인을 놓친 우문술은 국연태를 불러 놓고 칼을 썩 뽑아 목을 겨누고 꾸짖었다.

"이 비열한 놈! 입으로는 화친을 하자고 주장하면서 몰래 자객을 보낸단 말인가."

국연태가 새파랗게 질렸다.

"대감, 저자는 결코 우리의 일행이 아닙니다."

"지금 네놈은 네 눈앞에 일어난 일을 보지 못했는가?"

"제발 저의 말 좀 들어 보십시오. 지금 우리나라에서는 을지문덕과 그를 따르는 일부 장수들은 끝까지 싸우기를 주장하고 있습니다. 생각건대 그들 중의 한 장수가 화친을 깨뜨리려고 사신으로 변장하여 우리를 몰래 따라와 꾸민 짓이 틀림없습니다. 당장이라도 사신을 보내어 우리 조정에 알아보십시오."

구차한 변명을 늘어놓으며 극구 부인하였다.

우문술은 차마 처리하지 못하여 양제의 명령만 기다렸는데 양제는 아무런 일이 없었다는 듯이 국연태를 불러들이게 했다. 사실 민란이 걱정 된 양제는 우여곡절 끝에 이루어진 이 평화조약을 이번 사건 때문에 깨뜨릴 마음은 전혀 없었던 것이었다.

국연태를 불러서 크게 꾸짖기만 할 뿐 더 이상 문책하지 않자 일인의 소동은 없던 일로 되었다. 이에 국연태가 물러나와 곡사정을 인도하자 양제는 두 말 없이 군사를 돌려 돌아갔다.

마침 하늘이 흐리고 비까지 추적추적 내렸는데 양제는 참담한 마음이 되어 주위에 있던 시신들에게 물었다.

"짐이 천하의 주가 되어 소국을 정벌하다가 자칫 큰 변까지 당할 뻔

하였으니 만대의 수치가 아니더냐.[49]"

우문술을 비롯한 좌우의 시신들이 황송하여 모두 고개를 숙이고 말을 잇지 못했다.

세 차례나 걸친 큰 전쟁에서 모두 승리를 거둔 영양왕은 감개가 무량하였다. 신묘에 나아가 부여신(扶餘神)과 고등신(高登神)에게 승리를 고하고 백 명의 고승을 모아 큰 재(齋)를 올려 전사자들의 혼을 달래주었다.

그리고 전쟁에 참가한 모든 장졸들에게 그 공로에 따라 벼슬을 올려주고 쌀과 베를 나누어 주며 논공행상을 베풀었다.

이때 윤제가 건의를 올렸다.

"세 차례나 걸친 큰 전쟁으로 대부분의 남자들은 전쟁에 종군하여 죽거나 다친 자가 많고 농토 또한 황폐하여 농사짓기기 힘이 듭니다. 지금 포로로 잡은 수군들이 수십만이나 되는데 그들을 모든 장졸들에게 노비로 나누어 주어 농사일을 거들게 한다면 모두가 기뻐할 것입니다."

이에 왕이 정원(政院)에 전교를 내렸다.

"옛날에는 병란 뒤에 반드시 죽은 자를 조문하고 살아 있는 사람을 위문하는 일이 있었는데 어떤 형식으로 하였는가를 모르겠다. 평양은 옛날의 도읍지이니 이와 같은 일이 없어서는 안 된다. 그리고 평양의 백성 중에 죽은 자가 얼마인가? 죽은 자들은 거두어다 묻고 표지를 세워 해골이 드러나 뒹구는 우려가 없게 하라. 그리고 절의를 지키다가 죽은 사람은 모름지기 급히 방문하여 포장하라. 또 적의 시체는 쌓

---

49) 동사강목 朕爲天下主 親征小國而不利 萬代之所嗤也

아 경관을 만들라."

명을 받은 관리들이 여기저기 흩어져있는 수군들의 시체를 모아 요수 가에 파묻고 그 위에 커다란 경관(京觀)이란 전승비를 세우고 그곳에서 숨진 장병들을 위하여 위령제를 올렸다.

왕은 따로 포로의 일부를 장졸들의 노비로 하사하고 나머지는 나라에서 직접 관아에 배치하여 전쟁 중에 훼손된 변방의 성을 새로 쌓거나 보수하여 부여성에서 비사성에 이르기까지 중국과 접경한 성을 모두 연결하여 이른바 천리장성의 개축을 시작하였다.

어수선했던 나랏일이 어느 정도 정리되자 남부욕살 고욱이 표를 올렸다.

"야비하고 간악한 신라를 가만히 두어서는 안 됩니다. 신에게 일군을 맡기신다면 반드시 서라벌을 짓밟아버리겠습니다."

고구려가 수와 세 차례나 큰 전쟁을 벌일 적에 신라가 남쪽 변방을 쳐서 오백 리 땅을 빼앗아 갔던 일에 대하여 복수를 청한 것이었다. 영양왕도 이 사실을 매우 분하게 여기던 터라 흔쾌히 허락했다.

그러나 고구려 주력군은 대부분 서부에 있었기 때문에 그 군사를 돌려 신라를 공격하고자 하자 서부욕살 연태조가 반대하고 나섰다.

"수가 비록 물러갔다고 하나 안심할 수 없는데 서부의 군사들을 남쪽으로 돌리는 것은 위험천만한 일입니다."

영양왕이 불쾌하게 여겨 말했다.

"신라에게 빼앗긴 땅을 그대로 놓아 둘 참인가."

"신라는 작지만 험한 산과 강이 많아 수만 명의 군사로서도 하루아침에 쉽사리 무너질 나라는 아닙니다. 신라를 공격하는 일은 급하지 않으니 지금은 수의 재침에 대한 방비를 더욱 강화해야 합니다."

세 차례나 침공을 당한 고구려로서는 수의 또 다른 침략을 걱정하지 않을 수 없는 상황이었다. 을지문덕도 마찬가지 생각이어서 연태조를 도와 말했다.

"신의 생각으로도 서부욕살의 말이 맞는 것 같습니다. 신라가 비록 야비하고 괘씸하지만 그렇다고 서부의 군사들을 빼내어서는 안 됩니다. 이런 때에는 백제로 하여금 신라를 치게 하는 것이 상책이 될 것입니다."

이이제이(以夷制夷)[50]의 계(計)를 쓰자는 것이었다. 영양왕이 노여운 빛을 감추고 귀가 솔깃해져서 관심을 보였다.

"백제와 신라를 싸우게 한다?"

"그렇습니다. 백제를 우리 편으로만 끌어들인다면 우리는 손에 피한 방울 묻히지 않고 신라를 징치할 수 있습니다."

왕이 미심쩍은 듯 물었다.

"백제가 우리를 위하여 군사를 움직일까?"

"예전에 수가 우리를 공격할 때 백제와 신라에 사신을 보내어 우리 남쪽을 칠 것을 요구했습니다. 어리석은 신라왕은 군사를 내었으나, 백제왕은 우리를 공격하지 않고 오히려 신라의 가잠성을 쳤습니다.

그것은 백제와 신라의 오랜 원한 관계도 있겠지만 우리를 적으로 삼지 않겠다는 백제왕의 뜻도 있다고 보입니다. 이때 그의 권신을 움직인다면 능히 우리의 말을 따를 것입니다."

"경에게 혹시 묘책이라도 있소?"

---

50) 오랑캐로써 오랑캐를 제어한다는 병법의 하나

"들으니 백제의 용맹한 장수로 알려진 달솔 백기란 자는 미천한 장사꾼의 아들이라고 합니다. 그런 자일수록 재물에 약한 법이니 얼마간 은자를 내리시면 우리를 위해 앞장설 것입니다."

영양왕이 몰래 백기에게 사람을 보내어 큰 재물을 하사하는 한편 무왕에게 사신을 보내어 연합하자고 제안했다. 무왕은 영양왕의 저의를 의심하여 선뜻 결정하지 못했는데 백기가 적극적으로 간했다.

"아막산성은 신라와 우리의 국경에 있는 가장 중요한 요새입니다. 신라가 이곳을 점령하고 있으니 부여로 오는 목줄을 죄고 있는 것과 마찬가지입니다. 마침 고구려에서 신라의 북쪽을 치면 신라 군사들이 그곳으로 움직일 터이니 그때를 이용하면 어렵사리 아막산성을 수복할 수 있습니다. 고구려와 동맹하는 것은 득은 있을지언정 해는 없다고 생각됩니다."

이러한 제안은 무왕에게도 나쁘지 않은 거래였다. 좋은 술을 내려 고구려 사신을 후히 접대하고 서로 군기를 약속했다. 그리고 백기에게 1만 보기병(步騎兵)을 주어 아막산성을 공취하게 하였다.

과연 약속한 날이 되자 고구려 영양왕은 고운에게 명하여 낭비성을 수복하게 하였다. 낭비성은 본래 고구려 영토였지만 양제가 대군을 이끌고 고구려를 침공할 때 진평왕이 빼앗은 성이었다. 고운이 일만 군사를 이끌고 낭비성을 공격하자 변방을 지키던 신라 군사들은 대부분 낭비성을 구하기 위해 나섰다.

백기가 기뻐하며 말했다.

"적의 주력병들이 모두 빠져 나갔으니 성은 이제 비어있다. 지금 남아있는 자들은 그물에 든 고기와 같다."

신라 군사들이 눈치 채지 못하게 기치를 묶고 말에 재갈을 물린 뒤 밤에만 진군했다. 그리고 성 가까이 이르자 큰 숲에 군사들을 숨기고 날랜 군사 스무 명을 뽑아 소금 장수로 변장시키고 비장 진규(眞圭)를 대장으로 삼아 성으로 들어가게 하였다.

때는 정오가 막 지나 햇살이 뜨거웠는데, 성문은 생각보다 허술하여 활짝 열려져 있었으며 여남은 군사들이 창을 들고 한가롭고 서성이고 있었다.

진규는 군사들을 성 앞 구릉 아래에 숨겨두고 세 명만 거느리고 소금수레를 끌고 성문으로 나아갔다. 수문장으로 보이는 장수가 거드름을 피우며 앞을 막았다.

"서라. 그 수레에는 무엇이 들어 있는가?"

진규가 굽실거리며 대답했다.

"이것은 신주(新州)에서 오는 소금입니다."

"소금이라고?"

옆에 있던 군사 하나가 작은 칼을 꺼내어 소금가마를 푹 찔렀다. 하얀 소금이 주르르 쏟아지자 한 움큼 쥐어서 혀끝에 대고 살짝 맛을 보면서 확인했다.

"소금이 틀림없습니다."

그렇지만 수문장은 쉽사리 보내줄 기색이 아니었다. 수레를 이리저리 살피면서 다시 물었다.

"대체 이 많은 소금을 어디로 가져가려는가?"

무언가 생트집을 잡을 심산인 모양이었다. 진규가 얼른 다가가서 조그만 은덩어리를 손에 쥐여 주며 말했다.

"나으리, 지금은 날이 습하고 더워 지체하면 소금이 눅눅해집니다. 얼마 되지 않으나 이것으로 부하들과 목이나 축이십시오."

은덩어리를 보자 수문장의 입이 저절로 벌어졌다. 얼른 주머니에 집어넣고는 부하들에게 명령했다.

"무엇들 하느냐. 어서 길을 열어 주어라."

군사들이 좌우로 물러서자 진규가 수문장에게 나직이 말했다.

"감사합니다. 나으리께 이것도 드리고 싶습니다."

수레 뒤쪽으로 다가가서 무언가 끄집어내자 수문장이 호기심이 잔뜩 난 모양이었다.

"또 좋은 게 있느냐?"

의심 없이 성큼성큼 가까이 다가서자 진규가 소금 수레 사이에 숨겨 놓은 칼을 꺼내어 단숨에 찔렀다.

"으악."

급작스러운 공격에 수문장은 저항 한 번 못해 보고 그대로 쓰러져 죽었다. 이것을 신호로 진규의 군사들도 모두 창칼을 빼어 들고 쫓아왔다.

"죽여라."

창졸간에 기습을 당한 신라 군사들은 허둥지둥하다가 속절없이 당할 수밖에 없었다. 군관 하나가 용케 말을 잡아타고 백여 보나 멀리 달아났지만 진규가 놓치지 않았다. 강궁을 겨누어 힘껏 쏘아 정확하게 목덜미를 꿰어 죽이자 군사들이 환호하면서 소리를 질렀다.

"과연 신궁이십니다."

으쓱해진 진규는 군사들을 재촉하여 준비해 온 기름을 성문에 뿌리고 불을 질렀다. 검은 연기가 피어오르자 백기는 군사를 이끌고 성 안으로 돌격해 들어갔다.

평온하던 성 안은 난장판이 되었다. 기산당주 박술을 비롯하여 수하 장수들과 함께 간단하게 약주를 하고 있던 성주 윤복(輪馥)은 눈살을 찌푸리며 하인에게 말했다.

"어떤 놈이 소란을 피우는 게냐. 알아보고 오너라."

막 사람을 보내려는 참에 먼지투성이가 된 군관 하나가 헐레벌떡 달려왔다.

"큰일 났습니다. 백제군의 기습입니다."

깜짝 놀란 윤복이 술잔을 집어던지고 벌떡 일어났다.

"북을 쳐라. 군사들을 집합시켜라."

비장 하나가 달려 나갔지만 문 앞에 이르기도 전에 갑자기 날아온 창에 찔려 그 자리에서 죽었다. 먼저 성안에 들어온 백제 군사들이 이미 관아의 앞까지 들이닥친 것이었다.

기산당주 박술이 윤복에게 큰 소리로 말했다.

"어서 피하십시오. 소장이 이곳을 지키겠습니다."

그 말이 미처 끝나기도 전에 수십 대의 화살이 날아와 고슴도치가 되어 죽었다. 윤복도 두 군데나 화살을 맞고 그 자리에 주저앉고 말았다.

진규가 가까이 다가와 그의 앞에 우뚝 섰다.

"투항하면 목숨은 살려 주겠다."

점잖게 투항을 권유하자 윤복이 대답했다.

"나는 이곳 성주 윤복이다. 비겁하게 목숨을 구걸하지는 않겠다. 차라리 깨끗하게 죽여라."

진규가 얼굴빛이 변하여 장검을 빼어드는 순간 호통소리가 들렸다.

"무기를 거두어라."

금빛 찬란한 갑옷을 입은 한 장수가 여러 명의 군사를 이끌고 나타나서 윤복에게 물었다.

"그대는 누구인가?"

윤복은 그가 최고 지휘자임을 한 눈에 알아보았다. 간신히 몸을 가누어 일어서서 군례를 올리며 말했다.

"나는 이곳 성주 윤복이라 하오."

성주라는 말을 듣자 백기도 말에서 내려 예를 갖추어 답했다.

"나는 백제의 대장군 백기라고 하오. 승부는 이미 끝났으니 더 이상 피를 흘리지 말기를 바라오."

윤복이 쓸쓸하게 말했다.

"고마우신 말씀이오. 하나 장수가 자신의 목숨을 구하려고 나라를 배신하겠소. 나는 이 성을 지키지 못한 죄인이라 죽어도 여한이 없소이다. 하나 성안에 있는 백성들에게는 무슨 죄가 있겠습니까. 내 한 목숨을 거두는 대신 모든 것을 용서하고 불쌍한 우리 백성들을 노예로 삼지 말기를 바랍니다."

말을 마치자 칼로 목을 그어 자결했다.

백기가 그 충절을 가상하게 여겼다. 윤복의 가솔을 찾아내어 후히 장례를 치르게 하고 군사들에게 엄명을 내려 백성들을 괴롭히지 못하게 하였다.

나중에 성안에 있던 백성들이 그 소식을 알았다. 모두 윤복의 죽음을 슬퍼하지 않는 자가 없었다.

한편 낭비성으로 진군한 고윤은 무서운 기세로 들이쳐서 닷새 만에 성을 함락했다. 신라의 진평왕은 이벌찬 김요에게 일선주(一善州)의 군사 3만을 보내어 낭비성을 구하게 하였지만 도리어 고윤의 반격을 받아 쫓겨나서 황량한 벌판에서 헤매고 있을 뿐이었다.

이때 아막산성에서 급보가 올라왔다.

"성이 함락당하고 성주께서 전사하였습니다."

고구려 군과 백제군이 동시에 공격해오자 진평왕은 두려운 생각이 들었다. 급히 김요를 불러들이고 군사들을 철수해버렸다. 용기를 얻은 고윤은 표를 올렸다.

"서라벌이 멀지 않았습니다. 보충 군대와 식량만 보내주신다면 대왕의 신토(臣土)로 만들겠습니다."

이에 고구려 조정에서는 한바탕 논쟁이 일어나서 아예 서라벌까지 정벌하자는 주장이 많았다. 그러나 대형 미축은 이에 반대하여 영양왕에게 간언을 올렸다.

"신라는 소국이어서 서쪽 변방만 안정되면 언제든지 정벌할 수 있습니다. 하나 수는 나라가 크고 인구가 많아서 항상 위협이 되고 있습니다.

신이 들으니, 수주가 전쟁에 패한 뒤 각처에서 도적들이 들끓어 나라가 거의 내란 상태에 빠져 있다고 합니다. 이제 낭비성도 함락하여 남쪽 변방은 안정이 되었으니 군사들을 서쪽으로 이동시키고 이 기회에 중원을 공략하여 함이 어떠합니까."

잠잠하던 고구려 조정에서는 또다시 전쟁 문제로 시끄러워지기 시작했다. 왕이 태제인 건무에게 물었다.

"수와 전쟁을 하는 것이 우리에게 유리한가, 불리한가?"

건무가 즉시 답을 하지 못하고 우물거리자 왕이 말했다.

"나는 그대의 진심을 듣고 싶다."

그제야 건무가 말했다.

"성인이 이르기를 성군은 먼저 백성을 돌아본다고 하였습니다. 우리가 비록 전쟁에는 이겼으나 계속되는 전쟁으로 수많은 백성들이 아비와 자식을 잃어 집집마다 비통한 울음소리가 가득합니다.

게다가 국고가 탕갈되어 무기와 식량을 조달하기 어려우니 어찌 대규모 전쟁을 일으킬 수 있겠습니까. 전쟁이란 어쩔 수 없는 최후의 선택입니다. 이제 수가 스스로 굴복하였는데 다시 전쟁을 일으키는 것은 의리상으로도 옳지 않습니다.

신의 생각으로는 전역을 일으키는 것보다는 오히려 굶주린 백성들을 구휼하는데 더 힘을 쏟아야 할 것입니다."

왕이 고개를 끄떡이며

"짐의 뜻도 진실로 그대와 같다."

이렇게 대답하고 만조백관을 불러 모아 다음과 같이 말했다.

"짐은 왕위에 오른 후 한시라도 백성들의 노고를 잊은 적이 없다. 하나 나라에 전역이 그치지 않아 수많은 백성들이 생업을 잊었으니 이 모든 것은 짐의 죄가 아니겠는가?

그럼에도 불구하고 또 다시 전쟁을 일으켜 많은 백성들을 전쟁터로 몰아내는 일은 차마 할 수 없는 일이다. 경들은 이러한 짐의 뜻을 받들어 오로지 민생을 위해 힘쓰기만을 바란다."

제 6 장

제국의 멸망

서부 살이(西部 薩伊) 연태조는 젊은 날 강이식과 함께 요서정벌을 비롯하여 크고 작은 전투를 수십 차례나 치른 맹장이었다. 그는 자주 을지문덕과 더불어 장안 정벌을 주장하였다. 그렇지만 국연태 등의 반대에 부딪혀 뜻을 이루지 못하고 조정에서 물러나 은인자중하고 있었다.
　그는 오십이 되어서야 아들을 두었는데 갓쉰동[51]이라 하고 한자로는 개금(盖金)이라고 썼다. 일가친척들은 나이 많아 얻은 아들이라 하여 귀애(貴愛)하였으나 연태조는 오히려 엄히 다루어 가르쳤다.
　"귀한 아들은 오히려 매를 더하는 법이다."
　일찍이 군문(軍門)에 종사하여 9세에 선인(仙人)[52]이 되어 군사의 일에 눈을 떴다. 그는 성격이 활달하여 매사에 적극적이었다. 특히 어릴 적부터 병법과 무예를 좋아하여 각종 비무(比武) 놀이를 즐겼는데 특히 비도술(飛刀術)[53]에 능하여 뭇사람들을 경탄시켰다.

---

51) 연개소문의 아명
52) 벼슬이름
53) 단검을 던지는 기술

나이 16세가 되자 집을 떠나 훌륭한 스승을 찾아 천하를 주유하던 중 신성에 이르러 동 북관산 기슭 아래 '종광'란 기인(畸人)이 있다는 말을 들었다.

사람들의 말을 물어 찾아가자 종광이 말했다.

"나는 산에서 약초나 캐고 사는 늙은이에 불과한 사람이네. 진실로 그대에게 필요한 사람은 '후인'이란 스님이 분명하네."

개금이 길을 물어 북관산 중턱에 있는 조그만 암자에 이르렀을 때는 어느덧 날이 저물어서였다. 마침 마당을 쓸고 있는 노승을 발견하고 후인이란 스님으로 알았다. 달려가 인사하고 무릎을 꿇고 말했다.

"소인은 연나부 출신의 개금으로 스승님의 이름을 사모하여 불원천리를 찾아왔습니다. 부디 거두어 주십시오."

후인은 잠시 놀란 듯하였으나 이내 냉정하게 말했다.

"소승은 속세와 인연을 끊은 지 오래되어 세상의 일은 알지 못합니다."

그렇다고 물러설 개금이 아니었다.

"옛날 촉왕 유비는 제갈량을 스승으로 삼고자 삼고초려를 마다하지 않았다고 합니다. 소인은 비록 유비가 아니오나 훌륭하신 스승님을 모시기 위해서는 삼년도 기다릴 수 있습니다."

허리를 구부려 엎드려서 밤 내내 일어서지 않았다.

다음날 아침이 되자 후인은 개금의 정성을 갸륵하게 여겨 그날로 제자로 삼고 병법과 무예를 가르쳤다. 세월이 흘러 겨울이 되자 후인이 개금을 불러 하산할 것을 명했다.

"너는 이제 세상으로 내려가 큰 뜻을 도모하라."

갑작스럽게 하산하라는 노인의 말씀에 개금이 놀랐다.

"제자가 아직 부족한 점이 많습니다. 부디 내치지 마시고 더 가르침을 내리시기 바랍니다."

그러나 후인은 제 할 말만 계속했다.

"지금 중국 대륙에서는 권신들의 다툼이 극심하고 각지에서 반란이 끊이지 아니하여 한 치 앞도 내다볼 수 없는 상황이다.

내가 지난날 뜻을 이루지 못하고 전국을 방랑할 때 태원(太原)에 이르렀는데 그 유수 이연이란 자는 인물됨이 범상치 않아 제왕(帝王)의 기운을 띠고 있다. 이 자를 경계하지 않는다면 훗날 큰 난이 있으리라. 나의 말을 잊지 말라."

말을 마치자 다락 위에 있던 궤짝을 가지고 왔다. 그것은 검은 천으로 둘러 싸여 있었는데 한눈에 보아서도 범상치 않은 물건이었다.

후인은 잠시 눈을 감고 묵상에 잠기더니 이윽고 천을 풀고 궤짝뚜껑을 열었다. 순간 개금은 크게 놀랐다. 그곳에는 가죽으로 곱게 싸인 단궁 하나가 있었다.

후인이 말했다.

"이것은 용화(龍化)라고 하는데 읍루의 거수(渠帥) 가문에서 내려온 보물이었다. 내가 이것으로 수주의 가슴을 쏘았으나 마침내 실패하고 말았으니 천추의 한이 되었다. 이제 네가 이것으로 천하를 평정하기를 바란다."

그제야 개금은 후인이 옛날 수양제를 암살하려던 '일인'이었음을 알게 되었다. 무릎을 꿇고 엎드려 아뢰었다.

"부모님이 저를 낳아 주신 분이라면 스승님은 저를 사람으로 길러

주신 분이십니다. 그 은혜를 만분의 일이나마 갚고 싶은 것은 인지상정(人之常情)의 일입니다.

더구나 스승님은 온 나라 사람들의 영웅으로 만인이 우르러고 있습니다. 부디 저와 함께 내려가신다면 거처(居處)와 노비(奴婢)를 마련하고, 의식(衣食)을 풍족하게 갖추어 드리겠습니다."

일인이 문득 하늘을 우러러 크게 웃더니 얼굴빛을 엄하게 하고 꾸짖었다.

"부귀영화는 내가 추구하지 않는 것이니 새삼스럽게 마음을 번거롭게 하겠는가. 나는 옛날 수주를 죽이러 나섰을 때 이미 세상을 버린 몸이었다. 조그만 이 산사가 나의 유일한 거처니라."

개금이 더 이상 여쭈지 못하고 재배하고 물러날 뿐이었다.

훗날 개금이 정변에 성공하자 제일 먼저 사람을 보내 일인을 찾았으나 그 종적이 묘연하였다.

개금이 감탄하여 말했다.

"세상에는 아직도 의인이 있다."

일인의 덕을 칭송하여 처음 만났던 북관산 중턱에 사당을 세워 길이 공덕을 기리게 하였다.

세 차례나 걸친 전역에서 모두 실패한 양제가 회원진에서 회군해 돌아오자 천하의 필부도 우습게 여겼다. 뭇 도적들도 양제의 군대를 습격하여 재물을 약탈하였는데 한단(邯鄲)의 도적 양공경(楊公卿)은 8천명의 도적떼를 이끌고 양제의 어가(御駕)를 습격하여 비황상구(飛黃上廐) 소속 말을 42필이나 뺏어가기도 하였다.

이때 양제는 고구려 군이 기습한 것으로 오인하고 죽어라 달아났다가 뒤따라 온 사마덕감이,

"도적들이 말을 훔쳐 달아났습니다."

라고 보고하자 그제야 정신을 차렸다.

"이런 고약한 놈들 같으니, 고작 도적놈 몇 명 때문에 수만 대군이 이 난리를 피운단 말이냐?"

이렇게 호통 치며 당장 양공경을 추격하여 잡아오게 하였다.

하지만 군기가 해이해질 대로 해이해진 양제의 군사들이 양공경을 잡을 수는 없었다. 아무 소득 없이 돌아오자 양제는 분기탱천하여 비황상구를 지키는 장교의 목을 쳤다.

"제 직분을 다하지 못한 놈은 이런 꼴이 되리라."

우여곡절 끝에 10월 기축일에 장안으로 돌아온 양제는 고구려왕의 항복을 받아 승리했다고 거짓으로 선포했다. 그리고 소와 말을 잡아 크게 잔치를 베풀었으나 시종일관 한 번도 웃지 않고 술만 연신 퍼 마셨다.

이튿날 양제는 곡사정을 끌고 가서 태묘(太廟)에 고하고 유사에 내려 그 죄를 논하게 하였다. 그리고 11월 초에 금광문(金光門) 앞의 넓은 뜰에 끌어내어 꿇어 앉혔다.

이때 양제는 이성을 잃고 자리에서 벌떡 일어나 뜰 앞에 뛰어 내려와서는 삿대질까지 하면서 꾸짖었다.

"너와 현감 두 놈이 모든 일을 망쳐 놓았다."

양제는 고구려 정벌에 실패한 원한을 곡사정에게 돌리고 싶었던 것이었다. 격자 모양의 틀에 묶어 수레바퀴를 목에 걸어두고 친히 채찍을 들어 미친 듯이 내리쳤다.

곡사정이 피투성이가 되어 정신을 잃자 주위의 군사들에게 물을 부어 정신을 차리게 한 뒤 9품 이상의 문무백관들을 모두 모아 일렬로 세웠다.

그리고 준비해 둔 활과 도끼를 주며 화살을 쏘거나 도끼로 내리찍게 하였다. 이때 하급 관리 하나가 잘못 화살을 쏘자 양제가 두 눈을 부릅뜨고,

"네놈도 저놈과 한패가 분명하다."

이렇게 꾸짖고 곁에 있던 호위군사의 칼을 빼어 목을 베어 버렸다. 이러한 광경을 본 시신들은 오금이 저려 감히 양제의 눈도 마주치지 못하였다.

양제는 그것만으로도 분이 풀리지 않았다. 이지러진 곡사정의 시체의 사지에다 네 대의 마차에 묶어 갈가리 찢은 다음, 그 살을 물에 삶아 백관들에게 나누어 주어 억지로 배가 부르도록 먹게 하였다. 또 뼈는 모두 골라 불에 태워 가루로 만들어 날려 보냄으로써 영혼을 없애려 하였다.

한편 민심은 이미 수를 떠났다. 탐관오리의 횡포에 못이긴 백성들은 관리들이란 모두 백성들을 갉아먹는 큰 쥐라고 비유하면서 석서(碩鼠)라는 노래를 불렀다.

碩鼠碩鼠 無食我黍	석서석서 무식아서
三歲貫女 莫我肯顧	삼세관녀 막아긍고
逝將去女 適彼樂土	서장거녀 적피낙토
樂土樂土 爰得我所	낙토낙토 원득아소

碩鼠碩鼠 無食我麥	석서석서 무식아맥
三歲貫女 莫我肯德	삼세관녀 막아긍덕
逝將去女 適彼樂國	서장거녀 적피낙국
樂土樂土 爰得我職	낙토낙토 원득아직
碩鼠碩鼠 無食我苗	석서석서 무식아맥
三歲貫女 莫我肯勞	삼세관녀 막아긍고
逝將去女 適彼樂郊	서장거녀 적피낙교
樂土樂土 誰之永號	낙토낙토 수지영호

큰 쥐야 큰 쥐야 나의 기장을 먹지 말라.
삼년동안 너를 섬겼지만 나를 돌보지 않는구나.
장차 너를 떠나 저 멀리 낙토(樂土)[54]를 찾으리.
즐거운 땅에는 내가 살 곳이 있으리니.

큰 쥐야 큰 쥐야 나의 보리를 먹지 말라.
삼년동안 너를 섬겼지만 나의 공덕을 무시하는구나.
장차 너를 떠나 저 멀리 낙국(樂國)를 찾으리.
즐거운 나라에는 나의 뜻을 펼치리니.

큰 쥐야 큰 쥐야 나의 나락을 먹지 말라.
삼년동안 너를 섬겼지만 나의 공로를 무시하는구나.

---

54) 즐거운 곳이라는 뜻으로 수탈당하지 않고 평화롭게 사는 땅을 말함.

장차 너를 떠나 낙토(樂郊)를 찾아 떠나리.
즐거운 시골에서는 누가 울부짖고 한탄하리오.

고향을 등지고 도적이 되는 자가 많아 동해(東海)에서는 팽효재(彭孝材)가 기수(沂水)에서 자리를 잡았고, 제군(齊郡)의 도적인 좌효우(左孝友)는 준구산(蹲狗山)에 진을 쳤다.

맹양(孟讓)은 장백산(長白山)에서 우이(吁貽)까지 그 세력을 넓혔고, 탁군(啄郡)의 도적 노명월(盧明月)은 축아현(祝阿縣)을 점령했다. 그들은 대부분 10만이 넘는 무리들을 거느리고 있어 사실상 도적이 아니라 독립적인 세력으로 성장하고 있었다.

천하가 이렇게 어지러워졌지만 양제의 호사스러운 생활은 그칠 줄 몰랐다. 하루는 신하들에게 말했다.

"짐이 강도를 순시해야겠다."

느닷없는 명령에 태사령 유질이 나서서 말렸다.

"해마다 요동을 정벌하여 백성들이 피폐한데 전국은 도적들이 창궐해 있습니다. 먼저 백성들을 위무하여 생업에 힘쓰게 한 다음에 나라가 안정되면 그때 강도를 순시하심이 좋을 것입니다."

양제가 이 말을 듣고 불쾌해하자 유질이 두려워하여 병을 핑계 삼아 나오지 않았다. 얼마 후 양제가 순행길에 올랐는데 유질은 기어이 수행하지 않았다.

속 좁은 양제가 가만 둘 리 없었다.

"무엄한 놈. 감히 짐을 희롱한 것이다."

화를 내면서 감옥에 가두어 죽였다.

그 사건이 있을 지 얼마 되지 아니하여 민간에서 이상한 소문이 또 나돌았다.

"이씨가 천자가 되리라.[55]"

양제가 이 소문을 듣고 펄펄 뛰었다.

당시 양제는 많은 방사(方士)들을 가까이 하였는데 안가타(安伽陁)라는 자에가 말했다.

"신명공(申明公) 이혼(李渾)의 조카인 장작감(將作監) 이민(李敏)은 어릴 적 이름이 홍아(洪兒)입니다. 수(隋)는 수(水)인데 홍이란 큰물이란 뜻으로 수(水)를 이기니 그 이름자가 참언(讖言)의 말을 나타낸 것입니다."

양제가 이민을 의심하여 그 숙부 이혼을 불러 말했다.

"천하에 요사스런 말이 떠돌고 있으니 그것은 공의 조카 때문이다. 나라에 근심이 있으면 마땅히 신하는 목숨을 바쳐야 한다. 나는 공이 이 일을 잘 처리하리라 믿는다."

이민을 죽이든지 자결하게 하라는 뜻이었다.

이민이 이 말을 전해 듣고 크게 두려워하였다. 몰래 성을 빠져나가 달아나려 하였으나 성문을 지키던 군사에게 붙잡히고 말았다. 평소 이혼을 미워하던 우문술은 호분랑장 배인기를 시켜 이혼의 역모를 고발하게 하고 험담을 하였다.

물론 양제가 노발대발한 것은 두말할 필요도 없었다.

"이 나쁜 역적 놈들! 내 진작 그럴 줄 알았다."

곧바로 이혼의 모든 가속들을 형리에 붙이고 상서좌승 원문도와 어사대부 배온에게 그 죄상을 밝히게 하였다.

---

[55] 李氏當爲天子

그러나 없는 죄를 만들 수는 없었다. 온갖 악형 속에서도 이혼이 끝끝내 부인하자 원문도가 가만히 꾀를 내었다. 마침 이민의 처는 우문씨로 우문술 집안의 조카딸이었다. 조용히 그녀를 불러들여 인심을 쓰는 척 말했다.

"네가 내 말을 듣지 않는다면 너의 온가족은 악형을 견디지 못하고 모두 다 죽고 말 것이다. 하지만 너는 우문술 대감의 조카이니 내가 시키는 대로 한다면 너와 네 아들은 살려 두겠다."

그리고 이민을 황제로 세우려 했다는 무고장을 강제로 쓰게 하였다. 이민의 처가 울면서 서명하자 원문도가 의기양양하게 양제에게 이 문서를 바쳤다.

양제가 원문도의 손을 잡고 눈물을 흘리면서 말했다.

"종묘사직이 뒤집힐 뻔하였다. 이것은 모두 그대의 공이다."

하지만 원문도는 이혼과 이민은 물론이요 이민의 처와 그의 아들들 모두 처형하고 말았다.

당시 이씨 성을 가진 사람은 모두 양제에게 의심을 받을까 전전긍긍하였는데 이연도 마찬가지였다. 그래서 일부러 술을 마시고 여자와 향락에 빠졌으며, 뇌물을 받는 등 품행이 좋지 못한 짓만 골라 하였다.

양제는 본디 역마살이 있어 돌아다니기를 좋아하였다. 장안을 비우고 지방을 쏘다니는데 시간을 허비했다. 이혼을 죽인 이틀 후 태원(太原)으로 갔다가 다음 달에는 분양궁(汾陽宮)으로 피서를 갔는데, 이때 용문(龍門)에서 무단아(毋端兒)란 자가 무리를 모아 날뛰었다.

양제는 이연(李淵)을 산서와 하동의 무위대사로 임명하고 무단아를 정벌하게 하였다. 무단아는 한낱 도적의 무리에 불과하여 이연이 손쉽게 평정하자 양제가 기뻐하며 신하들에게 말했다.

"이제 도적들이 모두 평정되어 천하가 평안해졌다. 짐이 북방의 장성을 순방하리라."

사방에서 민란의 조짐이 일어나는데도 양제는 너무 안이하게 생각하자 번자개가 걱정이 되었다.

"전쟁이 끝난 지 얼마 되지 않았습니다. 변방이 피폐해 있는데 어찌 그곳으로 납시려 하십니까."

양제가 못마땅하다는 듯이 혀를 끌끌 차면서 말했다.

"그러니까 짐이 순행하여 그들의 사기를 높여 주어야 할 것이 아닌가."

우문술과 번자개를 수행하게 하여 기어이 장성 순행을 나섰다. 양제는 50마리의 말이 이끄는 호사스런 수레를 타고 수백 명의 궁녀까지 거느리고 한껏 위엄을 뽐내며 산서성까지 이르렀다.

한편 동돌궐에서는 돌리가 죽은 뒤 그 아들 시필카한[56]이 계승하였다. 그는 아비와 달리 매우 용맹스러웠고 또 수를 매우 싫어하였다. 그래서 수가 고구려 전쟁에 패하여 국력이 피폐해진 틈을 타서 돌궐의 부흥을 다짐했다.

"한족의 문화를 깡그리 없애버리고 돌궐의 옛 영화와 문물을 되살리겠다."

군사를 훈련하여 티벳과 아무르강까지 진군하여 이를 병합하는 등 날로 국력이 발전하였다. 양제가 두려움을 느끼고 몰래 사람을 보내어 다른 부족장들을 부추기는 등 내분을 꾀하였으나 시필카한에게 들키고 말았다.

---

56) 始畢可汗을 말함.

크게 노한 시필카한은 수를 토벌할 기회를 노렸다. 때마침 양제가 산서성 쪽으로 순행하러 온다는 정보를 듣자 앙천대소하며 부하들에게 호언장담하였다.

"수의 황제는 반드시 내 손으로 잡아 죽일 것이다."

손수 갑옷을 걸쳐 입고 군사를 지휘하여 단숨에 장성을 깨뜨리고 진격했다.

엄청난 시필카한의 기세에 간이 콩알만 해진 양제는 수레는 물론이고 수행하던 시신과 비빈마저 내버린 채 몇몇 호위군사만 거느리고 안문성(雁門城)으로 달아나 숨었다.

하지만 양제를 포기할 시필카한이 아니었다. 수의 시신과 비빈들을 모두 포로로 잡은 뒤 안문성을 겹겹이 포위했다. 이때 안문지역에는 41개의 성이 있었는데 39개의 성이 모두 시필카한에게 점령당하고 오직 제왕 양간만이 약간의 후군을 이끌고 안문의 속현인 곽현성(藿縣城)을 지키고 있을 뿐이었다.

안문성 안에는 15만이 넘는 사람이 있었으나 싸울 수 있는 군사는 만 명도 채 못 되었다. 고립무원에 빠진 양제 일행의 위급함은 풍전등화와 같아서 성문을 굳게 닫고 농성할 수밖에 없었다. 그렇지만 양식마저 부족하여 이십 여일 치 밖에 없었고 군사들은 전의를 상실했다. 화살은 양제가 있는 앞까지 날아왔으며 막내 아들 양고는 눈이 퉁퉁 붓도록 울어대었다.

이때 좌익위대장군 우문술이 간했다.

"이렇게 무작정 기다릴 수는 없습니다. 병법에도 사지에 들어서면 활로를 찾아야 한다고 하였으니 지금이 그때입니다. 날랜 정예병을 선발하여 적진을 뚫고 탈출해야 합니다."

소위가 반대하고 나섰다.

"성을 지키는 것은 우리가 능한 바요, 날쌘 기병을 몰아 벌판을 내달으며 싸우는 것은 저들의 장기입니다. 만승천자의 존귀한 몸으로 위태로운 일에 경솔하게 움직여서는 안 됩니다. 이미 이웃 성으로 달려간 전령들이 구원병을 구하여 올 것이니 그때까지 버텨야 합니다."

번자개가 소위를 도와 말했다.

"폐하께서는 이대로 견고한 성을 지켜 적의 예기(銳氣)를 소진하게 해야 합니다. 가만히 기다리면서 사방의 군사를 모아 구원하게 하시고 친히 장병을 위로하며 다시는 요동정벌을 하지 않겠다고 다짐을 하십시오. 그러면 모든 군사들이 스스로 분발할 것입니다."

이에 양제가 고구려 원정을 포기한다고 뭇 장병들 앞에서 선언하자 군사들이 기뻐하며 사기가 크게 올랐다. 죽기를 각오하고 싸우자 시필가칸이 계속 공격해도 함락하지 못했다.

얼마 있지 않아 과연 운정흥(雲定興)이 먼저 구원군을 이끌고 나타났다. 그는 원래 말단 관리였으나 그의 딸이 폐태자 양용의 후궁이 되어 장남인 양엄(楊嚴)을 낳자 출세가도를 달렸다. 그러나 그것도 잠깐, 상전벽해(桑田碧海)의 변란이 일어나 양제가 폐태자를 죽이고 황제에 오르자 그는 한마디로 헌 짚신짝과 같은 신세로 추락해 버렸다.

벼슬에 눈이 먼 운정흥은 모략을 내어 그의 외손인 양엄이 모반을 꾸몄다고 거짓 밀고하여 양엄을 죽였다. 그리고 그 공로로 변방에 있는 조그만 무관의 벼슬을 얻었는데 양제가 위급함을 듣고 달려왔던 것이었다.

이때 이연의 아들 이세민은 16세의 나이로 운정홍의 군사에 참가하여 첫 전투를 치르게 되었다. 하지만 운정홍의 조그만 군사로 시필카한이 거느린 막강한 돌궐군을 당할 수는 없었다. 이리저리 쫓기면서 다른 구원군이 오기만 기다리자 양제는 꼼짝없이 안문성에서 갇히었다.

상황은 점점 다급해지자 양제는 실길이 날뛰며 전쟁을 독촉했다. 그러자 번자개가 가만히 꾀를 내었다.

"이제는 오로지 한 가지 계책만 있을 뿐입니다."

양제가 물었다.

"대체 그것이 무엇인가. 속 시원히 빨리 말하라."

"전날 의성공주께서는 돌리에게 출가하셨습니다. 지금의 돌궐 대칸은 바로 의성공주의 아드님입니다. 폐하께서 밀사를 보내시어 공주님에게 청탁을 드리면 살 길이 열릴 것입니다."

양제가 무릎을 치면서 좋아했다. 즉시 밀사를 보내어 눈물로써 구원을 청하자 의성공주가 깜짝 놀랐다. 사실 의성공주는 시필카한이 사냥 나간 줄로만 알고 있었다. 그런데 부황의 나라인 수를 공격하여 오빠인 양제를 죽이려한다는 말을 듣고 깜짝 놀랐다.

"네 어찌 외할아버지의 나라를 공격하려 하는가."

급히 사람을 보내어 시필을 꾸짖고 돌아오게 하자 시필이 어머니의 감히 명을 거역할 수 없었다. 잡혀온 시신들과 비빈들을 모두 돌려보내고 회군하자 수양제는 간신히 목숨을 구하게 되었다.

어쨌든 양제가 안문성으로 도망친 것은 8월 5일이었는데 다음 달인 9월 15일 동안 40여일을 갇혀 있어 호사스런 생활에 젖어있던 양제로서는 고생이 이루 말할 수 없었다.

돌궐군이 물러가자 양제는 짐짓 화를 내며 기병 2천명을 내어 추격하게 하였는데 마읍(馬邑)까지 나아가 노약자 이천 명을 잡아 왔다. 그런데 당시 마읍은 수의 땅으로서 기실은 모두 수나라 백성들이었다.

이럭저럭해서 다시 태원으로 돌아온 양제는 태도가 돌변했다. 처음에 했던 약속을 취소하고 몇 몇 군사들에게만 조그만 승진을 시켰을 뿐 아무런 상급도 내리지 않았다. 군사들의 불평이 높아졌음은 두말할 필요도 없었다.

특히 목숨을 걸고 싸웠던 양제의 근위병들은 심한 배신감을 느꼈다. 호분랑장(虎賁郞將) 사마덕감(司馬德戡)은 이러한 분위기를 알고 번자개를 찾아가 말했다.

"폐하께서 약속을 저버리셨으니 근위대 병사들의 사기가 엉망입니다. 폐하에게 부디 한 말씀만 올려 주십시오."

번자개도 이를 염려하여 간하였으나 오히려 양제는 역정만 낼 뿐이었다.

"네가 감히 조그만 공을 믿고 군사들의 민심을 얻으려는 뜻이 무엇인가."

자칫 잘못하다가는 역모로 몰릴 판이었다. 번자개가 두려워하여 대꾸하지 못하고 물러나자 이후로 근위대마저도 양제에게 등을 돌리게 되어 버렸다.

그 뒤 양제가 강도로 돌아왔는데 불만을 품은 군사들이 새벽에 몰래 대업전(大業殿) 서원(西院)에 불을 질렀다. 양제는 도적이 쳐들어온 줄 알고 환관 하나만 데리고 서원(西苑)으로 피신하였는데 나중에 불이 꺼진 뒤에야 나타났다.

이때 또 다른 큰 사건이 터졌다. 양현감의 반란으로 몸을 숨겼던 이밀이 '반황토벌격문(反皇討伐檄文)'이란 글을 써서 전국에 퍼뜨렸다.

"황제란 모름지기 천명을 받들어 백성을 살리는데 올바른 길이 있는 법이다. 그러나 당금 황제는 온갖 더럽고 간사한 음모로써 제위를 찬탈하고 또 백성들을 도탄에 빠뜨려 죽게 하였으니 그 죄악은 하늘 끝에 닿았다.

이제 그의 열 가지 죄를 밝히고 뜻있는 천하의 군웅들과 함께 토벌코자 하노라.

첫째는 천륜을 어지럽히고 황태자의 지위를 도적질 한 것이며, 둘째는 부친을 독살하고 제위에 올랐으며, 셋째는 거짓 조칙을 써서 아우를 해친 죄이다. 부황의 비첩을 겁박하여 간음한 것이 네 번째 죄이고, 올바르고 강직한 신하를 함부로 죽인 것이 그 죄의 다섯이다.

또 백성들의 고혈을 짜서 군사를 일으키고 또 패하여 죽였으니 여섯 번째 죄이고 간사하고 아첨하는 간신배를 중용하여 나라를 어지럽혔으니 그 죄의 일곱이고, 궁실을 수없이 짓고, 장성과 운하를 만들어 백성들을 부역의 노예로 부려먹었으니 여덟 째 죄이다.

그러하고도 음란과 방탕에 젖어 나라를 돌보지 않았으니 그 아홉 째 죄요, 생업을 잃고 방황하는 백성의 무리가 산천에 가득한데 아직도 사치와 향락에 젖어 혼미함을 벗어나지 못하니 열 가지 죄로다."

또 호관록(壺關錄)에는, 이밀(李密)이 조군언(祖君彦)에게 글을 짓게 하여 양제의 죄 열 가지를 열거하고 천하에 포고하였는데, 그 일곱 번째에 고구려 원정에 대하여 다음과 같이 말했다.

"요수(遼水)의 동쪽 조선(朝鮮)의 지역에 대해서 우공(禹貢)은 황복

(荒服)으로 삼았고, 주왕(周王)은 버려두고서 신하로 삼지 않았다. 그러고는 기미책을 쓰면서 성교(聲敎)가 미치게 하였으니, 이는 참으로 백성을 사랑하고자 한 것이지 영토를 넓히자는 것이 아니었다.

강한 쇠뇌라도 쏘지 않으면 이치상 얇은 비단도 뚫을 수 없는 법이고, 폭풍의 마지막 힘으로는 어찌 가벼운 깃털인들 움직일 수가 있겠는가. 돌밭은 차지해 보았자 쓸모가 없는 법이고 닭갈비는 버려두는 것이 제대로 쓰는 것이다.

그런데 백성이 많고 군사가 강한 것을 믿고는 무력을 함부로 남용하였는바, 이는 오로지 병탄하는 데만 뜻이 있고 장구한 계책은 하지 않은 것이다. 무력은 불과 같은 것이어서 단속하지 않으면 저절로 불타는 법이다.

이에 드디어 억만의 군사들을 몰살시켜 한 사람도 살아 돌아오지 못하게 하였다. 부차(夫差)가 나라를 잃은 것은 실로 황지(潢池)의 싸움으로 인해서였으며, 부견(苻堅)이 자신을 멸망시킨 것은 참으로 수탕(壽湯)의 싸움으로 말미암은 것이다. 앞에서 울고 있는 매미를 잡으려다가 뒤에서 자신을 노리고 있는 자를 알지 못하였다.

패전하여 돌아오는 군사들이 서로 돌아보고 과부를 조문하는 자들이 줄을 이루었으니, 의부(義夫)가 이를 갈며 장사(壯士)가 팔을 걷어붙이는 바이다."

세상이 혼란해지자 이런 소문도 떠돌았다.

"양씨(楊氏)는 바야흐로 망하려 하고, 이씨(李氏)가 일어난다."

또 다음과 같은 노래도 유행하였다.

"도리자(桃李子) 있어

황후가 양주(楊州)로 달아나 화원(花園) 속을 전진하리.

함부로 말을 말라.

누군가 그렇다 하던 것을."

이 노래의 뜻은 이렇다.

도리자는 도망한 이씨의 아들이며 황후는 황제와 통한다. 황제는 양주의 동산에서 놀이에 빠져 돌아오지 못하고 화원 안의 도랑에 굴러떨어질 것이다. 함부로 말하지 말라는 것은 비밀이니 곧 이밀을 일컬음이었다.

양제가 크게 노하여 전국의 관원들에게 체포령을 내리자 이밀은 잠적하여 몸을 피하였다.

그렇지만 천하대란(天下大亂)은 이미 막을 수 없는 지경에 이르고 있었다.

수 말기의 반란은 대업 7년 산동지방과 9년 하북에서 고구려 원정에 피해를 본 백성들이 봉기함으로써 발단되었는데 양현감의 반란 이후로 전국적으로 확대되었다.

양현감의 난이 진압된 직후 강남에서도 유원진(劉元進)이 봉기하여 강소성 오군(吳郡)을 차지하고 천자를 칭했다. 양제가 왕세충에게 말했다.

"유원진이란 놈을 잡거든 능지처참하고 그 가족은 물론이고 무리에 가담한 자들도 모두 죽여라."

이에 왕세충이 그 무리를 토벌하고 투항한 자들까지도 모두 처형하였는데 죽은 자만 3만이 넘었다.

양제는 반란을 이토록 잔인하게 진압했지만 학정에 시달린 백성들의 저항도 더욱 거세어졌다. 이듬해 10년에 관중지방에서도 반란이 일어나 부풍(扶風)에서 당필(唐弼)과 연안(延安)에서 유가론(劉迦論)이 봉기했다.

대업 12년은 반란의 절정기였다.

두건덕(竇建德)은 일개 농사꾼이었으나 학식이 있고 성품이 너그러워서 인망이 있었다. 그의 부친 장례식에는 천 명이 넘는 사람들이 모였는데 하북에서 봉기하자 그를 따르는 무리가 구름처럼 모였다.

당시 대부분의 농민군은 관아를 습격하면 수나라 귀족이나 관리들은 모조리 죽였지만 두건덕은 오히려 우대해 주었다. 이 소문이 나자 주위에 있던 관리들이 투항을 해 와서 이듬해가 되자 동부의 반란군들이 모두 그 휘하에 속하게 되어 10만이 넘는 정병을 거느리게 되었고 이듬해에는 휘하 장수들의 권유에 의하여 낙수(樂壽)에 자리를 잡고 국호를 하(夏)라 하였고 연호를 정축(丁丑)으로 정하고 관료 제도를 마련하여 장락왕(長樂王)[57]을 칭하며 중원축록(中原逐鹿)에 뛰어들었다.

대업 12년 시월에는 이자통(李子通)이 해릉(海陵)을 근거로 난을 일으켰고 또 십이월에는 임사홍(林士弘)도 장강 중류 지역인 파양(鄱陽)에서 일어나 황제를 칭하고 국호를 초(楚), 연호를 태평(太平)이라고 하며 구강(九江) 이남의 땅을 모두 차지했다.

연이어 하서의 삭방(朔方)에서 응양부랑장 양사도(梁師都)가 대승상(大丞相)이라 칭하고 돌궐에 빌붙어 세력을 확장하다가 국호를 양(梁)이라 하고 연호를 영융(永隆)이라고 하며 황제라 칭했다.

양자강과 회수 사이의 안휘성 역양(歷陽)에는 두복위(杜伏威)가 오

---

[57] 하왕(夏王)이라고도 함

(吳)를 세웠고 서원랑(徐圓朗)은 산동의 남부와 서부를 차지하여 노(魯)를 건국하고 낭사에서 동평에 이르는 광대한 지역을 지배하며 황제를 칭했으며, 유주(幽州)의 호분랑장(虎賁郎將) 나예(羅藝)는 농민 반란군을 진압하다가 유주 총관을 칭하고 자립했다.

수만금의 재산을 가진 대부호이자 수의 교위였던 설거(薛擧)는 그 아들 설인고(薛仁杲)와 함께 주변에 있던 이민족을 회유하여 13만 대병을 모으고 농서(隴西)에서 반란을 일으켜 진제(秦帝)를 일컬었다.

하서의 무위응양부사마(武威鷹揚府司馬) 이궤(李軌)는 설거가 패왕을 칭했다는 소문을 듣자 주위 사람들에게 말했다.

"천하가 어지러워지니 설거와 같은 탐관오리들도 한꺼번에 날뛰는구나. 우리 지방의 백성들은 내가 지킬 것이다."

주위에 격문을 띄우고 군사를 모으고 하서대량왕(河西大凉王)을 칭하였다.

소선(蕭銑)은 남조의 양(梁)나라 후손으로 구신들의 추대를 받아 호남성 악양현 파릉(巴陵)에서 일어나 양공(梁公)을 칭하며 호언장담했다.

"양나라는 다시 일어날 것이다."

이에 양나라 구신들과 백성들이 모여들어 한때는 그 무리가 40만이나 되었다.

하남(河南) 와강(瓦崗)에서 군사를 일으킨 적양은 본래 수나라 동군(東郡)의 법조참군(法曹參軍)이었으나 공연한 사건에 연루되어 형을 받게 되자 스스로 자립하여 채(茶)나라를 세운 인물이다.[58]

---

58) 615년

그는 자신의 군사를 와강군(瓦崗軍)이라 칭하고 주도 통제거를 왕래하는 수나라 무역선들을 약탈하였다.

이밀이 두각을 나타낸 것도 바로 이때였다. 양현감의 난 이후에 몸을 숨겨 시골에 묻혀 서생생활도 하면서 이곳저곳을 전전하며 떠돌아 다니던 그가 적양(翟讓)의 무리에 들어가자 적양이 그 명성을 알고 우대하여 위공(魏公)으로 삼았다. 이밀은 이때부터 황하 이남에 자리 잡고 수군과 대치하면서 세력을 키워나갔다.

형양(滎陽) 통수(通守) 장수타(張須陀)는 수나라 왕조에 충성했던 몇 명 안 되는 인물 중의 하나였다. 당시 하패에서 노명월(盧明月)이란 자가 십만 무리를 이끌고 도적질을 자행하여 민폐를 끼치자 조정에서 명을 내려 이를 토벌케 하였다.

장수타가 일만 오천 명의 병사를 이끌고 진압에 나섰는데 이때 래호아의 군대가 해산한 후로 장수타의 휘하에 배속된 진숙보가 노명월의 부장 후막원경을 단칼에 베어 죽이고 이름을 얻게 되었다.

첫 전투에서 수천 명의 부하를 잃은 노명월은 겁을 내었다. 작전을 바꾸어 70개의 목책(木柵)을 세워두고 굳게 지키기만 하였다. 양군은 서로 대치하여 시간을 오래 끌게 되자 수군은 바야흐로 양식이 거의 바닥이 났다.

장수타는 꾀를 내었다. 일부러 장수들에게는 술과 고기를 나누어 주면서 군사들에게는 죽과 채소만 배급했다. 그리고 군사들의 불평불만이 노명월의 염탐꾼에 의해 전달되도록 하였다.

이윽고 일주일이 지나자 장수들을 모아놓고 말했다.

"우리 군사들이 굶주리고 있는 것을 적들도 이미 안다. 그러므로 우리가 후퇴하면 적들은 반드시 추격해 올 것이다. 그렇게 되면 적의 본진이 비어 있을 것이니 이때 우리 정예부대를 뽑아 적군의 진영을 습격하면 쉽사리 큰 승리를 얻을 것이다. 누가 앞장서서 이 일을 맡겠는가?"

여러 장수들은 얼굴만 마주볼 뿐 대답하는 자가 없었는데 오직 진숙보만이 나섰다. 장수타가 기뻐하며 진숙보에게 날랜 병사 천 명을 주어 갈대숲 사이에 매복하게 하고 자신은 진영을 버리고 후퇴했다.

과연 노명월은 전 군사를 동원해 추격해 왔고 그 틈에 진숙보가 말을 몰고 적의 진영 앞으로 나아갔다.

목책은 굳게 잠겨있었지만 지키는 경비병은 거의 없었다. 진숙보가 앞장서서 목책에 뛰어 올라가 경비병들을 처치하고 깃발을 뽑자 나머지 군사들도 모두 뒤따라 올라와 30여 개의 목책에 모두 불을 질렀다.

불길에 휩싸인 본진에서 화염이 치솟아 오르자 노명월은 그제야 속았음을 알았다. 급히 돌아오려 하였지만 달아나던 장수타가 군사를 돌려 반격해 오자 크게 패하고 말았다. 커다란 바위틈에 숨어 있다가 붙잡혀 온 노명월은 장수타 앞에 무릎을 꿇고 애원했다.

"목숨만 살려주신다면 장군의 개와 말이 되겠습니다."

장수타가 싸늘하게 말했다.

"쉽게 투항을 말하는 자는 쉽게 배신하기 마련이다."

그 자리에서 죽여 버렸다.

명월의 반란을 진압한 장수타가 막 돌아오려는데 산동에서 급한 전갈이 왔다.

"제군(齊郡)의 왕박(王薄)이 3만 명이 넘는 반란군을 이끌고 공격해 오고 있습니다."

장수타는 정기병 천 명을 이끌고 한달음에 달려가 왕박을 죽였다. 이때 14살에 불과한 나사신(羅士信)이 필마단기로 나아가 싸우면서 적장 두 명을 죽였다. 장수타가 그를 칭찬하여 자신이 타던 말을 상으로 주었다.

이후 나사신은 여러 전투에서 승리하고 자신이 죽인 장수들의 코를 베어 철사에 꿰어서 둥글게 만들어 항상 허리에 차고 다녔는데 코의 숫자가 백 개도 넘었다고 한다.

장수타가 맹양(孟讓)을 진압하고 산동지방까지 장악하자 적양은 위협을 느꼈다. 이밀을 선봉으로 내세워 근방의 여러 성을 공격하고 형양을 공격하였다.

이밀의 제자이자 충성스런 심복인 왕백당(王伯當)은 용맹이 뛰어나 용삼랑(勇三郎)이라고 불리었으며 이밀이 형양을 공격할 때 삼백 보나 떨어진 누대에 있는 수장 위문통을 쏘아 죽인 후로 신전수(神箭手)라는 별명을 얻었다.

이윽고 진지략과 번문초가 남문을 부수고 진입하자 진숙보는 헛간에 몸을 숨겼다가 이밀의 군사 하나를 잡아 그 군복을 빼앗아 입고 유유히 달아났다.

장수타는 후문으로 달아났으나 왕백당이 십 리를 쫓아가서 그를 죽이고 수급을 베었다. 나사신은 미처 성을 빠져 나가지 못하고 포로로 잡혀 이밀에게 끌려왔다.

이밀은 나사신을 보고 마음속으로 생각했다.

"타고난 장사로다. 이 자를 잘 키운다면 족히 나의 수족이 될 것이다."

친히 밧줄을 풀어주고 술 석 잔을 내린 다음 자신의 부하로 삼았다.

죽음에서 살아난 나사신이 충성을 맹세했다.

"오늘부터 나의 목숨은 장군님의 것입니다."

구사일생으로 달아난 진숙보는 마침 근처에 있던 수장 배인기의 휘하에 들어갔다. 배인기는 지략과 용맹을 갖춘 장수여서 수백 명의 군사로써 삼천 명이 넘는 와강적을 물리치고 큰 공을 세웠다.

감군으로 있던 양준필이란 자는 사리사욕에 눈이 먼 탐관오리였다. 배인기에게 말했다.

"이번에 빼앗은 비단과 보물들은 공과 나밖에는 아는 사람이 없다. 마땅히 나누어 가지면 서로가 좋지 않겠는가?"

강직했던 배인기가 두 눈을 부라리며 대답했다.

"하늘이 알고 땅이 알며, 또 수많은 군사들이 알고 있으며 당신과 내가 아는데 누가 모른다고 하겠소."

딱 잘라 거절했다.

"이놈이 감히 나를 업신여기는 것이다."

모욕을 당했다고 생각한 양준필은 조정에 글을 올렸다.

"배인기는 와강적을 물리치고 빼앗은 재화를 모두 사사로이 빼돌렸습니다."

조정에서 관리가 내려와 조사하자 배인기가 분해서 펄펄 뛰면서. 억울함을 호소했다. 그러나 조사관으로 내려온 사람은 평소 양준필에게 뇌물을 받아먹던 우세남으로 배인기의 말을 받아들일 리가 없었다.

"모든 것은 배인기라는 자가 꾸민 짓입니다."

거짓으로 양제에게 고하여 오히려 감옥에 갇히고 말았다. 배인기의 아들 배행엄은 힘이 장사요 무술이 뛰어났다.

"더러운 세상이로다. 무엇을 위하여 충성할꼬?" 따르는 무리들과 함께 관아로 나아가 양준필을 죽이고 감옥을 부수어 그 아비 배인기와 함께 탈출하여 적양에게 투항했다. 이때 진숙보도 함께 적양의 무리에 속하게 되었다.

적양이 명성을 떨치자 사방에서 군웅이 모여들어 휘하의 군사가 10만이 넘었다. 군량 조달에 어려움을 겪게 된 적양은 흥락창(興洛倉)을 공격하기로 하였다. 흥락창은 전시에 쓸 식량이 비축되어 있는 수나라의 중요한 식량 창고였다.

적양은 다시 이밀을 선봉장으로 세워 흥락창을 함락했고 이후로 이밀의 명성은 널리 퍼지게 되었다.

적양은 흥락창의 곡식을 모두 와강채로 옮기려 하였으나 이밀이 반대하고 나섰다.

"천하를 얻으려면 민심부터 얻어야 합니다. 식량이란 조그만 재물에 지나지 않습니다. 사방에 방을 붙여 백성들에게 식량을 마음대로 가져가게 한다면 민심을 얻을 수 있을 것입니다."

적양이 이밀의 큰 그릇에 감탄했다.

두말없이 동의하고 창고 문을 활짝 열어 누구든지 마음껏 가져가게 하였는데 곡물을 가져간 사람이 백만 명이 넘었다.

그때 그들이 가져가다가 그 무게를 감당치 못하고 길에 버린 것이 많았다. 그래서 도로에 곡물이 두텁게 쌓여 낙수의 양쪽 강둑이 10 리에 걸쳐 멀리서 바라보면 하얀 모래를 뿌려놓은 것 같았다.

강도에 있던 월왕이 뒤늦게 이를 알았다. 유장공이란 자를 대장으로 삼아 2만 5천의 토벌군을 흥락창으로 보내었는데 왕백당이 삼천 명의 군사로 유격전을 벌여 물리쳤다.

"관군은 별 것이 아니다."

기세가 오른 와강군은 또 다른 수나라의 식량창고인 희락창까지 빼앗고 백 만석이나 되는 쌀을 모두 헐어 굶주림에 히덕이던 백성들에게 나누어 주고 크게 인심을 얻었다.

그때 항간에는 다음과 같은 소문이 떠돌았다.

"장차 이씨가 천하를 차지하리라."

이밀은 당시 큰 인기를 끌고 있었고 또 8주국의 후손으로 명망이 있었기 때문에 대부분의 당시 세상 사람들은 양씨 수가 망하면 이밀이 천하를 쥘 것이라고 의심치 않았다.

하지만 그것은 훗날 태원에서 봉기한 이연을 말하는 것이라고는 누구도 짐작하지 못했다.

어쨌든 이밀의 휘하에는 수많은 청년과 영웅호걸들이 구름처럼 몰려들었고 순식간에 수만이 넘는 군사들이 모였다. 정지절(程知節)은 제주(濟州) 동아(東阿) 출신으로 어릴 때 이름은 교금이었는데 용감하고 말 타고 창 쓰기를 잘했다.

양제 말기에 나라가 혼란해지자 수백 명을 모아 고향을 지켰는데 이밀이 명성을 얻자 그 휘하에 들어가 이름을 지절로 고쳤다.

사태가 이렇게 되자 적양의 무리들까지도 이밀의 수하가 되기를 청하는 자가 줄을 이었다. 군심에서 밀린 적양은 견디지 못하고 수령의 자리를 양보하자 이밀은 명실 공히 전군을 지휘하게 되었다.

이밀은 교만해지기 시작했다.

부하들과 백성들의 추대를 받는 형식으로 상주국(上柱國)을 세우고 스스로 공(公)을 칭하여 위왕(魏王)에 올랐다. 그리고 관작을 많이 만들어서 공이 있는 자는 출신 성분을 가리지 않고 벼슬을 나누어 주었다.

적양의 부하였던 서세적은 어릴 때부터 덩치가 크고 힘이 세어 수말의 혼란기에 17세의 나이로 적양(翟讓)에 투신하여 의형제를 맺은 단웅신과 함께 쌍룡으로 불리면서 용맹을 인정받았다.

이밀은 단웅신을 좌무후대장군, 서세적을 우무후대장군으로 삼아 병사들의 인심을 얻었다. 그리고 최정예 군사 팔천 명을 뽑아 정지절과 진숙보를 비롯한 네 명의 표기장군(驃騎將軍)에게 배속시키고 이들을 다시 좌우군으로 나누어 내군(內君)이라고 부르며 자신을 보위하게 하며 자랑했다.

"나의 내군은 백만 대군을 당할 수 있다."

이밀의 명성은 널리 알려졌고 도적들은 물론이고 심지어는 각 도시를 다스리는 장관들까지도 달려와 부하가 되기를 원하자 당시의 군웅들 간에 으뜸이 되었다.

세력이 커지면 야심 또한 커지는 법이었다. 천하 패권을 차지하고 싶었던 이밀(李密)은 수의 심장을 노렸다. 30만이나 되는 대군을 집결하여 낙양을 공격하였다.

황제의 명이 끊어진지 오래되고 정국이 혼란에 빠지자 양제는 모든 것이 두렵고 귀찮아졌다. 태자와 동생은 물론이고 부황마저 죽이면서 황위를 찬탈하고 또 천하제패를 꿈꾸어 고구려 정벌을 서두르던 호기는 사라진지 이미 오래였다.

　계속되는 패배와 반란 때문에 패기를 잃어버리고 환락과 사치에 빠져 있는 한낱 방탕아에 불과하였다. 밤낮으로 주연을 베풀고 여색에 빠졌으나 매양 도적에게 쫓기는 꿈을 꾸며 잠도 제대로 이루지 못했다.

　양제는 그럴수록 신하들에 대한 의심증은 더욱 심해졌다. 그래서 지방에서 올라오는 표문조차 믿지 않고 허공공(許恭公) 우문술과 내사시랑 우세기, 어사대부 배온 등에게만 의지했다.

　"천하에 온갖 도적이 들끓는다는데 그것이 정말인가?"

　그들은 양제가 도적을 싫어하는 것을 알고 매양 좋은 말로 거짓 꾸미어 말했다.

　"쥐새끼 같은 몇 몇 난신적자들이 도적질을 일삼고 있으나 지방의 관리들이 모조리 진압하고 있으니 얼마 있지 아니하여 모두 평정될 것입니다. 폐하께서는 염려하지 않으셔도 됩니다."

　이렇게 안심시켜 놓고 지방관에게 밀사를 보내어 거짓보고를 올리게 했다.

　양의신은 하북 지역에서 난립하고 있던 항해공과 고사달 등 수십만 명의 도적을 물리치고 지방의 어려운 사정을 적어 자세히 표를 올렸는데 양제가 읽어보고 놀라 물었다.

　"나는 도적이 이렇게 많다는 것을 들어 본 일이 없는데 양의신이 토벌했다는 도적이 왜 이렇게 많은가."

　우세기가 얼른 대답했다.

　"지방에 있는 장수들이 자신의 공을 부풀리기 위하여 숫자를 조작하고 있는 것입니다."

양제가 괘씸하게 여겨 양의신을 불러들이고 군사를 해산시켜 버렸는데 이 때문에 하북의 도적들은 더욱 창궐하였다. 양의신은 조정으로 돌아온 후에 화병으로 죽었다.

한번은 우문술이 거짓보고를 올리자 마침 납언(納言) 소위(蘇威)가 양제 옆에 있다가 갑자기 기둥 뒤에 몸을 숨겼다. 양제가 그 이유를 묻자 소위가 대답했다.

"신이 맡은 일은 그 분야가 아니라서 도적의 수가 얼마나 되는지 잘 모릅니다. 그러나 도적들은 점점 가까이 오고 있는 것은 사실입니다."

양제가 불쾌한 마음이 들어 물었다.

"무슨 근거로 도적들이 가까이 온다고 말하는가?"

"전에는 도적들이 장백산 근처에 있었는데, 지금은 이미 사수까지 올라와 있습니다."

자신의 거짓말이 들통 나자 우문술은 얼굴이 뻘개져서 몸 둘 바를 모르고 안절부절하였다. 이후 소위에게 앙심을 품고 그의 무리들을 시켜 소위를 모함하였다.

어사대부 배온이 수하를 시켜 소위가 권력을 남용하여 매관매직하였다고 밀고하게 하였다. 배온이 판관이 되어 사형으로 판결을 내렸는데 양제가 용서하여 소위와 그 자손 3대를 모두 평민으로 내쫓았다.

양제가 말했다.

"나는 천성적으로 다른 사람의 충고를 좋아하지 않는다. 그자가 만약 고관이라면 간언으로 명성을 구하려는 것이니 더욱 용서하지 않겠다. 그러나 만약 비천한 선비라면 그냥 용서해 줄 수는 있어도 반드시 그가 출세하는 일은 없을 것이다."

전국이 혼란에 빠진 와중에서도 강도에서 만들고 있던 용주(龍舟)가 완성된 것은 대업 12년 7월 7일이었다.

우문술은 오래전부터 도적이 창궐하는 장안이나 낙양에서는 머무를 수 없다고 생각했다. 그래서 항상 양제에게 간했다.

"천하를 살펴보면 동도 낙양은 중심이 되고 징인의 대흥성과 남방의 강도 양주는 삼도(三都)를 이루고 있습니다. 이 셋은 정족(鼎足)[59]의 형국을 갖추어 견고하게 서로 지지하고 있으니 만에 하나 그 가운데 하나가 도적의 무리들의 수중에 들어간다 하더라도 남은 두 거점이 양 방면에서 구원하려 갈 수 있습니다.

지금 동도에서는 도적이 벌떼처럼 일어나 가장 위태롭습니다. 하나 동도는 물산이 풍부하고 군량이 넉넉하니 족히 지킬 수 있습니다. 이 참에 강도로 옮기심이 좋을 것입니다."

우무술은 양제의 직속인 근위대에 마지막 희망을 걸고 그들만 있으면 강도는 지킬 수 있다는 심산이었는데 그것은 큰 오산이었다.

철석같이 믿고 있던 근위대마저도 안문성 사건 이후로 양제에게서 마음이 멀어져 있었던 것이었다. 그런데 우문술은 이런 근위대를 믿고 황제의 거처를 강도로 옮기고자 하였으니 그 결말은 불 보듯 뻔 한 일이었다.

아무튼 양제 역시 장안이나 낙양은 싫었다. 그래서 둘의 마음이 맞아 떨어졌고 결국 강도로 이전하려는 계획을 세웠다. 우후위대장군(右候衛大將軍) 조재(趙材)는 강직한 인물이었다.

"지금 백성들이 피로하고, 창고는 텅 비어있으며, 도적은 봉기하고

---

[59] 세 발 솥의 발

금령(禁令)은 시행되지 않고 있습니다. 부디 폐하께서는 경사(京師)로 돌아가시어 백성들을 안심시키기를 바랍니다."

이렇게 주장하고 강도 행행(行幸)을 말렸으나 오히려 감옥에 갇혔다. 그러자 이번에는 건절위(建節尉) 임종(任宗)이 상서를 올렸다.

"이번에 강도로 가시는 것은 천도(遷都)를 의미하는 것과 마찬가지입니다. 그렇게 되면 사방에서 도적이 몰려들어 낙양과 장안은 결국 도적의 수중에 넘어가게 될 것이니 장차 나라를 잃게 될지도 모릅니다."

양제가 대노하여 그를 조당에 꿇어앉히고 매를 쳐서 죽이고 강도로 파천을 강행했다.

양제에게는 양민황후(煬愍皇后) 소씨(蕭氏)를 비롯하여 소장빈(蕭將嬪), 오귀비(吳貴妃), 우문숙비(宇文淑妃), 유정(劉定) 등 다섯 부인과 세 아들을 두었는데 황태자 양소(楊昭)와 제왕 양간(楊暕)은 동복형제로 나이차가 많지 않았으나 막내인 조왕 양고(楊杲)는 어머니가 다르며 두 아들과 나이차가 많이 나서 손자보다 나이가 어렸다.

황태자 양소는 일찍이 요절했는데 그의 아들인 대왕(代王) 유(侑)에게 장안(長安)을 맡기고 월왕(越王) 동(侗)에게는 강도(東都)를 맡긴 후, 자신은 셋째인 연왕(燕王) 담(倓)만 데리고 용주(龍舟)에 올랐다.

이들은 모두 이름자에 인(人)자가 들어 있어 같은 항렬이었고 양담이 양유보다 두 살 위였지만 양유의 어머니가 황태자의 정비였기 때문에 양제의 적손(嫡孫)이었다.

비록 쫓기듯이 떠나는 길이었으나 그러한 와중에서도 그의 사치스럽고 호색한적인 기질은 식을 줄 몰랐다. 낙양을 떠나는 마지막 순간에도 비첩들과 더불어 술에 취해 시를 읊으면서 다음과 같이 노래했다.

我夢江都好　　　아몽강도호
　　征遼亦遇然　　　정요역우연

나는 항상 강도의 아름다운 꿈을 꾸었거니
요동 정벌은 우연한 일이었다.

오봉선을 비롯하여 수많은 미녀를 나누어 싣고서도 오히려 부족해, 지나는 마을마다 숫처녀를 징발하여 밤마다 음욕을 채웠으니 딸 가진 백성들은 이를 피하여 운하에서 멀리 떨어진 산속으로 피난하는 자가 부지기수였다.

양제의 일행이 7월에 출발하여 12월에 강도에 도착했는데 그 사이에 허공공 우문술이 죽었다. 양제로서는 마지막 날개를 잃은 셈이었다. 크게 슬퍼하며 같이 호송에 따라나선 우문술의 아들인 우문화급, 우문지급, 우문사급 삼형제를 불러 위로한 뒤 왕의 예로 장사지내게 하였다.

강도에 내려간 양제는 정사에는 전혀 관심이 없고 방탕한 생활은 더욱 심해졌다. 그는 특히 방중술에 관심을 두었는데 간사한 우세남이 이러한 관심을 더욱 부추겼다.

"음양(養陽)의 도(道)를 구하려면 역녀법(逆女法)을 이용해야 한다고 합니다. 모름지기 음양의 교섭에 있어 젊은 여인의 정기를 흡수한다면 살갗은 부드러워지고 윤택을 더하며, 검은 머리가 새로 나고, 눈빛도 맑아지고, 마침내 기력이 더욱 왕성하여 수많은 여인을 거느릴 수 있습니다. 다만 음수(陰數)는 음기(陰氣)가 발동하므로 3명이나 5명, 9명 등으로 홀수로 여자를 상대해야 하므로 이를 조심하지 않으면 안 됩니다."

양제가 기뻐하며 궁중 안에 있는 1백여 개의 방에 수많은 미인들을 새로 뽑아 머물게 하였으며 강도 군승(郡丞) 조원해(趙元楷)는 이들에게 술과 음식을 공급하느라 백성들의 고혈을 짜내기에 바빴다.

양제는 고구려 원정 때 일인의 기습을 받은 후 자객에 대하여 심한 강박관념이 있었다. 강도의 궁궐 주위에는 수많은 군사들을 배치하여 엄중하게 경계를 하였는데 가장 신임하던 독고성과 풍보락, 조행추, 사마덕감 등에게 성문을 지키게 하고 또 자신이 머무는 성상전(成象殿) 주위에는 독고개원을 대장으로 날랜 효과위를 배치하였다.

그리고 우문화급과 우문지급 형제와 우세남, 양사람 등 몇 몇 신하들 외에는 출입하지 못하게 하고 수많은 미인들과 산해진미를 즐기면서 농탕질에만 몰두하였다.

하루는 우세남이 지방에서 올라온 농민의 반란을 고하러 성상전으로 들어갔는데 마침 거의 벌거벗은 양제는 수많은 여인들과 더불어 희롱하고 있었다.

갑자기 들어온 우세남을 보자 소리부터 버럭 질렀다.

"이 정신 빠진 놈아. 넌 여기에 뭣 하러 들어왔느냐."

우세남이 쩔쩔 매면서 대답했다.

"지방에서 민란의 보고가 올라와서 바치려고 온 것입니다."

"이런 병신 새끼. 새털같이 많고 많은 날 중에서 하필이면 오늘 같이 좋은 날 그따위 재수 없는 소리를 하려고 왔단 말이냐?"

서슬이 시퍼런 기세에 밀려 우세남은 가지고 온 표를 바치지도 못하고 물러났다.

민심은 극도로 흉흉해지고 황제의 명령은 이미 통하는 곳이 거의 없었다.

도적이 들끓어 천하가 시끄러웠으나 강도에 있던 양제는 불안에 휩싸여 매일 소황후와 행희들과 더불어 연회를 그치지 아니하니 술잔이 입에서 떠나지 않았다.

또 아침이 되면 복건단의(幅巾短衣)로 지팡이를 짚고 거닐면서 두루 대관(臺館)을 거쳐 경치를 돌보며 밤늦게까지 멈추지 않은 적도 한 두 번이 아니었다.

만년에 이르러 양제는 점치는 것을 좋아했는데 하루는 꿈에 장형이 피를 흘리면서 나타나 말했다.

"이제는 그대가 죽을 차례다."

갑자기 팔을 벌리고 목을 졸랐다.

장형은 자신의 밀명을 받고 문제를 목 졸라 죽인 사람이다. 그러나 황제가 된 후 그 역시 죽여 버려 입을 봉했다. 양제는 그때의 일을 항상 꺼림칙하게 여겼는데 갑자기 꿈에 나타나자 불안감을 감추지 못했다. 방사에게 물으니 대답하되,

"자객을 조심하십시오. 모살(謀殺)의 기운이 있습니다."

이에 양제는 근위부대를 두 배로 늘려 자신을 경호하게 하였다. 하루는 단 아래에 서 있는 경비병을 보더니 혼비백산하여 소리쳤다.

"저 놈이 장형이다. 당장 잡아 죽여라."

군사들이 달려가 경비병의 목을 가져오자 미친 듯이 화를 내며 꾸짖었다.

"이놈이 아니다. 장형을 잡아오란 말이야."

광기어린 행동은 점점 심해졌고 나중에는 스스로 점후복상(占候卜相)을 깨우쳐 점을 치고 오나라 방언을 지껄이며 무고한 사람을 죽이기도 했다. 대신들조차 양제 가까이 가기를 두려워하자 소황후가 항상 걱정했다.

하루는 여러 총비들과 더불어 밤늦게 술을 마시던 양제가 만취되어 소황후에게 말했다.

"세상 사람들은 나를 죽이지 못하여 제멋대로 떠들고 있는 모양이다. 하나 나는 진의 장성공(長城公)처럼은 되지는 않을 것이고, 부인도 심씨(沈氏)[60]처럼 되지 않을 것이오."[61]

이때에 이르러 양제는 자신의 비참한 최후를 어렴풋이 짐작하고 있는 듯하였으나 방탕한 생활은 그치지 않았다.

하루는 양제가 거울을 유심히 바라보고 있었는데 마침 소황후가 들어오다 그것을 보고 물었다.

"폐하께서는 무엇을 그리 열심히 보십니까?"

양제가 목을 쓱 쓰다듬으면서 말했다.

"참 좋은 목이로다. 어떤 놈이 이것을 벨 것인가?"

황후가 실색을 하고 물었다.

"무슨 말씀을 그리 하시옵니까?"

"귀천고락(貴賤苦樂)이란 돌고 돌아 뒤바뀌게 마련인데 다시 무엇을 상심하리오?"

---

60) 장성공은 진나라 마지막 왕인 진숙보를 말함이요 심씨는 진숙보의 부인이다.
61) 외문대유인도농 연영불실위장성공 경

미친 듯이 머리를 흔들고 웃더니 밖으로 달려 나가버렸다.

수서(隋書)에 양제는 지극히 여자를 밝히는 변태적 호색한으로 묘사되어 있으나 사실상 망한 왕조에 대한 기록이어서 이에 대해서는 의문이 많다. 수서는 당태종 때 장손무기, 위징 등이 지은 책으로 전 왕조를 폄하하고 특히 몰락한 양제에 대해서는 비판적이어서 왜곡된 부분이 많다.

당고조 이연은 태목황후 두씨를 비롯하여 만귀비, 윤덕비 등 모두 18명의 비빈을 거느렸고 당태종은 문덕황후 장손씨를 비롯하여 위귀비, 서현비 등 총 11명의 비빈을 거느렸다.

부인인 문헌황후(文獻皇后) 독고씨(獨孤氏)의 질투로 여자를 멀리하고 검소하기로 이름난 수문제도 선화부인(宣華夫人) 진씨(陳氏), 용화부인(容華夫人) 채씨(蔡氏), 자귀빈(姿貴嬪), 위지녀(尉支女) 등 5 부인을 두었고 자녀도 방릉왕 폐황태자(房陵王 廢皇太子) 양용(楊勇), 수양제인 진왕(晉王) 양광(楊廣), 진왕(秦王) 양준(楊俊), 촉왕(蜀王) 양수(楊秀), 한왕(漢王) 양량(楊諒) 등 5 아들과 북주 선제의 황후인 낙평공주와 난능공주, 광평공주, 의성공주 등 4딸을 두었다.

그러나 수양제는 양민황후(煬愍皇后) 소씨(蕭氏)와 소장빈(蕭將嬪), 오귀비(吳貴妃), 우문숙비(宇文淑妃), 유정(劉定) 5 비빈만 있었고, 황태자(皇太子) 양소(楊昭), 제왕(齊王) 양간(楊暕), 조왕(趙王), 양고(楊杲) 등 3 아들과 우문사급의 아내인 남양공주(南陽公主)와 당태종의 후궁이 된 약석공주(若惜公主) 양씨(楊氏) 2 공주만 있을 뿐이었다.

제 7 장

이연의 봉기

대업 13년, 병부(兵部)에서 급한 표문이 올라왔다.

"마읍(馬邑)에 있는 유무주(劉武周)가 현령 왕인태(王仁泰)를 죽이고 반란을 일으켰습니다.

유무주는 하남(河間) 경성(景城) 교하(交河) 출신으로 임협(任俠)의 무리들과 잘 어울렸는데 무술에 능하고 특히 활을 잘 쏘았다. 수 양제를 따라 고구려 원정에도 종군했으며 후에 응양부교위(鷹揚部校尉)로서 산서성 마읍의 삭현(朔縣)으로 옮겨가 살면서 그 지방의 토호(土豪)가 되었다.

본시 성품이 완악하고 주색을 몹시 밝혀 현령인 왕인태의 시첩인 주희(株姬)의 아름다움을 탐했다. 자주 금은보석 등 여러 가지 노리개를 선물로 주어 주희에게 추파를 던졌다.

늙은 왕인태보다는 젊고 씩씩한 유무주가 마음에 들었던 주희도 은근히 기뻐하며 둘 사이는 급속도로 가까워졌다. 하루는 유무주가 주희를 초대하여 연회를 벌이고 밤이 이슥해지자 별채로 안내했다. 그리고 둘은 누가 먼저랄 것도 없이 서로를 쓰러뜨리고 뜨거운 밀회를 즐겼다.

 그 후로 두 남녀는 하루가 멀다 하고 몰래 만나 정사를 즐겼는데 마침 왕인태의 딸 유랑이 시첩의 처소를 지나가다가 이상한 신음소리를 듣고 엿보고 말았다.

 인기척 소리에 놀란 유무주가 반라(半裸)의 몸으로 급히 뛰어 나가 유랑을 붙잡았다.

 유랑은 주희와 유무주를 번갈아 노려보며 앙칼진 목소리로 꾸짖었다.

 "더러운 년 놈들. 하늘이 무섭지도 않느냐?"

 크게 놀란 유무주는 우악스런 손으로 유랑의 입을 틀어막으려고 했지만 유랑은 더욱 발악을 하며 소리쳤다.

 "사람 살려. 이놈이 사람을 죽인다."

 화가 난 유무주는 기어이 유랑의 목을 졸라 죽이고 주희에게 함께 달아나자고 했다.

 그렇지만 뜻밖에도 주희의 대답은 냉담했다.

 "달아난다면 과연 목숨을 부지할 수 있겠습니까? 차라리 군사를 일으켜 자립하시는 것만이 살 길입니다."

 "나더러 지금 반란을 일으키라는 것이냐?"

 "듣자니 궁벽지고 조그만 부족에 불과한 저족의 추장 부건(苻健)도 스스로 군사를 일으켜 천왕대선우(天王大單于)가 되어 대진(大秦)을 세웠고, 초패왕 항우도 강동 8백기로 천하를 재패하였다고 합니다. 지금 각처에서는 도적이 들끓고 군웅들이 벌떼와 같이 일어나고 있습니다. 서방님은 인망도 높고 재물도 많아서 따르는 군사들만 해도 수천 명이 됩니다. 이 기회에 한 지역을 차지하여 군주 노릇도 할 수 있습니다."

주희가 부추기자 유무주는 욕심이 생겼다. 심복인 위지경덕 등과 모의하고 관아로 쳐들어갔다.

영문을 모르는 왕인태가 반갑게 맞아들였는데 위지경덕이 뒤로 다가가서 단칼에 쳐 죽였다. 그리고 피가 뚝뚝 흐르는 칼을 치켜들고 소리쳤다.

"황제는 주색에 빠져있고 탐관오리는 백성들의 고혈을 짜내어 천하가 도탄에 빠져있다. 이제 유공께서 마음을 접수하고 새로운 나라를 세우려고 한다. 이에 반항하는 자는 모두 죽음을 면치 못하리라."

위지경덕은 이름은 공(恭)이고 자는 이행으로 삭주(朔州) 선양현(善陽縣) 출신이었다. 키가 칠 척이요 팔십 근이나 되는 창을 마음대로 휘두르는 용장으로 대업 말년에 고양으로 종군하여 무공을 세우고 조사대부(朝士大夫)가 되었으나 유무주와 가깝게 지내며 그의 수하가 되었다.

모여 있던 사람들은 위지경덕의 용력에 눌려 그 부하가 되기를 자청하자, 유무주는 군사 1만 명을 얻어 스스로 대장군을 칭했고 위지경덕을 부장군으로 삼아 태수로 삼았다.

일단 반란에 성공한 유무주는 장안이나 낙양에서 토벌군을 보낼까 봐 두려워했다. 동돌궐의 패자인 시필카한에게 비단과 재물을 갖다 바치고 신하를 칭하며 군사적 도움을 요청했다.

수가 한때 강성하여 수십 년 간이나 핍박을 당했던 돌궐로서는 절호의 기회였다. 흔쾌히 수락하고 유무주에게 정양카한(定揚可汗)이라는 칭호를 내리고 기병 오천을 보내어 돕게 하였다.

송금강은 화북성 상곡 출신으로 그 친구 위도아와 함께 도적이 되었다. 위도아는 당시 세력을 떨치던 두건덕을 공격하다가 위기에 빠졌고 송금강은 위도아를 구출하려다 대패했다.

두건덕에게 쫓긴 송금강은 그의 무리를 이끌고 투항하여 유무주의 세력은 불같이 일어났다. 유무주는 기세를 타고 누번(樓煩)과 정양(定養) 등지를 차례로 점령하고 삼천리가 넘는 영토를 장악하게 되자 스스로 황제를 칭하며 연호를 천흥(天興)으로 정하고 관리를 임명했다.

강도에 있던 양제가 유무주의 반란을 보고 받고 펄펄 뛰었다.

"당장 군대를 출동시켜라. 펄펄 끓는 기름 솥에 산채로 삶아 죽이겠다."

양제의 호위대장인 번자개가 말했다.

"장안이나 낙양은 왕업의 근본입니다. 그곳의 군사를 동원해서는 안 됩니다. 홍화유수(弘化留守) 이연(李淵)을 태원 유수(太原留守)로 임명하고 진압하시는 것이 좋습니다."

이연은 농서 성기 사람으로 자는 숙덕(叔德)이요 북주 무제 천화(天和) 원년[62]에 태어났다. 그는 선비족인 척발씨(拓跋氏)의 후손으로 할아버지인 이호(李虎)는 팔주국으로 서위(西魏) 왕조 때 태위(太衛)가 되어 훗날 이필(李弼)과 함께 우문태(宇文泰)를 도와 북주(北周)를 창건하는데 공을 세우고 산서성 태원부의 진양(晉陽)에 봉해졌다.

진양은 주나라 무왕의 아들이요 성왕의 동생 숙우(叔虞)가 당후(唐

---

62) 566년

侯)로 봉해진 곳이었으므로, 이호 역시 8명의 공신 중의 한 사람이 되어 당국공(唐國公)에 봉해졌다.

이연의 아버지 이병(李昞)은 안주총관(安州總管)으로 12대장군가의 사람으로 행세하다 45세에 죽었고 그의 장남인 이연은 8살에 작위를 계승했다. 이연의 어머니 원정황후는 양제의 어머니인 독고가라의 5째 언니로서 양제의 이종사촌 형이다.

이연은 양견이 수를 세우자 이모인 독고황후의 추천으로 16세 때 천우비신(千牛備身)이 되었다. 대업 13년 고구려 원정 때 물자를 수송하는 독운(督運)이 되었는데 양현감의 반란이 일어나 곡사정의 친척이었던 홍화유수가 파면 당하자 뒤를 이어 홍화유수가 되어 13개 군을 통솔하게 되었다.

"이연이라?"

양제는 의심이 많아서 다른 사람을 좀체 믿지 않는 성격이었지만 이연은 외가의 사람인데다가 같은 무천진 출신이어서 동질감을 가지고 있는데다가 독고황후가 생전에 인사시키고 후사를 부탁하였기 때문에 호의를 가지고 있었다.

우효위장군(右驍衛將軍)으로 임명하여 별궁이 있는 군사적 요충지인 태원 유수로 삼고 진양(晉陽)과 관우(關右) 13개 군의 병마를 통솔케 하여 유무주를 토벌하게 하였다.

그러자 우문술의 아들 우문화급이 간했다.

"한 사람에게 많은 병권을 맡기는 것은 좋지 않습니다. 마땅히 그를 견제할 자를 곁에 붙여 놓는 것이 좋습니다."

이 말을 듣자 양제는 의심증이 발동했다.

우문화급의 추천을 받아 호분랑장 왕위(王威)와 호아랑장 고군아(高君雅)를 태원 부사로 임명하여 겉으로는 돕게 하였으나 사실은 그를 감시하게 하였다.

한편 송금강을 서남도대행대(西南道大行臺)로 임명하고 산서성 일대를 장악하고 있던 유무주는 관우 13주의 군사를 이끌고 출정한 이연에게 맹공을 퍼부었다.

유무주의 선봉장인 송금강은 용맹이 뛰어난 장수였다. 이연의 선봉장을 단창에 찔러 죽이고 선봉부대를 깨뜨렸다. 급보를 받은 이연이 중군을 거느리고 달려갔으나 오히려 포위당하여 죽을 고비에 처했다.

다행히 둘째 아들인 이세민이 다섯 군데나 창에 찔리면서 혈로를 뚫어 간신히 탈출할 수 있었다.

당시 이세민의 나이는 18세에 불과했는데 이연이 감격하여 눈물을 흘리며,

"오늘의 공로를 잊지 않으마."

이렇게 약속하고 차고 있던 칼을 끌러 증표로 주었다.

이연을 감시하고 있던 왕위가 곧바로 표를 올려 패전의 소식을 강도로 전하자 양제가 버럭 화를 내었다.

"머저리 같은 놈을 믿었던 내가 잘못이다."

장안에 있는 대왕(代王) 유(侑)에게 밀지를 내려 이연을 삭탈관직하고 강도로 소환하게 하였다.

진양 현령 유문정은 평소에 이연과 매우 친했는데 그의 처남이 대왕(代王) 아래에서 문서를 정리하는 관리로 일하고 있었다. 대왕 유의 사자가 소환 명령을 가지고 태극궁을 떠나자 이 사실을 유문정에게

알렸고, 유문정이 이연에게 이 소식을 전해 주었다.

이연이 부들부들 떨면서 침식을 잊고 드러누워 출입을 하지 않았다. 이 사실을 알게 된 둘째 아들 세민이 찾아와 말했다.

"현자는 무너지는 담장 아래 서지 않는다 하였습니다."

뜬금없는 소리에 이연이 물었다.

"그게 무슨 말이냐?"

"황제는 잔인무도하고 횡포가 심하여 천하 백성들이 도탄에 빠져 각처에 난이 일어나고 있습니다. 옛날 걸주가 천도를 어겨 결국 망국의 길을 걸었으니 이제 수(隋)도 같은 운명으로 무너지는 담장과 같습니다.

아버님께서 지조를 지켜 수 왕조에 충성을 바치신다하더라도 결국에는 엄벌만이 있을 뿐입니다. 그리고 얼마가지 않아서 우리 집안은 멸문지화를 면하지 못할 것입니다. 이 기회에 천심을 따라 의병을 일으켜 전화위복의 기회로 삼아야 합니다."

겨우 열여덟 살 난 어린 아들이 당돌하고도 오만하게 반란을 일으키자고 나서자 이연은 어이가 없었다. 안색을 고치고 꾸짖으며 엄포를 놓았다.

"네 아무리 어리석고 사리를 분별하지 못하는 어린아이라고 하나 어찌하여 그런 위험한 말을 함부로 하는 것이냐. 지금 당장 너를 나라에 고발하겠다."

그러나 세민은 태연하게 대꾸했다.

"요즈음 세상 형편을 살펴보면 방금 전에 말씀드린 방법 외에는 다른 길이 없습니다. 그래서 저는 주저 없이 이렇게 말씀드리는 것입니다. 만약 아버님께서 고발하시려면 뜻대로 하십시오. 저는 죽음도 두렵지 않습니다.”

이연은 어처구니가 없었다. 땅이 꺼져라 한숨을 내쉬며 좋은 말로 타일렀다.

“아비로서 어찌 자식을 고발하겠느냐? 하지만 이후부터는 아예 그런 말을 꺼내지 말라.”

그렇지만 이세민은 포기하지 않았다. 이튿날도 이연을 찾아가 다시 설득했다.

“들으니 전에 ‘심수(深水), 황양(黃陽)에 빠지다.’라는 말이 있었습니다. 이것은 장차 이씨 성을 가진 사람이 천하를 차지한다는 뜻이어서 이러한 소문 때문에 이금재 같은 사람은 아무런 죄도 없이 일족이 모조리 처형당하였습니다.

아버님께서도 곳곳에서 도적들을 토벌하여 공을 많이 세우셨지만 시기심 많은 황제는 더욱 의심을 하게 되어 상은커녕 오히려 몸이 위태로워지실 것입니다.”

“그렇다고 하더라도 장안과 낙양에는 수 십 만의 정예군이 있는데 어찌 감히 반란을 획책하느냐?”

“유무주 같은 무뢰한도 마읍을 차지하여 황제를 일컫고 있고 설거(薛擧)와 같은 자도 몸을 일으켜 서진(西秦)의 패왕(霸王)을 칭하고 있습니다. 아버님께서는 관우 13주의 병마권을 쥐고 있고 휘하에는 훈련된 군사들이 2만이나 있습니다. 그런데도 무엇을 꺼려하시는 것입니까?

난세에는 영웅이 필요합니다. 마땅히 의병을 일으켜 썩어빠진 무리들을 쓸어버리고 굶주림과 학정에 시달린 백성들을 구하심이 진정한 대장부의 일이라고 생각됩니다. 어제 제가 말씀드린 것이 그 화를 미리 제거하는 유일한 방법입니다."

이연이 탄식했다.

"내가 밤새도록 너의 말을 생각해 보았다. 확실히 네 말에도 일리가 있다. 그러나 일이 잘못되면 온 집안이 쑥대밭이 될 것이니 그것은 바로 너의 책임이다. 만약 천우신조로 일이 잘된다면 그것도 너의 공이니 성패가 모두 너에게 달렸다."

이렇게 대답했으나 우유부단한 이연은 아무런 처분을 내리지 않았다.

이연의 마음을 알아차린 이세민은 더 이상 기다릴 수 없어 유문정을 찾아가 말했다.

"공이 나를 도와 거사를 일으키게 해 주시오."

이에 유문정은 평소에 친하게 지내던 진양궁 태감 배적을 끌어들여 눈엣가시처럼 걸리는 태원 부사 왕위와 고군아를 먼저 제거하기로 계획했다.

그렇지만 왕위와 고군아는 항상 수십 명의 훈련된 호위 군사들을 대동하고 다녔기 때문에 그들을 제거할 기회를 엿보기란 하늘에 별 따기보다도 어려웠다. 궁리 끝에 평소 친분이 있던 병주(幷州)에 있는 무사확(武士彠)[63]을 끌어 들이기로 했다.

무사확은 병주(幷州) 문수현(文水縣) 출신의 가난한 소작농의 자식으로 태어났으나 목재상으로 큰 부자가 되었다. 그는 어릴 때 관리들에게 수탈당하는 부친을 보고 권력에 대한 욕망이 매우 컸다.

당시 제일의 세력가인 왕위와 고군아에게 뇌물을 주어 음양부 대정

---

63) 훗날 측천무후의 아비가 되는 인물임.

(隊正)이라는 조그만 벼슬을 얻었지만, 이연이 태원 유수가 되어 실세를 쥐게 되자 다시 이연의 심복이 되어 자주 막대한 군자금을 지원했다.

후일 당이 건국되자 원종공신(元從功臣)이 되어 공부상서(工部尙書), 이주(利州)와 형주(荊州江陵) 도독(都督)을 지냈는데, 본처를 잃고 양(楊)씨를 새로 처로 맞아 낳은 세 딸 중에 둘째가 측천순성황후(則天順聖皇后)가 된 무미랑이다.

무사확은 평소에도 점술과 미신 등을 신봉하였는데 '이씨가 왕이 된다.'는 소문을 굳게 믿고 있는 터였다.

이세민이 반란을 일으키겠다고 말하자 이연이 황제가 되리라 믿었다. 곧바로 머리를 조아리고 신하를 칭하며 말했다.

"신은 반드시 명을 받들겠습니다. 훗날 부디 신의 충심을 잊지 마십시오."

이세민이 두 손을 맞잡고 말했다.

"천지신명께 맹세하노니 오늘 그대와의 약속을 지키겠소."

무사확은 사람들을 보내어 왕위와 고군아를 초대했고 평소 자주 뇌물을 받던 왕위와 고군아는 아무런 의심 없이 흔쾌히 응하여 달려왔다.

무사확은 잔치를 벌여 그들에게 술을 잔뜩 먹이고 또 미인을 들여보내어 수청까지 들게 하였다. 왕위와 고군아는 입이 떡 벌어졌다. 밤이 이슥해지자 각자 미인을 끌어안고 침소로 들어가 맘껏 희롱하였다.

배적은 새벽이 되어 왕위와 고군아가 단잠에 빠지기를 기다려 날랜 장정 십여 명을 이끌고 일제히 습격했다.

무사확의 집 대문 앞에서 파수를 보던 왕위와 고군아의 군사들이 깜짝 놀라 고함을 질렀다.

"자객이다!"

수비 군사들이 우르르 달려 나와 싸우자 주위는 아수라장이 되었다. 예리한 창칼소리가 귀를 찢고 비명소리가 요란하게 들리자 소란 통에 잠을 깬 왕위가 먼저 칼을 쥐고 달려 나왔다.

유문정의 수하 하나가 왕위를 발견하고 달려들었다.

"이놈, 죽어라."

하지만 왕위는 뛰어난 무장으로 쉽사리 졸개들에게 당할 장수가 아니었다. 재빠르게 몸을 놀려 가로막고 나선 두 명을 단숨에 베어버렸다.

기세에 눌린 유문정의 군사들이 주춤주춤 물러나자 왕위가 앞으로 썩 나서며 더욱 매섭게 몰아 붙였다. 그때 담장 뒤에 숨어있던 벽대정(壁大鼎)이 활시위를 당겨 등을 쏘아 맞혔다.

"헉."

왕위가 정통으로 맞아 피를 흘리면서 비틀거리자 군사 하나가 용감하게 달려가 칼을 내리쳐 죽였다.

한편 뒤늦게 잠에서 깨어난 고군아는 허리춤을 엉거주춤 맨 채 옆문으로 달아나다가 마침 군사를 이끌고 달려오는 무사확을 만났다.

"큰일 났소. 반란이 일어난 모양이오."

고군아가 반색을 하며 소리쳤지만 무사확은 싸늘하게 비웃으며 말했다.

"어리석은 놈."

갑자기 칼을 빼어 배를 깊숙이 찔렀다. 고군아의 동공이 크게 벌어지며 입을 다물지 못했다.

"네가…. 네 놈도 바로…."

말을 잇지 못하고 그대로 쓰러지자 무사확은 발길로 툭 차버리면서 침을 내뱉었다.

"이제 세상이 바뀌었다."

왕위와 고군아를 해치운 이세민은 그들의 목을 베어 이연에게 가지고 갔다.

한편 이연을 소환한다는 소문이 퍼지자 장안성 외곽의 동관에 있던 굴돌통이 이 소식을 들었다. 급히 대왕 유를 알현하고 칙명을 거두기를 청하였다.

"지금은 사방에서 도적이 끓어 나라가 소란합니다. 그런데 장성수비 책임을 맡고 있는 이연을 소환해 버린다면 북쪽에 있는 돌궐과 유무주도 장안을 넘보게 될 것이니 이를 염려하지 않을 수 없습니다."

당시 중국 대륙은 전국의 군웅들이 저마다 할거하여 전쟁이 그치지 않았고 특히 낙양에는 이밀이 창궐하여 하루하루가 위급한 상황이었다.

대왕 유는 어렸기 때문에 마음이 약했다. 굴돌통의 간언을 받아들여 파발을 보내고 이연의 소환을 취소하게 하였다. 이 교지를 받아든 이연은 크게 안심하였다.

북쪽을 향해 숙배를 올리고 맹세를 하였다.

"하해와도 같은 폐하의 성은에 감사할 뿐입니다. 신은 분골쇄신하여 충성을 다하겠습니다."

그런데 바로 그날 저녁 이세민이 의기양양하게 왕위와 고군아의 목을 가지고 왔다. 이연은 낭패한 기색을 감추지 못하고 펄펄 뛰었다.

"네놈이 나를 역적으로 만들었구나. 네놈이 기어이 나를 죽이려 드는구나."

이세민도 물러서지 않고 말했다.

"이제는 되돌릴 수가 없습니다. 지금 당장 군사를 일으킨다는 명령을 내려주십시오. 우리에겐 충분한 군마와 2만이 넘는 정병이 있습니다. 게다가 별궁의 창고에는 그동안 준비해둔 자금이 산더미처럼 쌓여 있습니다. 이 기회에 몸을 일으켜 주위의 도적들을 토평하고 영웅호걸들을 우리 편으로 삼는다면 천하를 차지하는 것은 낭중취물과 같습니다."

하지만 이연의 귀에는 그런 변명이 들릴 리 없었다. 앞에 있던 탁자를 발로 차 버리면서 소리쳤다.

"꼴도 보기 싫다. 다시는 내 앞에 나타나지 말라."

이연에게 호된 꾸중을 듣고 물러난 이세민이 어찌할 바를 모르고 안절부절 하자 배적이 말했다.

"유수 대감은 마음이 약하여 결정을 못하시는 것입니다. 이럴 때는 도저히 빠져 나갈 수 없게 만들어야 합니다."

"무슨 좋은 수라도 있으시오?"

"제게 한 계략이 있으니 믿어 주십시오."

이렇게 말하고 귓속말로 속삭이자 이세민이 만면에 미소를 머금고 탄복했다.

"좋소, 정말 좋은 생각이요."

그날 밤 배적이 이연을 찾아갔다.

"죽을 약 옆에는 살 약이 반드시 있다고 합니다. 세민이 대감을 위하여 큰일을 저질렀지만 수습하지 못할 이유도 없습니다. 지금 세상에는 돈만 있으면 귀신도 부릴 수 있습니다. 제게 마침 삼천 금이 있으니 우문대감에게 보내어 잘 구슬린다면 무마할 수 있습니다."

이연이 배적을 손을 잡고 눈물을 흘리며 말했다.

"그대의 은혜를 죽어도 잊지 않을 것이요."

배적은 이연을 위로한다는 명분으로 술자리를 벌였다. 그리고 이연이 대취하자 자신이 관리하고 있던 별궁 소속의 아름다운 궁녀 장씨와 윤씨를 불러내어 잠자리를 모시게 하였다.

술에 취한 이연은 이성을 잃었다. 장씨와 윤씨와 더불어 밤 내내 뒹굴다가 마침내 곯아 떨어졌다. 그러나 다음날 아침이 되어 술에서 깨어 정신을 차린 이연은 아름다운 두 명의 여자가 알몸인 채로 자신의 옆에 누워 있는 것을 보고 화들짝 놀랐다.

더구나 그 여인들이 양제의 후궁이라는 것을 알게 되자 이연은 눈앞이 캄캄했다. 황제의 후궁을 건드린 것은 목숨이 열 개라도 살아남을 방법이 없는 일이었다.

그때 문이 열리며 배적이 들어와 말했다.

"바깥에 세민공이 군사와 말을 준비하고 있습니다."

"군사라니 그게 또 무슨 말이오?"

"어젯밤 궁중에서 후궁을 빼내어 어르신을 모시게 한 것은 세민공과 제가 모의한 일입니다. 그렇지만 이 일이 탄로 나면 반드시 대감께서도 처형을 면하기 어려우니 차라리 거병하여 자립하려는 것입니다."

사태가 이렇게 되자 이연은 크게 한숨을 쉬고 말했다.

"일이 여기까지 왔으니 나도 어찌할 수 없다. 세민이의 말을 따를 수밖에 없구나."

마지못해 허락을 내렸다.

대업13년 6월 14일 계시일 아침. 이세민은 준비해 두었던 격문을 널리 돌려 의병(義兵)[64]을 모으고 봉기를 세상에 알렸다.

이세민은 미리 반란을 꾀하기 위해 유문정 등과 모의하여 칙서를 위조하고 다음과 같은 방(傍)을 내걸었다.

"황제 폐하의 이름으로 태원과 서하, 안문, 마읍의 백성으로서 나이가 20세 이상 60세 이하인 자들은 모두 징발하여 고구려 원정에 나선다."

이 공고문이 나돌자 성난 민중들은 공공연하게 황제를 비난했다. 반면에 이연은 비록 사람됨이 소심하고 여색을 밝히기는 했지만 성품이 관대하며 송사(訟事)도 비교적 공정하게 처리하였기 때문에 백성들 사이에서는 평판이 좋았다.

따라서 수 양제의 고구려 원정을 반대했던 장손순덕과 유홍기와 같은 이름 있는 명사들이 휘하에 망명해 왔고, 태원 일대의 관료와 지주, 대상인들의 지지를 얻었다.

이연은 의병에 지원하는 자에게는 세금을 면제하고 또 쌀과 베를 나누어 주었다. 이러한 작전은 매우 성공적이어서 인근 탐관오리와 도적들에게 시달리던 백성들이 이연의 봉기를 환영하였고 변방의 군사들도 구름처럼 몰려들어 열흘이 되지 않아 3만에 가까운 군사를 모을 수 있었다.

또 하동에 있던 큰 아들 건성과 원길이 달려오고 장안에 있던 사위 시소도 합류하여 이연에게 힘을 보태었다.

---

64) 이연은 자신의 사졸을 의병(義兵)이라 불렀다.

그렇지만 이연은 막상 군사를 일으켜 장안으로 진격하려고 생각하자 자신이 서지 않았다. 차일피일 출정 시일을 늦추자 이세민은 애가 탔다. 유문정에게 답답한 마음을 토로했다.

"이러다가 장안에서 대군을 내어 공격해 온다면 가만히 앉은 채로 삼족이 도륙이 날판이오."

유문정이 대답했다.

"소인이 찾은 것은 바로 그 때문입니다. 대감께서 결정을 하지 못하는 이유는 군사력이 부족한 것을 염려하시는 것이 아닙니까? 이 문제를 해결하려면 시필(始畢)에게 사람을 보내어 돌궐의 힘을 빌릴 수밖에 없습니다."

계민이 죽은 후 동돌궐의 패자가 된 시필카한은 수나라가 고구려와 전쟁에 패하고 내란에 빠진 틈을 타서 국력을 길러 수나라로부터 자립을 선언했다. 또 군사를 일으켜 동쪽으로 만주 일대를 아우르고 서쪽으로는 청해성과 신강성 동부까지 뻗는 광대한 영토를 점령하고 거란, 실위, 토욕혼 등 많은 초원의 유목민족과 실크로드의 고창 등까지 지배하였다.

뿐만 아니라 중국 본토 안에서도 1백 만 명 이상이 되는 그들의 무리가 거주하고 있어 아시아의 거의 모든 민족의 주인 노릇을 하고 있었다.

이렇게 되자 수 왕조 말년에 마음에서 거병한 유무주를 비롯하여 북부에서 몸을 일으킨 군웅들이 대부분 시필카한에게 달려가 칭신하였던 것은 무리가 아니었다.[65] 이연도 시필카한에게 의지할 수밖에 없었

---

65) 陳寅恪 論唐高祖稱臣突厥事

다. 유문정(劉文靜)을 보내어 신하의 예를 갖추고 원군을 청했다.

"장안에 입성하면 금, 은, 보배와 비단은 모두 바치겠습니다."

하여 금은보화를 바치며 원군을 청하였다.

돌궐족들은 유목민으로 토지보다도 재물을 더욱 탐내었다. 시필카한은 말 2천 필과 세 명의 장수와 함께 5백 명의 병사를 보내주었다.[66]

용기를 얻은 이연은 각종 기치를 세워 성대하게 출정식을 열고 도적이 창궐하고 있던 서하 지방으로 진군하였다.

이정은 수의 명장 한금호의 외조카로서 지략이 뛰어나고 일당백의 용맹을 갖춘 장수였다. 그는 태원에서 이연의 휘하에 있었으나 이연이 반란을 일으키자 크게 실망하였다.

"참으로 못 믿을 것이 사람이로다."

이연의 군대를 따라 서하로 가던 도중 몰래 몸을 빼어 장안으로 달려가 이연의 반란 사실을 알렸다.

이연이 나중에 이 사실을 알고 크게 화를 내었다. 그래서 훗날 장안을 점령한 후 이정을 죽이려 하였는데 이세민이 그의 재능을 알아보고 극력 변호했다.

"이정은 당시 수의 신하였습니다. 그는 신하의 도리로써 충성을 다 했으니 오히려 상 줄만 합니다."

이렇게 목숨을 구한 이정은 이세민의 심복이 되었고, 훗날 당조의 가장 위협적인 세력이었던 돌궐을 물리치는데 큰 공을 세워 벼슬이 특진(特進)에 이르렀고 위국공(衛國公)의 봉작을 받아 능연각 24인에 포함되었다.

---

[66] 大唐創業起居註 권2

이연이 서하로 진군할 때 당시 농민봉기군이 하던 것을 본받아 가는 곳마다 점령한 지역의 관창을 열고 식량을 백성에게 나누어주어 끊임없이 인마를 모았기 때문에 그 숫자는 눈덩이처럼 불어났다.

반면 서하군의 총사령관인 고덕유는 장정들을 억지로 끌어 모아 군대를 편성했기 때문에 그를 위해 목숨을 바쳐 싸우려 하는 자가 없었다. 당군이 가까이 오자 줄지어 투항을 해 와서 이세민은 피 한 방울 흘리지 않고 연전연승을 거두었다.

견디지 못한 고덕유가 돌궐로 달아나려고 했으나 이세민이 미리 군사를 놓아 퇴로를 차단하고 붙잡았다.

이세민은 고덕유를 꾸짖었다.

"너는 전에 들새를 가리켜 봉황이라고 하면서 군주를 현혹시켰다. 내가 의병을 일으킨 것은 너와 같이 간사하고 아첨하는 놈들을 모조리 없애기 위함이다."

만군이 보는 앞에서 친히 칼을 빼어 찔러 죽였다.

그렇지만 이연은 서하를 차지한 이후로 군사 훈련을 핑계대면서 움직이지 않았기 때문에 이세민과 배적이 간했다.

"우리가 비록 변방을 차지했지만 이밀과 두건덕, 설거 같은 자들이 호시탐탐 장안을 노리고 있습니다. 이들에게 장안을 빼앗기면 모든 수고가 물거품이 되고 맙니다. 속히 진군하여 장안을 차지해야 합니다."

여러 장수들의 재촉에 못이긴 이연(李淵)은 마침내 장안으로 진군 명령을 내렸다.

스스로 대장군을 칭하고 큰아들 건성(建成)은 좌령군 대도독(大都督), 둘째 아들 세민(世民)은 우령군 대도독(大都督), 유문정(劉文靜)

을 사마(司馬)로 임명하였다.

때는 7월로 접어들어 무더위도 한 풀 꺾여 아침저녁으로 날이 서늘하였다.

이연은 유문정에게 군사를 주어 하동을 포위하게 하고 친히 대군을 이끌고 분수(汾水)를 끼고 남하하여 장안성으로 진공했다. 이때 큰 아들 건성을 보내어 동관으로 나아가게 하고, 둘째 아들인 세민에게는 위수의 북쪽 지방에 주둔하면서 그 곳 백성들을 회유하게 하며, 막내아들 원길(元吉)은 태원(太原) 태수(太守)로 임명하여 진양성에 남아 백성들을 보살피고 근거지를 확보하게 하였다.

또 장륜진(張綸鎭)을 보내어 산서(山西), 섬북산곡(陝北山谷)에 거주하는 계호(稽胡)[67]를 회유하여 관중(關中)을 향해 진군하는 동안 측면에서의 안전을 꾀하였다.

당시 장안(長安)에는 양제의 손자인 대왕(代王) 유(侑)가 있었으나 불과 12살에 불과한 어린 아이에 불과했다. 이연의 반군이 장안으로 온다는 보고를 받고 부들부들 떨면서 강도에 있는 양제에게 구원만 청할 뿐이었다.

"이연이 대군을 이끌고 이곳으로 진격하고 있습니다."

그렇지만 주색잡기에 빠져버린 양제는 정사를 아예 돌보지 않아 지방에서 올라오는 표문조차 읽지 않았고 우문화급을 비롯한 간신들은 제멋대로 나랏일을 처리하고 있었다.

그래서 장안이 위급하다는 보고가 몇 번이나 올라왔으나 우문화급

---

[67] 여러 소수민족

은 이를 무시하고 양제에게 알리지도 않았기 때문에 강도에서는 한 명의 구원군도 바랄 수 없었다.

장안의 군대를 지휘하고 있던 위문승은 무작정 기다릴 수가 없었다. 독자적으로 군대를 움직이기로 작정하고 대왕 유에게 말했다.

"걱정하지 마십시오. 신은 사나운 고구려 군대와도 싸워 폐하를 무사히 보필하였습니다. 신이 살아 있는 한 이연의 반역 무리들은 성 안에 한발자국도 들여놓지 못할 것입니다."

호언장담한 연후에 무아랑장(武牙郞將) 송노생(宋老生)에게 3만 군사를 내어주면서 말했다.

"저들은 분수(汾水) 서쪽 기슭을 따라 남하하여 장안으로 진격할 것이다. 그러자면 반드시 곽읍(藿邑)[68]을 지나지 않으면 안 된다. 이곳을 지킨다면 적들은 오갈 데가 없게 된다."

송노생은 수의 명장으로 양제가 고구려 원정을 일으키자 자원하여 종군하였다. 수말 혼란기에 와강적의 선봉장으로 길이가 10자나 되는 대관도(大關刀)라는 창을 들고 자칭 새관공(塞關公)이라 칭하면서 온갖 노략질을 일삼는 왕군곽(王君廓)을 사로잡아 명성을 떨쳤다.

송노생의 용맹을 믿고 있는 위문승은 수적인 열세에도 불구하고 이연과 결전을 벌일 용기가 있었던 것이었다. 송노생이 출전한 다음날이었다.

염탐을 보냈던 정찰병이 급한 보고를 올렸다.

"당군이 하동(河東)[69]으로 몰려오고 있습니다."

---

68) 산서곽현(山西 縣))
69) 산서영제(山西永濟)

위문승이 깜짝 놀랐다.

동관을 지키던 굴돌통(屈突通)을 불러 들여 2만 군사를 나누어 주면서

"하동이 떨어지면 장안이 위태롭다. 무슨 일이 있더라도 하동을 지켜야 한다."

단단히 당부했다.

위문승의 예측이 모두 틀린 것은 아니었다. 이연이 이끄는 반군의 주력부대는 분수 서쪽을 따라 진격하여 곽읍에서 50리 떨어진 가호보(賈胡堡)로 진격하고 있었다. 그런데 때늦은 장마가 시작되어 장대같은 비가 매일 쏟아졌다.

이연은 군사들을 독촉하여 진군을 계속하였지만 좁은 길이 질퍽거리고 수렁이 깊어 수레의 왕래가 원활하지 못하고 말먹일 마초와 군량이 부족하여 큰 어려움이 있었다.

설상가상으로 마읍(馬邑)에 있던 유무주(劉武周)가 이연이 태원을 비운 틈을 타서 공격해 왔다. 태원(太原)을 지키던 원길은 술과 여자를 밝혀 백성들의 처자를 마음대로 빼앗고 군사들을 혹독하게 다루었으므로 많은 군사들은 싸우지도 않고 유무주의 군대에 투항해 버렸다.

위기에 처한 원길이 급히 사람을 보내어 구원군을 요청해 오자 장사(長史) 배적(裵寂)이 말했다.

"근본이 흔들리면 회복하기 어렵습니다. 전에 수가 고구려와 싸울 적에 우문술이 군량이 부족한데도 끝까지 고집을 부려 평양으로 쳐들어갔다가 결국 전멸을 면하지 못했습니다. 부디 회군하여 태원(太原)을 먼저 구하는 것이 옳습니다."

사마 유문정이 배적을 반박하고 나섰다.

"우리 군사들은 흐트러진 천하를 바로잡고자 모인 의군들입니다. 이제 적은 적 때문에 군사를 돌린다면 의리를 지키는 자들이 흩어질까 두려우며, 지금 돌아가 태원(太原) 한 성만 지킨다면 적을 이롭하게는 격이 됩니다."

유문정과 배적은 본래 절친한 사이였으나 이연은 항상 자신에게 아부를 잘하는 배적을 좋아했기 때문에 둘의 관계는 점점 소원해졌다.

진퇴양난에 처한 이연은 재삼 고민한 끝에 결국 배적의 의견에 따르기로 하였다. 배적에게 일군을 주어 먼저 달려가 태원을 구하게 하고 자신은 뒤따르기로 하였다.

이 소식을 듣자 유문정이 안색이 변했다.

"낭패로다. 이대로 두어서 대사를 그르칠 수는 없다."

곧장 사람을 보내어 이세민(李世民)에게 이 사실을 알렸고 이세민은 그 형인 이건성(李建成)과 함께 달려와 이연의 막사 앞에 엎드려 간했다.

"우리 군사들이 의리를 지켜 여기까지 왔는데 앞으로 나가서 싸우면 이길 것이고 물러서면 흩어지게 됩니다. 무릇 군사가 흩어지는 것은 흔히 그 뒤에는 적들의 꿍꿍이가 있는 것이니 돌아가는 날이 곧 죽는 날이 될 것입니다."

이건성과 이세민은 밤 내내 자리에서 일어서지 않았는데 아침이 되어서야 이연(李淵)은 마음을 바꾸었다. 전령을 다시 보내어 배적의 군사를 되돌리게 하였다.

이튿날 아침 까치가 유난히 크게 울었다. 이연이 짜증을 내면서 까치를 쫓아버리게 했는데 그때 원길에게서 보고가 왔다.

"적들을 물리치고 유무주는 쫓겨 달아났습니다."

이 보고를 받은 이연이 기뻐하고,

"원길이 큰일을 해 내었다."

라고 칭찬하였다.

8월로 접어들어 장마철이 지나 비가 멎자 이연은 급하게 군사를 몰아 곽읍을 포위했다. 그러나 송노생은 전쟁에 능한 장수여서 조금도 흔들리지 않았다.

"이연의 군사들이란 것들은 여기저기서 끌어 모은 농사꾼들로서 오합지졸에 불과하다. 지칠 때까지 가만히 기다리고 있다가 단 한 번의 전투로 끝장을 내면 된다."

성을 굳게 지키면서 나와 싸우지 않았다.

"장안이 아직도 먼데 이곳에서 지체할 수 없습니다. 단번에 몰아쳐서 짓밟아버려야 합니다."

성미 급한 이건성(李建成)이 나가 싸우려 하였지만 이연이 말렸다.

"사나운 바람이 불면 옷깃을 더욱 여미게 마련이다. 우리가 드세게 몰아치면 적은 굳센 성벽에 의지하여 더욱 강하게 대항할 것이니 그렇게 되면 우리가 불리하다."

곁에 있던 이세민(李世民)이 말했다.

"들기로 송노생이란 자는 용감하지만 자부심이 매우 강한 자라고 합니다. 제 아비가 본시 천한 갖신을 만드는 자였으니 이렇게 모욕을 주면 부하들의 수군거리는 소리가 두려워 반드시 나와서 싸울 것입니다."

이연(李淵)은 이세민의 판단이 옳다고 생각했다.

친히 수백 기를 거느리고 곽읍성 동쪽 언덕에 올라 전군을 지휘하고, 건성(建成)과 세민(世民)에게는 각기 수십 기를 거느리고 성을 포위할 듯 둘러싸고 모욕적인 언사로 욕설을 퍼붓게 하였다.

"겁쟁이! 송노생아. 나와서 싸우자."

"갓신 장수 아들, 송노생은 꽁꽁 숨어라."

이세민의 계략은 적중하여 송노생은 크게 노했다. 다음날 좌군을 맡고 있던 건성의 부대가 막 아침을 먹으려고 부산하게 움직이는 틈을 타서 동문과 남문을 동시에 열어젖히고 대규모 공격에 나섰다.

송노생 군사들의 붉은 깃발이 동쪽 들판을 뒤덮자 건성이 거느린 좌군은 밥솥과 밥그릇을 내던지고 뿔뿔이 달아났다.

"당군도 별것이 아니다."

자신감이 생긴 송노생은 당군을 업신여기는 마음이 생겼다. 승리에 들떠 건성을 잡을 요량으로 성을 멀리 떠난 줄도 깨닫지 못하고 계속 추격하였다.

하지만 성 남쪽 언덕 아래까지 진격했을 때 한 무리의 군사들이 진을 치고 있는 것을 보고 크게 놀랐다.

"속았다!"

추격을 멈추고 성으로 돌아가려고 했으나 매복하고 있던 이세민의 군사들이 그 뒤를 막았다. 수적으로 우세한 당군이 유리하게 보였으나 송노생은 천하의 용장이었다.

비호처럼 달려 나가 당군 진영을 종횡무진으로 누비면서 당군 장수 세 명을 차례로 시살하고 전세를 역전시켰다. 이세민도 송군에 포위되어 목숨까지 위태롭게 되었다.

다행히 시필카한이 보내온 돌궐 장수들이 분전하여 위기를 모면했다. 후퇴하던 이건성이 때맞추어 되돌아오자 송노생은 도리어 협공을 당하게 되었다.

송노생은 더욱 분전하여 군사를 둘로 나누어 부장 추명에게는 돌궐군을 맞게 하고 자신은 이건승과 이세민을 공격하였다.

그렇지만 승리의 신은 당군의 손을 들어주었다.

맹렬하게 싸우던 추명이 유시에 맞아 쓰러지자 돌궐 장수 하나가 추명의 목을 베었다. 그리고는 추명의 목을 높이 들고 수십 명의 군사들을 시켜 거짓으로 큰 소리를 치게 했다.

"송노생을 사로잡았다."

이건성은 가짜로 만든 송노생의 깃발을 흔들면서 언덕 위를 가로지르게 하여 많은 송군들이 보게 하였다.

송노생의 죽음을 알게 된 송군들은 전의를 상실해버렸다. 대부분 무기를 버리고 달아나 버리자 순식간에 송군의 전열이 무너졌다.

송노생이 분격하였다.

곁에 있던 부하가 가지고 있는 대장기를 빼앗아 높이 흔들면서 소리쳤다.

"속지 말라. 나는 건재하다."

그렇지만 그것 또한 이건성이 노리는 바였다."

이건성은 뛰어난 궁수 수십 명을 대기시켜 놓고 송노생이 노출되기를 기다려 일제히 활을 쏘게 했다.

천하의 송노생도 빗발처럼 쏟아지는 화살을 모두 피하지는 못했다. 세 군데나 화살을 맞고 말에서 떨어지자 이세민이 창기병을 이끌고 달려갔다.

송노생은 사방으로 포위를 당했지만 조금도 두려운 기색이 없었다. 무시무시한 안광을 뿜어내며 꾸짖었다.

"더러운 역적 놈들! 용기 있는 놈은 덤벼라."

당나라 장수 하나가 용감하게 나아갔으나 송노생에게 창을 빼앗기고 땅바닥에 굴러 떨어졌다. 송노생은 전광석화 같이 당장의 목을 베어 앞으로 던지면서 호령했다.

"한 발이라도 앞서 나오는 놈은 먼저 이 꼴이 될 것이다."

군사들이 두려워하면서 주춤주춤 뒷걸음질 치자 이세민이 안색이 변하여 소리쳤다.

"물러서지 말라. 일제히 공격하라."

주위에 있던 돌궐의 정예 기병들이 한꺼번에 내달았다.

송노생는 대관도를 휘두르며 용감하게 싸웠으나 벌떼처럼 덤벼드는 돌궐 기병을 당해 낼 수가 없었다. 수십 군데 상처를 입고 피투성이가 된 채 완전히 포위되고 말았다.

이세민이 그의 재주를 아껴 말했다.

"그대가 계속 반항한다면 끔찍한 죽음이 있을 것이다. 그러나 마음을 바꾸어 투항하면 반드시 높은 벼슬로 대우하겠다."

이렇게 약속했지만 송노생은 오히려 비웃으며 말했다.

"더러운 역적의 하수인이 되어 만대를 욕되게 하느니 차라리 여기서 깨끗하게 죽겠다."

달려드는 돌궐군 서너 명을 더 참살한 후에 비참하게 전사했다. 이세민은 송노생의 언행을 괘씸하게 여겨 여러 개의 창으로 송노생의 시체를 찔러 꼿꼿하게 세운 뒤 곽읍 성 앞으로 끌고 가서 소리쳤다.

"송노생의 시체가 여기에 있다. 투항하지 않는 자들은 모두 이렇게 될 것이다."

두려움에 떨던 수군들은 창칼을 버리고 성문으로 몰려나와 줄줄이 투항하였고 이연은 마침내 곽읍을 점령하였다.

곽읍의 전투에서 당군이 승리하기는 했지만 만 명이 넘는 전사자가 생겼고 남은 군사들도 부상을 당한 자가 많아서 그 손실이 막대했다.

이세민의 선봉장인 벽대정(壁大鼎)이 말했다.

"이대로 장안으로 진군하기는 무리입니다."

이연도 마찬가지 생각이었으므로 곽읍에 주둔하며 동관으로 진군한 이건성과 하동으로 나아간 유문정의 군사들이 가까이 다가오기를 기다리면서 백성을 위무하는데 온힘을 기울이기로 했다.

먼저 관가의 창고를 열어 굶주린 백성을 구제하는 한편 백성들에게 조그만 피해도 끼치지 못하게 하였다. 하급부대의 편장 하나가 몇 몇 군사들과 함께 민가의 닭 몇 마리를 훔쳐 잡아 먹었다. 촌로가 와서 억울함을 호소하자 이세민이 즉각 잡아들이게 하였다.

이연이 이 사실을 알고,

"전쟁터에 나간 병사들이 닭이나 개를 잡아먹는 것은 흔한 일이다. 백성에게 보상해주고 군사들은 용서해주도록 하라."

라고 말했지만 이세민이 정색하고 대답했다.

"우리는 도적이 아니라 의군입니다. 의군은 도적질을 해서는 안 되고 도적질을 하는 자는 의군이 아닙니다."

훔친 자들을 모두 끌어내어 모든 군사들이 보는 앞에서 요참형에 처했다.

이 소문이 널리 퍼지자 수많은 백성들이 당군을 지지하여 이연의 세력을 더욱 굳건하게 넓힐 수 있었다. 이후 이연은 임분(臨汾)과 강군(絳郡)[70] 등을 공략하고 용문(龍門)에 이르렀다. 이때 용문 지방에서 세력을 떨치던 농민봉기군 두령인 손화(孫華)가 사람을 보내어 귀순의 뜻을 밝혔다.

손화의 귀순으로 군사들과 군량을 크게 확보할 수 있어 여유가 생겼다. 이연은 각종 무기와 보급품들을 재정비하면서 전쟁에 지친 군사들을 잠시 쉬게 하였는데 배적이 간했다.

"하동(河東)은 관중으로 들어가는 가장 중요한 통로입니다. 유문정이 아직도 이곳을 점령하지 못하고 있으니 우리가 협공하여 이곳을 먼저 함락해야 합니다."

9월 상순, 이연은 왕장해(王長諧)를 먼저 보내어 수의 명장 굴돌통(屈突通)의 퇴로를 끊게 하고 자신은 주력을 이끌고 그 뒤를 따라 하동(河東)으로 진격하였다.

왕장해는 굴돌통에게 들키지 않게 군사를 산골짜기를 따라 움직여 양산(梁山)[71]으로 가려 하였는데 황하에 이르러 꼼짝하지 못하게 되었다.

주변에는 큰 나무가 없었으므로 배나 뗏목도 만들지 못하고 발만 동동 구르게 되었다. 하는 수 없이 군사들을 나누어 멀리서 나무를 구해오게 하였는데 멀리서 한 무리 군사들이 가까이 다가왔다.

---

70) 산서신강(山西新絳)
71) 섬서한성(陝西韓城)

군사들은 나무를 구하느라 멀리 흩어져 있었기 때문에 당군은 전투 준비가 되어 있지 않았다. 당황한 왕장해는 몸을 피하려 하였으나 어느새 그들에게 포위당하고 말았다.

왕장해가 십여 명의 부하들과 함께 둥글게 진을 치고 칼을 빼어들자 앞에 있던 장수가 물었다.

"그대는 이연 장군의 장수가 아니오?"

왕장해는 직감적으로 그들이 손화의 무리임을 알았다. 기뻐하며 대답하자 손화가 자신이 가지고 있던 배를 내주어서 무사히 건널 수 있었다.

그렇지만 그것은 오히려 불행이었다.

손화의 무리 속에는 수군의 첩자가 있었기 때문에 왕장해의 군사들은 수군 복병의 기습을 받아 전멸당하고 말았다. 이 때문에 당이 건국되어 이연이 논공행상을 할 때에도 손화는 아무런 벼슬도 얻지 못했다.

왕장해의 패배는 당군들에게는 큰 타격이었다. 사기가 오른 수군들은 맹렬하게 저항했고 하동(河東)으로 진격한 이연은 곳곳에서 패하여 아무런 성과도 없었다.

피해가 늘어나자 이연은 공격을 중지하고 성을 고립시키기로 작전을 바꾸었는데 성안에는 물자가 풍부하여 아무런 소용이 없었다. 장안 공격이 지연되고 허송세월만 보내자 장수들 사이에서는 하동(河東)을 계속 공격할 것인가 아니면 하동을 버려두고 장안(長安)으로 들어가느냐를 두고 쟁론이 일어났다.

배적(裴寂)과 유문정 등이 하동을 버리고 장안으로 진군하자고 주장했으나 벽대정 등 이세민 휘하의 장수들이 한사코 반대하고 나선 것이었다.

"하동(河東)을 버려두고 진군한다면 장안(長安)을 함락한다 하더라도 퇴로가 끊겨 태원과 서로 통할 수 없게 되어 오히려 불리하게 됩니다."

이연이 벽대정 등의 뜻에 따르려 하자 이건성이 반대했다.

"승리의 요체는 신속함 있습니다. 지금 굴돌통(屈突通)은 외방(外邦)을 지키고 있는 격이니 근심할 바가 아닙니다. 북을 치며 말을 달려 곧장 서쪽으로 진격하면 장안(長安) 사람들은 기겁하여 지혜와 용맹이 모두 사라질 것인 즉 장안(長安)을 빼앗기는 손바닥 뒤집는 것과 같이 쉬울 것입니다.

강한 적은 피하라고 병법에서도 말하고 있습니다. 하동은 성이 견고하고 명장인 굴돌통이 이를 지키고 있는데 기어이 이를 공격하자면 얼마나 시간이 걸릴지 모릅니다. 그 사이에 장안에 있는 적군은 계책을 세우고 만반의 준비로 우리를 기다릴 것이니 그렇게 되면 우리에게 기회는 없게 됩니다.

또한 관중(關中)에는 의탁할 곳이 없는 수많은 장수들이 벌 떼처럼 일어나고 있습니다. 천하 통일을 이루려면 빨리 나아가 그들을 받아들여야 합니다."

결국 이연(李淵)은 이 두 가지 견해를 모두 받아들이기로 했다. 벽대정에게 일군을 주어 계속 하동(河東)을 공격하게 하고, 자기는 이건성과 이세민, 유문정 등 주력부대를 거느리고 황하를 건너 관중(關中)으로 진군하기로 결정하였다.

식량을 맡고 있던 사위인 시소가 간했다.

'우리가 태원을 떠난 지 오래되어 식량이 얼마 남지 않았습니다. 이 문제를 해결하지 못하면 앞으로 진군에 많은 어려움이 있을 것입니다.

이건성이 자신 있게 말했다.

'화현에 있는 영풍창(永豊倉)을 취한다면 그까짓 문제야 간단하게 해결됩니다.'

영풍창은 수나라 문제 때 만든 관중(關中) 지방에 있는 수나라의 주요 창고로 1천만 석이 넘는 양곡이 쌓여 있었다. 이건성은 이를 탈취하여 군량으로 사용하자는 것이었다.

수나라 문제는 부국강병에 힘을 기울여 백성들의 살림살이가 넉넉했으며, 중앙과 지방의 창고에는 식량과 옷감들이 넘쳐났다. 서경의 태창을 비롯하여, 강도의 함가창과 낙구창, 화주의 영풍창, 섬주의 태원창 등의 창고에는 수백만 석에서 1천만 석에 이르는 식량들이 저장되어 있었고, 장안, 낙양, 태원의 관창에는 각각 수천만 필에 이르는 옷감이 쌓아 놓았다.

식량이 필요한 당군이 장안으로 진격하기 위해서는 화현(華縣)에 있는 영풍창은 반드시 점령해야 할 요지 중의 요지였던 것이었다. 이연은 이건성에게 좌군을 주어 영풍창을 공략하여 군량을 확보하게 하고 이세민에게는 우군을 주면서 위북(渭北)을 취한 후에 경양(涇陽)과 부풍(扶風)을 점령하도록 하였다.

이건성과 이세민이 각각 떠나자 이연은 중군을 이끌고 조읍(朝邑)에 주둔하였다. 이때 삼군은 하동(河東)과 장안(長安)을 고루 염탐한 후, 모두가 임무를 완수하면 서로 연락을 취하여 세 갈래 군사가 합세하여 장안(長安)을 포위 공격하기로 하였다.

그리고 행여 군사들이 빠진 것을 알면 성 안에 있는 굴돌통이 성 밖으로 나와서 뒤를 추격할까봐 밤에 몰래 차례차례로 군사를 빼어 관중으로 나아갔다.

이연에게는 식량 다음으로 걱정이 되는 문제가 있었다. 그것은 다름이 아니라 낙양(洛陽)에 있는 수(隋)의 정예군이 장안을 구원하러 나오는 것이었다.

배적이 꾀를 내었다.

"이럴 때는 와강군(瓦崗軍)을 이용하는 수밖에 없습니다."

당시 낙양 근처에는 이밀이 이끄는 와강군이 세력을 떨치고 주둔하고 있었다. 배적은 낙양 근처에 있던 이밀의 와강군을 이용하여 낙양에 주둔하고 있던 수군들이 장안의 군사들을 돕지 못하게 견제하자는 것이었다.

"이이제이(以夷制夷)라. 그것은 참 좋은 생각이지만 어떻게 와강군을 끌어들일 작정이오?"

"와강군을 이끄는 이밀은 무천진 군벌의 후예로 야심이 큰 자라고 합니다. 우리가 장안을 칠 때 그들은 낙양을 점령하여 천하를 둘로 나누자고 제안하십시오. 받아들이지 않고는 못 배길 것입니다."

이연은 배적을 보내어 연합 작전을 시도하자 이밀의 참모인 왕백당이 반대했다.

"장안을 지키는 위문승과 이연이 서로 맞붙으면 쌍방 간에 엄청난 피해를 입을 것이 자명합니다. 우리는 가만히 지켜보고만 있다가 그들 중의 하나가 쓰러지면 나머지를 공략하여 천하를 차지하면 됩니다."

그러나 이밀의 부장 배인기는 찬성했다.

"이런 난국에 천하를 한꺼번에 집어 삼키려 하기는 어려운 일입니다. 일단 이연의 제의를 받아들여 천하 양분하였다가 문제가 진을 멸하듯 나중에 당을 없애면 될 것입니다."

이밀은 배인기의 계교가 훨씬 마음에 들었다. 배적에게 술과 고기를 내리고 흔쾌히 수락하였다.

이밀군과 연합에 성공한 이연은 거리낄 것이 없었다. 전력을 다해 장안으로 진군하였는데 이때에도 공공연히 수(隋) 황실을 받드는 의군이라는 명분을 내세워 도처에 흩어져 있는 수군(隋軍)들을 싸우지도 않고 항복시켰다.

9월 중순에 이건성이 표를 올렸다.

"이효상을 붙잡고 영풍창을 완전히 장악했습니다."

이 보고를 받자 이연이 기뻐하며 자랑했다.

"과연 내 아들이로다."

영풍창은 수의 여러 창고 중에서 최대의 곡식 창고였기 때문에 나라가 혼란해지자 양제는 특별히 대장군 이효상(李孝常)에게 명하여 5천 명이나 되는 군사로써 지키게 하여 경계가 몹시 삼엄하였다.

그래서 수나라 전국에 반란이 일어나 수많은 도적 집단들이 영풍창을 공격하였으나 모조리 격퇴당하여 난공불락으로 알려져 있는 곳이었다.

건성은 나름대로 꾀를 썼다.

군사들을 가지런히 정렬시켜 화현으로 진격하게 하고 둔진을 크게 쳤다. 그리고 밤에 몰래 군사들을 빼내어 다른 색깔의 깃발과 군복을 입히고 다음날 아침 다시 진격해 들어오게 하기를 몇 번이나 반복했다.

영풍창을 지키던 이효상은 당군의 군사들이 끝없이 몰려오자 싸울 의지를 잃었다.

낙양에 사람을 보내어 구원을 청하였으나 건성이 경계병을 철저하게 세워 이효상의 밀사들을 모두 붙잡았기 때문에 낙양에서 구원병이 올 리가 없었다.

이효상은 절망했다.

"나라에서 우리를 버렸거늘 누구를 위해 싸울 것인가."

갑옷과 투구를 벗어 던지고 영채 밖으로 나와 투항해 버렸다.

영풍창을 손에 넣게 된 이연은 관중 공략에서 결정적인 승기를 잡을 수 있게 되었다. 만성적으로 시달리던 식량 걱정을 한순간에 해소시켰을 뿐만 아니라 백성들에게도 아낌없이 나누어 줌으로써 민심을 얻을 수 있었다.

수 문제가 나라의 장래를 위해 여러 창고를 건립하여 국부(國富)를 축적하고 나라를 태평하게 하려던 것이 오히려 이연의 반군들에게 식량을 제공하는 꼴이 되어 나라를 망하게 하는 결정적 계기가 된 것이었다.

이연의 명성이 높아지자 관중(關中)의 여러 군현에 흩어져 있던 호걸들이 그 무리를 이끌고 분분이 달려와 충성을 맹세하자 총 병력이 13만 명이 넘었다.

이때 이연의 사촌동생인 이신통이 뛰어난 맹장인 사만보를 설득하여 도우러 달려왔고 또 하번인이 만여 명의 병사를 거느리고 투항하였으며 사위인 단륜도 합세하였다.

특히 이연의 딸인 평양소공주(平陽昭公主)[72]는 성격이 괄괄한 여장부였다. 가진 재물을 모두 풀어 군사 7만을 모으고 스스로 갑옷과 투

---

72) 시소(柴紹)의 처

구를 입고 군사들을 지휘하였다.

　세상 사람들은 이들을 낭자군(娘子軍)이라 불렀는데 평양소공주의 군사들은 란전(蘭田)과 무공(武功) 일대를 점령하여 이름을 날렸다.

　사대나(史大奈)는 돌궐인으로서 북평왕 나예의 부장으로 처라가한을 따라 수에 입조한 후 조읍(朝邑)의 장수가 되었다. 그는 미신을 좋아하고 술법을 숭상하여 '이씨가 왕이 된다.'는 도참을 굳게 믿었는데 이연이 반군이 조읍에 가까이 오자 장춘관(長春官) 앞에 크게 술상을 차려놓고 맞이하며 신하를 칭했다.

　그는 수장 상현화가 조읍을 탈환하기 위하여 맹공을 펼치자 오백 명의 기병으로 배후를 습격하여 상현화를 죽임으로써 승리로 이끌었고 이연에게 사씨 성을 하사받았다.

　위북(渭北)으로 진군한 이세민(李世民)도 기치를 높이 세우고 북을 두드리면서 이렇게 선전했다.

　"우리는 반군(叛軍)이 아니라 의군(義軍)이다. 혼란해진 나라를 바로잡고 백성들을 편하게 살게 하리라."

　그리고 건성에게 오는 곡식을 지나는 군현마다 백성들에게 나누어 줌으로써 크게 인기를 얻었다. 주변에 있던 대부분의 농민봉기군들은 대부분 굶주렸으므로 당군에서 식량을 배급한다는 소문을 듣고 구름처럼 투항해 왔다.

　이세민은 섬서경양(陝西涇陽)에 영채를 세우고 주지(周至)를 점령한 뒤 총관 유홍기(劉弘基)를 선봉으로 삼아 사흘 만에 부풍(扶風)[73]을 함락했다.

---

73) 섬서봉상현(陝西鳳翔縣)

이세민은 조읍의 장춘관에 주둔하고 있는 이연(李淵)에게 승전보를 알리고 장안(長安) 공격하는 날짜를 정하도록 청했다.

이건성과 이세민에게서 연락이 오기를 학수고대하고 있던 이연은 곧바로 이건성에게 영풍창의 정예 군사를 골라 신풍(新豊)을 지나 장락궁(長樂宮)[74]으로 가게 하고, 이세민(李世民)은 모든 군사를 거느리고 아성(阿城)[75]에 주둔하라고 명하였다.

그리고 자신은 중군을 이끌고 춘양문(春陽門)[76] 서북에서 지휘하였는데, 지나는 궁원원실(宮園苑悉)마다 모든 궁녀들을 집에 돌려보냈으며 또 부하들이 보루를 지키면서 마을에 들어가 민폐를 끼치는 일이 없도록 엄중하게 단속하였다.

10월초 장안성 아래에 이른 이연(李淵)은 사자를 여러 번 성문 앞으로 보내어 당시 장안을 지키고 있던 대왕(代王) 양유(楊侑)에게 고하였다.

"신(臣) 태원 유수 이연, 대왕께 고합니다.

신이 군사를 일으킨 것은 결코 반역을 꾀하려는 것이 아닙니다. 다만 간사한 무리들이 대왕의 주위에서 나라를 어지럽히고 있으니 이를 바로 잡으려는 것뿐입니다. 마땅히 그들을 주벌하여 무너진 왕통을 바로잡고 대왕을 모시려는 것입니다.

신은 열흘 동안 성 밖에 엎드려 기다리겠습니다. 대왕께서는 부디 현명하게 판단하시어 저희들의 충심(忠心)을 받아들이시기 바랍니다."

거듭 충성을 맹세하고 입성을 요구하였다.

---

74) 한나라 고궁으로 서안(西安)의 동에 있음
75) 아방궁성(阿房宮城)으로 서안(西安)의 서쪽에 있음
76) 장안성(長安城)동쪽 중문

겁에 질린 유는 성문을 열고 싶었지만 당시 실권을 쥐고 있던 위문승이 찬성할 리가 없었다.

"이연은 양의 탈을 쓴 늑대와 같은 놈입니다. 저 놈이 성안에 들어오는 날이면 나라는 망하고 말 것입니다."

강력하게 반대했기 때문에 유가 감히 어찌지 못했다.

최후통첩인 열흘이 지나자 이연(李淵)은 군사들에게 성을 에워싸게 하였다. 성미 급한 건성이 먼저 공격을 청했다.

"날씨가 추워지고 있습니다. 쇠뿔도 단김에 빼야한다고 당장 공격을 서둘러야 합니다."

하지만 주변 사정은 그렇게 녹록하지가 않았다.

그때까지 이연은 수 황실을 보좌하는 의병이라고 칭하면서 군사들을 일으켰기 때문에 다른 부대에서 합세한 많은 장수와 군사들은 수에 대항하여 장안성을 직접 공격하기를 꺼렸기 때문이었다.

이연이 그러한 형편을 모를 리 없었다.

"모든 것은 때가 있는 법이다."

장안성을 포위한 채 시일을 끌면서 다음과 같은 도참 예언을 퍼뜨렸다.

"심수(深水), 황양(黃陽)을 빠지게 한다."

심수란 깊은 물로써 연(淵)을 의미하는 것이었고, 황양의 양(陽)은 수나라 왕조의 성씨였다. 이것은 곧 이연이 수나라를 멸망시킨다는 뜻으로 해석 되었다.

이 참언이 화북 일대에 퍼져나가자 섬서 북쪽에 있는 각 군현의 관리들과 장수들은 수의 운세가 끝났다고 생각했다. 장안성을 구하기는 커녕 너도 나도 이연의 진중으로 달려와 투항하는 자가 줄을 이었다.

설상가상으로 때 마침 강릉(江陵)에서 소신(蕭銑)이 군사를 일으켜 독립하였기 때문에 남쪽에 있는 군사들도 장안을 도우러 오는 자가 없었다.

장안은 완전히 고립되었으나 위문승은 그래도 항복하지 않았다. 10월 하순이 되어 날이 매우 추워지고 눈발이 날리기 시작하자 기다리다 지친 장수들이 공격을 청하였다.

이연은 못이기는 체 명령을 내려 총공격을 개시했다. 하지만 장안성에는 수군의 정예 군사들이 있었고 성곽이 높고 단단하여 도무지 승산이 보이지 않았다.

그런데 엉뚱한 곳에서 행운이 있었다. 치열한 전쟁은 열나흘 동안 계속되었는데 소우(蕭瑀)란 자가 고사렴(高士廉)과 모의하고 대왕을 찾았다.

"무릇 제왕은 자신의 실권을 신하에게 위임하지 않는다고 합니다. 그런데 위문승은 모든 군권을 쥐고 관리의 임명은 물론이고 법률도 제멋대로 바꾸며 황제처럼 군림하고 있습니다.

지금 대부분의 중신들과 군사들은 전쟁을 원하지 않습니다. 다만 위문승 장군이 두려워 말을 못할 뿐입니다. 대왕께서는 사신을 보내어 이연 장군을 맞아들이고 위문승 일파를 제거하시면 전쟁도 없을 것이고 나라도 편안해질 것입니다."

소우는 수 문제에게 멸망당한 양나라 황제의 후손으로 비록 수 황실에 벼슬을 하고 있었지만 가슴 깊숙이 원한을 숨겨두고 있었다. 그래서 이연이 군사를 이끌고 오자 은근히 대왕을 부추겨 항복하게 한 것이었다.

어린 대왕은 평소에도 위문승이 날뛰는 것을 두려워하였다. 그래서 소우의 말을 받아들여 몰래 사신을 보내어 투항의사를 밝힌 것이었다.

대왕의 서신을 받은 이연은 두 번 절하고 밀서를 받아 들고 크게 기뻐하였다. 술과 고기를 내어 사신을 위로하고 말했다.

"신은 삼가 왕명을 받들 뿐입니다."

그날 밤 술시가 지나자 과연 성의 동문이 열렸고 이연의 군사들은 물밀듯이 진격했다.

깜짝 놀란 위문승이 전군을 동원하여 혈전을 벌였으나 이연은 대왕이 보낸 밀서를 내보이며 큰 소리쳤다.

"대왕께서 반역자 위문승을 처단하라는 명령을 내리셨다."

위문승은 순간 망연자실해졌다.

"거짓이다. 속지 말라. 적들이 속임수를 쓰는 것이다."

아무리 외쳐보았자 장안성의 군사들은 그때부터 위문승의 명령을 듣지 않았다. 대부분 무기를 버리고 투항해버렸기 때문에 위문승은 싸울 래야 싸울 수가 없었다. 아들과 조카들의 호위를 받으면서 간신히 포위를 뚫고 춘양문 쪽으로 도망쳐 큰 나무 뒤에 숨었다.

성으로 진입한 이연은 경계를 철저히 했기 때문에 위문승은 도저히 빠져 나갈 수가 없었다. 어둡고 긴 밤이 지나 새벽이 되자 성문을 지키던 군사들이 피곤함에 지쳐 꾸벅꾸벅 졸았다.

위문승은 그 기회를 노려 성문을 지키던 군사를 급습하여 죽이고 밖으로 달아나려 하였다.

그러나 비명소리가 들리자 어디선가 수많은 군사들이 쏟아져 나왔다.

이연은 위문승의 일당이 빠져 나가지 못하게 하기 위해 각 성문마다 오백 명이 넘는 군사들을 주둔시켜 놓았던 것이었다. 위문승이 소리쳤다.

"너희들은 간악한 이연에게 속고 있다."

아무리 외쳐보아도 소용없는 일이었다. 이때 유홍기가 나와서 호통쳤다.

"저 역적 놈을 잡는 자에게는 일 계급 특진을 시키고 황금 열 냥을 내리겠다."

상금을 내걸자 군사들이 다투어 달려들어 위문승은 꼼짝없이 사로잡히고 말았다. 이렇게 해서 이연은 장안을 공격한 지 보름만인 11월 9일에 장안성(長安城) 함락에 성공하였다.

성안으로 들어온 이연은 제일 먼저 위문승 일파들을 끌어내어 거리마다 방을 붙여 그 죄를 밝히고 저자 거리에 끌어내어 요참형에 처했는데 그 수가 삼백 명이 넘었다.

반면에 민심을 얻기 위하여 양제가 만든 가혹한 법령들을 전부 폐지하고 12가지 법령을 반포하였으며, 소우와 고사렴을 비롯하여 투항의 사를 밝힌 신하들은 자신의 수하로 삼았다.

소우와 고사렴은 이때 수를 배신하고 당을 도운 공으로 이세민에게 인정을 받아 훗날 능연각 24공신으로 추대되었다.

대충 일을 마무리 한 이연은 13세에 불과한 대왕(代王) 유(侑)를 추대하여 공제(恭帝)로 즉위시키고 연호를 의녕(義寧)이라 하였으며 강도에 있던 양제를 태상황이라 칭했다.

그리고 자신은 스스로 가황월 사지절 대도독 중외제군 상서령 대승상 당왕이란 어마어마한 벼슬을 차지하여 사실상 조정의 실권을 잡았다.

제 8 장

양제의 죽음

이연이 장안을 포위하여 맹공을 퍼부을 때였다. 하동(河東)을 지키던 굴돌통(屈突通)은 장안이 위급하다는 소식을 들었다. 그제야 이연군(李淵軍)의 주력이 빠진 것을 알아채고 성문을 열고 나왔다.

굴돌통의 부장 요군소(堯君素)는 벽대정의 목을 베고 이연의 군사를 크게 깨뜨렸다. 굴돌통은 요군소에게 하동을 맡기고 말했다.

"나는 장안(長安)을 구하러 가겠다.'

군사 수만을 이끌고 진군하자 유문정(劉文靜)이 동관(潼關)까지 나아가 굳게 막았다.

마음이 급해진 굴돌통은 육박전으로 성을 기어오르며 공격을 감행하였으나 동관은 워낙 견고하고 험준하여 쉽사리 이길 수 없었다. 치열한 격전은 한 달이 넘게 계속되자 굴돌통이 직접 간에 몸을 매달아 성위로 올라가서 수비군 수십 명을 참살하고 성문을 열었다.

그때 장안이 함락되었다는 보고가 올라왔다.

굴돌통은 더 이상 혼자서 싸우는 것은 무리라고 생각했다. 낙양의 군사와 연합하여 대항하기로 결심하고 부장 현화(顯和)에게 동관을 맡기고 군사를 거느리고 떠났다.

유문정도 굴돌통과 싸우느라 피해가 많았기 때문에 추격하지 못하고 장안으로 이 사실을 보고하였다.

많은 장수들은 굴돌통과 왕세충이 연합하면 위태롭다고 판단하여 대군을 내어 굴돌통을 뒤쫓아야 한다고 주장했지만 이연의 사위 시소가 말했다.

"나는 오래 전부터 현화를 잘 알고 지냅니다. 먼저 그를 구슬려 동관을 얻은 후 현화로 하여금 굴돌통을 속여 잡는다면 힘들이지 않고 이길 수 있습니다."

이연이 기뻐하며 시소를 현화에게 보냈다.

"이미 대세는 기울어졌소. 몰락해가는 수 왕조를 위해 목숨을 바칠 것인가 아니면 떠오르는 당왕께 충성하고 큰 벼슬과 영화를 누리실 것인가 알아서 선택하십시오."

현화는 간사하고 또 비굴한 자였다. 그 자리에서 꿇어 앉아 이연에게 충성을 맹세하였다. 그리고 부하들과 모의하고 급히 굴돌통의 뒤를 쫓아갔다.

아무 것도 모르는 굴돌통이 현화를 보고 버럭 성을 내면서 물었다.

"동관은 버려두고 어찌 이곳에 왔는가?"

순간 현화가 눈짓을 보내자 좌우에 있던 그의 부하들이 다짜고짜 굴돌통을 묶어 버렸다. 현화는 단상 위에 뛰어 올라 군사들을 둘러보며 말했다.

"이제부터 천하는 당왕 전하의 것이다. 거역하는 자는 누구도 살아남지 못하리라."

이렇게 포고하고 굴돌통을 묶어 장안으로 압송했다.

굴돌통(屈突通)은 전날 이연이 유무주에게 패한 뒤 장안으로 압송되려할 때 대왕 유에게 간하여 용서를 받게 한 적이 있었다. 그리고 유문정이 하동을 공략할 때에도 굳게 지켜 장수로서의 명성을 날렸으므로 이연은 그의 은혜와 용맹을 잊지 않았다.

손수 계단 아래로 내려와 오라를 풀어주면서 말했다.

"내 진작 그대의 지혜로움과 위명은 들었건만 어찌하여 이제야 만나게 되었는고."

손을 잡고 계단 위로 올라와 옆 자리에 앉게 한 뒤 술을 가득 권한 뒤 즉석에서 병부상서(兵部尙書)로 봉했다.

비참한 죽음을 각오했던 굴돌통은 감격했다. 그 자리에 넙죽 엎드려 충성을 맹세하였고 모여 있던 모든 장수들이 축하해 주었다.

이연(李淵)은 굴돌통을 하동(河東)으로 보내어 그의 부장이었던 요군소(堯君素)에게 투항을 권하였다. 그렇지만 요군소는 굴돌통을 보자마자 큰 소리로 꾸짖었다.

"더러운 역적 놈아! 여기가 어디라고 뻔뻔스런 낯짝을 들고 찾아왔는가?

굴돌통이 화가 나서 전면 공격을 시도하였지만 요군소도 지략과 용맹을 갖춘 뛰어난 장수여서 쉽사리 이기지 못했다. 이연에게 투항한 뒤 처음으로 맡은 임무를 제대로 수행하지 못하자 굴돌통은 초조함을 감추지 못했다.

부하 하나가 말했다.

"요군소의 처가 장안에 있습니다. 그녀를 데려다가 설득하면 요군소는 결국 투항하게 될 것입니다."

굴돌통이 기뻐하며 장안으로 사람을 보내어 요군소의 처를 데려왔다. 그리고 그녀를 성 앞으로 보내어 요군소에게 투항을 권유하였다.

성루에 있던 요군소가 이것을 보고 안색이 변했다. 왕방울만한 눈을 무섭게 부라리며 한참이나 그 처를 노려보다가 갑자기 강궁을 꺼내어 화살을 쏘아 죽였다.

굴돌통은 힘으로 요군소를 굴복시키기 어렵다고 판단했다. 한 달이 넘도록 포위하여 곡식 한 톨과 물 한 방울도 성안으로 들어가지 못하게 하자 요군소의 군사들은 고스란히 굶어 죽을 판이었다.

굶주림에 견디지 못한 군사들이 하나 둘씩 성을 빠져나와 투항하자 굴돌통은 마지막 작전을 개시했다. 성안으로 몰래 사람을 들여보내어 옛날 자신의 심복 장수들을 꾀었다.

"요군소가 혼자 절개를 자랑하며 모든 군사들을 죽음의 구렁텅이로 몰아넣으려 한다. 너희들은 본시 나의 휘하에 있던 장졸들이 아닌가. 지금이라도 성문을 열고 달려 나온다면 부귀영화를 같이 하리라."

요군소의 부장들은 요군소가 자는 틈을 타서 그 목을 베어버리고 굴돌통에게 투항해 버렸고 마지막 남은 수군의 세력도 허망하게 평정되고 말았다.

이연이 태원에서 거병했을 때의 일이었다. 강도에 있던 양제가 이 보고를 받고 아연실색하였다.

"전에 이씨가 일어선다는 한 것은 이금재가 아니라 이연이란 말이었던가."

생각이 이에 미치자 치가 떨리고 가슴이 답답해졌다.

"이런 찢어 죽일 놈… ."

땅을 치고 후회해 본들 지나간 일들을 돌이킬 수 없었다. 분노와 증오심은 날이 갈수록 더욱 쌓여가고 술과 방탕으로 광기만 늘어날 뿐이었다.

강도의 사정도 점점 나빠지고 있었다.

조원해에게 착취당하던 백성들이 하나 둘 빠져나가 인민이 반이나 줄었고 모든 것을 다 빼앗긴 민가에는 남아있는 곡식이 없었다.

양제의 친위 군사들 중에는 관중[77]출신이 많았는데 나라가 혼란해지자 고향으로 돌아가고자 원하는 자가 많았다. 몇 몇 군사들은 군영을 벗어나 탈주하기도 했는데 낭장(郎將) 두현(竇賢)도 부하들을 데리고 장안으로 달아났다.

양제가 이 사실을 알고 기병을 보내어 추격하여 붙잡아 오자 두현이 울면서 변명했다.

"군사들이 고향을 그리워하여 그 뜻을 저버릴 수 없었습니다."

머리를 조아리고 용서를 빌었으나 양제는 모질게 대답했다.

"누구든지 제 위치를 벗어나는 자는 역적죄에 해당된다."

두현과 그 부하 250 명을 모조리 목을 베어 죽였지만 이 사건으로 말미암아 양제는 마지막 보루였던 근위군들의 충성심마저 잃어버리게 되었다.

양제는 군사들의 이탈을 막기 위해 평소 신임하던 호분랑장 사마덕감(司馬德戡)에게 명하여 동성(東城)으로 가서 지키도록 하였다.

---

77) 동관(潼關)으로서 장안의 주변

사마덕감은 1만 명의 근위병을 지휘하는 근위대장으로 양제의 최측근이었다. 그렇지만 사마덕감도 부하들에게 고향으로 돌아가자고 재촉을 받고 있는 터였다. 동향 친구인 호분랑장 원례(元禮)와 감문직합(監門直閤) 배건통(裴虔通)을 찾아가 말했다.

"관내 지방은 이미 적도들의 손에 떨어졌다. 또 화음에서 이효상이 이연에게 투항하여 폐하께서는 그의 두 동생들을 모두 죽이려 한다. 우리 가족들이 서쪽에 있는데 어찌 이런 일들을 염려하지 않을 수 있겠는가?"

원례가 대답했다.

"우리 군사들도 모두 도망가기를 원한다. 차라리 우리도 함께 달아나는 것이 어떠한가?"

배건통은 감문직합으로 궁성문을 지키는 경비부대의 지휘관이었다.

"자네들의 생각이 정녕 그렇다면 내가 성문을 열어주겠네."

이렇게 작당하고 모의하였다.

원례의 친구인 원민도 합세하였는데 조행추, 맹병, 방유, 허홍인, 설세량, 당봉의, 장개, 양사람 등 수많은 사람들도 함께 달아나기를 청했다.

이 소문은 공공연한 비밀이 되어 점점 퍼졌는데 궁인 하나가 이 사실을 알았다. 공이라도 세우기 위해 소후를 찾아가,

"밖에서 반란의 징조가 있습니다."

라고 고했지만 소황후는 이미 모든 것을 포기한 상태였다. 냉담한 어조로 잘라 말했다.

"말해보았자 무슨 소용 있겠냐. 네가 직접 황제께 말해라."

궁인은 오히려 잘된 일이라고 생각했다.

직접 후궁으로 찾아가 양제에게 보고하였다. 그렇지만 한창 술판을 벌이고 후궁들을 희롱하고 있던 양제는 격노하였다.

술잔을 집어던지고 소리쳤다.

"무엄한 놈, 어느 안전이라고 감히 헛소리를 지껄이는 거냐?"

좌우 무사들을 불러 궁인을 죽여 버렸다.

이 소문은 금방 궁 안에 퍼졌고 이후로는 누구도 양제에게 바른 말을 고하는 자가 없었다.

한편 사마덕감은 3월 15일 밤에 대규모 병력을 이끌고 달아나기로 약속했는데 호아랑장(虎牙郞將) 조행추(趙行樞)와 훈시(勳侍) 양사람(楊士覽)이 우문지급에게 와서 이 사실을 알렸다.

우문지급은 욕심이 많은 자였다. 급히 사마덕감을 찾아가서 꾀었다.

"황제가 비록 무도하지만 아직도 독고성이나 풍보락처럼 충성을 바치는 자와 용감한 위병들이 많다. 그대들이 도망간다면 두현과 같은 운명을 피하지 못할 것이다. 이참에 궐기하여 수를 멸하고 새 나라를 세우는 것이 어떠한가?"

반란을 일으키자는 말이었다. 너무도 엄청난 일이어서 사마덕감이 감히 대답하지 못하고 우물쭈물하자 우문지급이 약간 당황했다. 그렇다고 이미 역적의 말을 꺼낸 이상 물러설 수도 없는 노릇이었다.

"도망가다가 잡히면 죽을 것이고 궐기하다가 실패해도 역시 죽을 것이다. 지금 천하가 어지러워 지방의 말단 관리나 여항의 촌부조차 왕을 칭하고 나서는 판국인데 무엇을 망설이겠는가. 차라리 궐기하여 우리 손으로 황제를 갈아치우고 만세 부귀영화를 누리는 것이 어떠하냐?"

강력하게 주장하자 사마덕감도 결심한 듯 분연히 말했다.

"하늘에 맹세코 그대의 뜻에 따르겠소."

조행추가 눈을 두리번거리며 말했다.

"대사를 도모하려면 누군가 앞장서야 합니다. 장군님의 형님이신 우문화급(宇文化及) 징군께서는 우문황후의 조카이고 우문술 대장군의 장남으로 제장들의 존경을 한 몸에 받고 있습니다. 우문화급 장군이야말로 이 일에 가장 적임자가 될 것입니다."

설세량이 먼저 찬성하고 나서자 모두들 동의했다. 그렇지만 정작 우문화급은 안색이 창백하게 되어 땀을 흘리면서 말했다.

"황제의 주변에는 효과위(驍果衛) 소속의 충성스러운 급사(給使)들이 수백 명이나 있다. 그들은 모두 무예에 능하고 일당백의 용맹을 지니고 있으니 수천 명의 군사들이 있다고 해도 성공하기 어려울 것이다.

수나라 말기에 궁중이 혼란하고 민심이 흉흉해지자 양제는 항상 악몽과 불안에 시달렸다. 그래서 건장하고 용맹스런 수백 명의 군사를 뽑아서 근위부대 중에서도 특별히 효과위로 친위대를 만들었던 것이었다.

효과위에 속한 군사들은 특별대우를 받았다. 모두 급사란 벼슬을 내리고 넉넉하게 돈을 주고 자주 술을 내렸으며 조그만 공로라도 세우면 궁녀들까지 나누어 주면서 절대 복종하게 하여 비상사태에 대비하게 하였다.

효과위의 전력을 잘 알고 있는 우문화급으로서는 두려워하지 않을 수 없었던 것이었다. 그렇지만 우문지급은 여유만만 하였다. 음흉하게 웃으며 말했다.

"위씨가 있지 않습니까? 그녀를 이용하면 됩니다."

상궁 위씨는 황제의 총애를 받고 있었으나 우문화급과도 몰래 정을 통하고 있었다. 이 사실을 동생인 우문지급도 잘 알고 있었던 터였다.

우문지급은 우문화급에게 계책을 일러주었다. 우문화급은 선뜻 내키지는 않았지만 여러 사람들의 권유를 뿌리칠 만큼 용기도 없는 자였다.

3월 9일, 밤이 되자 우문화급은 아무도 거느리지 않고 몰래 위씨의 처소를 찾았다. 위씨가 반겨 맞아들이자 우문화급은 능숙한 솜씨로 그녀를 끌어안고 침상에 눕혔다.

한바탕 뜨거운 폭풍이 지나가자 우문화급은 벌거벗은 상궁 위씨의 가슴을 장난삼아 툭툭 치며 물었다.

"그대는 황제와 나 중에서 누구를 택하겠는가?"

위씨는 잠시 놀란 듯 동그랗게 눈을 뜨고 바라보면서 물었다.

"그게 무슨 말입니까?"

우문화급이 자못 심각하고 신중한 어투로 말했다.

"모든 사람들이 말하기를 황제가 천도를 어겨 나라가 어지러워졌으니 새로운 주인이 필요할 때라고 한다. 나는 많은 장수들의 천거를 받아 거사를 일으킬 것이니 그대는 황제의 여자로 남을 것인지 나의 여자가 될 것인지 결정만 하면 되는 것이다."

위씨는 총명한 여자였다. 수나라는 이미 기울어졌음을 짐작하던 터라 주저 없이 말했다.

"우리는 오래 전부터 정을 통하여 이미 한 배를 타고 있는 것과 같습니다. 당신에게 일이 있으면 나에게도 화가 미칠 것이요, 당신이 귀하게 되면 저도 역시 영화를 누릴 것입니다. 어찌 두 마음이 있겠습니까?"

위씨의 승낙을 얻자 우문화급은 기쁨을 감추지 못했다. 반란의 속사정을 모두 털어놓으며 다시 한 번 유혹했다.

"내일 모레 아침이 되면 수천 명의 군사들이 궁성으로 들이닥칠 것이다. 정변이 성공하면 그대는 나의 여인이 되어 자손만대로 부귀영화를 누릴 것이다."

"짐작컨대 공께서 나에게 요구하는 것이 있을 것입니다."

날카로운 그녀의 질문에 우문화급은 속으로 혀를 내둘렀지만 겉으로는 태연한 척 말했다.

"궁성에는 아직도 많은 급사들이 있다. 재주껏 그들을 성 밖으로 내보내 주기를 바란다."

위씨는 갑자기 깔깔대고 웃었다.

"호호호호, 당신의 힘이 얼마나 센지 알아야 하겠습니다."

갑자기 우문화급을 끌어안고 이불 속으로 들어갔다. 한참 농탕을 친 연후에 그녀는 정성스레 우문화급의 땀을 닦아 주면서 말했다.

"걱정 마세요. 급사들은 내가 알아서 처리할 것이니 계획하시는 일을 깨끗하게 마무리하세요."

새벽 일찍 우문화급은 남의 눈을 피하여 위씨의 침소를 빠져나갔다.

날이 밝자 위씨는 목욕을 하고 머리를 단장하고는 급사의 우두머리를 불렀다. 그리고 많은 은자를 내어주면서 그 동안의 노고를 치하하고 마음껏 마시고 놀라고 하면서 거사 당일 아침부터 궁궐 밖으로 모조리 외출시켜 버렸다.

우문화급이 급사들을 이렇게 처리했을 때 사마덕감은 허홍인과 장개를 시켜 비신부(備身府)로 들어가게 하여 다음과 같이 허위 소문을 퍼뜨리게 하였다.

"호위병 중에서 달아나려는 자가 많아 폐하께서 몹시 진노하셨다. 며칠 후에 연회를 베푸는 척 하면서, 몰래 독주를 내려 모조리 죽이고 다만 남방 출신 사람만 남겨두어 함께 강도에 머물려 하는 계획을 세우고 있다."

이 소문을 들은 호위병들은 모두 사마덕감의 편에 가입하여 모반에 동참하게 되었다.

대업 13년 3월 10일, 오후가 되자 구름이 잔뜩 끼고 바람이 거세게 불었다.

사마덕감은 전체 병사들을 소집하고 반란 계획을 선포하였다.

"황제가 무도하여 죄 없는 백성들을 죽이고 병사들도 고향에 가지 못하게 한다. 우문화급 장군께서 몇 번이고 간했으나 폐하께서 받아들이지 않으시니 이제 난을 일으켜 황제를 폐하고 우리 군사들을 이끌고 장안으로 돌아가려한다."

모여 있던 군사들이 모두 환호하며 따랐다.

사마덕감은 군사들을 거느리고 황제의 마구간에 숨어서 시간을 기다렸다.

이윽고 밤이 되자 사마덕감은 동성(東城)에 병사를 집합시키고 불을 질러 성 밖에 있는 우문지급과 맹병에게 연락을 취했다.

양제가 이를 보고 괴이하게 여겨 물었다.

"궁 밖에 불길이 치솟으니 무슨 일이 일어났는가?"

곁에 있던 배건통이 식은땀을 흘리며 대답했다.

"별 일 아닙니다. 궁성 밖에 있는 건초더미에 불이 붙어 잠시 소란한 것뿐입니다."

죽을 운명이 씌였는지 양제는 더 이상 묻지 않았다.

우문지급과 맹병은 군사 일천 명을 거느리고 성문 쪽으로 달려왔는데 마침 순찰을 돌던 후위호분(候衛虎賁) 풍보락(馮普樂)에게 들키고 말았다.

풍보락이 놀라서 소리쳤다.

"너희들은 뭘 하는 군사들인가?"

우문지급이 말했다.

"이미 천하는 바뀌었다. 우문화급 장군께서 군사를 일으켜 장안으로 돌아가려고 한다. 우리 일에 동참하면 목숨을 구할 것이거니와 반대한다면 살아남지 못하리라."

풍보락도 양제의 폭정에 염증을 느끼던 터라 목숨을 걸고 충성을 바치려 하지 않았다. 두 말 없이 반란군에 가담하자 우문지급은 그에게 가도(街道)를 지키게 하였다.

강도의 성안에 군사들이 분주하게 움직이고 심상치 않은 기운이 감돌자 연왕 양담이 이를 눈치채었다. 남몰래 변복으로 갈아입고 왕부를 빠져나가 방림문(芳林門) 옆에 있는 수문을 통하여 궁에 들어갔다.

어지러이 움직이는 군사들을 피하여 현무문까지 이르렀으나 파수꾼에게 붙잡히고 말았다.

배건통의 앞으로 끌려온 양담은 거짓으로 애원했다.

"내가 갑자기 중풍에 걸려 죽게 되었다. 황제 폐하께 고별인사나 해야겠다."

하지만 배건통이 놓아 줄 리 없었다. 그대로 잡아 옥에 가두어 버렸다.

다음날 11일 아침 날이 밝기도 전이었다. 궁 안에 있던 당봉의는 배건통과 의논하고 모든 성문을 열어 두었는데 사마덕감은 자신의 군사들을 배건통에게 넘겨주어 각 문을 지키는 군사들을 반란군으로 교대시켰다.

그리고 배건통이 궁궐 문을 통하여 수백 명의 기병들을 이끌고 성상전(成象殿)으로 뛰어들자 숙위사관 독고성이 갑옷과 투구를 걸칠 새도 없이 칼을 빼어들고 나왔다.

"어떤 놈의 새끼들이 감히 이곳에 뛰어든단 말이냐!"

배건통이 앞서 나와 말했다.

"대세는 이미 결정되었소. 장군의 소임은 끝났으니 조용히 물러나 주시오."

독고성이 배건통을 알아보고 욕설을 퍼부었다.

"네놈은 배건통이 아니냐. 이런 쌍놈의 새끼! 네놈이 감히 반역을 하고자 한단 말이냐."

무지막지한 욕설을 퍼부으며 칼을 들고 뛰어나오는데 뒤에 있던 배건통의 병사 하나가 창을 던져 그 자리에서 죽었다.

환관 하나가 막 이 광경을 보았다. 헐레벌떡 양제에게 달려가 벌벌 떠는 목소리로 고했다.

"큰일 났습니다. 반란이 일어났습니다."

아침 늦게까지 미인을 안고 자던 양제는 혼비백산하여 옷도 제대로 갖추어 입지 못하고 서합(西閤)[78]으로 달아났다.

---

[78] 서쪽 궁궐 문

이때 천우(千牛)[79] 독고개원이 난이 일어났음을 알고 수백 명의 호위 병력을 끌고 달려 와 현람문에 이르러 대궐 문을 두드리며 소리쳤다.

"폐하께서 나오셔서 친히 적들을 꾸짖는다면 능히 사람들의 마음을 안정시키고 난을 진압할 수 있습니다."

하지만 텅 빈 궁궐에서는 대답하는 사람이 없었고 급기야 군사들은 하나 둘 흩어지기 시작하여 남은 자는 불과 십여 명에 불과하였다. 이때 사마덕감의 군사들이 들이닥치자 독고개원은 오히려 붙잡히고 말았다.

궁궐을 완전히 장악한 사마덕감은 곧바로 양제의 침실로 뛰어 들어갔는데 침상위에는 실오라기 하나 걸치지 않은 미인 하나가 오들오들 떨고 있을 뿐이었다. 사마덕감은 피가 뚝뚝 떨어지는 칼을 들고 험상궂게 물었다.

"황제란 놈은 어디로 달아났느냐?"

새파랗게 질린 미인이 양제가 달아난 곳을 손가락으로 가리키자 교위 영호행달(令狐行達)이 급히 뒤쫓아 가서 양제를 붙잡았다. 그렇지만 호락호락하게 잡혀올 양제가 아니었다. 죽음이 눈앞에 닥치자 어디서 났는지 모를 용기가 솟아났다.

붙잡고 있는 군사들을 뿌리치며 호통을 질렀다.

"주모자가 어느 놈이냐?"

영호행달이 갑자기 주눅이 들었다.

"천하가 모두 폐하를 원망하고 있습니다. 그러니 어찌 한 사람만을

---

79) 벼슬 이름

주모라 할 수 있겠습니까?"

"그렇다고 네놈이 감히 짐을 죽이려 하는가?"

"신이 어찌 감히 그럴 수가 있겠습니까. 다만 군사들이 고향을 떠난 지 오래되어 돌아가고자 하므로 그 뜻을 전하려 하였을 뿐입니다."

영호행달이 양제를 부축하여 궁전을 나오자 막 달려 온 배건통을 만났다. 양제가 배건통을 보자마자 꾸짖었다.

"짐은 자네에게 그토록 호의를 베풀었건만 어찌 모반에 가담하였는가."

배건통은 양제가 진왕 시절부터 아끼고 신임하던 신하였다. 배건통이 쩔쩔 매면서 말했다.

"신은 모반을 한 것이 아닙니다. 다만 많은 병사들이 장안으로 돌아가고자 하므로 폐하를 모시고 돌아가려는 것입니다."

교활한 양제의 머릿속에 계산이 언뜻 섰다.

"짐도 장안으로 돌아가려고 생각하던 참이었다. 다만 장강 상류의 양곡 운반선이 도착하지 않아서 그 날을 기다리고 있었는데 이왕 이렇게 된 바에야 내일이라도 육로를 통해서 돌아가도록 하자."

이렇게 달래고 시간을 끌어 행여 구원하려는 장수를 기다리려하였는데 한 군사가 달려와 고하였다.

"우문화급 대장군께서 막 당도하셨습니다."

배건통은 기다렸다는 듯이 양제께 아뢰었다.

"모두들 조당(朝堂)에서 기다리고 있습니다. 부디 나가시어 그들을 위로해 주십시오."

양제는 우문화급이 반란을 일으켰다고 생각하지 않았다. 속으로 안도의 숨을 내쉬며 밖으로 나갔으나, 반란군들은 황제를 붙잡은 것을 보고 사방에서 고함이 터져 나왔다.

"바로 저놈이다!"

"저 놈을 쳐 죽여라."

"저놈 때문에 얼마나 많은 사람들이 죽었는가. 저놈을 끌어내어 능지처참하라."

엄청난 욕설과 비난에 양제가 실색을 했다. 도와주기를 바라는 마음에서 우문화급을 쳐다보았으나 우문화급은 얼굴을 돌리며 외면해 버렸다.

우문화급도 본래는 양제를 죽이고자 하는 마음은 없었다. 그렇지만 분노한 군사들의 마음을 저버렸다가는 자신도 어떻게 될 지 모르는 처지라 오히려 독한 눈을 뜨고 반란군들을 향하여 소리쳤다.

"오늘 참주(僭主)[80]를 죽여 너희들의 원수를 갚아 주겠다."

넓은 성상전의 마당에 있던 군사들이 환호하자 우문화급이 시위하고 있던 군사에게 양제를 끌고 가서 죽이라고 명령을 내리자 양제는 그제야 비로소 죽음을 피할 수 없음을 알았다.

좌우에 버티고 서 있는 사마덕감과 배건통에게 풀이 죽은 목소리로 물었다.

"짐에게 무슨 죄가 있어 이렇게 모반하였는가?"

그때 마문거라는 자가 나섰다.

"폐하는 종묘를 버리고 유람을 그치지 않았으며, 밖으로는 전쟁에 힘쓰고, 안으로는 사치를 다하였습니다."

---

80) 도리와 법도에 어긋난 임금

양제가 주위에 들어선 장수들을 일일이 둘러보며 말했다.

"사실 나는 백성들에게는 잘못한 것이 많으니 어찌 변명을 할 수 있겠는가. 하지만 너희들은 짐으로부터 영예와 녹봉을 받아 한껏 누려오지 않았는가? 주인을 버리고 반역을 하였다면 훗날 다시 배반당하지 않겠는가."

사마덕감이 말했다.

"천하의 모든 사람들이 하나같이 폐하를 원망하고 있으니 이미 천심을 잃은 것입니다. 이번 일이 어찌 한 두 사람이 주모한 일이겠습니까?"

이때 밖에 있다가 뒤 따라 들어 온 우문화급이 버럭 화를 내면서 양제를 꾸짖었다.

"참으로 뻔뻔스런 자로다. 아직도 너의 죄를 모른단 말인가. 저 자의 죄상을 낱낱이 파 헤쳐 주어라."

우문화급 뒤에 서 있던 봉덕이이란 자가 앞으로 나오면서 미리 준비해 온 문서를 꺼내있다.

"진왕 광은 들거라.

그대는 일찍이 간사스럽고 요망한 뜻을 품어 친형인 태자를 음해하고 죽였으니 이것이 첫 번째 죄이며, 친부인 선황을 시해하고 진부인과 채부인을 겁탈하여 천륜을 어지럽힌 것이 두 번째 죄이다. 또한 사치와 방탕을 일삼아 낙양성을 새로 쌓고 대운하를 파며 사이사이에 별궁을 짓는 등 온갖 역사를 일으켜 백성들을 고통에 빠뜨렸으이 이것이 세 번째 죄이며, 무모하게도 고구려 정벌을 세 차례나 일으켜 수백만이 넘는 생목숨을 빼앗았으니 이것이 네 번 째 죄이다. 마음대로 백성의 재물을 징발하여 온 나라 사람들을 굶주려 죽게 하였으니 이

것이 네 번째 죄이고… ."

 온갖 죄악이 끊임없이 낭독되자 양제는 고개를 떨어뜨려 들지 못했다. 막내 아들인 조왕 고가 두려움에 질려서 옆에서 엉엉 울자 배건통이 버럭 화를 내며 단칼에 목을 베었다.

 피가 튀어 양제의 옷에 튀었으나 양제가 눈을 감고 모른 척 할뿐이었다. 피 맛을 본 배건통은 사정없이 양제에게 달려들어 곧바로 죽이려 하자 양제가 말하였다.

 "천자에게는 천자에게 맞는 죽음의 방식이 있다. 칼로 참해서야 되겠는가. 짐주(鴆酒)81)를 가져오도록 하라."

 우문화급이 매정하게 말했다.

 "아직도 무슨 미련이 있어 시간을 끌려 하는가. 짐독을 구하기 어려우니 교살하라."

 교위(校尉) 영고행달(令孤行達)이 양제를 자리에 앉혔다. 양제가 체념하고 몸에 지니고 있던 비단 수건을 풀어 주자 곧바로 목 졸라 죽였다.

 소후와 궁인들은 옻칠을 한 침상의 판자를 뜯어서 작은 관을 만들어 양제와 조왕 고(杲)의 빈소를 서원(西院)의 유주당(流珠堂)에 차렸는데 그때가 건업 13년(617) 양제 나이 50세였다.

 우문화급은 양제를 죽였으나 불쌍하게 여겨 그의 아버지 문제의 곁에 묻어 주는 것을 허락하였다. 문무백관들이 양제의 관을 메고 갈 때 갑자기 하늘이 어두워지고 양동이로 물을 내리 퍼붓듯이 폭우가 쏟아지고 길이 진흙 구덩이로 변하여 한 걸음도 나아갈 수가 없었다.

 설상가상으로 관을 메고 가던 기둥이 뚝 부러지면서 양제의 관이 땅

---

81) 짐새는 중국 남방에 나는 올빼미 비슷한 독조(毒鳥)인데 이 짐새의 깃으로 담근 술

바닥에 쳐 박혔다. 한 신하가 말했다.

"황제가 살아생전에 황음무도하였으니 하늘이 이를 벌주는 것이다. 이것은 모두 하늘의 뜻이니 이곳에 묘를 세워야 한다."

모두다 아무 말 없이 그의 말을 따랐다.

훗날 그 주위에 조그만 촌락이 생겼는데 사람들은 양제의 관이 떨어진 곳이라 하여 낙양촌(落煬村)이라고 불렀다.

양제를 죽인 우문화급은 처음에는 엉터리 제웅 사건에 휘말려 폐서인 되었던 양제의 동생인 촉왕 양수를 황제로 세우려 하였다. 그렇지만 양수도 평소 거만하여 자신과 친한 대신들을 제외하고는 함부로 대하여 평이 나빴다. 당봉의도 양수에게 모욕을 당한 적이 있어 반대하고 나섰다.

"촉왕은 황제에게 아첨하여 매년 순행을 나갈 때면 같이 순행하였습니다. 그 자를 세워서는 안 됩니다."

원례와 배건통도 촉왕을 싫어하여 양수와 그 일곱 아들을 모두 죽였다. 또한 제왕 양간, 연왕 양담을 비롯하여 수씨 종실의 사람들과 외척들은 어른과 아이를 가리지 않고 모두 죽였다.

또한 양제의 측근으로 온갖 악행을 저질렀던 내사시랑 우세기, 어사대부 배온, 우익위장군 래호아, 비서감 원충, 우익위장군 우문협, 천우 우문효, 양공 소거 등과 그 아들들도 모두 끌어내어 저자거리에서 참했는데 그 수효가 하도 많아 거리에 피가 열흘이 지나도록 마르지 않았다.

황문시랑 배구는 수나라 말기에 나라가 어지러워지자 반드시 반란이 일어날 것을 짐작하고 아랫사람들을 후하게 대하였는데 많은 적도

들이 그를 위하여 변명해 주었다.

 또한 소위는 직언을 잘하고 명성이 높아 우문화급이 평소 좋게 생각하였으므로 처벌을 면해 주었다.

 이렇게 모든 일을 처리한 후, 소후(蕭后)의 명이라고 거짓으로 꾸며 대어 양제의 동생 준(俊)의 아들인 진왕(秦王) 양호(楊護)를 황제로 세우고 별궁에 거처하도록 하였다. 그리고 양호가 딴 마음을 품을까 두려워하여 자신의 호위 군사로 하여금 엄중히 지키게 하였다.

 또한 논공행상을 베풀어 자신은 스스로 대승상이라 칭하고 동생 우문지급은 좌복야, 우문사급은 내사령으로 임명하였으며 측근인 우방유, 설세량, 장개, 당봉의 등에게도 각각 높은 벼슬을 내려 모든 권력을 장악하였다.

 우문화급은 점점 교만해지고 대담해졌다.

 양제의 비인 소황후는 당시 38세로서 풍만한 아름다움을 지니고 있었다. 우문화급은 밤에 몰래 그녀의 방에 들어가서 주위에 있던 궁녀들을 모두 쫓아내었다.

 소황후가 놀래어 말했다.

"이게 무슨 짓인가?"

 우문화급이 음흉하게 웃으며 말했다.

"천하는 이미 바뀌었다. 그대 역시 오늘부터는 나의 것이다."

 가련하게 저항하는 소비를 짓누르고 우악스럽게 그녀를 덮쳤다. 소황후의 비명이 자지러지게 들렸으나 주위에 있던 궁녀들은 벌벌 떨기만 할 뿐 누구하나 고개조차 내미는 자가 없었다.

 다음날 우문화급은 소황후를 숙비라고 명명하고 공공연히 자신의 첩으로 삼았다.

우문화급은 강도의 여섯 궁궐을 모두 차지하고서는 금은보화들을 뒤로 빼돌렸으며 궁녀들은 물론이고 양제의 후궁까지 마음대로 겁간하는 등 그 악행이 이루 헤아릴 수 없었다.

뿐만 아니었다. 자신에 대한 모든 의전 행사 등을 양제와 똑 같이 하였는데, 저들끼리 시시덕거리고 놀다가도 관리들이 보고를 하러 올 때면 제왕의 흉내를 내어 얼른 장막 속에 들어가 남쪽을 바라보며 맞았는데 이때는 자신의 무식함이 드러나지 않게 듣기만 할 뿐 아무런 대답도 하지 않았다.

그리고 관리들이 돌아가면 즉시 당봉의나 우방유 등을 불러 함께 상의하고 여러 가지 조서나 칙서들을 제 맘대로 작성하여 진왕에게 강제로 서명하게 하였다.

사마덕감은 얼결에 반정에 참가하였지만 안하무인격인 우문화급 일당들의 행동에 크게 분노했다. 그러던 차에 부하 하나가 넌지시 충동질했다.

"옛날 유방이 초를 평정하고 천하를 얻으려 하자 괴철이란 자가 한신에게 찾아가 하늘이 주는 것을 받아들이지 않으면 도리어 그 나무람을 듣게 되고 때가 이르렀는데 결행하지 못하면 거꾸로 그 재앙을 입게 된다고 하였습니다.[82]

한신이 그 말을 따르지 않았다가 결국은 토사구팽 당하고 말았으니 이를 경계하지 않을 수 없습니다. 지금 우문장군의 행동을 본다면 나중에 장안을 점령하여 반드시 스스로 황제가 되려 할 것이니 나머지

---

[82] 天與不取 反受其咎 時至不行 反受其殃

사람들은 무사하지 못할 것입니다."

사마덕감은 마침내 우문화급을 없애기로 결심하였다.

"옛날부터 어려운 일은 함께 할 수 있으나 공은 함께 하지 못할 인물이 있다 하였으니 이는 우문화급을 두고 한 말이다."

심복들과 모의하고 암살계획을 세웠지만 우문화급의 첩자에게 들키고 말았다. 그때 우문화급은 대낮부터 침전에서 여러 명의 궁녀들과 음란한 장난을 치고 있다가 이 소식을 듣고 어찌나 놀랐던지 속옷만 입은 채 뛰어 나와 친위대를 불렀다.

뒤따라온 그의 부하 하나가 칼과 갑옷을 들고 나와 입게 하였는데 우문화급은 직접 친위대를 이끌고 달려가 사마덕감 일파들을 모조리 살해해 버렸다.

그렇지만 이 사건으로 반역의 중심세력은 절반이 흩어지고 군사들은 또다시 동요하여 탈영하는 자가 속출했다.

우문화급은 최후의 수단을 쓸 수밖에 없었다. 그것은 강도의 군사들을 장안으로 돌리는 것이었다.

본시 반역을 일으킬 때에도 고향을 그리워하는 병사들에게 관중으로 돌아가리라는 명분을 내세웠으니 장안으로 돌아가는 것은 당연지사이기도 했다.

곧바로 명을 내려 소황후를 비롯하여 궁중의 수천 명의 여인들과 보물을 배에 싣고, 강도에 있던 수나라 군대 수십만 명을 거느리고 장안으로 향했다.

우문화급이 강도에서 반란을 일으켰을 때 낙양성에서는 동도통수

번자개가 갑자기 병사하고 원문도(元文都)가 세력을 잡았을 때였다. 오랫동안 낙양 공략에 실패했던 이밀은 이때를 기회로 삼아서 다시 공격을 시도하였지만 낙양성은 여전히 견고하여 흔들림이 없었다.

특히 농민 반란을 진압한 강도통수(江都通守) 왕세충이 위험에 빠진 낙양을 구원하러 왔기 때문에 이밀의 군사들은 기거할 곳을 잃고 다시 비바람을 맞으며 벌판에서 헤매게 되었다.

인간들이란 간사하기 짝이 없는 것이어서 이밀이 곤경에 처하자 한때 그의 패거리에 서기를 원했던 적양의 무리들이 다시 적양에게 돌아와 부추겼다.

"원래 장군께서 수령이었습니다. 이밀이란 자가 교활하게 잔꾀를 부려 위(位)를 차지하였으니 지금이라도 그를 처치하고 천하를 쥘 때입니다."

적양은 이밀이 자신보다 뛰어난 인물임을 알고 있던 터라 웃으며 말했다.

"인간은 자신의 그릇이 있는 법이다. 이공은 가히 천하의 인재라 할 수 있으니 더 무엇을 욕심내겠는가."

그렇지만 이 소리가 이밀의 귀에도 들어갔다. 이밀의 심복이었던 정지절이 분노하여 이밀을 재촉했다.

"언제 반란이 일어날지 모릅니다. 이 기회에 그들을 모조리 처치하여 후환을 끊어버리십시오."

이밀도 늘상 적양을 두고 마음에 꺼림칙하게 여기던 터라 군사를 보내어 적양과 그 무리들을 체포하였다.

적양이 하늘을 우러러 울부짖었다.

"동물을 구해주면 은혜를 갚고 인간을 키워주면 앙갚음을 한다더니 오늘 내가 당할 줄은 몰랐다."

이밀이 도리어 꾸짖었다.

"네놈이 음흉하게 감히 나의 등 뒤로 비수를 꽂으려느냐. 반역자의 말로를 보여 주겠다."

당장 끌어내어 효수하여 그 목을 군문에 내걸었다. 그러나 그것은 큰 실수였다. 적양은 부하들을 자기 몸과 같이 아껴 존경을 받고 있었기 때문에 옛날 적양의 휘하에 있던 군사들은 이밀의 처사에 크게 반발했고 다른 도적 출신의 장수들까지도 저희들끼리 수군거렸다.

"적양 같은 어진 이도 마음에 들지 않으면 죽임을 당한다. 하물며 우리들이야… ."

군중이 술렁이고 탈주병이 생겨나면서 심지어 장수들도 무리들을 이끌고 군영을 벗어나 달아났다. 이런 일들은 강도와의 싸움에 지친 이밀에게는 치명적이었다.

한편 장안으로 돌아가던 우문화급의 대군은 낙양으로 점점 가까이 다가오고 있었다. 비록 우문화급이 사마덕감을 죽이고 그 세력이 약화되었다고 하나 수 십 만이나 되는 강도의 대군을 거느리고 있었기에 당시로서는 가장 막강한 세력이었던 것은 틀림없는 사실이었다.

앞에는 낙양의 험한 성벽이 버티고 뒤에는 우문화급의 군대가 들이치자 이밀이 크게 당황하였다.

참모인 왕백당이 말했다.

앞뒤로 적을 맞으면 반드시 당하게 됩니다. 병법에 이르기를 싸우기 전에 먼저 이겨야 한다 하였으니 지금으로서는 외교로써 이 난관을 헤쳐 나가는 것이 제일 상책입니다. 우문화급이나 낙양의 군사 중에 어느 한 쪽과 연합하지 않으면 안 됩니다.

이밀이 의아히 여겨 물었다.

낙양도 관군이요 우문화급도 관군인데 어찌 그들이 우리와 동맹을 맺으려 하겠는가.

그건 염려 없습니다. 우문화급은 양제를 죽인 반군이지만 낙양군은 명목상으로는 월왕이 지휘하는 수의 정통 세력이라 이 둘은 결코 화합할 수 없을 것입니다.

그런데 우문화급은 지금 강도의 정병을 거느리고 있는데다 교활하고 의심이 많아 연합의 상대가 못 됩니다. 반면 낙양은 비록 우리와 싸우는 처지지만 오랫동안 포위된 터라 식량과 물도 다 떨어졌을 것입니다. 들건대 총대장 원문도라는 자는 용렬하고 어리석으며 여자라면 사족을 못 쓰는 호색한 인간이라고 합니다. 미인을 보내어 화친한다면 반드시 우리의 제의에 응할 것입니다.

이밀이 기뻐하며 거느리고 있던 미인 둘을 가려 뽑아 보석이 박힌 황금 노리개를 원문도에게 보내었다.

원문도가 가만히 생각하니 이밀이나 우문화급은 똑같은 적인데 만약 이밀이 우문화급과 연합하여 쳐들어온다면 그야말로 큰 낭패였다. 그런데 자기편에 붙어 우문화급과 싸워준다면 둘 중의 하나는 망할 것이요 살아남은 하나도 크게 피폐해질 것이 틀림없었다. 그때 자신은 어부지리를 취하여 나머지를 격파하고 그 여세를 몰아 장안으로 들이쳐 실권을 잡을 수 있다면 그보다 좋은 계책은 없었다.

게다가 덤으로 미인과 보배를 얻었으니 내심 크게 기뻤다.

우문화급은 대역 죄인이라 천하가 합심하여 주벌해야 할 것이다. 이제 그대가 역심을 고쳐먹고 올바른 길로 나아가려함에 도우지 않겠는기.

이밀에게 벼슬을 내려 태위(太衛) 상서령(尙書令) 동남도대행대행군원수(東南道大行臺行軍元首) 위국공(魏國公)에 봉하여 동맹을 체결하였다.

원문도와 협상을 맺은 이밀은 우문화급(宇文化及)과 결전을 벌이게 되었다. 양군은 여양(黎陽)에서 격전을 치렀는데 이때 이밀은 화살에 맞아 말에서 떨어졌다.

우문화급의 군사들이 함성을 지르며 내닫자 이밀을 호위하던 군사들은 모두 뿔뿔이 달아났지만 진숙보가 다섯 군데나 상처를 입고 용감하게 싸워서 이밀의 목숨을 구하였다.

그렇지만 왕백당이 우문화급의 중군을 깨뜨리자 이세적과 단웅신, 진지략, 번문초 등이 달아나는 적에게 협공을 가하여 결정적인 승리를 거두었다.

이밀은 우문화급이 가지고 있던 많은 보물과 비단을 강탈했는데 부하들에게 나누어 주는데 인색했다. 단웅신이 분격하여 이세적에게 말했다.

"이밀은 영웅호걸을 자처하나 기실은 탐욕으로 가득 찬 소인배에 불과하다. 적양은 그에게 은혜를 베풀었으나 오히려 원수로 갚았고 이번 전쟁에서 많은 재물을 빼앗았으나 혼자 가로채 버렸다. 이런 부류의 인간과 더불어 대사를 논할 수 없다."

 단웅신은 용력이 뛰어나고 창술에 능하여 사람들은 비장(飛將)이라고 불렀다. 수나라 말년 하남에서 도적 수령이 되었다가 법조장군 적양이 와강군을 이끌고 채나라를 세우자 이세적, 곽효각, 이상호 등과 함께 그의 수하가 되었다. 그들은 의기투합하여 옛날 촉나라의 유비와 관우, 장비를 본받아 의형제를 맺고 한날한시에 죽기를 맹세하였다.

 그런데 적양이 억울하게 모함을 받아 이밀에게 처형당하자 이에 앙심을 품고 있었다. 그러던 중에 우문화급과의 전투 후에 논공행상에서 제외 당하자 앙앙불락하였던 것이었다.

 이밀은 이러한 상황을 전혀 알지 못하고 승리에 도취되어 군사들에게 술과 고기를 나누어 주고 기쁨을 만끽하였다.

 그때 낙양성에서 뜻하지 않은 사건이 일어났다. 왕세충의 조카 왕완은 숙부를 믿고 교만 방자하여 제멋대로 행동하고 환관에게도 폭행과 욕설을 서슴지 않았다. 원문도가 이 사실을 알고 크게 꾸짖고 말하기를,

 '이번에는 용서해 주지만 차후에 이런 일이 있으면 반드시 내 손으로 쳐 죽이겠다.'

 라고 위협하였다.

 평소 원문도를 싫어했던 왕완은 원문도가 이밀과 연합한 것을 빌미로 숙부인 왕세충을 부추겼다.

 '이밀은 반란군의 괴수로서 역적입니다. 원문도가 역적과 결탁하였

으니 그 역시 역적임에 틀림없습니다. 이 기회에 그를 처단하고 전권을 장악해야 합니다.'

왕세충도 야심만만한 인물이었다. 평소 원문도의 호색과 탐학을 미워하던 차라 왕완과 더불어 반란을 일으켰다.

원문도가 순시하는 것을 기다려 군사를 숨겨놓았다가 갑자기 습격하여 죽였다. 그리고 그 목을 베어 성문에 걸어두고 원문도의 죄상을 밝히는 한편 그 무리들도 모조리 잡아 죽였다. 실권을 잡게 된 왕세충은 원문도의 정책을 모두 바꾸었다.

"역적 따위와 연합할 수는 없다."

이렇게 말하고 날랜 병사 오백 명을 보내어 식량창고를 빼앗아 이밀과의 화친을 깨뜨렸다.

단단히 뒤통수를 얻어맞은 이밀은 복수심에 불타올랐다.

"배신의 댓가를 톡톡히 치르게 하리라."

군사들을 모아 출정 명령을 내리려 하자 왕백당이 간했다.

"공연히 서둘러서는 안 됩니다. 낙양의 병사들은 정규훈련을 받은 수의 정예병들이어서 무리하게 공격하다가는 도리어 우리가 위태로워지게 됩니다. 두건덕과 이연 등이 강도를 노리고 있으니 우리는 물러나서 그들이 서로 싸우는 것을 구경만 하고 있다가 나중에 그 중 하나가 지치면 그때 공격해도 늦지 않을 것입니다."

이렇게 반대했지만 단웅신이 오히려 막았다.

"우리 군사들은 15만이 넘는데 비해 적들은 채 2만도 되지 않는다고 합니다. 그런데도 왕세충을 두려워하여 아무런 보복 조치를 취하지 않는다면 천하 영웅들의 비웃음거리가 될 것이고 아군들도 사기를 잃게 되어 뿔뿔이 흩어지고 말 것입니다. 소장에게 일군을 주시면 단숨에 짓밟아 버리겠습니다."

이에 기병대장 진지략(陳智略)과 번문초(樊文超) 등도 단웅신과 마찬가지로 나가서 싸울 것을 주장했다.

"병법에도 말하기를 이길 수 있는 전쟁은 반드시 이겨야 합니다. 우리가 물러서서 두건덕이나 이연이 강도를 차지하면 그때에는 정말로 우리는 갈 곳이 없게 됩니다."

낙양은 수나라의 가장 화려한 도시요 요새중의 요새였다. 이밀은 이러한 낙양을 다른 사람에게 넘겨주기 싫었다. 게다가 연전연승을 거듭하였기 때문에 자신감도 넘쳤다.

왕백당의 간언을 물리치고 낙양성 북쪽의 북망산(北邙山)에 진을 치고 외마군(外馬軍)을 거느리고 있던 단웅신은 언사(偃師)에 진을 쳤다.

왕세충은 단웅신의 진채를 보고 웃었다.

"적의 형세를 얼핏 보면 제법 그럴 듯하게 보이지만 실상은 깃발이 서로 뒤엉켜 있고 진채는 뒤죽박죽 섞여 있다. 적장은 분명 병법이란 말조차도 들어본 적이 없는 무지렁이에 불과하다."

이렇게 단언하고 기병 오백 명을 앞세워 언사에 주둔해 있는 단웅신의 부대를 공격했다.

단웅신은 이밀에게 싸우기를 주장했으나 그것은 오히려 이밀의 군사를 파멸시키기 위한 작전이었다. 왕세충의 군사들이 다가오자 싸우는 체만 하고 달아나버려 5만이나 되는 군사들은 제멋대로 흩어져 버렸다.

사기가 오른 왕세충의 정규군은 일사불란하게 공격하여 순식간에 진채를 두 개나 빼앗았다. 다급해진 이밀이 정지절과 배인기와 배행엄 부자를 구원군으로 내보냈지만 왕세충은 구원군이 올 것까지 미리 계산해 두었다.

요소요소에 매복군을 배치하여 기습을 가하자 이밀이 보낸 구원군도 맥없이 대패하고 말았다. 배인기는 놀라 달아났고 배행엄은 갑자기 날아오는 화살을 피하지 못하여 말에서 떨어졌다. 다행히 뒤따라오던 정지절이 분투하여 목숨은 구했지만 대부분의 군사들을 잃고 말았다.

와강적은 본래 대부분 도적이거나 농민반란군이어서 규율이 지켜지지 않고 제멋대로 행동하는 자가 많았다. 5만이 넘는 단웅신의 군사가 전멸 당하자 사기가 급격히 떨어졌고 왕세적과의 전쟁보다는 민가를 돌아다니면서 도적질을 하는데 열을 올렸고 끼리끼리 모이면 대낮에도 술판과 노름판을 벌였다.

왕세충은 이러한 이밀의 군사들의 행동은 일일이 지켜보고 있었다. 조카 왕완을 불러 명했다.

"이밀의 무리들은 스스로 무너지고 있다."

일만 대병을 주어 성 앞에서 제일 가까운 곳에 포진하고 있던 왕군곽의 군사를 공격했다.

왕군곽은 본시 와강적의 무리였으나 수장 송노생에게 포로로 잡혔다가 곽읍전투에서 송노생이 이연에게 패하여 죽자 다시 이밀에게 투항한 자였다. 이밀은 그를 이렇게 평했다.

"왕군곽과 같은 무리는 철새와 같다. 이로움만 있으면 언제든지 변절하는 인간이니 조심해야 한다."

당연히 이밀은 그를 중용하지 않았기 때문에 왕군곽도 이밀을 위해 충성하려는 마음이 전혀 없었다. 왕세충의 군사들이 진격해 오자 군사와 함께 계곡 아래쪽으로 달아나버렸다.

손쉽게 왕군곽의 군대를 제압한 왕세충은 계속 진격하여 북망산에 있는 이밀의 본대를 급습했다. 다급해진 이밀이 깃발을 흔들어 마침 맞은 편 언덕 위에 주둔하고 있던 이세적과 단웅신에게 구원을 요청했지만 그들은 단 한 명의 군사도 내보내지 않았다.

이밀은 다시 다른 장수들에게도 구원을 요청하는 신호를 보냈지만 이상호를 비롯한 진지략, 번문초 등 적양 휘하의 장수들은 아무도 군사를 움직이지 않았다. 이밀은 비로소 배신당했음을 깨닫고 후방의 금용성을 지키던 왕백당과 함께 장안으로 달아나 이연에게 투항하였다.

이밀은 적양을 죽인 적이 있으므로 많은 장수들이 그를 신임하지 않았다. 누군가가 몰래 이연에게 고했다.

"이밀은 모반의 상을 지녔으므로 수황제도 중용하지 않았습니다. 가까이 두면 화근만 생길 뿐입니다."

이밀이 이 사실을 알고 분하게 여겼다. 간곡하게 말리는 왕백당의 말을 듣지 않고 모반을 일으켜 도림현을 습격하여 많은 재물을 노략질하였지만 곧바로 쫓기는 바가 되었다. 하는 수 없이 도적의 괴수 장선상에게 피신하여 의탁하려 하였으나 이연은 그 마저도 용납하지 않았다.

당언사를 보내 토벌하여 장선상을 죽이자 이밀과 왕백당은 높은 누대로 쫓겨 올라갔다. 아래층에서 왕세충의 군사들이 다투어 올라오자 이밀이 말했다.

"공과 나와는 이승에서 인연이 끝났다."

눈물을 흘리며 서로 상대편의 배를 찔러 자결했다.

한편 이밀이 왕세충에게 패했을 때였다. 그의 휘하에 있던 이세적도 대부분의 군사를 잃고 숲속으로 피하여 목숨을 부지했다. 이때 옛날 적양의 휘하에 같이 있던 위징이 찾아와 당에 투항하자고 권유했다.

마땅히 의탁할 곳이 없었던 이세적은 그의 의형제인 단웅신을 찾아가 함께 투항하자고 했다.

그러나 단웅신은 그의 형인 단지명이 이연에게 붙잡혀 오살(鏖殺) 형을 당했으므로 깊은 원한을 가지고 있었다.

"이연과 이세민은 내 손에 죽어야할 인간이다. 네가 그리로 간다면 막지는 않겠지만 다음에 나와 만난다면 적이 될 것이다."

뒤도 돌아보지 않고 돌아섰다.

이때 진지략과 이상호, 번문초, 진숙보, 정지절 등은 단웅신을 따라 자신의 군사를 온전히 거느리고 왕세충에게 투항했고 이세적은 위징의 권유에 따라 곽효각과 함께 이연의 휘하로 들어갔다.

이때 위징이 이밀의 토지와 백성들을 모두 당에 헌납하자고 말하자 이세적이 반대했다.

"이 토지와 백성들은 모두 위공의 소유인데 내가 표문을 올려서 이를 헌납하려고 한다면 주군의 실패를 스스로의 공으로 돌려 부귀를 차지하는 짓과 다름없으니 나는 이를 수치스럽게 생각한다. 의당 군현의 모든 호구와 병마의 숫자를 적어 위공에게 글을 올려 스스로 이를 헌납하게 하여야 한다."

이렇게 말하고 친구인 곽효각을 당에 보내어 투항의사를 밝혔다. 이때 곽효각이 이세적의 말을 전하자 이연이 감동했다.

"세적은 덕을 배반하지 않고 공로를 차지하려 들지 않으니 정말로 순수한 신하로다."

이세적은 조주(曺州) 출신으로 원래는 서(徐)씨였는데 이때 자신의 성씨인 이(李)씨 성을 내려주어 이세적이 되었다. 훗날 세민이 황제가 되자 그의 가운데 이름과 상피하기 위하여 '세'자를 빼어버리고 또다시 이적으로 개명했다.

이때 곽효각은 송주(宋州)자사로 임명받아 이세적, 이상호와 더불어 하남성 호뢰(虎牢)의 동부를 공격하여 점령하였다.

한편 이밀을 깨뜨린 왕세충은 의기양양하였다. 배인기의 부자를 비롯하여 사로잡힌 이밀의 장수들을 모조리 참수하여 성 밖에 그 목을 걸어 두게 하여 난군들의 본보기가 되게 했다.

그러나 이밀이 가지고 있던 수많은 미인과 보배와 함께 10만 명이 넘는 장졸들을 손에 넣게 된 왕세충은 야욕을 품었다. 처음에는 월왕 동을 황제로 추대하고 황태제(皇泰帝)라 일컬으며 연호를 황태(皇泰)라 하고 자신은 스스로 태위(太衛)가 되어 전권을 휘둘렀으며 그의 행차나 의식은 황제와 같았다.

권력을 맛본 왕세충은 마침내 제위를 탐내었다. 1년이 채 못 되어 월왕을 이리저리 구실을 붙여 핍박하고는 유폐시켜 버리더니 결국 사자를 시켜 짐주를 가져가게 하였다.

사자가 황태제 앞에 이르러 짐주를 내 놓으며 말했다.

"태위께서 이것을 내리셨습니다."

월왕이 사약인 줄 눈치 채고 사자의 옷깃을 붙잡고 말했다.

"태위를 만나 해명하고 싶다."

사자가 허락하지 아니하자 눈물을 흘리며 말했다.

"어머니를 만나 이별의 인사를 하고 싶다."

그러나 이것도 허락하지 아니했다. 월왕이 자리를 펴고 향을 사르더니 방에 모셔있던 부처에게 절을 하며 중얼거렸다.

"진실로 바라건대 두 번 다시 제왕(帝王)의 집안에 태어나지 않게 하소서."

마지막 말을 남기고 짐주를 마시자 피를 한 되나 토했다. 그렇지만 쉽사리 목숨이 끊어지지 않고 몸부림치자 사자가 달려들어 목을 졸라 죽였다. 그때 그의 나이 16세였다.

한편 이밀에게 패한 우문화급은 위현으로 달아났는데 심복인 장개가 음모를 꾸미고 반란을 획책하였다. 우문화급이 먼저 이 사실을 알고 모두 쳐 죽였지만 군사의 사기는 급격하게 꺾이고 달아나는 자가 헤아릴 수 없었다.

이때에 이르러서 우문화급은 절망감을 느꼈다. 그러자 이상하게도 없던 배짱이 생겼다.

어차피 인생은 한 번은 죽는 것이다. 죽기 전에 제왕이라도 되어보자.

생각이 이에 미치자 사람을 강도로 보내어 진왕 양호를 독살해버렸다. 그리고 위현에서 스스로 황제의 위에 올라 국호를 허(許)라고 하고 연호를 천수(天壽)로 바꾸고 백관을 임명하였다.

하지만 죽음에 대한 공포와 불안은 씻을 수 없었다. 우문화급은 매양 그 동생 지급과 더불어 온갖 여자들을 잡아와 매양 술판을 벌였는데 술에 취하면 지급에게 화풀이를 하였다.

너 때문에 일이 이렇게 되었다. 이제 황제를 죽인 역적이 되어 천하에 용납될 곳이 없으니 멸족지화를 면하기 어렵다.

우문지급도 지지 않고 대들었다.

애초에 영화는 혼자 차지하고는 이제 일이 풀리지 아니하니 내 탓만 하는구나.

술잔을 집어 던지며 서로 욕하며 싸우는데 아래 위가 없이 험악하였다.

장락왕 두건덕은 비록 반군을 일으켰지만 수에 대한 충성심은 남달랐다. 양제의 시해 소식을 듣고 하늘을 향해 통곡하며 군사를 일으켰다.

우문화급은 그 아비와 더불어 나라의 큰 덕을 입었다. 그러하나 늑대와 같은 역심을 드러내어 황제를 시해하고 또 그 위를 찬탈하였으니 이런 더러운 역적을 어찌 용서할 수 있겠는가. 마땅히 그를 죽여 난세를 바로 잡으리라.

두건덕의 이런 명분은 뜻있는 사람들의 호응을 얻기에 충분했다. 그가 군사를 일으키자 인근 군현에서 사람들이 구름처럼 모여 금방 10만 대군이 되었다.

힘을 얻은 두건덕이 위현으로 진격하자 우문지급은 성문을 닫고 싸우려 하였다. 그러나 우문화급은 성안에 갇히어 있다가 몰살당하게 될까봐 두려웠다.

성 안에는 양식도 무기도 얼마 없다. 스스로 갇히기를 자초하다가는 고스란히 굶어서 죽게 될 것이다.

군사를 이끌고 나와 두건덕의 군사와 정면으로 맞붙었다.

그렇지만 사기가 떨어질 대로 떨어진 우문화급의 군사는 기세가 오를 대로 오른 두건덕의 군사들의 상대가 되지 못했다. 앞에 있던 배건통의 부대가 싸울 적에 뒤에 있던 영호행달의 군사들은 눈치를 보면서 달아났고 이를 지켜보던 우방유와 설세량도 함께 달아났다. 언덕 위에 주둔하고 있던 장개는 멀거니 서서 지켜만 보고 있을 뿐이었다.

두건덕은 결전의 순간이 왔음을 알았다. 북과 징을 두드리며 총공격을 개시하여 배건통을 죽이고 우방유와 설세량도 포로로 잡았다. 영호행달은 스스로 투항해 왔고 우문화급의 군사들은 바람에 날리는 낙엽처럼 뿔뿔이 흩어졌다.

전쟁은 싱겁게 끝나 버렸다.

우문화급은 우문지급과 더불어 겨우 수십 명의 친위대만 거느리고 뒷문으로 빠져나가 요성(聊城)으로 달아났으나 그곳에서도 그를 반겨줄 사람이 없었다.

성안의 백성들은 그의 감시가 두려워 복종은 하고 있었지만 모두들 빨리 두건덕이 진격해 주기만 고대하는 처지였다. 그래서 두건덕의 선봉군이 성문 아래 당도하자 수문장이 성문을 열고 투항해버렸다.

삽시간에 두건덕의 군사들이 밀물 듯이 몰려들자 급해진 우문화급은 헛간에 숨어 있다가 성난 민중들에게 붙잡혔다. 우문지급도 민가의 부엌에 숨었다가 끌려나왔다.

우문화급은 두건덕의 발아래 엎드려 목숨을 구걸하였다.

목숨만 살려주신다면 장군의 종으로 살겠습니다.

그렇지만 두건덕은 우문화급을 발로 차면서 꾸짖었다.

더러운 놈, 네놈이 한 짓을 생각해 보아라. 무슨 낯짝으로 자비를 구하는가.

당장 끌어내어 그 무리들과 함께 거열형(居烈刑)[83]에 처하게 하였다. 우문화급 등이 슬피 울며 끌려 나가자 두건덕의 휘하 장수인 유흑달이 말했다.

지금은 난세라 사방에 군웅들이 할거하고 있습니다. 우문화급이나 우문지급은 쓸 데가 있을 것입니다.

하지만 두건덕은 우문화급을 살려 둘 마음이 전혀 없었다. 오히려 유흑달을 나무라며 말했다.

천하의 만백성이 모두 우문화급을 미워하고 있다. 이신벌군(以臣伐君)[84]을 범한 대역 죄인을 살려 준다면 우리는 민심을 잃게 될 것이다.

우문화급은 물론이고 그의 아들 승기(承基)와 승지(承趾)도 함께 처형하게 하였다. 이때 우문지급과 우방유, 설세량, 영호행달 등 양제의 시역에 가담했던 역신들도 같이 끌어내어 능지처참에 처하고 그 사지를 찢어 성의 사방에 걸어놓게 했다.

그렇지만 우문화급이 거느리고 있던 일천 명의 미녀와 1만 여명이 넘는 군사들은 모두 풀어주며 말했다.

너희들을 붙잡지 않을 것이다. 각각 제 갈 길로 가서 부디 편안히 살

---

83) 사지를 찢어 죽이는 형벌
84) 신하로서 임금을 죽인 자

아라.

 두건덕의 처사에 감복한 많은 군사들은 고향으로 돌아가기를 거부하고 부하가 되기를 원했지만 여자들과 노약한 군사들은 모두 다 돌려보냈다.

 두건덕이 위현을 함락할 때 수양제의 소황후와 남양공주도 붙잡혔다. 이때 두건덕은 마흔이 넘은 소황후의 원숙한 아름다움에 흠뻑 취했다. 그날 밤 두건덕은 소황후를 불러들여 끌어안았다.

 두건덕은 소황후와 같은 높은 신분의 여인을 자신의 품에 안은 것이 꿈만 같았다. 밤마다 희롱하기를 그치지 않았는데 소황후는 이를 수치스럽게 여겼다.

 어느 날 시녀에게 넋두리를 늘어놓았다.

 "황제의 딸로 태어나 황후가 되었으나, 오히려 뭇 사내에게 농락당하게 되었으니 어찌 얼굴을 들고 살겠는가?"

 이에 시녀가 대답했다.

 "남송(南宋)의 산음공주(山陰公主) 유초옥(劉楚玉)은 남편인 하집(河戢) 외에도 30명의 잘생긴 면수(面首)[85]들을 거느렸습니다. 귀하신 여인이 여러 남자를 거느리는 것은 흉이 아닙니다."

 소황후가 믿지 못하고 물었다.

 "산음공주가 정말 그렇게 많은 남자와 결혼했다는 것이더냐?"

 "산음공주는 그의 동생 유자업이 즉위하자 다음과 같이 말했다고 합니다. '폐하와 나는 같은 부모님의 자녀로 태어났지만 폐하는 후궁에 삼천 명의 미녀들을 거느리며, 천하의 염복(艶福)을 다 누리고 계

---

85) 젊고 잘생긴 남자.

시지만 저는 매일 밤을 한 남자하고만 지내야하니, 이 어찌 공평하다 할 수 있겠습니까?' 이에 자업은 누나의 요구를 들어 30명의 면수를 내려 주며 산음공주의 정욕(情慾)을 풀어주고 함께 놀이와 오락을 즐기게 하였다고 합니다."

이후로 소황후는 머리를 치장하고 화장을 하며 두건덕을 맞이하여 교태를 그치지 않았다. 두건덕은 아침이 되어 소황후의 방문을 나올 때면 항상 파김치가 되어서 자신의 방에 들어가 다시 잠을 자곤 했다.

질투심에 잠을 이루지 못한 두건덕의 처 조씨가 따졌다.

"당신이 낙수에서 군사를 일으킨 것은 고작 황제가 버린 여자 따위와 놀아나기 위함이 아니었습니다. 부디 초심을 버리지 마시고 대업을 위해 힘쓰시기 바랍니다."

두건덕이 부끄럽게 여겼으나 아무런 대답을 하지 않았다.

남양공주는 우문화급의 동생 우문사급의 부인이었다. 우문사급은 두건덕의 군사들이 진격해오자 식량을 조달한다는 명분으로 앞서 양제의 죄를 논박하던 봉덕이란 자와 함께 성을 빠져나가 이연에게 달아나 목숨을 부지할 수 있었다.

남양공주의 아들인 선사(禪師)는 평소에 무도하여 백성들의 재물을 노략질하고 아녀자들을 겁탈하여 원성이 높았다. 두건덕은 선사를 처형하게 하였으나 남양공주가 선사를 숨겨두고 몸부림치며 저항했다.

두건덕의 호분랑장 어사징(於士澄)이 위협조로 말했다.

"우문화급과 그 무리들이 모두 처형을 당하고 있습니다. 기어이 선사를 내놓을 수 없다고 하신다면 공주님께도 무슨 변고가 생길지 모릅니다."

어사징은 전에 수의 관리로 있었는데 남양공주도 이 사실을 알고 있었다. 그래서 울면서 말했다.

"그대는 전에 수의 관작을 받았는데 어찌 나를 이토록 핍박한단 말인가?"

어사징이 말을 못하고 우물거리자 옆에 있던 장수가 소리쳐서 꾸짖었다.

"백성들의 고혈을 빨고 온갖 악행을 다 저질러 놓고도 이제 와서 더럽게 목숨을 구걸하는가?"

소리쳐서 무리들에게 선사를 끌어내게 한 다음 큰 철퇴로 내리쳐 두개골을 부수어 죽였다.

공주가 크게 상심하여 삭발하고 비구니가 되었다.

돌궐의 대칸인 시필은 문성공주의 아들로서 양제에게는 외조카가 되는 사이였다. 사람을 보내어 황후를 돌보겠다고 자청하였다. 그래서 소황후와 남양공주는 돌궐로 가게 되었다.

두건덕은 매사를 후덕하게 처리했지만 훗날 무덕 4년에 이세민에게 패하여 역시 처참하게 살해되었으니 의(義)를 행한다고 반드시 복(福)을 받는 것이 아니어서 인생사란 참으로 알 수 없는 일이었다.

두건덕이 패하여 처형된 뒤 이연은 소황후와 남양공주를 다시 장안으로 불러 들였다. 황후와 공주 일행의 수레가 낙양을 지나고 있을 때 우연히 우문사급과 만나게 되었다. 마침 비가 내리고 있었는데 우문사급이 공주의 수레를 막고 나서며, 부부 사이로 돌아가기를 청했다.

공주가 야멸차게 말했다.

"그대와 나는 원수 사이일 뿐이다. 내가 지금 당신을 직접 죽이지 아니하는 것은 역모가 일어나던 날 당신이 미리 알지 못했다는 것을 내가 알았기 때문이다."

우문사급이 다시 만나기를 간청하였으나 공주는 더욱 화를 낼 었다. 우문사급이 결국 울면서 떠났다. 그때 비가 그치고 햇살이 밝게 비추어 봄철의 신록이 더욱 푸르렀다고 한다.

오늘날 중국인들은 봄철에 비가 그치고 햇살이 밝게 비치면 '우문사급과 남양공주가 헤어지던 순간'이라고 말한다고 한다.

제 9 장

당의 건국

장안에 있던 이연도 양제가 시해되었다는 소리를 들었다. 동쪽 성루에 올라 머리를 풀고 하늘을 향해 울부짖었다.

 "신하로서 천자를 보필하지 못한 죄는 변명의 여지가 없는 것이다. 내가 저 도적들을 섬멸하지 못한다면 어찌 떳떳하게 고개를 들 수 있겠는가?"

 이렇게 선포하고 반드시 우문화급을 처단하겠다고 맹세했다.

 그렇지만 이것은 순전히 아직도 수에 충성하고 있는 몇 몇 중신들이나 백성들의 마음을 사로잡기 위한 대외용 선전 문구에 불과했다.

 강도에 있는 왕세충이 월왕 동을 죽였을 때도 이연은 대외적으로 포고문을 내고 크게 비방했다. 그때까지 이연은 강도에 있는 양제가 두려운 존재로 남아 있었기 때문이었다.

 하지만 양제가 죽자마자 마음이 바뀌었다.

 자신이 황제로 추대했던 공제는 아무런 가치가 없는 거추장스러운 존재에 불과했다.

월왕 동이 죽은 지 한 달 뒤인 618년 오월 갑자일[86], 공제를 위협하여 스스로 물러나게 하고 선양형식으로 제위에 올라 태극전 앞에서 즉위하여 국호를 당(唐)으로 정하고 연호를 무덕(武德)이라 하였다.

이때 장안성 남쪽에 단을 세우고, 섶을 태워 다음과 같이 책문(册文)을 써서 하늘에 고하는 제사를 올리고 건국의 당위성을 밝혔다.[87]

"황제로 등극한 신모(臣某)가 감히 현모(玄牡)[88]를 바치며 황천후제(皇天后帝)께 아뢰옵니다.

사람이 생긴 이래로 군주를 세워 중임을 맡기고 만백성들은 이에 귀속되니 이를 일컬어 대보(大寶)[89]라 합니다. 천운이 다하면, 천자는 재앙을 겪고 눈앞의 안일만을 탐하게 되었습니다.

순왕과 우왕은 지극히 공변되었기에 천자의 자리를 선양하여 우(虞)와 하(夏)를 흥하게 하였으며, 탕임금과 무임금은 변방의 힘을 모아, 전쟁을 하여 은나라와 주나라를 세웠습니다. 이들의 일은 각기 달랐지만, 공훈과 성취가 같으니, 후대의 창업은 모두 이를 원칙으로 하였습니다.

저는 집안의 대를 이어받아, 대대로 녹위를 이어받고 복을 받았으며, 조상이든 아버지이든 공을 쌓고 덕을 이루었으니 천자께서 참허(參墟)를 봉지로 하사하여 당구(唐舊)의 분봉제후가 되었습니다.

외척들이 거주하는 곳에 머무르며, 왕후의 집안이라 이름하고, 선대의 사업을 이어 기초를 닦아 매우 흥성하였습니다. 하나 수나라는 황실의 잇속만 채우니 대업이 덕을 잃었고, 기근과 전쟁이 끊이지 않으

---

86) 5월 20일
87) 唐高祖卽位告天册文『大唐創業起居注』
88) 검은 숫소
89) 천자를 말함

니 백성들은 모두 원망하고 한탄하였습니다.

하늘이 천벌의 징조를 드러내 꾸짖어 천자의 거울을 밝히고자 하였습니다. 힘을 다하여 아뢰었으나 듣기를 꺼렸으니, 차마 주청을 올리지 못했습니다.

저는 진양(晉陽)을 지키면서, 조정이 안정되기를 희구하여, 물에 빠진 사람은 손을 잡아당겨 꺼내주고, 불에 타는 사람은 발을 적셔주어, 도탄에 빠진 백성들을 구하였습니다.

이에 의병을 일으켜 천하를 평안케 하고, 변방의 변발을 그치게 하며, 이반하는 수많은 백성들의 마음을 모으고자 하였으며, 이 한 몸 다 바쳐서 백성들을 구할 것을 맹세하였습니다.

상난(喪亂)을 말끔히 털어버리고, 치세를 기원하였습니다, 대를 이어 공로가 있었으나, 천자의 자리를 바란 것은 아니며, 자신과 자손을 생각하여 정성을 다하고 힘을 다하였으며, 전쟁에서 솔선수범하였습니다.

두 마음을 품지 않을 것을 맹세하여 다시금 위험을 무릅쓰고 널리 이끄니, 능히 괴로움에서 구제하였으며, 번개처럼 쓸어내고, 바람같이 몰아내어, 중원을 정화하였습니다.

격문을 전하니 민산과 아미산이 평정되고, 손을 모은 채로도 관롱지방을 다스렸습니다. 서융(西戎)은 질서가 잡히고, 동이(東夷)는 내란을 평정하였으니, 인도한 것도 아니고, 도운 것도 아니건대, 누가 이토록 빠를 수 있겠습니까?

천자는 집안의 대를 잇는 사람을 세우는 것이기에 수(隋)를 종(宗)으로 하여 보좌하고 받들며, 힘을 합쳐 정사를 도우니, 신하의 절조에 이지러짐이 없었습니다.

제왕의 자리가 혁(革)에 이르고, 하늘이 내린 복록이 바뀐다 하니, 백성들은 은덕을 칭송하였고, 송사를 하기 위하여 스스로 당저(唐邸)에 왔습니다.

인간과 신의 상서로운 징조가 미천한 제게 모두 모여드니 멀건 가깝건 마음을 이에 두고 화이(華夷)가 함께 목숨을 구할 것을 청하였습니다.

소제는 신기(神器)가 움직이니, 천명이 떠났음을 알고, 자리를 양보하여 선위하려고 하니 이는 수나라의 처음과 같았습니다.

저는 어진 이에게 양보하여 잇지 않으려 하였으나, 여러 사람들이 간곡히 청하는데다가, 육종(六宗)은 잘못 제사지내지고, 칠정(七政)이 아직 갖추어져 있지 않았으니 재앙이 돌아올 수 있기에 천하 사람들은 하늘의 꾸짖음을 두려워하였습니다.

청컨대 길일을 잡아, 전대(前代)의 전칙(典則)에 의거하여 이를 거행하고, 단을 세우고, 일족을 벌려 세워, 상제께 공손히 아뢰옵니다. 저희들에게 은혜를 베풀고, 자자손손 보호하여 주소서.

감히 덕을 그르치지 않도록 해주시고 작은 것은 작은 작은대로, 큰 것은 큰 것대로 어긋남이 없도록 해주소서. 큰 기쁨을 천지신명께 보답하도록 해주소서.

엎드려 심히 떨리고 부끄러운 마음으로 삼가 태위공(太尉公) 배적(裴寂) 등을 보내어, 희생을 하여 하늘에 고하는 예를 행하고, 홀(瑞), 책(冊), 창벽(蒼璧)[90], 울창주(鬱鬯酒)와 거창(秬鬯)[91], 제사에 쓰는 좋은 술과 기장, 조 등 좋은 곡물과 채소로써 하늘에 계신 황황후제(皇

---

90) 바깥은 둥글고, 안에는 사각의 구멍이 있는 상서로운 옥.
91) 검은 기장으로 담은 신에게 바치는 芳香酒.

皇后帝)에 재계하고 제사를 올립니다. 밝은 영께서는 강향하옵소서."

　皇帝臣某, 敢用玄牡昭告於皇天后帝　生人以來, 樹之司牧, 眷命所屬, 謂之大寶. 曆數不在, 罔或偸安. 故舜禹至公, 揖讓而興虞夏, 湯武兼濟, 干戈以有商周. 事乃殊途, 功成一致, 後之創業, 咸取則焉.

　某承家慶, 世祿降祉, 曰祖曰考, 累功載德, 賜履參墟, 建侯唐舊.

　地居戚里, 門號公宮, 承緒建基, 足爲榮矣. 但有隋屬厭, 大業爽德, 饑饉師旅, 民胥怨咨. 讁見咎徵, 昭於皇鑑, 備聞卑聽, 所不忍言.

　某守晉陽, 馳心魏闕, 援手濡足, 拯溺救焚. 大擧義兵, 式寧區宇, 懲邊荒之辮髮, 輯兆庶之離心, 誓以捐軀, 救茲生命. 掃除喪亂, 期之乂安, 有功繼世, 無希九五, 惟身及子, 竭誠盡力, 率先鋒鏑, 誓以無二, 再蒙弘誘, 克濟艱難, 電掃風驅, 廓淸天邑 傳檄而定岷峨, 拱手而平關隴. 西戎卽敍, 東夷底定, 非啓非贊, 孰能茲速. 尊立世嫡, 翼奉宗隋, 戮力輔政, 無虧臣節. 值鼎祚云革, 天祿將移, 謳歌獄訟, 聿來唐邸. 人神符瑞, 輻湊微躬, 遠近宅心, 華夷請命.

　少帝知神器有適, 大運去之, 遜位而禪, 若隋之初. 讓德不嗣, 群情逼請, 六宗闕祀, 七政未齊. 罪有所歸, 恐當天譴, 請因吉日, 克擧前典. 設壇肆類, 祇謁上帝, 惠茲下人, 翼子謀孫. 罔敢愆德, 則小則大, 無或有違, 對越鴻休. 伏深慼懼, 謹遣太尉公裴寂等, 用薦告之禮, 瑞册蒼璧, 秬鬯淸酌, 薌合薌萁, 明粢嘉蔬, 禋祀於皇皇后帝. 明靈降享."

　그리고 선친 이병은 원황제 그의 모친은 독고씨는 원정황후로 추존하고 부인 두씨를 태목황후로 봉했다. 그리고 한 달 뒤 폐위시킨 공제를 사사(賜死)함으로써 양제의 후손을 완전히 끊어 후환을 없애 버렸다.

당이 도읍한 장안 지역은 관중(關中)이라 불리면서 13왕조가 도읍을 정하여 약 1,100여 년간 중국 고대의 정치, 경제, 사회, 문화 중심지로써 진중자고제왕주(秦中自古帝王州)라고 불리울 정도로 중요한 지역이었다.[92]

역대로 이곳에 도읍을 정한 황제들은 먼저 파촉(巴蜀)을 취하여 후환을 없애고자 하였는데 이연 역시 마찬가지였다. 대장군 이효공(李孝恭)을 보내어 한중(漢中)과 파촉(巴蜀)을 공략하는 한편, 장안 부근의 각 군현에는 사자를 파견하여 위협과 회유를 거듭했다.

이러한 정책은 매우 효과적이어서 하남(河南), 하북(河北), 산동(山東), 회사(淮泗), 강한(江漢) 등의 수나라 관리들이 모두 당에 투항을 해 와서 광대한 지역을 손쉽게 넣었다.

그렇지만 돌궐의 시필카한에게는 다시 많은 금화를 보내어 삭방(朔方)의 양사도(梁師都)를 견제하게 하고, 동종(同宗)의 명의로 무위(武威)의 이궤(李軌)를 량왕(凉王)으로 봉함으로써 자신의 황권을 공고히 하였다.

낙양에서 이밀의 와강군(瓦崗軍)과 왕세충이 치열한 접전을 벌이고 있을 때였다. 굴돌통과 현화의 투항으로 동관을 점령한 당군은 주변 지역을 차례로 점령함으로써 크게 이익을 얻었다.

전황이 당에 유리해지자 낙양(洛陽)에 있던 수(隋)의 몇몇 장수들이

---

92) 서주(西周), 진(秦), 서한(西漢), 신망(新莽), 동한(東漢), 서진(西晉), 전조(前趙), 전진(前秦), 후진(后秦), 서위(西魏), 북주(北周), 수(隋), 당(唐)

몰래 이세민에게 사람을 보내어 투항의 뜻을 비치었으나 이세민은 잘라 거절했다.

"작은 이익을 탐내다가 큰 해를 입을 수는 없다. 와강군이 비록 패하여 물러났다고 하나 아직도 그 세력이 건재한데 지금 낙양(洛陽)을 취하여 그들의 예봉을 받을 필요가 없다."

낙양 공격을 포기하고 신안(新安)과 선양(宣陽) 쪽으로 군사를 돌려 전략 거점 확보에 열을 올렸다.

고당(高塘)[93]에서 주둔하고 있던 설거(薛擧)는 이연의 군사들이 장안으로 진공할 때 부봉(扶鳳)을 공격하여 매우 난처하게 만들었으며, 동관 주위의 공격을 강화할 때에도 장안을 공격하여 한때 당군을 위기에 몰아넣기도 하였다. 이 때문에 이연은 그를 눈엣가시처럼 여겼다.

장안을 함락하고 동관 주변을 점령하여 나라가 안정되자 설거를 제거하고자 하였다. 그렇지만 진의 세력이 너무 커서 함부로 군사를 일으키지 못했는데 마침 설거가 죽고 그 아들 인고가 제위를 계승했다.

인고는 사람됨이 교격하고 의심이 많아 신망을 얻지 못했기 때문에 이연은 그 기회를 타서 대대적으로 군사를 일으켰다.

이연은 털빛이 검은 비단같이 고운 순흑색(純黑色)이요 네 발은 은빛으로 빛나는 백제오(白蹄烏)라는 천리마를 가지고 있었는데 618년 9월, 설인고를 칠 때 좌령군대장 이세민을 대장으로 삼아 이 백제오를 하사하며 섬서(陝西) 장무(長武) 천수원(淺水原)으로 나아가게 하였다.

이에 인고도 대장 종라후(宗羅候)에게 10만 군사를 주어 대적하게 하

---

[93] 섬서장무(陝西長武)의 북쪽

였다. 종라후는 양제를 따라 고구려 원정에 종군하여 생사의 고비를 무수한 넘긴 장수로서 수나라 말년에 변방을 지키고 있었는데, 그가 술에 취한 틈에 도적들의 습격을 받아 공물을 강탈당하자 처벌을 두려워하여 설거 휘하에 들어간 자로 지략과 용맹을 겸비한 인물이었다.

당의 선봉 삼천 명을 한 곳으로 유인한 뒤 모조리 죽였다. 이세민은 용전분투하여 포위를 뚫고 탈출하였는데 수많은 설거의 군사들이 뒤쫓아 왔으나 백제오(白蹄烏)[94]가 바람처럼 달려서 간신히 목숨을 구하였다. 이후 이세민은 백제오의 공을 기려 정벌 전쟁 중에 그가 탔던 육준마 중에서 으뜸으로 삼았다.

종라후의 지략과 용맹에 질린 이세민은 그와 직접 맞붙기를 꺼려하였다.

"적들과 상대하지 말고 진을 지키기만 하라."

이렇게 명령을 내리고 영채를 단속하기 했다. 행군총관 양실(梁實)은 호족 출신의 젊은 장수로 자만심이 강한 자였다. 불평을 터뜨리며 말했다.

"원정 온 군대가 이렇게 가만히 움츠리고 있으면 군사들의 사기가 더욱 저하됩니다."

나가 싸울 것을 주장하였지만 이세민은 말렸다.

"병법에 이르기를 이긴다는 승산이 서지 않으면 지키는 것이 현명하다고 하였다. 적들의 사기가 왕성하니 쇠하기를 기다린 다음, 한 번에 출격하여 단숨에 승패를 결정지으려는 것이다. 만약 명을 어기는

---

[94] 세민은 白蹄烏(백제오), 特勤驃(특근표), 颯露紫(삽로자), 靑騅(청추), 什伐赤(십벌적), 拳毛(권모과)라는 6준마를 타고 전쟁터를 누볐다. 훗날 황제에 오르자 자신이 직접 찬가를 짓고 당대의 명필 구양순이 글씨를 써서 염입덕에게 석판에 새기게 했다.

자는 누구를 막론하고 군법에 의해 처단할 것이다."

단호하게 명을 내려 절대로 나가지 못하게 하였다.

이 때문에 몇 차례 사소한 접전이 일어났으나 당군이 거의 응전하지 않았다. 양군은 거의 두 달 가까이 대치하면서 멀찌감치 지켜보는 경우가 많았다.

11월이 되어 날씨가 몹시 추웠다.

그러던 차에 뜻하지 않는 일이 일어났다. 설군(薛軍)의 장수 양호랑(梁胡郎)이 부하 오백 명과 함께 투항을 해 온 것이었다.

사실 이세민은 대치상태로 있으면서 몰래 복병을 내어 설군의 보급로를 공략하였는데 이 때문에 설군 진영에서는 식량이 떨어져서 군사들이 크게 굶주렸던 것이었다.

이세민은 장수들을 모아놓고 말했다.

"싸움은 이제부터다. 마음껏 나가 싸워 공을 세우라."

양실에게 군사 오천을 주어 천수원(淺水原)에 진을 치고 설군(薛軍)을 유인하게 하였다.

식량이 떨어져서 견디기 어려웠던 종라후는 직접 군사를 이끌고 나와 싸움에 응했다. 종라후가 눈부신 솜씨를 자랑하며 부하들을 참살하자 양실이 참을 수 없었다.

"단칼에 목을 베어 오겠다."

호언장담하면서 용맹스럽게 달려 나갔지만 종라후의 상대가 되지 못했다. 십여 합을 견디지 못하고 큰 부상을 입고 말을 돌려 달아났다.

"적장을 놓치지 말라."

사기가 오른 종라후의 군사들이 계속해서 추격하여 양실의 군사들을 무차별적으로 죽였다.

바로 그때였다.

남쪽 숲속에서 북소리가 일어나면서 한 떼의 군마들이 급히 나타났다. 천수원(淺水原) 남쪽에 진을 치고 방옥(龐玉)이 양실을 구하러 온 것이었다.

사태가 불리해지자 종라후는 군사를 거두어 물러나려 하였으나 방옥이 놓치지 않았다. 퇴로를 막고 큰 극(戟)을 휘두르며 종라후를 향해 달려들었다.

맹호와 같은 두 장수가 죽기 살기로 싸우고 있었는데 그때 오른쪽 산기슭에서 일성포향이 울리며 영안왕(永安王) 이효기(李孝基)가 일군을 거느리고 달려 나왔다.

다급해진 종라후는 창을 크게 휘둘러 방옥을 잠시 물러나게 한 후 그 틈을 타서 달아나려 하였다. 방옥도 그 눈치를 알아채고 살짝 몸을 젖혀 창을 피하고는 곧장 종라후의 등을 향해 맹렬하게 극을 휘둘렀는데 그것은 속임수였다.

종라후는 갑자기 몸을 틀어 방옥의 창을 쳐내고는 전광석화처럼 방옥의 가슴을 깊숙이 찔렀다.

"억!"

방옥은 눈이 휘둥그레 커지면서 가슴에 꽂힌 창대를 부여잡고 부들부들 떨었다.

종라후가 입가에 잔인한 미소를 흘리면서 힘껏 창을 뽑아내는 순간 방옥은 검붉은 피를 토하며 맥없이 말에서 떨어졌다.

그렇지만 종라후도 무사하지 못했다. 종라후가 막 돌아서는 순간 사방에서 호령소리가 귀를 찢었다.

"저놈을 죽여라."

"달아나지 못하게 포위하라."

이효기의 군사들이 몇 겹으로 에워싸고 긴 창을 겨누고 있었다. 퇴로가 완전히 막히자 종라후는 살아서 나갈 길이 없다고 판단했다.

문득 고개를 들어 하늘을 바라보았다. 구름 한 점 없는 맑은 하늘에는 태양이 눈부시게 빛났다. 무장으로 보낸 간난의 세월들이 무상하기만 했다.

죽음을 각오하고 나니 오히려 여유가 생겼다. 창을 쥔 손에 힘을 주고 천천히 말을 몰아 이효기 앞으로 나아갔다.

"네가 대장이라면 나와 한 번 겨루어 보겠느냐?"

종라후의 말에는 위엄이 있었고 눈빛에는 무시무시한 살기가 감돌았다. 이효기가 감히 나서지 못하고 주위에 있는 애꿎은 부하들만 재촉했다.

"뭣들 하느냐. 저놈을 죽여라."

당군들이 우르르 달려들었다.

대노한 종라후가 당군 가운데 뛰어들자 창을 휘두르자 창과 몸이 하나가 되어 춤추는 듯하였다. 눈 깜짝할 사이에 수십 명의 군사들이 팔다리가 잘려나가면서 비참하게 죽어나가자 이효기는 싸워서 이길 수 없다고 생각했다.

뒷줄에 서 있는 궁수들에게 명하여 화살을 쏘게 하였다. 수천 수백 개의 화살이 빗발치듯 날아들자 종라후는 물론이고 주위에 있던 당군들도 한꺼번에 쓰러졌다. 화살을 다섯 대나 맞은 종라후는 고통을 이기지 못하고 땅바닥에 꿇어앉았다.

이효기가 기세등등하게 외쳤다.

"누가 저놈의 목을 가져오겠느냐."

군사 여럿이서 한꺼번에 덤벼들자 종라후가 갑자기 벌떡 일어서며 소리쳤다.

"죽고 싶은 자는 썩 나서라. 반드시 황천으로 보내주겠다."

순간 당군들은 얼어붙은 듯 제 자리에서 움직이지 못했다. 종라후는 이글이글 타는 듯한 눈초리로 이효기를 노려보더니 입에 가득 피를 토하고 절규했다.

"장부로 태어나 때를 얻지 못했으니 이것은 한(恨)일 뿐이다."

말을 마치고 단검을 빼어 목을 찔렀다.

종라후가 죽은 것을 확인한 이효기는 그 목을 베어 이세민에게 바치자 이세민이 기뻐하며 말했다.

"종라후가 죽었으니 인고도 이제 끝장이다."

전군에 명하여 인고의 본영을 공격하려 하였다.

총관 두궤(竇軌)가 걱정이 되어 나섰다.

"인고가 주둔하고 있는 기서성(圻庶城)은 성벽이 높고 험하여 난공불락으로 이름난 성입니다. 게다가 지금은 날이 춥고 눈이 많이 오기 때문에 공격하기 어렵습니다."

이렇게 말했지만 이세민의 결심은 바뀌지 않았다.

"파죽지세는 놓쳐서는 안 된다."

군사를 몰아 기서성으로 진격했다.

두궤의 예언은 적중했다. 11월도 중순에 접어들어 매서운 바람은 사정없이 몰아치고 폭설이 자주 내려 군사들은 싸우기도 전에 얼어 죽는 자가 더 많았다.

시간이 흘러갈수록 전황은 점점 불리해지고 있었다. 모두들 말은 하지 않았지만 전쟁을 주장하던 장수들조차도 퇴각하기를 바라는 눈치였다. 그렇지만 이세민은 굳게 지키기만 할 뿐 아무런 대답도 하지 않았다.

그때 인고의 장수 함영이 사람을 보내어 투항을 청해왔다. 이세민은 성을 공격하면서도 한편으로는 남몰래 많은 재물을 뿌려 기서성에 있는 사람들을 회유하고 있었던 것이었다.

이세민과 내통한 함영은 몰래 성문을 열자 당군이 진입해 들어갔다. 이때 인고가 함영이 배신한 것을 알았다.

"교활한 배신자 놈이 나를 죽이는구나."

이렇게 한탄하고 성루에 올라가 뛰어내려 죽었다.

승세를 탄 이세민은 내친김에 무위(武威)의 이궤(李軌)까지 멸하고 하서주랑(河西走廊) 지역까지 장악하였는데 갑자기 장안에서 급한 전갈이 왔다.

돌궐(突厥)과 유무주(劉武周), 양사도(梁師都) 등이 서로 모의하고 당(唐)을 공격하고 나선 것이었다.

먼저 마읍에 있던 유무주가 부장인 송금강(宋金剛)을 앞세워 병주(幷州)와 회주(會州)에서 당군을 격파하고 유차(楡次), 이주(易州)를 차례로 함락한 후 태원(太原)을 향해 진공하였다.[95]

이원길(李元吉)이 분전하였으나 송금강의 정예병을 당할 수 없었다.

---

95) 서기 619년 4월

성을 버리고 달아나 장안(長安)으로 도망치자 진주(晉州) 이북에서 호주(浩州)를 제외하고는 전부 유무주의 군사들에게 빼앗기고 말았다.

송금강(宋金剛)이 계속 진군하여 회주성(澮州城)을 공략하자 포판(蒲阪)을 지키고 있던 수장(隋將) 왕행본(王行本)도 유무주(劉武周)와 호응하여 하동(河東)을 모두 점령하였다.

수세에 몰린 이연(李淵)은 대하(大河) 동쪽을 버리고 청야수성책을 취하여 관서(關西)만 지키려하자 이세민이 반대했다.

"태원은 왕업의 기반이요, 나라의 근본입니다. 소자에게 정예 군사 3만 명만 준다면 기필코 무주(武周)를 평정하고 분진(汾晉)을 수복하겠습니다."

태원은 포기하기에는 너무도 아까운 곳이었다.

이연(李淵)은 유무주와 결전을 벌이기로 하였다. 당군이 황하에 이르렀을 때에는 11월 하순이어서 황하가 꽁꽁 얼어있어 오히려 얼음 위로 쉽게 강을 건널 수 있었다.

당군은 백벽(柏壁)[96]에서 주둔하면서 영풍창(永豊倉)에서 양식을 수송하여 쌓아두고 말과 병사를 쉬게 하였다. 그리고 이효기(李孝基)와 진숙보(秦叔寶), 은개산(殷開山) 등을 차례로 보내어 회주(澮州)에 있는 송금강(宋金剛)의 후군을 기습하고 적군의 수송로를 끊었다.

당군들이 유무주의 공격을 받아 관서를 지킬 때였다. 하현(夏縣)지방의 관리였던 여숭무(呂崇茂)가 자립하여 봉기하고 위왕(魏王)을 칭했다.

또 다른 적을 맞게 된 이연은 약한 쪽을 먼저 취한다는 전략에 따라

---

96) 산서 신강현(山西 新絳縣)의 서남쪽

우복야(右僕射) 배적(裵寂)을 사령관으로 임명하고 5만 대군을 주어 여숭무를 공격하였다.

그렇지만 그것은 큰 실책이었다. 여숭무는 제법 지략이 있어 하현을 굳게 지켜 당군이 지치게 한 다음 안개가 낀 새벽에 갑자기 기습하여 당군을 대파하였다.

대노한 고조가 이효기(李孝基)를 대장으로 삼고 독고회은(獨孤懷恩)과 우균(于均), 당검(唐劍) 등을 부장으로 하여 10만이라는 대병을 주어 여숭무를 공격하게 했다.

궁지에 몰린 여숭무는 유무주에 투항하여 구원을 청하는 한편 하현성에 들어가 농성을 하면서 굳게 지켜내었다.

예상 밖으로 여숭무가 강력하게 저항하자 이효기는 무력으로 함락하기 어렵다고 생각했다. 작전을 바꾸어 성을 포위하고 식량을 끊음으로써 고사(枯死)작전을 시도했는데 이것 또한 큰 실책이었다.

유무주가 위지경덕과 심상을 보내어 여숭무를 구하게 한 것이었다. 구원군이 도착하자 여숭무도 전군을 이끌고 성 밖으로 나와 협공을 시도하였다.

독고회은은 수나라 장수로서 심상과는 절친한 사이였다. 전세가 불리해지자 심상에게 투항하여 버렸고 우균은 위지경덕의 창날 아래 고혼이 되고 말았다.

전세는 일방적인 유무주와 여숭무 군의 승리였고 10만이나 되는 당군은 무자비하게 학살당했다. 이효기는 분전 중에 부상을 당해 포로가 되었고 도망치던 당검도 심상의 군사에게 포로가 되어 붙잡혔다.

이때 이세민은 털은 황색이요 입주위는 흑색을 띤 특근표(特勤驃)라는 말을 타고 달아났는데 여숭무가 소리쳤다.

"저 누런 빛 말을 타고 가는 놈을 죽여라."

이에 수많은 군사들이 이세민을 추격했으나 특근표가 큰 계곡을 뛰어넘었기 때문에 여숭무의 군사들이 쫓아오지 못했다.[97]

심상은 진리품을 가득 취하여 회주(澮州)로 돌아갔는데 진숙보와 은개산이 이 사실을 알았다. 각각 일천 기를 거느리고 미량천(美良川)[98]에서 매복해 있다가 앞서가는 심상의 군대를 기습하여 타격을 주고 이효기와 당검을 구했다.

후군을 이끌고 따라오던 위지경덕이 급히 달려와서 심상을 돕자 양군은 미량천을 마주하여 일진일퇴를 거듭하였는데 시간이 지날수록 당군이 열세에 몰렸다.

이세민의 처남인 장손무기가 말했다.

"우리가 하동(河東)을 공격하면 송금강은 반드시 미량천의 군사를 빼어 도우게 할 것입니다. 그때 복병을 두어 친다면 어렵지않게 깨뜨릴 수 있습니다."

이세민은 현화에게 일군을 주어 하동을 치게 하자 왕행본(王行本)은 송금강에게 구원을 요청했다.

장손무기의 계략은 맞아 떨어졌다.

송금강은 미량천에 사람을 보내어 위지경덕과 심상에게 하동을 구원하라고 명하였고 이세민은 이것을 노리고 젊고 용맹스러운 이세적

---

97) 훗날 이때의 일을 상기하여 다음과 같은 글을 지어 찬했다. '채찍을 휘두르니 하늘높이 치솟고 힘찬 울음소리는 구름까지 다다랐다. 험한 곳에 들어가 적을 꺾고 준마에 의지해 위험을 벗어난다.'

98) 산서 문희(山西 聞喜)의 남쪽

(李世勣)에게 정병 3천을 주어 지름길로 나아가 매복하고 습격하게 하였다.

이세적의 복병을 맞이한 위지경덕은 조금도 놀라는 빛이 없었다. 오히려 크게 웃음을 터뜨리며 이세적을 희롱했다.

"어리석은 애송이 놈아. 쥐새끼마냥 숨어서 싸운다고 내가 용서해 줄 줄 알았더냐."

이세적도 대노하여 장창을 휘두르며 공격하였는데 두 장수는 백여 합을 싸워도 승부가 나지 않았다. 이때 이세적의 부장 적장손(翟長孫)이 심상의 군사를 깨뜨리고 달려왔으므로 위지경덕이 당하지 못하고 달아났다.

위지경덕과 심상은 패잔병을 이끌고 송금강이 진을 치고 있는 백벽(柏壁)으로 후퇴했다. 척후병이 이 사실을 알고 보고하자 은개산을 비롯한 여러 장수들이 입을 모아 청하였다.

"화근은 뿌리 채 뽑아버려야 합니다. 이 기회에 적의 본영까지 쓸어버림이 어떻습니까."

그러나 이세민은 고개를 저었다.

"유무주는 태원에 앉아서 송금강을 창대로 쓰고 있다. 송금강의 장수들은 용맹스럽고 군사들도 죽음을 두려워하지 않는 정예병들이어서 우리 쪽으로 깊숙이 들어와서도 지친 기색이 보이지 않는다. 그들과 정면으로 승부한다면 이긴다고 하더라도 우리들의 피해도 막심하여 별반 얻는 것이 없다."

진숙보가 물었다.

"전에 인고를 칠 적에는 파죽지세는 놓쳐서는 안 된다고 해놓고 이제 결전을 미루는 것은 무슨 연유입니까?"

"내가 듣기로는 금강(金剛)의 군사들은 보급이 원활하지 못하다고 한다. 인고는 식량이 넉넉하여 지구전을 펼치게 되면 원정 간 우리가 불리했으나 지금 상황이 정반대이다.

우리는 그의 창끝을 피하여 영채 안에서 쉬기만 하더라도 저들의 사기는 저절로 떨어질 것이니 그때를 기다려 공격하면 저들은 식량이 떨어지고 또 다른 방도가 없어서 물러가지 않고는 못 배기는 것이다."

이러한 이세민의 예상은 정확하게 맞아 떨어졌고 송금강의 군사들은 움직이지 못했다.

이듬해 정월이 되자 송금강의 군사들 중에는 이탈자가 눈에 띄게 늘었다. 이때에 이르러 이세민이 총공격을 명했다.

은개산과 진숙보에게 오천 명의 군사를 주어 송금강의 군사들이 움직이지 못하게 하고 스스로 대군을 거느리고 하동으로 진격했다.

이때 적의 눈을 속이기 위해 은개산과 진숙보는 진채마다 깃발과 창칼을 꽂아 허장성세를 벌려놓았기 때문에 송금강은 이세민의 대군이 빠져나간 줄 전혀 눈치 채지 못했다.

그 사이에 이세민이 이끄는 당군은 하동을 쳐서 왕행본을 항복시켰다. 송금강이 이를 알았을 때에는 이미 이세민의 주력군이 다시 백벽으로 돌아와 있었기 때문에 이길 수 없었다.

3월이 되어 이효기와 진숙보가 위현의 여숭무를 깨뜨리고 분주(汾州)로 진격하자 고립된 송금강은 견디지 못하고 북쪽으로 달아났.

이세민은 장수들을 불러 엄명을 내렸다.

"전에 한 술사가 말하기를 북쪽에 큰 별이 있으니 그 인물이 바로 송금강이라고 한다. 이번에 놓치면 크게 우환이 될 인물이다. 절대로 놓치지 말고 반드시 죽여야 한다."

밤잠을 자지 않고 추격하여 하루 사이에 200리 행군하여 10여 차례 싸웠다. 이세민의 선봉군이 작서곡(雀鼠谷)[99] 가까이 이르러서 송금강(宋金剛)의 부대를 따라 잡았는데 하루에 여덟 번 싸워 모두 이기고 만여 명을 죽였다.

이때까지 이세민(李世民)은 이틀 동안이나 먹지 않았고 사흘을 갑옷마저 벗지 않고 싸우면서 만군의 모범이 되었다. 진숙보는 자신의 충성심을 증명해 보이기 위하여 세 군데나 큰 부상을 입었으나 전군에 앞장서서 용감하게 싸웠는데 당고조가 그 공을 높이 치하하여 황금으로 만든 병을 하사하고 말했다.

"그대는 처자도 돌보지 아니하고 짐에게 와 주었고, 또한 공로도 세웠으니 만약 짐의 살코기가 먹을 수 있는 것이라면 마땅히 베어서 그대에게 줄 것이어늘 어찌 짐의 자녀나 구슬, 비단 등이랴."

사지에 몰린 송금강(宋金剛)은 석주(石州))의 벌판에서 배수진을 치고 싸웠다.

이세민(李世民)은 이세적(李世勣)에게 남쪽 기슭을 따라 적의 좌익을 공격하게 하고 적장손(翟長孫)에게는 동쪽으로 난 조그만 개울을 따라 적의 우익을 공격하게 하였다.

이때 우삼통군(右三統軍) 진숙보가 정예 기병대를 이끌고 중군을 공격하여 송금강의 본대를 크게 무찔렀고 그 공으로 상주국(上柱國)이

---
[99] 개휴(介休)의 서남쪽

되었다.

위지경덕은 송금강을 미처 따라가지 못하고 남은 군사들을 모아 개휴(介休)로 물러나 지켰다.

임성왕 도종이 이세민에게 말했다.

"위지경덕은 범같이 사나운 장수입니다. 힘으로써 그를 제압하려면 엄청난 댓가를 치러야 할 것입니다. 하지만 그를 회유하여 우리 편으로 삼는다면 천군만마를 얻는 것과 같습니다."

이세민이 도종과 우문사급을 보내어 술과 음식을 가지고 가게 하여 위지경덕을 회유하였다.

위지경덕은 눈물을 흘리며 말했다.

"이제야 진짜 주인을 만났다."

칼을 끌러 바치고 걸어서 성 밖을 나와 투항했다.

영안(永安)에 있던 심상도 위지경덕의 투항 소식을 듣자 역시 성문을 열고나와 항복하였다.

위지경덕과 심상의 투항 소식은 송금강에게는 청천벽력과 같은 소리였다. 스스로 싸우기를 포기하고 돌궐로 도망쳤다. 이때 분주에서 패주한 유무주도 돌궐로 달아났는데 이연이 돌궐왕에게 많은 뇌물을 주어 살해하게 하였다.

유무주를 평정한 이세민은 이촉문(李促文)을 남겨 태원을 지키게 하고 자기는 주력을 거느리고 관중(關中)으로 돌아왔다.

백벽(柏壁) 싸움의 승리는 이연의 위치를 확고하게 하였다. 당군(唐軍)은 태원(太原)을 다시 수복하여 기반을 튼튼히 하였고, 하동(河東)을 더욱 공고히 하여 뭇 군웅 중에 가장 유리한 조건을 갖추게 되었다.

당군(唐軍)이 유무주의 군사와 대항하여 하동(河東)에서 치열한 접전을 벌이고 있을 때였다.

낙양(洛陽)에 있던 왕세충(王世忠)은 양동을 죽인 뒤 스스로 제위에 올라 국호를 정(鄭)이라 하였다. 황제에 오른 왕세충은 정복전쟁을 벌여 하남(河南)의 일부와 하회(河淮) 사이의 광대한 지역을 차지하였다.

처음에는 왕세충은 스스로 낮추어 겸손하여 지위가 낮은 관리에게도 예를 잃지 않았다. 그렇지만 황제에 오른 뒤에는 태도를 바꾸어 모든 일을 마음대로 처리하고 마음에 들지 않는 자는 가차 없이 처벌하였다.

게다가 왕세충은 정력이 절륜하여 하루 밤에도 열 두 명의 미녀를 수청 들게 하는 등 여색을 몹시 밝혀 지방마다 미녀를 징발하였으며 군사력 증강을 구실로 내세워 많은 세금을 부과했다. 이 때문에 휘하의 관리들조차 왕세충을 미워하여 겉으로만 복종할 뿐 따르지 않았다.

두건덕의 모사 릉경이 간했다.

낙양은 천하의 요충지입니다. 왕세충이 외람되이 나라를 세우고 황제를 칭하고 있으나 따르는 이가 없습니다. 우리가 이곳을 차지하여 천년 대업의 기틀을 삼아야 합니다.

낙양은 양제가 자신의 쾌락을 위해 심혈을 기울여 만든 아름다운 도시였다. 두건덕은 젊은 시절 낙양에 가 본 적이 있었는데 당시 그 화려함에 취했다.

흔쾌히 허락하고 처남인 조단(曹旦)에게 군사를 주어 낙양으로 진군하게 했다. 조단의 대군이 호뢰의 동부에 이르러 같이 곽효각에게 사람을 보내어 말했다.

"우리는 백성들을 살리려고 군사를 일으킨 것이지 결코 살육을 원하지 않는다. 성문을 열고 나아와 함께 장락왕을 섬겨 부귀영화를 같이 하기 바란다."

버티지 못할 것을 짐작한 곽효각은 거짓투항 하였는데 우직하기만 이세적은 곽효각의 마음을 알지 못하고 말했다.

"두건덕의 무리는 한낱 비적에 불과하니 결코 오래가지 못할 것이다. 몸을 빼어 당으로 달아나는 것이 옳은 일이나 아버지가 이곳에 있으므로 그것을 걱정한다."

곽효각이 대답했다.

"나 역시 마찬가지 생각이다. 하나 내가 새로이 두씨을 섬기겠다고 약속했는데 갑자기 몸을 빼어 달아나려 한다면 반드시 의심을 받아 국경을 벗어나기도 전에 잡혀 죽을 것이다. 의당 먼저 공을 세워 보답하여 신임을 얻어야 하며 그런 다음 도모할 수 있을 것이다."

이에 이세적과 함께 왕세충의 영토인 하남성 신향을 공격하여 유흑달(劉黑)을 포로로 잡아 두건덕에게 바치고 신임을 얻었다.

이에 왕세충도 자신의 큰 아들 왕현응(王玄應)과 조카 왕완을 보내어 양군이 여러 번 싸웠으나 수많은 사상자만 났을 뿐 승패를 판가름할만한 큰 전투는 벌이지 않았다.

배적이 이연에게 간했다.

낙양은 나라의 중심으로 놓칠 수 없는 곳입니다. 두건덕이 차지하기 전에 우리가 먼저 낙양을 취해야 합니다.

당시 이세민이 유무주를 격파하고 장안으로 돌아와 있었기 때문에 배적은 다시 왕세충을 토벌하기 위해 군사를 일으켜야 한다고 주장했던 것이었다.

이연이 물었다.

계속되는 전쟁으로 군사들이 지쳐있다. 잠시 쉬게 하여 군사들의 사기를 북돋우어야 할 것이다.

배적이 물러서지 않았다.

두건덕은 비록 무지렁이 농민으로 비적 출신이나 대역죄인 우문화급을 처단하고 많은 창고를 풀어 백성들에게 나누어 주었으므로 천하의 인심을 얻고 있습니다. 만약 낙양을 함락하게 되면 호랑이가 날개를 얻은 격이 될 것입니다. 출병을 늦추어 서는 안 됩니다.

이연이 다시 물었다.

듣기로는 왕세충과 대적하고 있는 두건덕의 군사들은 수 십 만이나 된다고 한다. 우리가 낙양을 친다면 두건덕도 가만있지 않을 것이니 자칫 진퇴양난에 빠지지 않겠는가?

그렇지 않습니다. 두건덕과 왕세충은 수차례 전쟁을 벌였으나 서로가 쉽사리 이기지 못하고 있습니다. 우리가 역적 토벌을 명분으로 연합하고자 한다면 두건덕은 반드시 응할 것입니다.

이연은 왕세충을 먼저 격파하고 두건덕을 멸한다는 전략을 세우고 두건덕에게 사신을 보내어 화해를 청했다.

"왕세충은 수왕 양동을 죽였으니 천하의 대역죄인입니다. 우리가 토벌군을 내어 그의 죄를 묻고자 하니 도와주시기 바랍니다."

릉경이 이 서신을 받자 말했다.

"이연이나 왕세충 등은 교활하기가 이리와 같습니다. 이들이 서로 싸워 그 중 하나가 쓰러지면 나머지 하나를 공략하는 것도 나쁘지 않습니다."

두건덕도 이 말을 믿고 출병하지 않았다.

620년 7월. 녹음이 무르익고 햇살이 눈부신 여름날이었다. 충분히 휴식을 취한 당군은 이세민을 대장으로 하여 총관 8명, 장수 25명, 군사 8만을 거느리고 동진하여 낙양으로 향했다.

왕세충은 크게 놀라 각 주진(州鎭)에서 수천 명의 젊고 용감한 자들을 뽑아 낙양(洛陽)에 모았다. 그리고 자신의 형과 아들은 낙양(洛陽)을 지키도록 하였으며 조카 셋에게 각각 양양(襄陽), 호뢰(虎牢), 회주(懷州) 등을 맡긴 후 스스로 정병 사천 명을 거느리고 당군을 맞이하러 나갔다.

왕세충과 이세민은 자간(慈澗)에서 마주치게 되었는데 진지략(陣智略)이 말했다.

적은 멀리서 왔으니 빨리 승패를 결정지으려 할 것입니다. 싸우는 척하면서 유인한다면 반드시 걸려들 것입니다.

그렇지만 왕세충은 다섯 번 싸워 다섯 번 패하여 낙양(洛陽)으로 후퇴하였다. 방현령이 적의 유인책을 의심하여 추격을 말렸지만 이세민은 듣지 않았다.

전쟁이란 기세를 타야한다.

급하게 뒤쫓았다.

진지략은 꾀가 많은 장수였다. 말 뒤에 거적을 끌게 하면서 달아났기 때문에 흙먼지가 자욱하여 뒤쫓는 당군들은 왕세충 군사들이 매복하고 있는 것을 발견하지 못했다.

사방에서 화살이 쏟아지자 그제야 계략에 빠진 줄 알았다. 유덕위(劉德威)와 사만보(史萬寶)가 죽기로 싸워 간신히 포위를 벗어났으나 사상자가 만여 명이 넘어 피해가 막심했다.

　설상가상으로 전에 투항했던 수나라 장수 심상이 반란을 일으켰다. 급보를 받은 이세민은 왕세충이 눈치 채지 못하도록 유덕위에게 일군을 주어 밤중에 몰래 빠져나가게 한 뒤 심상을 죽이고 반란을 진압했다.

　위지경덕은 심상과 같이 투항한 장수였다. 그는 심상의 반란에 참가하지 않았지만 당의 장수들은 그도 의심하여 옥에 가둔 뒤에 처형할 것을 주장했다.

　"경덕은 용맹스러운 장수입니다. 지금 그를 의심하여 잡아들였으니 당장 죽이지 않으면 후일에 후회하실 것입니다."

　이세민은 위지경덕의 무용을 매우 아꼈기 때문에 변호하여 대답했다.

　"내 생각은 그렇지 않소. 만약 그가 만일 반란을 일으키려고 마음먹었다면 심상이 먼저 하기를 기다리겠소?"

　그리고는 몰래 사람을 보내어 석방하고 침실로 불러들였다.

　"대장부는 의기를 투합하며 작은 의심도 흉중에 두어서는 안 되는 것이라고 알고 있소. 나는 그대를 믿는 바이니 다른 사람들의 참소로 인해서 어진 이를 해하지 않겠소."

　손수 술을 권하고 벽장에서 금을 꺼내어 주며 말했다.

　"옛날 관운장은 조조가 만금을 내리고 재상의 벼슬로 붙잡으려 하였으나 마침내 떠나고 말았소. 이제 그대도 반드시 떠날 것인데 이것은 나의 조그만 성의이니 노자로 쓰기 바라오."

　위지경덕이 바닥에 엎드려 눈물을 흘리며 말했다.

　"운장의 주인은 유공이니 따를 수밖에 없었던 것입니다. 소장의 주인은 왕야이건만 어찌 내치려하십니까?"

이세민이 기뻐하며 서로 술잔을 나누었다.

심상의 반란을 진압한 이세민은 다시 왕세충을 공격하였으나 높고 험한 낙양의 성벽에 막혀 허송세월만 보내고 있었다. 군사들이 크게 지치자 왕군곽이 간했다.

"우리 군사들은 너무 성 가까이에 진을 치고 있습니다. 이러다가 갑자기 적들이 들이치면 큰 피해를 모면하기 힘듭니다."

왕군곽은 이밀이 왕세충에게 패하여 당으로 달아날 때 왕백당, 이세적 등과 함께 따라와서 당의 장수가 되었다. 이세민은 왕군곽의 용맹은 인정했으나 지략은 인정하지 않았으므로 대수롭지 않게 물리쳤다.

"멀리 진을 치고 있으면 공격하기가 더 힘이 들기 마련이다. 애써 가까이 진을 쳤는데 어찌하여 군사를 물리겠느냐?"

며칠 후 왕군곽의 예언대로 왕세충이 별군을 내어 크게 공격하였다. 당군은 만 명이 넘는 사상자를 내고 크게 패하였는데 이세민도 포위에 갇혀 빠져나오지 못했다.

이때 왕군곽이 자신과 함께 당군에 투항한 13명의 형제들과 함께 용감하게 싸워 이세민을 위하여 활로를 뚫었다.

이세민은 왕군곽을 불러 술을 내리고,

"그대의 말을 듣지 않아 오늘의 화를 자초하였다."

깊이 탄식하고 자신을 구한 공을 치하하여 팽국공으로 봉했다. 왕군곽이 간했다.

"아직은 승패가 나지 않았습니다. 병법에서 적장을 잡으려면 먼저 수족을 끊어 놓아야 한다고 합니다. 낙양을 공격하기보다는 외곽에 있는 그의 무리들을 공격하여 낙양을 고립시킨다면 왕세충은 견딜 수가 없게 됩니다. 그때에는 왕야께서 대군을 이끌고 성 앞으로 나아가시기만 하더라도 저절로 성문이 열릴 것입니다."

이세민은 그 말에 따라 작전을 바꾸었다.

왕군곽에게 일군을 주어 하남공현(河南鞏縣)동북에 있는 낙구(洛口)에 들어가 왕세충(王世忠)의 식량 운송도를 끊게 하고, 사만보(史萬寶)는 하남(河南)의 의양(宜陽)을 함락하고 낙양 남쪽에 있는 용문(龍門)으로 진격하게 하였다.

또 유덕위(劉德威)를 보내 태행산(太行山)을 따라 동으로 나가 하남심양(河南沁陽)으로 들어가서 하내(河內)를 포위하게 하고, 황군한(黃君漢)은 형양(滎陽) 동북의 하음(河陰)에서 하남령진(河南靈津)의 동으로 가서 회낙성(回洛城)을 수복하게 하였다.

제장들이 모두 출정하자 이세민도 적의 동향을 살피기 위해 오백 명의 기병을 거느리고 낙양(洛陽) 북쪽의 북망산(北邙山)에 올랐다.

단웅신이 이세민을 발견하고 일만 명의 병사로 하여금 빽빽하게 산 주위를 포위하고 장창을 들고 달려 나왔다. 단웅신은 팔 척 장신으로 기골이 장대하여 보는 사람으로 하여금 위압감을 느끼게 하는 인물이었다. 이세민도 그를 보자 싸울 용기가 나지 않았다. 뒤도 돌아보지 않고 달아났으나 단웅신이 욕설을 퍼부으며 쫓아왔다.

"비겁하고 간교한 어린놈아. 정정당당하게 나오너라."

매섭게 창을 휘두르자 이세민의 목숨이 경각에 처했다. 천만다행으로 맹장 위지경덕이 달려와 단웅신을 막았으므로 이세민은 간신히 목숨을 구할 수 있었다.

단웅신과 위지경덕은 순식간에 백여 합이 넘게 겨루었으나 승부를 내지 못했다. 그때 이세민을 구하러 온 시소와 유홍기, 이효기 등이 차례로 당도하였기 때문에 단웅신은 더 이상 싸우지 못하고 물러났다.

이세민은 자신의 목숨을 구한 위지경덕의 공을 높이 치하하여 조촐한 주연을 베풀고 위지경덕을 칭찬했다.

"근자에 많은 장수들이 모두 그대가 틀림없이 배반할 것이라고 말했다. 하지만 나만은 그렇게 여기지 않았다. 그런데 나의 이런 생각에 보답함이 어찌 이렇게 빠른가?"

우일부통군(右一府統軍)으로 승진시키고 상으로 한 상자나 되는 금을 하사하였다.

단웅신이 이세민을 거의 잡을 뻔했다는 소문이 나돌자 진지략과 번문초 등 여러 장수들이 당군을 깔보는 마음이 생겼다. 자주 군사를 내어 기습작전을 펼치고 당군을 유린하자 위지경덕이 매복하고 있다가 번문초를 죽이고 병사 삼천 명을 포획하는 대승을 거둔 이후로 성 안에 숨어 나오지 않았다.

한편 낙양 주변의 성을 공략했던 왕군곽과 사만보, 유덕위, 황군한 등은 연전연승을 거두어 당의 세력권을 넓혀갔다.

회낙성에는 나사신이 지키고 있었다. 그는 배인기 부자가 왕세충에게 처형당했다는 소식을 듣자 온종일 아무 것도 먹지 않고 머리를 풀고 울었다.

7월에 이연의 군사가 회낙성으로 진격해 오자 나사신은 술상을 차려놓고 맞아들였다. 이연은 나사신을 칭찬하여 강주총관 염국공으로 봉했다. 나사신의 투항소식이 알려지자 환원성과 하양성을 비롯하여 인근의 여러 군현의 장수들이 다투어 투항해 왔다.

정지절도 왕세충이 월왕 동을 죽이는 것을 보고 그 위인됨을 알아차렸다. 하루는 진숙보에게 말했다.

"왕세충은 그릇과 도량이 얕고 좁은 소인배에 불과합니다. 망령된 말을 많이 하고 저주하거나 맹세하는 것을 좋아하니 이는 늙은 무당과 다르지 않습니다. 어찌 난세를 평정할 주군(主君)이 되겠습니까?"

왕세충이 당군과 구곡(九曲)에서 싸울 때 정지절과 진숙보가 서로 모의하고 왕세충을 찾아갔다.

"우리들은 공에게 특별한 예우를 받아서 깊이 그 은혜에 보답하려 하였습니다. 하나 공은 다른 사람을 시기하고 참소하는 말을 좋아하여 아무래도 저희가 몸을 의탁할 곳이 아닙니다. 청컨대 여기서 작별하겠습니다."

말을 마치고 좌우 수십 명의 기병들과 함께 당에 투항하니 왕세충이 감히 추격하지 못했다.

정지절이 말했다.

"곽효각과 이세적은 본의 아니게 두건덕에게 의지하고 있습니다. 또 이상호도 왕세충을 버리고 곽효각에게 가 있으니 만약 사람을 보내어 부르시면 반드시 달려올 것입니다."

이세민이 기뻐하며 밀사를 보내자 곽효각이 이세적과 이상호와 함께 모의하고 당으로 돌아가려 하였다. 그러나 바로 옆에는 두건덕의 처남인 조단(曹旦)이 주둔하고 있었기 때문에 이를 처리하지 못하면 쫓길 위험이 있었다.

이세적에게 기습하게 하였으나 이세적은 두려워하여 머뭇거리기만 했는데 군사 하나가 조단에게 이 사실을 일러바쳤다. 이 먼저 반란 사실을 알아차렸다. 친히 군사를 보내어 잡으러왔다.

곽효각과 이세적 이상호는 자신을 따르는 십여 명의 병사들과 함께 밤에 몰래 진영을 빠져나가 달아났지만 앞서 가던 이상호가 길목을 지키는 조단의 군사들에게 발각되어 포위되었다.

곽효각이 이세적에게 말했다.

"마땅히 상호를 구해야 한다."

그러나 이세적이 반대했다.

"생사는 하늘이 정한 바라 어쩔 수 없다. 상호의 운명이 다한 것이니 우리가 도운다고 하더라도 미치지 못할 뿐이다."

어둠 속을 빠져 달아나자 곽효각도 이상호를 버리고 이세적의 뒤를 따라 달아났다.

한번은 이세민이 자주 정군(鄭軍)의 허점을 알아보기 위하여 정탐을 나갔는데 하루는 십여 명의 친위 군사들과 함께 몰래 유소(榆巢)에 갔다. 그때 숲속에서 벼락 치는 소리와 함께 단웅신이 튀어나오며 창을 겨누었다.

"너는 참으로 비겁한 놈이다. 허구한 날 도망만 다니면서도 어찌 장수라고 일컫는다는 말이냐."

태원에서 거사를 일으킨 이래로 만인으로부터 격려와 찬사만 받아 온 이세민은 단웅신의 모욕적인 언사에 크게 분격했다. 얼굴이 붉으락푸르락하여 소리치고 달려들었으나 단웅신의 창대에 얼굴을 맞고 땅바닥에 고꾸라졌다.

단웅신이 비웃듯이 혀를 끌끌 찼다.

"형편없는 놈이로다. 한 합을 못 받아 내다니."

창날을 곧추 세워 내리찍어 죽이려는 순간 한 장수가 숲 덤불을 헤치고 허겁지겁 나타나며 크게 소리쳤다.

"형제여! 그 분은 내 주군이라네. 나의 얼굴을 보아서라도 목숨을 살려주시게."

단웅신과 의형제를 맺었던 이세적이었다. 이세적이 말에서 내려 꿇어 앉아 간절하게 애원하자 단웅신은 차마 이세민을 죽이지 못하고 창을 거두어 돌아갔다.

유소의 전투에서 얼굴에 큰 부상을 입은 이세민은 극도로 풀이 죽어 있었다. 이후로 이세민은 수차례 왕세충의 군사들과 싸웠는데 그의 애마 십벌적(什伐赤)은 이 전투에서 화살을 5대나 맞고 죽었다.

10월에 왕세충의 아들 왕현응(王玄應)이 호뢰에 진격하여 하남의 30개가 넘는 영과 번을 함락하고 관성을 공격하니 이세민이 곽효각과 이세적을 보내어 물리치게 하였다. 이때 곽효각은 전에 친하게 지내던 왕세충군의 영주자사 위륙(魏陸)에게 편지를 써서 설득하여 투항을 권했다.

이에 위륙이 배신을 결심하고 부하인 장지(張志)등 4명의 장수에게 독이 든 술을 먹여 죽인 뒤 영주를 가지고 항복하였다

이후로 왕세충의 군사들은 사기가 크게 떨어져 공공연히 달아나는 자가 늘었다. 기세를 얻은 당군은 양양과 회주, 호뢰(虎牢)의 전투에서 왕세충의 세 조카도 죽임으로써 하남(河南) 50여 주를 차례로 빼앗아 이듬해 2월까지 8개월 간에 이르는 전투가 끝났다.

낙양(洛陽)이 완전히 고립되어 궁지에 몰리게 되자 왕세충은 군사들

을 선동했다.

"당군들은 매우 악랄하여 하양성 안에 있는 모든 재산을 약탈하였으며 젊은 여자들은 능욕하고 남자들은 모조리 죽였다. 그들이 우리 성으로 진입하면 너희들은 능지처참을 면하기 어려울 것이며 너희의 처자들은 이리와 시랑이 같은 당군들의 노리개가 될 것이다.

나는 우리 성민과 사랑하는 가족들을 위하여 죽을 때까지 싸울 것이다."

모든 군사들이 비장한 각오가 되어 싸울 것을 다짐했다. 그래서 당군들은 여러 개의 지도(地道)를 뚫어 성안으로 진입을 시도하였지만 진지략에게 작전을 간파당하여 실패하고 말았다.

위기를 모면한 왕세충(王世忠)은 마지막 승부수를 내 던졌다. 조카 왕완에게 다음과 같은 글을 보내어 두건덕(竇建德)을 회유하였다.

"옛날 초나라와 한나라가 싸울 때 항우가 용저의 군사 20만을 잃게 되자 한신에게 무섭과 괴통을 보내어 천하삼분을 권유하였습니다. 한신은 한고조에게 입은 은혜를 중히 여겨 이를 뿌리쳤으나 후일 끓는 기름 솥에 삶겨 죽는 형벌을 면하지 못했습니다.

이연은 인면수심의 흉포한 마음을 가지고 있어 겉으로는 인을 내세웠으나 상대방이 약한 틈을 보이면 사정없이 짓밟아버린 적이 한두 번이 아니었습니다. 만약 우리를 멸망시킨다면 다음은 반드시 그대에게 창끝을 돌릴 것입니다. 그대와 내가 손을 잡고 이연의 야욕을 물리치고 남북으로 천하를 나누어 태평성대를 이루기를 바라오."

이렇게 천하를 나누어 가지자는 제안을 보내왔으나 두건덕은 왕세충과 함께 연합하기를 거부했다.

그의 모사 릉경(凌敬)은 생각이 달랐다.

"호로관을 버리고 하북으로 북상하여 태행산맥을 넘어 하동을 공략하여 산서를 장악하면 당군은 자연 철수할 것입니다."

이렇게 간했지만 두건덕은 화를 내며 오히려 릉경을 내쫓으려 하였다.

마침 곁에 있던 그의 처 조씨가 참견했다.

"릉경의 말이 옳습니다. 돌궐에 사람을 보내어 관중을 공략하게 하고 대왕께서는 당의 빈틈을 노려 산북을 취한다면 당군은 저절로 포위를 풀고 돌아갈 것입니다. 그럼에도 불구하고 이곳에 병력을 묶어두면 장졸은 노쇠하고 군비만 소모될 뿐이니 성공하기는 어려울 것입니다."

이렇게 말했으나 소황후 사건 이후로 은근히 조씨를 미워하던 두건덕은 짜증을 내고 물리쳤다.

"군사의 일은 여자가 관여할 바가 아니오."

두건덕은 왕세충의 장수였던 유흑달을 선봉으로 삼고 어사징을 우익으로 하여 10만 대군을 거느리고 서쪽으로 진군했다.

이세민도 이에 맞서 왕군곽을 보내어 두건덕의 진군을 막게 했지만 유흑달의 기습작전에 휘말려 3천 명이 넘는 군사들만 잃고 쫓겨 왔다.

두군의 기세는 하늘을 찌를듯하여 관성(管城), 형양(滎陽), 양적(陽翟) 등지를 연이어 점령하고 호뇌(虎牢)의 동쪽까지 파죽지세로 진격해왔다.

두건덕의 군대가 가까이 다가오자 낙양성 안에 갇혀 있던 왕세충도 군사를 내어 반격하기 시작했다. 양쪽에서 공격을 당하게 된 이세민의 군사들은 시간이 갈수록 열세를 면하기 어려웠다. 더구나 오랜 전투에 지친 병사들은 사기가 크게 떨어져 있어서 장수들도 두려워하는 자가 많았다.

총관 유홍기(劉弘基)는 왕세충에게 빼앗은 땅을 모두 돌려주고 철수할 것을 권했지만 곽효각이 반대했다.

"대군을 일으키는 것은 쉽지 않은 일입니다. 이제 승리가 눈앞에 있는데 조그만 적을 두려워하여 철군한다면 영영 대업을 놓치게 될 것입니다. 왕세충이 일시에 날뛰고 있으나 큰 위협이 되지 못하고, 두건덕의 군사들이 많기는 하지만 여기저기서 끌어 모은 농사꾼일 뿐이어서 오합지졸에 불과합니다. 한번 기회를 잡아 깨뜨린다면 형편없이 무너지고 말 것이니 무엇을 두려워 할 것입니까."

설수(薛收)가 꾀를 말했다.

"무엇보다도 왕세적과 두건덕의 부대가 합쳐지게 해서는 안 됩니다. 군사를 두 갈래로 나누어 한쪽은 낙양(洛陽)을 공략하고 한쪽은 호뇌(虎牢)의 요지를 지키면서 기회를 보아 두건덕을 격파하면 한꺼번에 두 적을 섬멸할 수 있어 오히려 일석이조의 성과를 얻게 됩니다."

그러나 이세민은 결정을 내리지 못했다. 바로 그날 저녁 낙양을 공격하고 있던 나사신이 천금보를 점령했다는 보고가 올라왔다. 천금보는 낙양의 외곽으로 군사적으로 매우 중요한 곳이었다. 이 소식을 전해들은 이세민은 탁자를 탁 치면서 벌떡 일어섰다.

"적들의 멸망이 눈앞에 있는데 회군한다면 다잡아 놓은 물고기를 놓아주는 것과 같다. 우리는 많은 어려움을 겪고 적들을 궁지로 몰아넣었다. 한 번 고생으로 영원히 편안하면 좋지 않는가? 동방의 여러 주가 이미 항복하였으니 낙양성(洛陽城)도 오래 버틸 수 없을 것이다. 낙양

(洛陽)을 공략 못하면 결코 군사를 물리지 않을 것인즉 다시 퇴군하자고 주장하는 자가 있으면 반드시 엄벌에 처할 것이다."

이원길과 굴돌통 등에게는 계속 낙양(洛陽)을 에워싸고 공격하게 하고, 자신은 정병 3천 5백기를 거느리고 선봉에 서서 동쪽 호뢰(虎牢)로 달려 나가며, 진숙보와 은개산, 설수 등에게 대군을 거느리고 뒤따르게 하였다.

호뢰의 서쪽 야산에 진을 친 이세민은 안개 낀 밤을 이용하여 야습을 감행하였으나 두군들이 잠을 자지 않고 기다리고 있다가 반격하는 바람에 크게 패하여 쫓겨 왔다. 이때 그의 애마 청추(靑騅)는 화살을 5대나 맞았으나 험한 산길을 단숨에 뛰어올라가 두군들의 추격을 따돌렸다.[100]

간신히 목숨을 구한 이세민은 이후로 정면 승부를 피하고 유격전을 벌이며 두군의 전력을 탐색하는데 힘을 쏟았다.

곽효각이 말했다.

"내가 두군에 있을 때 장수란 자들을 살펴보면 대부분 무지한 농민 출신들로써 힘은 세고 용감하지만 재물에는 약합니다. 진귀한 보물로 회유하면 반드시 성공할 수 있습니다."

이세민이 기뻐하며 말했다.

"나도 그런 생각을 가지고 있었다."

두건덕의 장수들을 하나하나 파악한 뒤 그들과 동향인 군사들을 가려 뽑아 많은 보물을 보내자 몰래 당군에 귀순하는 자가 수십 명이나

---

[100] 이세민이 다음과 같이 찬했다. '발은 번개같이 가볍고 총명함은 천기를 비추는구나. 비호처럼 길들인 준마가 나의 준투를 완성하네.

되었다.

 그렇게 되자 두건덕이 군사를 움직일 때면 대부분의 정보가 들어왔고 당군은 그때마다 매복을 두어 자주 괴롭히자 두건덕도 감히 대군을 내어 정면으로 공격해오지 않았다.

 전쟁은 소강상태로 접어들면서 한 달 가량 대치하고 있었는데 때마침 부관 하나가 헐레벌떡 달려오며 보고했다.

 "형양 쪽에서 두건덕의 보급부대가 엄청난 곡식을 싣고 오고 있다고 합니다."

 왕군곽이 청했다.

 "소장에게 천 명만 주시면 양곡을 모두 빼앗아 오겠습니다."

 이세민이 왕군곽에게 날랜 군사 삼천을 주어 두군의 보급부대를 급습하게 하고는 따로 유덕위와 사만보에게 각각 일천 군사를 주어 왕군곽을 돕게 하였다.

 한편 왕군곽은 기세 좋게 두군의 보급부대를 습격하였으나 두군 장수 장청특도 용맹이 뛰어난 인물이어서 만만하게 당하고만 있지 않았다. 방패를 높이 쌓아 원진을 치고 용감하게 싸우자 당군들은 형편없이 패했다. 왕군곽도 가슴과 어깨에 부상을 입고 계곡아래에 몰려 죽을 위기에 처했다.

 이때 일성포향이 터지면서 구원군을 이끌고 온 유덕위와 사만보가 당도하였기 때문에 간신히 목숨을 부지할 수 있었다. 당군의 구원군이 당도하자 두군들은 크게 흔들렸고 유덕위가 이끄는 기병이 두군의 원진을 깨뜨렸다. 장청특은 곡식을 버리고 달아났으나 사만보가 10여 리나 추격하여 창을 던져 죽였다.

수만 석이나 되는 곡식을 잃은 두건덕은 군량부족으로 큰 어려움을 겪게 되었다. 두건덕은 안절부절 못하고 낙양에서 철수하려하자 모사(謀士) 릉경(凌敬)이 간했다.

"그까짓 양곡을 조금 잃었다고 군사를 물려서는 안 됩니다. 전쟁이란 모름지기 전체를 꿰뚫어 보아야 합니다. 적이 일시 기세를 얻었다고 하나 그 허를 찌르면 됩니다."

"허점을 찾는다? 이세민의 허점이 어디에 있단 말인가?"

"눈앞에 대치하고 있는 적의 군대에서 허점을 찾아서는 안 됩니다. 전세를 조금 넓게 생각하면 저절로 보입니다. 당군의 주력부대가 호뇌에 모두 모여 있으니 우리는 그 역을 찌르면 됩니다."

"그대는 나더러 장안을 공격하라고 하는 것인가?"

"그렇습니다. 군사를 거두어 황하를 건너 산서의 여러 성을 공략하고 하동으로 진격하여 장안을 위협하면 이세민의 당군은 관중을 구하러 회군하지 않을 수 없을 것입니다. 그렇게 되면 낙양 포위는 저절로 풀리게 됩니다."

두건덕의 처 조(曹)씨는 현명한 여자였다. 그녀도 릉경의 말을 받아 말했다.

"릉경공의 말의 말이 진실로 옳습니다. 우리의 목표는 낙양이 아니라 장안입니다. 대군을 거느리고 이곳에서 시간만 낭비해서는 안 됩니다."

하지만 세민에게 이미 매수당한 장수들이 하나 같이 반대하고 나섰다.

"상당(上黨)이나 하포진(下蒲津)을 공격한다면 장안에 있는 이연이 대군을 내어 막을 것이며 이세민의 군사들은 우리 뒤를 추격할 것입니다. 오히려 협공을 자초하게 됩니다."

이렇게 방해를 해서 릉경의 방안은 채택되지 못하게 하자 두건덕이 말했다.

"우리가 정(鄭)을 구하러 나온다고 천하에 선포했는데 어찌 신의를 버리고 달아날 수 있느냐."

4월이 되자 릉경이 두건덕에게 간했다.

"지금 날씨가 따뜻하여 적들은 황하 강가에서 방목하고 있습니다. 기습을 감행하여 적의 마필을 빼앗아야 합니다."

이세민의 첩자 노릇을 하고 있던 두건덕의 장수들이 이 정보를 알렸고 이세민은 황하 가에 군마 천여 필을 풀어놓고 두건덕의 군사들을 유인하였다.

두건덕은 자신의 계략이 들어맞는 것을 보고 기뻐하며 10만 대군을 모두 이끌고 범수(汜水) 동쪽 기슭의 호뢰관(虎牢關)에 진을 치자 그 길이가 20여리나 되었다.

진숙보가 두군들이 완전히 진형을 갖추기 전에 공격하자고 건의했지만 이세민이 손가락으로 적진의 동쪽 기슭을 가리키며 말했다.

"저기를 보라. 무수한 기치들이 숨어있지 아니한가. 저들은 우리가 공격해 오기를 기다리고 있는 것이다."

모든 장수들이 이세민의 예리한 판단에 탄복했다. 그런데 양군이 대치한 지 사흘 째 되던 날 이세민은 돌연 장수를 불러 모아 명령을 내렸다.

"내일 아침 일찍이 모두 다 범수(汜水)를 따라 진격한다."

느닷없는 공격 명령에 장수들이 어리둥절했지만 이세민은 친히 군사를 이끌고 앞장섰다.

왕군곽은 안개가 자욱한 새벽을 이용하여 왕세충의 부장인 어사징의 부대를 공격했지만 강력한 반격을 받아 오히려 열세를 면하지 못했다.

적진 한 가운데 갇힌 왕군곽은 사력을 다해 대관도를 휘둘렀으나 집중공격을 받아 눈과 코, 귀에서 모두 피가 흘렀다. 다행히 진숙보와 사만보의 군사들이 때맞추어 당도하자 어사징이 남산(南山) 아래로 도망갔다. 이때 황군한이 천여 명의 도부수를 거느리고 그의 앞길을 막았지만 놓치고 말았다.

어사징은 당군 수십 명을 참살하고 범수 상류로 달아나 넓은 갈대밭 사이에 몸을 숨겼지만 뒤따라온 황군한이 사방을 포위하고 불을 질렀다.

붉은 화염이 삽시간에 퍼지고 팔열지옥(八熱地獄)의 뜨거운 불길 속에 두군들은 미쳐 날뛰었다. 간신히 살아나온 자들은 기다리고 있던 당군들의 창칼 아래 무참하게 살해되었다.

어사징은 구사일생으로 화염을 뚫고 나왔지만 사만보의 포로가 되었다. 사만보는 어사징의 용맹을 아껴 투항을 권했다.

"그대의 재주와 용맹으로 큰 뜻을 펼쳐보는 것이 어떠한가. 나와 함께 우리 주군에게 가서 충성을 맹세한다면 천호의 영화를 누리게 될 것이다."

어사징이 비장하게 대답했다.

"대장부는 구차하게 목숨을 구걸하지 않는다."

옆에 있던 큰 바위에 머리를 찧어 죽었다.

두건덕에게 사신으로 가 있던 왕세충의 조카 왕완(王玩)은 좌군을 맡고 있었다. 그는 수양제의 말을 타고 화려한 갑옷을 뽐내면서 군사들 사이를 왔다 갔다 하면서 으스대기만 할 뿐 어사징의 군사들이 당군의 포위에 갇혀있을 때에도 움직이지 않았다.

이세민이 왕완을 발견하고 물었다.

"누가 저자를 잡아오겠는가?"

고증생(高甑生), 양선방(梁建方) 등이 다투어 나가자 왕완은 싸우지도 않고 오솔길을 따라 달아났다. 그렇지만 퇴로를 막고 있던 위지경덕까지 피하지 못했다.

위지경덕이 창을 휘두르며 덤벼들자 왕완은 말에서 뛰어내려 애걸했다.

"이 말은 양제가 타던 천하의 명마입니다. 이것을 바칠 테니 목숨만 살려 주십시오."

위지경덕이 피식 웃었다.

"너 같은 쓰레기를 죽이기에는 내 창이 너무 아깝다."

목에 칼을 씌우고 차꼬를 채워 호뇌로 압송했다. 어사징과 왕완이 패배하자 두건덕은 남은 군사를 이끌고 낙양성(洛陽城) 쪽으로 달아났다. 이세민이 장수들에게 말했다.

"두건덕이 낙양성으로 들어가 왕세충과 연합하게 되면 천추의 한이 될 것이다."

빠른 기병을 보내어 낙양성 삼십 리 앞에서 기어이 사로잡았다. 그때 포로로 붙잡은 두건덕의 군사들은 5만 명이 넘었다.

군사들이 곳곳에서 패하여 쫓겨 오자 왕세충은 두려움에 질렸다. 늙은 무당들을 모아놓고 굿을 하면서 하늘에 승리를 빌 뿐이었다.

이세민은 의기양양하게 낙양성으로 진군하여 두건덕과 왕완을 성문

아래에 꿇어앉히고 큰 소리로 외쳤다.

"왕세충아 잘 보아라. 두건덕과 왕완은 이미 붙잡혔다. 너희들도 계속 반항하면 하나도 살아남지 못할 것이다."

낙양성 안에는 전사자가 많아 남아있는 군사들도 대부분 부상자들 뿐이어서 성한 군사라고는 고작 2천여 명에 불과했다.

사기가 꺾인 장수들은 투항을 종용하였고 왕세충도 더 이상 고집을 피울 수 없었다. 눈물을 뿌리며 흰 상복으로 갈아입고 성문 앞으로 나와 투항하고 말았다.

낙양성에 입성한 이세민(李世民)은 백성들을 안심시키고 어떠한 약탈이나 범죄행위도 일절 금하게 하였다. 또한 억울하게 붙잡힌 사람들을 풀어주고 강제로 징집된 스님들도 모두 절로 돌려보냈다.

두건덕은 백성들을 돌보고 선정을 베풀었기 때문에 민심을 얻고 있었다. 더군다나 일전에 이연의 동생을 붙잡았을 때 우대하여 보살피고 돌려보낸 적이 있었다.

그런 이유로 몇 몇 장수들이 그의 처형을 반대하였지만 이세민이 잘라 말했다.

"아직은 천하가 어지럽다. 두건덕은 뛰어난 영웅이기 때문에 죽어야 하는 것이다."

왕세충과 두건덕을 비롯한 그 일당들을 낙양성 밖으로 끌어내어 모두 처형하였다.

이세적은 그의 의형제였던 단웅신의 목숨을 구하기 위하여 와강채의 무리에서 투항해 온 아홉 명의 장수들과 연명하여 간청하였다. 이때 이세적은 자신의 관작을 거두는 대신 단웅신의 목숨을 살려 줄 것을 청하였다.

그렇지만 이세민은 유소의 전투에서 단웅신의 창대에 얼굴을 맞아 통통 부어 있었는데 그때까지 낫지 않았다. 또한 두 번이나 자신을 모욕한 단웅신에 대하여 원한이 골수에 사무쳤다.

"단웅신은 억석을 노와 많은 악행을 저질렀다. 그를 용서하면 누구를 벌할 수 있겠는가?"

잘라 말하고 하옥시켰다.

처형되기 전날 이세적은 단웅신이 갇혀있는 감옥을 찾아가자 단웅신이 냉랭하게 말했다.

"자네가 나를 살리지도 또 맹세를 지키지 못할 줄은 나는 잘 알고 있었네."

이세적이 눈물을 흘리며 대답했다.

"내가 이러는 것은 결코 목숨이 아까워서가 아닐세. 나라에 이미 몸을 바쳤으니 나로서도 어쩔 수가 없는 것이네. 더구나 내가 죽으면 자네의 가족은 누가 돌보겠는가?"

말을 마치고 가져온 고기를 먹였다. 단웅신이 다 먹고 난 후 이세적은 자신의 바지를 걷어 올리며 말했다.

"자네가 금방 먹은 고기는 나의 허벅지 살이라네. 나의 몸 일부가 자네와 함께 진토가 될 것인즉 맹세를 저버렸다고 생각하지 말기를 바라네."

그제야 단웅신도 눈물을 흘렸다.

이세적은 단웅신이 참수되고 난 뒤 그 아들을 자신의 양자로 삼았다.

정상규 장편소설

通天門 ❸

초판인쇄 2011년 12월 28일
초판발행 2011년 12월 28일

지은이 정상규
펴낸이 김재광
펴낸곳 솔과학

출판등록 제 10-140호 1997년 2월 22일
주소 서울시 마포구 염리동 164-4 삼부골든타워 302호
대표전화 02)714-8655
팩스 02)711-4656

ISBN 978-89-92988-69

이 책의 내용 전부 또는 일부를 이용하려면
반드시 저작권자와 도서출판 솔과학의 서면동의를 받아야 합니다.

* 잘못된 책은 바꾸어 드립니다.